T0274981

ÉRASE UNA VEZ... MAIMÓNIDES

Colección El almendro

Títulos publicados

Ángel Sáenz-Badillos y Judit Targarona Borrás

Poetas hebreos de al-Andalus
La academia rabínica de Córdoba
Los judíos de Sefarad ante la Biblia
¿una sefarad inventada?

Jesús Peláez de Rosal

Los orígenes del pueblo hebreo

Maimónides

Obras médicas I
Obras médicas II
Obras médicas III

Amparo Alba

Cuentos de los Rabinos

TAMAR ALEXANDER - ELENA ROMERO

ÉRASE UNA VEZ... MAIMÓNIDES

CUENTOS TRADICIONALES HEBREOS
Antología

Herder

Este título ha sido publicado anteriormente por la editorial El Almendro
bajo el ISBN: 978-84-86077655

Diseño de la cubierta: Herder

© *2021, Herder Editorial, S.L., Barcelona*

ISBN: 978-84-254-4630-6

Imprenta: Servicepoint
Depósito legal: B-18.542-2021

Impreso en España – Printed in Spain

Herder
www.herdereditorial.com

A nuestras madres,
Susana y Elena.

וכן שבח החכמים
וספור חשיבות מעלותיהם
כדי לחבב הנהגותיהם בעיני בני אדם
וספור חשיבות מעלותיהם

Es conveniente ... alabar a los sabios
narrando historias sobre sus valiosas cualidades
para hacer apreciable su comportamiento a ojos de las gentes
de modo que vayan por las sendas de aquéllos.

(Maimónides, *El luminar,* comentario de *Pirqué Abot* I, 16,
ed. D. Kapah.)

PREAMBULO

Como todos recordamos, en el año 1985 se cumplió el 850 aniversario del nacimiento del sabio judío cordobés Moisés ben Maimón (Maimónides), máxima autoridad rabínica, codificador de la ley religiosa judía, filósofo, médico y astrónomo. Para conmemorar tal efemérides se organizaron en nuestro país numerosas actividades científicas y culturales.

Y fue al calor de una de aquellas reuniones académicas, el I Congreso Internacional sobre la Vida y Obra de Maimónides, celebrado en Córdoba (8-11 septiembre 1985), en el que coincidimos las autoras del presente libro, cuando en aquel ambiente en el que la obra científica y rabínica del sabio medieval era discutida y analizada por expertos en la materia se nos ocurrió la idea de ofrecer al público español algo distinto y nuevo: una antología en la que se tradujera al español una selección de cuentos tradicionales hebreos sobre Maimónides.

Distinto, por ofrecer una visión muy diferente de la personalidad histórica de Maimónides: la que a lo largo de los siglos ha ido forjando la imaginación popular. Y nuevo, porque en ninguna otra lengua, ni siquiera en hebreo, circula una antología de cuentos tradicionales sobre Maimónides como la que ahora ofrecemos.

Concebido el proyecto, nos dedicamos a acopiar el material, procedente en su mayor parte del Archivo del Cuento Popular en Israel (IFA) de Haifa, pero también de libros antiguos, manuscritos inéditos o editados por la moderna erudición, etc.

El proyecto de traducción fue presentado al Ministerio de Cultura en solicitud de una de las Ayudas a la Creación Literaria convocadas en 1985, mereciendo una de dichas ayudas.

Y por fin, tras dos años de trabajo y de fructífera colaboración, damos hoy por rematada una obra que, a pesar de nuestros esfuerzos, no hubiéramos podido ver concluida sin contar con la colaboración de otros muchos, tanto individuos como instituciones.

9

Queremos, pues, expresar nuestro más cordial agradecimiento al mencionado Archivo del Cuento Popular en Israel de Haifa, y de manera especial a Edna Hechal, responsable de dicho centro, por el permiso para publicar los cincuenta y cinco cuentos inéditos aquí incluidos; a la John Raylands Library de Manchester por el permiso para utilizar cuatro cuentos del Ms. núm. 66 de la colección de Moses Gaster; a la Biblioteca Nacional y Universitaria de Jerusalén, cuyos ricos fondos nos han sido de gran ayuda, y asimismo a Benjamin Richler, vicedirector del Instituto de Reproducción de Manuscritos Hebreos de la citada Biblioteca, por su cordial y eficaz colaboración; a la Biblioteca Beth-Ariela (Shaar Zion, Tel-Aviv), por habernos proporcionado fotocopias de varios números del periódico Omer; al Ministerio de Cultura de España, por la subvención antes mencionada; al Consejo Superior de Investigaciones Científicas, cuyo acuerdo cultural con la Universidad Hebrea de Jerusalén ha permitido a la coautora del libro, Tamar Alexander, una estancia en España de varias semanas; etc.

Y finalmente a nuestro querido amigo y colega Iacob M. Hassán, cuyas opiniones y consejos resultan ser siempre eficaces herramientas de trabajo.

TAMAR ALEXANDER ELENA ROMERO
Universidad de Haifa CSIC, Madrid

BIBLIOGRAFIA CITADA ABREVIADAMENTE

AT: A. Aarne, *The Types of the Folktale: A Classification and Bibliography* ... Translated and Enlarged by S. Thompson ... Second Revision (Helsinki: FFCom. No. 184, 1961).

Atiel «Moroccan»: J. Atiel [¿!], «Maimonides in Moroccan Folklore» (en hebreo), en *Yeda 'Am* (Tel-Aviv) II.4-5 (oct. 1954) ps. 197-200.

Avida «Two Tales»: Y. Avida (Zlotnik), «Two Tales about Maimonides and his son Abraham based on a Ms. in the Ben-Zvi Institute» (en hebreo); en *Yeda 'Am* (Tel-Aviv) II.2-3 (abr. 1954) ps. 102-106.

Azulay, Hayim Yosef David: s. v. *Guedolim*.

Baharav *Dor:* Z. Baharav, *Mi-dor le-dor, One generation to another...*, Annotated by Dr. Dov Noy, 2.ª ed. (Tel-Aviv: Tarbut veChinuch, 1968).

Baharav *Sixty:* Z. Baharav, *Sixty Folktales Collected from Narrators in Ashqelon* (en hebreo) (Haifa: IFA Publ. Ser. n.º 5, 1964).

Berdichevsky *Mimecor:* M. Y. Bin-Gorion (Berdichevsky), *Mimecor Yisrael* (Tel-Aviv: Dvir, 1966).

Berger «HaRambam»: Y. Berger, «HaRamban beaǧadot ha'am», en *Masad* (Tel-Aviv) II (1936) ps. 216-238.

Brüll «Beiträge»: N. Brüll, «Beiträge zur jüdischen Sagen- und Spruchkunde im Mittelalter», en *Jahrbücher für Jüdische Geschichte und Litteratur* (Francfort del Maine) IX (1889) ps. 1-71.

Dan «HaRambam»: Y. Dan, «Cobeš ma'asiyot bijtab-yad 'al Ha-Rambam», en *Sinai* (Jerusalén) LXXV (1974) ps. 112-118.

Dib. *Yos.:* Yosef Sambari, *Dibré Yosef*, acabado en 1672; usamos el texto fragmentario editado por A. Neubauer bajo el título «Licutim miDibré Yosef leR. Yosef ben Yišhac Sambari», en su libro *Medieval Jewish Chronicles and Chronological Notes* (Oxford, 1887) núm. V, ps. 115-162.

Dibré Yosef: s. v. *Dib. Yos.*

Fischel «Maqama»: W. J. Fischel, «A Maqama on Maimonides» (en hebreo), en *Tarbiz* (Jerusalén) VI.3 (abr. 1935: dedicado a Maimónides) ps. 177-181.

Fleischer «Agadot Ibn Ezra»: Y. L. Fleischer, «Aǧadot 'am odot R. Abraham ibn 'Ezra», en *HaHed* (Jerusalén) IX.2 (1934) ps. 29-32.

Gabizón, Abraham bar Jacob: s. v. *Om. Sij.*

Gagin, Salom M. H.: s. v. *Samah libi.*

Gaster *Exempla:* M. Gaster, *The Exempla of the Rabbis* (Nueva York: Ktav, reimpr. 1968).

Grunwald *Tales:* M. Grunwald, *Tales, Songs and Folkways of Sephardic Jews* (Jerusalén: Magnes Press, Folklore Research Center Studies, vol. VI, 1982).

11

Guedolim: Hayim Yosef David Azulay, *Šem haguedolim,* empezado a publicar en Liorna, 1774; usamos la edición del *Šem haguedolim hašalem* (Cracovia, 1905), y nuestras remisiones corresponden siempre a la parte biográfica titulada «Maʿaréjet guedolim».

Haboucha: R. Haboucha, *Classification of Judeo-Spanish Folktales* (Tesis The John Hopkins Univ.: Baltimore, 1973).

HaDayán, Abraham ben Isaías: s. v. *Holej.*

Haviv *Never:* Y. Haviv, *Never Despair,* Seven Folktales ... (en hebreo) (Haifa: IFA Publ. Ser. n.º 13, 1966).

Heilperin, Yehiel bar Salomón: s. v. *Sed. Dor.*

Holej: Abraham ben Isaías HaDayán, *Holej tamim ufoʿel šédec* (Liorna, 1850); usamos la edición de Jerusalén 1979.

Holej tamim ufoʿel šédec: s. v. *Holej.*

Husin, Salomón Bejor: s. v. *Nisim.*

Jason (I): H. Jason, «Types of Jewish Oriental Oral Tales», en *Fabula* 7 (1964-65) ps. 115-224.

Jason (II): H. Jason, *Types of Oral Tales in Israel,* part 2 (Jerusalén: Israel Ethnographic Society, 1975).

Larrea *Cuentos:* A. de Larrea Palacín, *Cuentos populares de los judíos del norte de Marruecos,* 2 vols. (Tetuán, 1953).

Maʿasé nisim: s. v. *Nisim.*

Meoraot: Meordʿot Šebí. 1.ª ed.. Lemberg, 1804; usamos la edición de Varsovia 1838.

Meordʿot Šebí: s. v. *Meoraot.*

Min. Yeh.: Yehudá ben Zvi Streizower, *Minḥat Yehudá* (Jerusalén, 1927).

Minḥat Yehudá: s. v. *Min. Yeh.*

Neubauer «Biogr.» (I): A. Neubauer, «Pseudo-Biografie von Maimonides», en *Israelitische Letterbode* (Amsterdam) VII (1881-82) ps. 14-17.

Neubauer «Biogr.» (II): Ad. Neubauer, «Documents inédits: I. Une pseudo-biographie de Moïse Maïmonide», en *Revue des Études Juives* (París) IV (1882) ps. 173-188.

Nisim: Salomón Bejor Husin, *Séfer Maʿasé nisim* [Bagdad, 1890].

Noy *1962:* D. Noy, *A Tale for Each Month 1962* (en hebreo) (Haifa: IFA Publ. Ser. n.º 3, 1963).

Noy *1965:* D. Noy, *A Tale for Each Month 1965* (en hebreo) (Haifa: IFA Publ. Ser. n.º 11, 1966).

Noy *1970:* D. Noy, *A Tale for Each Month 1970* (en hebreo) (Haifa: IFA Publ. Ser. n.º 27, 1971).

Noy *Animal:* D. Noy, *The Jewish Animal Tale of Oral Tradition* (en hebreo) (Haifa: IFA Publ. Ser. n.º 29, 1976). En ps. 194-261 «The types of the Jewish Oral Animal-Tale».

Noy «Architect»: D. Noy, «The Architect Maimonides and the Evil Painter» (en hebreo), en *Machanayim* (Haifa) 68 (abr. 1962) ps. 3-13.

Noy *Folktales:* D. Noy, *Folktales of Israel* (Chicago: Univ. of Chicago Press, 3.ª impresión, 1969).

Noy *Irak:* D. Noy, *Jewish-Iraqi Folktales / Handʿará hayefefiyá ušlóšet bené hamélej,* 120 sipuré ʿam mipí yehudé ʿIrak ... (Tel Aviv: Am Oved, 1965).

Noy *Morocco:* D. Noy, *Jewish Folktales from Morocco* ... (en hebreo), en *Bitfutzot Hagola* (Jerusalén) VI.2(29) (1964).

Noy-Schnitzler *1966:* D. Noy y O. Schnitzler, «Type-Index of IFA 7000-7599», en *A Tale for Each Month 1966* (en hebreo) (Haifa: IFA Publ. Ser. n.º 18, 1967) ps. 164-142.

Noy-Schnitzler *1967:* D. Noy y O. Schnitzler, «Type-Index of IFA 7600-7999», en

A *Tale for Each Month 1967* (en hebreo) (Haifa: IFA Publ. Ser. n.° 22, 1968) ps. 152-131.
Noy-Schnitzler *1970:* D. Noy y O. Schnitzler, «Type-Index of IFA 8800-8999», en Noy 1970, ps. 189-166.
Noy-Schnitzler *1978:* D. Noy y O. Schnitzler, «Type-Index of IFA 9300-9499», en *A Tale for Each Month 1978* (Jerusalén: IFA Publ. Ser. n.° 40, 1979) ps. xxvii-xlvii.
Om. Sij.: Abraham bar Jacob Gabizón, *Séfer ʿOmer bašijḥá* (Liorna, 1748).
ʿOmer bašijḥá: s. v. *Om. Sij.*
Pareja *Islamología:* F. M. Pareja, *Islamología,* 2 vols. (Madrid: Razón y Fe, 1952-1954).
Pascual *Antología:* P. Pascual Recuero, *Antología de cuentos sefardíes* (Barcelona: Ameller, Biblioteca Nueva Sefarad VI, 1979).
«Perpetual»: «The Perpetual Man» (en hebreo), en *Yeda ʿAm* (Tel-Aviv) II.4-5 (oct. 1954) ps. 201-202.
Rabi *Abotenu:* M. Rabi, *Abotenu siperú, Sipurim umaʿasiyot ... mipí zicné hador* (Jerusalén: Bakal, 1970).
Rassabi «Yemenite»: Y. Rassabi, «Maimonides in the legends of Yemenite Jewry» (en hebreo), en *Yeda ʿAm* (Tel-Aviv) II.4-5 (oct. 1954) ps. 191-197.
Sal. Cab.: Guedaliá ibn Yahia, *Šalšélet hacabalá,* 1.ª ed. Venecia 1587; utilizamos la edición de Varsovia 1902.
Šalšélet hacabalá: s. v. *Sal. Cab.*
Samah libí: Salomón M. H. Gagin, *Séfer Samaḥ libí* (Jerusalén, 1884).
Sambari, Yosef: s. v. *Dib. Yos.*
Schlesinger *Zarza:* E. C. Schlesinger, *La zarza ardiente: Leyendas y cuentos de Israel* (Buenos Aires-México: Col. Austral 955, 1950).
Scholem «Philosopher»: G. Scholem, «From Philosopher to Cabbalist (a Legend of the Cabbalists on Maimonides)» (en hebreo), en *Tarbiz* (Jerusalén) VI.3 (abril 1935, dedicado a Maimónides) ps. 90-98.
Schwarzbaum *Studies:* H. Schwarzbaum, *Studies in Jewish and World Folklore* (Berlín: Supplement-Serie zu *Fabula* 3, 1968).
Sébet: Salomón ben Verga, *Šébet Yehudá,* 1.ª ed. Adrianópolis o Constantinopla ca. 1550; usamos la edición de A. Shohet (Jerusalén: Mosad Bialik, 1947).
Šébet Yehudá: s. v. *Sébet.*
Sed. Dor.: Yehiel bar Salomón Heilperin, *Séfer Séder hadorot,* 1.ª parte *Séder yemot ʿolam,* 1.ª ed. Karlsruhe 1769; utilizamos la edición de Varsovia 1905.
Séder hadorot: s. v. *Sed. Dor.*
Séfer yuḥasín: s. v. *Yuḥasín.*
Šem haguedolim: s. v. *Guedolim.*
Streizower, Yehudá ben Zvi: s. v. *Min. Yeh.*
Thompson *Motif-Index:* S. Thompson, *Motif-Index of Folk-Literature,* 6 vols. (Bloomington-Londres: Indiana Univ. Press, 1955-1958, 2.ª reimpr. 1966).
Todar «Landau»: Sh. Todar, «Maimonides and Rabbi Yeheskiel Landau» (en hebreo), en *Yeda ʿAm* (Tel-Aviv) II.4-5 (oct. 1954) ps. 202-203.
Toledano *Ner:* Y. M. Toledano, *Séfer Ner haMaʿarab* (Jerusalén, 1911).
Trachtenberg *Jewish Magic:* J. Trachtenberg, *Jewish Magic and Superstition: A Study in Folk Religion* (Nueva York: Atheneum, 1975).
Verga, Salomón ben: s. v. *Sébet.*
Yahia, Guedaliá ibn: s. v. *Sal. Cab.*
Yuḥasín: Abraham Zacuto, *Séfer yuḥasín,* 1.ª ed. Constantinopla 1566; usamos la edición de H. Filipowski (Londres, 1857).
Zacuto, Abraham: s. v. *Yuḥasín.*

13

INTRODUCCION

A) LA NARRATIVA POPULAR Y SUS CATEGORIAS; LAS LEYENDAS DE SANTOS

Un buen número de relatos tradicionales, tanto los relacionados con algún acontecimiento histórico como los que suceden en un mundo situado más allá de la realidad, se refieren a un determinado personaje, en torno al cual gira el relato. Estos protagonistas pueden ser: 1) los denominados héroes culturales, como Prometeo, que trajo el fuego a la humanidad, Icaro, Orfeo, etc.; 2) personajes históricos, tales como reyes, guerreros, sabios (Ciro, Arturo, el Cid, Merlín, etc.), y también santos, que actuando en el ámbito de lo religioso cada uno en su respectivo mundo cultural, tienen poder para curar a las personas y salvar a la comunidad por medio de milagros (Jesús, Buda, Elías, Moisés, etc.[1]); y 3) personajes anónimos que salen en busca de aventuras, superan difíciles empresas y vencen a las fuerzas del mal para finalmente, salvando a la princesa, merecer su mano y convertirse en reyes. Los relatos que narran las hazañas de cada uno de estos tres tipos de héroes reciben respectivamente los nombres de mitos, leyendas y cuentos[2].

Puesto que el héroe está dotado de poderes superiores y de cualidades maravillosas, su vida difiere de la de las personas corrientes; de ahí que, según A. Van Gennep[3], los episodios críticos fundamentales del ciclo vital —nacimiento, mayoría de edad, casamiento y muerte— sean bien distintos en la vida del protagonista del relato.

[1] Entre los estudios monográficos sobre algunos de esos personajes, mencionemos sólo, a título de ejemplo, el de A. Dundes, «The Hero Pattern and The Life of Jesus», en *Essays in Folkloristics* (Nueva Delhi, 1978), y los de D. Noy, «Eliyahu hanabí belel haSéder», en *Machanayim*, 44 (Pésaḥ 1960), ps. 110-116, y «Mošé beagadat ʿam», en *Machanayim*, 115 (iyar 1967), ps. 80-99.
[2] Véase V. Propp, *The Morphology of the Folktale*, 2.ª ed. (Austin: Univ. of Texas Press, 1968).
[3] En su libro *La formación de las leyendas* (Buenos Aires, 1943).

15

Las narraciones sobre la vida de héroes míticos y legendarios tienden a describir las sucesivas etapas desde el nacimiento hasta la muerte; surgen así' ciclos de cuentos sobre los episodios fundamentales de la biografía de los protagonistas.

Los folkloristas que desde el siglo XIX se han ocupado de estos temas han propuesto un esquema biográfico común, apto para establecer las etapas de la vida de héroes pertenecientes a culturas diferentes [4]. El esquema más completo es el de Lord Raglan [5], quien tras analizar veintiuna biografías propuso los siguientes veintidós hechos y circunstancias principales en la vida del héroe:

1. La madre del héroe es una doncella de estirpe real;
2. su padre es rey
3. y con frecuencia pariente próximo de su madre;
4. pero las circunstancias de su concepción son singulares
5. y también se le tiene por hijo de algún dios.
6. En el momento del nacimiento intentan darle muerte, generalmente su padre o su abuelo materno,
7. pero alguien se lo lleva
8. y lo crían padres adoptivos en un país lejano.
9. No se dice nada de su infancia,
10. pero al alcanzar la edad viril regresa o se dirige a su futuro reino.
11. Tras una victoria sobre el rey y/o un gigante, dragón o bestia salvaje,
12. se casa con una princesa, frecuentemente la hija de su predecesor,
13. y se convierte en rey.
14. Durante un tiempo reina sin contratiempos
15. y dicta leyes,
16. pero después pierde el favor de los dioses y/o de sus súbditos
17. y es arrojado del trono y de la ciudad,
18. después de lo cual encuentra una misteriosa muerte,
19. frecuentemente en la cumbre de una montaña.
20. Su hijo, si lo tiene, no le sucede.
21. No entierran su cuerpo;
22. sin embargo, tiene una o más tumbas santificadas.

[4] Hay que señalar al respecto los estudios de J. G. Von-Hann, *Arische Aussetzungs und Rückkehr Formel* (Leipzig, 1864), O. Rank, *The Myth of the Birth of the Hero*, 1.ª ed. 1932 (3.ª ed. Nueva York, 1959), y J. Campbell, *The Hero with a Thousand Faces*, 1.ª ed. 1949 (Gran Bretaña, 1975).
[5] En su libro *The Hero, A Study in Tradition, Myth, and Drama*, 1.ª ed. 1936 (Nueva York: New American Library, 1979), ps. 174-175.

Sin haberse basado Raglan en los trabajos que le habían precedido, llegó, sin embargo, a una conclusión semejante: la de que existe una estructura biográfica universal o por lo menos aplicable a los relatos de las culturas semitas e indoeuropeas.

Conviene señalar, sin embargo, que en el esquema de Raglan hay una cierta arbitrariedad en la determinación del número de las etapas biográficas del héroe y en la selección de sus cualidades. Otro problema lo suscita el conjunto de personajes escogidos por Raglan y sus predecesores para determinar su esquema biográfico, pues sin establecer distinción alguna entre las diversas categorías de los protagonistas, se aplica un mismo esquema a los héroes míticos y a los históricos, de manera que, por ejemplo, Edipo, Sargón, Prometeo, Moisés, Buda, etc., aparecen incluidos en la misma lista.

Dentro del campo de la cultura tradicional judía, D. Noy ha propuesto [6], concretamente para las leyendas de santos, un modelo biográfico específico que difiere del de la vida del héroe.

Argumenta Noy, con razón, que muchos de los acontecimientos esenciales de la vida del héroe son diferentes en la del santo. Así, por ejemplo, la conquista, el combate y las bodas no son relevantes para estos últimos, quienes se mueven en el terreno de lo religioso, y estando dotados de poderes sobrenaturales, lo esencial de su actuación son los milagros, las curaciones y sus confrontaciones con los que ponen en duda su poder. Asimismo, la vida del santo desborda los límites del nacimiento y la muerte biológicas, teniendo lugar su actuación tanto antes de nacer como después de morir; y los relatos que de él se ocupan no se concentran en torno a los momentos críticos del ciclo vital, sino que prefieren el período de la madurez.

El modelo propuesto por Noy incluye las siguientes cinco etapas:

1. Acontecimientos que preceden al nacimiento del protagonista: leyenda prenatal.
2. Acontecimientos de la vida del protagonista: leyenda biográfica.
3. Acontecimientos que siguen a la muerte del protagonista y en los que éste aparece como personaje activo (su cadáver, su enterramiento y su tumba, sus apariciones, etc.): leyenda *post mortem*.
4. Acontecimientos relacionados con los objetos del protagonista.
5. Acontecimientos relacionados con los descendientes del protagonista.

[6] Véanse sus artículos «R. Salem Sabazi beağadat hacam šel yehudé Temán», en *Boí Temán* (Tel-Aviv, 1967), ps. 106-131, y «Petirat R. Salem Sabazi beağadat hacam hatemanit», en *Moréšet yehudé-Temán: ʿIyunim umebcarim* (Jerusalén, 1977), páginas 132-149.

2

El nacimiento del santo constituye siempre un acontecimiento maravilloso, precedido de signos especiales anunciadores de su venida. El momento mismo de la concepción está envuelto en dificultades de todo tipo: ocurre después de una esterilidad prolongada, tras una larga separación de los padres o cuando éstos son ancianos; su vida está empedrada de acciones milagrosas encaminadas a la salvación de individuos y grupos; conoce de antemano el día de su muerte y sigue actuando después de ella; los adeptos del santo acostumbran a visitar su tumba y a explayar ante él sus angustias.

La gran cantidad de relatos semejantes en todas las culturas [7] demuestra la profunda necesidad que siente el hombre de contarlos y de oírlos. En ellos se ven cumplidas las aspiraciones humanas, en especial las de las minorías débiles y perseguidas, y el deseo de que exista una personalidad fuerte dotada de poder maravilloso, capaz de salvar a toda la comunidad en el momento de la angustia y de aliviar a los individuos necesitados: enfermos, pobres, perseguidos, etc.

Tales personalidades se convierten en portavoces de todo el pueblo y permiten a la minoría deprimida enorgullecerse con sus propios representantes, capaces de alcanzar toda suerte de logros. En el mundo judío, por ejemplo, un personaje semejante saldrá vencedor en sus enfrentamientos con los gentiles, demostrándoles la grandeza del pueblo de Israel y de su Dios; de tal manera que cada una de sus victorias es un logro no de ese personaje en exclusiva, sino también de toda la comunidad.

El maravilloso poder del santo para, mediante la ayuda de Dios, hacer milagros o curar satisface la necesidad humana de creer en hechos sobrenaturales y de esperar la curación de enfermedades o de defectos físicos y su salvación de toda suerte de daños y angustias. No es, pues, de extrañar que sea especialmente en tiempos de crisis cuando los relatos de este tipo tiendan a florecer. En muchos sentidos las leyendas de santos satisfacen también la necesidad de mediación entre el hombre y el Dios abstracto y lejano.

Este tipo de relatos viene asimismo a fortalecer la identificación étnica, tanto la específica de un sector como la nacional-religiosa. Así, un grupo determinado puede identificarse con un santo al que denomina «nuestro» [8], y paralelamente, relatos sobre santos locales o de una colec-

[7] Véase al respecto H. Delhaye, *The Legends of the Saints* (Londres, Nueva York, Bombay y Calcuta, 1961).
[8] Véase al respecto T. Alexander, «The Judeo-Spanish Community in Israel, Its Folklore and Ethnic Identity», en *Cahiers de Littérature Orale*, 20 (1986), ps. 131-152.

tividad concreta pueden convertirse en un valor nacional por encima de tal grupo.

Según Noy[9], estos relatos se centran en una figura que el pueblo considera como santa y cuyas acciones se nutren del concepto de lo santo que ese pueblo tiene. En las leyendas de santos, según la definición de H. Jason[10], están presentes el «modo» de lo milagroso y el componente del temor de Dios. El santo actúa mediante el milagro y soluciona problemas en beneficio del orden social establecido. El hombre está obligado a cumplir unas exigencias de santidad expuestas en un determinado cuadro de preceptos y ordenanzas éticas. La santidad premia al hombre por guardar las normas sociales y religiosas y le castiga por desviarse de dichas normas. En opinión de W. Bascom[11], una de las funciones propias y específicas de la leyenda es precisamente la de preservar las instituciones sociales y religiosas.

Sirve el santo como modelo al que hay que imitar; de manera que aun cuando tal imitación sea imposible, ya que el santo está por encima del hombre común, a éste se le ha encomendado tratar de acercarse a tal ejemplo.

Las historias de santos pertenecen a la categoría literaria de la hagiografía[12]. Desde el punto de vista de su clasificación como género, son leyendas, pues se trata de relatos que giran en torno a figuras históricas ancladas en un tiempo y en un lugar concretos y se refieren a la realidad existente[13].

Asimismo, como subgrupo de la leyenda que son, y al igual que sucede con este género literario, las historias de santos son aceptadas como hechos sucedidos; de manera que las personas pertenecientes al grupo en el que el relato está vivo, es decir, el narrador y su público, lo reciben como un hecho que ha ocurrido, en oposición al cuento, que pertenece al campo de la ficción[14].

---

[9] En su segundo artículo sobre rabí Salem Sabazi citado en nota 6, p. 133.
[10] En su libro Genre, Essays in Oral Literature (Tel-Aviv, 1971), ps. 30-31.
[11] Véase su estudio «Four Functions of Folklore», en The Study of Folklore, ed. A. Dundes (Englewood Cliffs, N. J., 1965), ps. 279-299, especialmente 294-295.
[12] Sobre los relatos hagiográficos véase el artículo de T. Alexander, «A Saint and a Sage: HaAri and the Rambam in the Jewish Folktale», en Folklore in Social Context, eds. Y. Elshtein y E. Hazan (Ramat Gan: Univ. of Bar-Ilan, 1988), en prensa.
[13] Esta es también la definición aceptada por los estudiosos para la leyenda en oposición al cuento; véase Funk y Wagnalls, Standard Dictionary of Folklore, Mythology and Legend, ed. M. Leach (Nueva York, 1972), s. v. Fairytale y Legend.
[14] Véase al respecto W. Bascom, «The Forms of Folklore: Prose Narratives», en Journal of American Folklore, LXXVIII (1965), ps. 3-20.

Mientras el cuento suele iniciarse con la fórmula literaria de «Erase una vez», cuyo real significado es que «nunca fue», en las leyendas de santos frecuentemente encontramos como frase inicial: «De lo que le sucedió en el año ... a san ...».

La leyenda en general es un tipo de cuento cuyo narrador niega su calidad de ficción y afirma: «No es un cuento, sino que pasó realmente» [15]; y esto sucede aún más cuando se trata de leyendas de santos que se ocupan de personajes que existieron y que son objeto de veneración. De la alforja del narrador surgen toda suerte de argumentos para avalar la veracidad del suceso, que pueden ser tanto testimonios personales («Yo mismo estuve allí», «Eso me ha sucedido a mí») como la sanción de un testimonio fidedigno, bien transmitido oralmente («Oí de rabí Fulano...») o bien procedente de una fuente escrita («He leído», «Esto incluso está escrito en un libro», etc.).

En nuestros días no es infrecuente que los narradores se sirvan de los medios de comunicación de masas como apoyatura para sus relatos, usando fórmulas como: «Han dicho por la televisión», «He leído en el periódico», etc. Obvio es que al folklorista la circunstancia de ocurrido o no ocurrido en la realidad le es irrelevante [16].

La leyenda participa y no participa a un tiempo de la verdad histórica. Puede estar basada en un acontecimiento histórico, pero selecciona los hechos y elige una forma de presentación de los mismos que resulte adecuada al objetivo que persigue. La leyenda se aparta constantemente de la realidad de los hechos para acercarse al milagro y tornar de nuevo a la realidad.

Desde el punto de vista folklórico, el examen de las leyendas de santos despierta una cierta sensación de ambivalencia respecto a las relaciones entre la historia y la hagiografía. La universalidad del modelo biográfico antes expuesto suscita reservas acerca de la exclusividad de las acciones aplicadas a los protagonistas y acerca de la veracidad de los acontecimientos. Así, la difusión amplia de un relato y la existencia de versiones paralelas interculturales son algo difícil de superar por los creyentes en un santo determinado, para quienes la veracidad de los hechos es cuestión de fe.

No es posible acercarse con métodos históricos a la hagiografía, pues en ésta la dimensión del tiempo carece de importancia y es intemporal. No deja de estar relacionada la hagiografía con un determinado tiempo

---

[15] Así ha oído T. Alexander de boca de decenas de narradores en sus encuestas de campo y en las grabaciones de cuentos que ha editado.
[16] Véase al respecto el artículo de L. Degh y A. Vazsonyi, «The Crack on the Red Goblet or Truth and Modern Legend», en *Folklore in the Modern World*, ed. R. M. Dorson (Londres, 1978), ps. 253-272.

histórico, desarrollando acontecimientos conocidos; lo que sucede es que los hechos se organizan según una exigencia independiente de la cronología: la de que los acontecimientos históricos constituyan una base para que ocurra el milagro, que es lo importante en la hagiografía. Pero como también está basada la hagiografía en la realidad histórica, ello hace imposible prescindir del todo de la relación existente entre ambas. Hay, por tanto, que poner en relación la historia y el folklore como elementos complementarios y no contradictorios [17].

La existencia de un modelo folklórico universal no convierte al personaje en pura ficción. Los relatos están en parte basados en acontecimientos biográfico-históricos y en parte actúan según modelos literarios estereotipados que emigran, a veces con acierto, de una figura a otra. Es esta transmigración de relatos una de las causas de la universalidad del modelo.

Pero precisamente el traslado a una figura determinada de narraciones que se cuentan sobre otros personajes demuestra la importancia y relevancia de esa figura histórica. Es decir, paradójicamente, cuanto más notable es la figura histórica, tantos más relatos se le adjudican que vienen a complementar el modelo literario estereotipado del ciclo vital del protagonista.

La creación de leyendas en torno a una figura concreta es un proceso cíclico: cuantos más relatos hay en torno a un personaje cualquiera, tanto mayor es la tendencia de adjudicarle otros más; y cuanto más se ve esa figura engrandecida por la hagiografía, mayor es la tendencia a trasladar los relatos que sobre ella se cuentan a otras figuras diferentes para iluminarlas así con el aura de los hechos de ese notable personaje. A este fenómeno lo denomina L. Honko «el componente dominante de la tradición» [18].

El proceso de creación de leyendas sobre un personaje determinado y la transmigración de cuentos hacia esa figura sucede durante una primera etapa que podríamos llamar creativa. En una segunda etapa, sin embargo, se congela la figura y cristaliza en forma de estereotipos que ya no suelen adecuarse a otros personajes, no siendo tampoco fácil que reciba nuevo material fuera del modelo ya consolidado.

---

[17] Véase al respecto E. Patlagean, «Ancient Byzantine Hagiography and Social History», en *Saints and Their Cults, Studies in Religious Sociology Folklore and History*, ed. S. Wilson (Cambridge, 1983), ps. 101-123.
[18] Véase su artículo «Four Forms of Adaptation of Tradition», en *Jerusalem Studies in Jewish Folklore*, 3 (1982), ps. 139-156, versión en hebreo del artículo anteriormente publicado en *Studia Fennica*, XXVI (1981), ps. 19-23.

B) LA FIGURA DE MAIMONIDES EN EL ESPEJO
DEL CUENTO POPULAR

La figura de Maimónides se presenta en la historia bajo el aspecto del médico racionalista, filósofo y rabino que actúa como guía en la vida de la comunidad judía y de la sociedad que gira en torno a ella. Parece conveniente recordar aquí brevemente los datos fundamentales de su biografía [19].

Rabí Moisés ben Maimón, conocido en el mundo occidental como Maimónides y en la tradición judía como Rambam (o HaRambam), según el acrónimo de su nombre, nació en Córdoba en 1135 en el seno de una distinguida familia de jueces rabínicos, estudiosos y dirigentes comunitarios. Nada se sabe de su madre y es opinión común que muriera durante la infancia de Maimónides. La llegada de los fanáticos almohades a la Península obligó a rabí Maimón a marchar al destierro con sus hijos: el primogénito, Maimónides, el hermano menor David y una hija cuyo nombre se desconoce.

La familia se estableció hacia 1160 en Fez, de donde se vieron obligados a huir en 1165, buscando entonces refugio en Israel. Tras cinco meses de permanencia en el país, lo abandonaron para asentarse definitivamente en Egipto, en el antiguo pueblo de Fostat, junto al cual se había construido El Cairo.

Los cuarenta años de Maimónides en el país del Nilo fueron los más prolíficos de su vida. Contrajo matrimonio, probablemente en segundas nupcias, y le nació su hijo Abraham. Durante muchos años se dedicó exclusivamente al estudio, pero acuciado luego por problemas económicos, hubo de decidirse a practicar la medicina como medio de subsistencia, llegando a ser hacia 1185 médico particular del visir de Saladino en El Cairo y más tarde de Al-Afdal, hijo mayor de Saladino y su representante en El Cairo con el título de rey. Al primero le dedicó el *Tratado sobre los venenos y sus antídotos* (1199), y al segundo, que sufría de frecuentes ataques de depresión, la *Guía de la buena salud* (1198) y la *Explicación de las alteraciones* (1200).

Además de otros varios opúsculos médicos, durante estos años pro-

---

[19] Hoy día circulan en traducción española dos de las biografías clásicas de Maimónides: la de Meir Orian, *Maimónides: Vida, pensamiento y obra* (Barcelona: Riopiedras, 1984), y la de Abraham Joshua Heschel, *Maimónides* (Barcelona: Muchnik, 1984). Pueden verse también *Maimónides y su época* [Catálogo de la Exposición en el] Palacio de la Merced, Córdoba, 1986 (Madrid: Ministerio de Cultura, etcétera, 1986), y José Luis Lacave, Elena Romero y Iacob M. Hassán, *Maimónides y su mundo* (Madrid: Asociación B'nai B'rith de España y Dir. Gen. de Enseñanzas Medias, 1986).

dujo sus principales obras de tema rabínico: dio remate a su comentario a la Misná, denominado *El luminar* (1168), y escribió su obra magna, *La segunda ley* (1180), amplia y minuciosa recopilación por materias de todas las leyes o normas religiosas y jurídicas que rigen la vida judía. Su fama desbordó los límites locales y se vio rodeado de discípulos, tanto en el campo de la medicina, en donde destacó su propio hijo Abraham, como en el de los estudios jurídico-religiosos, llegándole desde lugares cercanos y remotos toda suerte de consultas sobre problemas de esta índole. Hacia 1177 fue nombrado dirigente de la comunidad judía de Egipto, cargo que ostentaron sus descendientes tras su muerte.

Además de otros opúsculos de carácter filosófico escritos con anterioridad, en los últimos años de su vida redactó sus más importantes obras en este campo: el *Tratado sobre la resurrección de los muertos* (1191) y sobre todo la *Guía de perplejos* (1190), pieza clave de su pensamiento filosófico, que tuvo amplia resonancia en círculos no sólo judíos sino también cristianos, principalmente escolásticos.

Maimónides falleció el 13 de diciembre de 1204, cuando frisaba los setenta años, y, según su deseo, su cadáver fue trasladado a Tierra Santa, donde recibió sepultura en la ciudad de Tiberíades.

Aunque ciertamente cabría esperar que un personaje como Maimónides no hubiera sido productivo para la narrativa popular, justamente ha sucedido lo contrario. A pesar de que el propio sabio cordobés no se habría sentido muy satisfecho de servir como protagonista de relatos, lo cierto es que la imaginación del pueblo le ha dedicado su atención, atribuyéndole hechos y acontecimientos que en la mayoría de las ocasiones no tienen ninguna relación con su biografía real.

Entre los protagonistas de cuentos tradicionales documentados en el IFA, ocupa Maimónides con unos ciento veinticinco relatos el segundo lugar, precedido sólo por el profeta Elías.

Hay que tener en cuenta, sin embargo, que la recolección de los más de quince mil cuentos recogidos hasta el día de hoy en el IFA no ha sido sistemática desde el punto de vista de los temas, y por tanto el número de relatos sobre Maimónides puede ser fortuito, a tenor de los especiales intereses de los recolectores, ni tampoco sirve de preciso muestreo de la difusión de los relatos sobre Maimónides en las comunidades judías.

Desde el punto de vista hagiográfico, Maimónides se corresponde mejor con el tipo del sabio que con el del santo; los dos tipos son muy frecuentes en la literatura popular, sin que resulten especialmente significativas las diferencias entre ambos, pudiendo aplicarse a los dos el mismo modelo biográfico.

Basado en el de D. Noy antes mencionado y a partir de los relatos

23

sobre Maimónides recogidos en esta *Antología,* hemos elaborado un modelo de esquema biográfico más amplio y detallado, que se ajusta con mayor puntualidad a nuestro personaje. Helo aquí:

I. CONCEPCIÓN Y NACIMIENTO.

    A) *Los padres.*
        1. Elección de esposa.
        2. Diferencias sociales entre los progenitores.

    B) *Premoniciones:* anuncio en sueños.

    C) *Dificultades en el nacimiento.*
        1. Edad avanzada del padre.
        2. Muerte de la madre.

II. HACIA LA PLENITUD.

    A) *Cualidades singulares del niño.*
        1. Positivas: inteligencia.
        2. Negativas:
            2*a.* Falta de inteligencia.
            2*b.* Falta de aplicación en el estudio.

    B) *Salida de la casa paterna.*
        1. Por expulsión.
        2. Por libre decisión.
        3. Por casualidad.

    C) *Transformación en sabio:* aislamiento.
        1. Transformación prodigiosa.
        2. Transformación por el estudio.

    D) *Regreso al hogar.*
        1. Actuación pública.
        2. Reconocimiento de su saber.

III. LA PLENITUD.

    A) *El médico.*
        1. Métodos prodigiosos de diagnosis.
        2. Curaciones gracias al saber médico.
        3. Discípulos.

B) *El rabino.*
    1. Decisiones jurídico-religiosas.
    2. Producción de obras.
    2*a.* Inspiración divina.
    2*b.* Sanción divina.
C) *Situaciones adversas.*
    1. Confrontaciones.
    1*a.* Religiosas.
    1*b.* Profesionales.
    2. Pruebas.
    3. Celadas y persecuciones.
D) *Relación con rabinos y colegas.*
E) *Otras cualidades excepcionales.*
    1. Poder de adivinación.
    2. Aptitudes singulares.
F) *Emigración a Israel.*

IV. MUERTE Y MÁS ALLÁ.
A) *La muerte:* prodigios.
    1. En el momento del óbito.
    2. En relación con el ataúd.
    3. En el enterramiento.
    4. En relación con el cadáver.
B) *Apariciones.*
    1. En sueños.
    2. A través de la voz.
C) *Veneración de lo relacionado con el santo.*
    1. Su sinagoga.
    2. Su tumba.
    3. Sus libros.
D) *Descendientes.*

A la luz de este cuadro, comentemos ahora la figura de Maimónides según nos la presenta el relato popular.

25

I. Concepción y nacimiento

A) *Los padres.* Sobre el matrimonio de rabí Maimón, personaje histórico conocido y procedente de una ilustre familia, se nos dice que en una aparición en sueños recibe la orden de tomar por esposa a una joven de baja extracción social, hija de un carnicero (1-4). Este oficio es a ojos del judaísmo uno de los más bajos, debido al obligado contacto con la sangre, que es sustancia impura.

Poco más que su ascendencia familiar es lo que acerca de la madre se nos dice en los relatos. Frente a ello, en el esquema biográfico universal la madre del héroe suele ser un personaje principal, generalmente reina de algún lugar, mientras que el padre es un sujeto desconocido.

El matrimonio de los padres de Maimónides resulta ser así una alianza irregular según las normas sociales, y por ello rabí Maimón desatiende el mandato del sueño y sólo cuando se le reitera una y otra vez se decide a obedecer (2-4). Sin embargo, al venir decretado por los cielos, se manifiesta en esa alianza una voluntad superior, sirviendo la brecha social entre los miembros de la pareja para resaltar los caminos de la Providencia.

Sólo en un cuento se justifica tal alianza (3). En este caso la elección de la hija del carnicero viene determinada por haber ganado el humilde sujeto su derecho a la vida eterna mediante una acción generosa: el rescate de una niña cautiva. Este cuento, como indicamos en su correspondiente nota bibliográfica, es en realidad el producto de la fusión de la popular historia judía de *El compañero en el Paraíso* con la del relato del matrimonio de rabí Maimón.

B) *Premoniciones.* En el esquema universal, el nacimiento de un héroe o de un santo viene generalmente precedido de signos premonitorios, encuentros con enviados celestiales o anuncios en sueños; es este último recurso el que figura en nuestros relatos (1-4).

En una ocasión (1), el encargado de llevar la nueva a rabí Maimón es el profeta Elías, personaje habitual en la literatura tradicional judía para cumplir tales tareas, quien aquí comparte su misión con el bíblico Moisés: Elías se encarga de comunicar a rabí Maimón quién ha de ser su esposa, y Moisés de anunciarle que su hijo escribirá *La segunda ley.*

La elección de Moisés para transmitir tal mensaje viene determinada por dos razones. En primer lugar, por la identidad del nombre de Moisés el bíblico con el del rabino medieval; pero también y sobre todo porque la tradición judía atribuye al primero la autoría de la Ley (hb. *Torá*) —es decir, de los cinco libros del Pentateuco—, mientras que Maimónides será el autor de *La segunda ley* (hb. *Mišné Torá*), título en el que hay una clara referencia a la primera.

De hecho, no es ésta la única vez que en nuestra *Antología* aparece Moisés en relación con Maimónides; de tal manera la mente popular hace bueno el dicho tradicional hebreo: «Desde Moisés (el bíblico) hasta Moisés (Maimónides) no hubo otro como Moisés.»

C) *Dificultades en el nacimiento.* En el esquema universal, la concepción y el nacimiento del protagonista se producen en condiciones singulares, generalmente problemáticas: después de una larga espera de los padres, tras una prolongada esterilidad, en la ancianidad de los progenitores, etc. Por lo que se refiere al santo, es como si su alma se negara a separarse del mundo superior para descender a cumplir su misión en la tierra.

En nuestro caso, Maimónides es concebido en edad avanzada del padre (1-3), que ha permanecido muchos años soltero entregado sólo al estudio de la Ley; además, en algunos relatos el nacimiento se presenta problemático, muriendo la madre en el parto, con lo que acaba su papel en este mundo (1-2).

Como ya decíamos anteriormente, no se tiene ningún dato histórico de la madre de Maimónides. En los relatos se le adjudica solamente una función biológica, y por eso se ha elegido una figura irrelevante y desconocida. Todos los contactos con el mundo superior —anuncio en sueños— se han hecho a través del padre, y éste será también el encargado de propiciar que en el niño se cumpla lo anunciado. Incluso en los cuentos en los que la madre permanece con vida, no cumple ninguna función educacional con su hijo, pues o se somete a los dictados del marido (4) o el niño no vive con ella, siendo en este caso su abuelo el encargado de su formación (16).

II. *Hacia la plenitud*

A) *Cualidades singulares del niño.* Sólo en un caso el niño Maimónides se muestra dotado de una inteligencia excepcional, siendo capaz de interpretar el sueño del rey y de ayudarle a solucionar un espinoso problema (7).

Frente a ello, los relatos sobre la infancia de Maimónides nos lo describen generalmente como tonto, ignorante y duro de mollera (2-4 y 8) o como incapaz de esforzarse en el estudio, prefiriendo los juegos infantiles (6).

B) *Salida de la casa paterna.* El padre (o el abuelo), desesperando de sacar partido del niño, lo echa de la casa (2 y 16) o lo aparta de su lado (3). En algún relato, tras la expulsión se produce la libre decisión del niño de no regresar a su hogar (16); la salida de la casa puede producirse también de modo fortuito (5).

La expulsión de la casa paterna funciona como motivo paralelo al del abandono del niño por su padre en el esquema universal de la vida del héroe. Sólo que en nuestro caso tal situación no viene condicionada por la profecía de la futura grandeza del niño, que ha de perjudicar al padre (Edipo, Sargón), sino por la decepción intelectual de las esperanzas que el padre tenía puestas en su hijo.

C) *Transformación en sabio.* Es en este período de alejamiento de los suyos cuando se produce en el protagonista la esperada transformación de necio en sabio. En relación con Maimónides, tal cambio afecta a dos planos: el religioso rabínico (el santo) y el del saber médico (el sabio).

Lo mismo que en el esquema universal el héroe sale de la casa, si bien en este caso por decisión propia, también el santo necesita alejarse del hogar o de la proximidad paterna para pasar por la etapa de capacitación que le permitirá su regreso triunfal. Sólo que en el esquema general el héroe adquiere fama mediante proezas guerreras frente a reyes y enemigos, y en cambio el santo y el sabio se dedican al estudio y a la conquista del mundo intelectual.

En relación con Maimónides, tal transformación suele ser prodigiosa en el plano del saber rabínico: al despertarse de un sueño en la sinagoga (2), al comer unas hierbas prohibidas (8), al beber agua de manos del profeta Elías (3-4), al bañarse en el arroyo de la sabiduría y recibir además el beso de un ángel (6), etc. En este último caso el ángel constituye un sustituto de la madre que Maimónides no llegó a conocer. El agua que bebe o en la que se baña significa la vida, que en el judaísmo no es sino la Ley, y un nuevo principio: el protagonista vuelve a nacer tras el baño en el arroyo, y liberándose de toda identificación con la hija del inculto carnicero, pasa a integrarse en el mundo intelectual del padre. En varios casos esa transformación prodigiosa es sólo un primer paso que debe complementarse con el estudio (2-4).

Sin embargo, en el plano del saber médico la transformación es siempre fruto del estudio y del trabajo, y así en los relatos se nos habla de la formación médica de Maimónides permaneciendo varios años como pupilo junto a un famoso galeno (16-17).

El proceso de capacitación del santo se produce por lo general mediante el ascetismo y el aislamiento físico en parajes apartados, como cuevas, montañas, islas, etc., es decir, fuera del mundo social humano y separado de todo entorno cultural. En esta etapa adquiere el santo poderes sobrenaturales al sobreponerse a todas las necesidades humanas mediante la privación de compañía, alimento y vestido, y manteniendo relación exclusivamente con los mundos superiores. Este es también el proceso mediante el cual alcanza Maimónides la sabiduría. Cuando se trata del saber religioso está siempre en soledad: en la sinagoga (2), en el arroyo de la sabiduría (6), en la galería de su casa (3), etc.; además, en algún caso se le ha privado de ciertas comodidades habituales (colchón y cobertor: 3) o de alimento (agua: 4). Pero también su aislamiento puede ser psicológico; así sucede con su aprendizaje de la medicina, donde prescindiendo de su entorno social habitual, se emplea como criado, permaneciendo mudo y sordo ante su maestro y el resto de la gente mientras va adquiriendo ciencia a escondidas (16-17).

Resulta evidente que al narrador-autor se le hace difícil retrasar hasta una edad que sobrepase la primera infancia la transformación en sabio de uno de los grandes pensadores de Israel. Así, en la mayoría de los relatos queda implícito o se dice expresamente que tal cambio se produce cuando Maimónides es un niño pequeño. Sólo en un caso su ignorancia se prolonga hasta los veinte años (8).

En general, los cuentos que se ocupan de semejantes transformaciones son, por motivos bien comprensibles, especialmente atractivos para los oyentes no ilustrados o de baja extracción social: con ellos se consuelan satisfaciendo sus esperanzas de que también un ignorante puede convertirse en un gran sabio no sólo a través del estudio, sino gracias al milagro.

D) *Regreso al hogar.* El proceso de capacitación del héroe se cierra con el regreso a su lugar de origen y con una actuación pública que provoca el reconocimiento de sus cualidades y valores por parte de la sociedad (a modo de ejemplo, recuérdese la muerte de la Esfinge a manos de Edipo). El héroe, tras superar todas las pruebas y realizar toda suerte de hazañas, merece la mano de la princesa y su trono.

En el caso del santo, es también tras alguna hazaña en el terreno de lo religioso cuando recibe el aplauso y el reconocimiento de su grandeza por parte de la comunidad. Maimónides pronuncia en la sinagoga un maravilloso sermón que provoca la admiración de propios y extraños (2), expresa una opinión jurídico-religiosa que prevalece por encima de la opinión de otros jueces, recibiendo la sanción de un gran sabio judío (4), etc.

Algo similar sucede en el campo de la medicina con la espectacular «vuelta» de Maimónides. En este caso, saliendo de su fingida mudez, irrumpe a hablar para demostrarle a su maestro el grave error que está a punto de cometer, recibiendo del sorprendido médico el reconocimiento de su sabiduría (16) o el agradecimiento del rey que le premia por salvar la vida de su hija (17).

III. La plenitud

En la etapa de plenitud aparece Maimónides en los relatos como lo que fue en su vida real, es decir, como médico y como rabino.

A) *El médico.* Es su faceta de médico la preferida por la narrativa popular; ello se debe seguramente a que es más sencillo contar un relato sobre sabiduría médica que sobre ideas rabínicas y filosóficas.

En su actividad médica se mueve nuestro personaje en dos planos: el del prodigio y el de sus excepcionales conocimientos, si bien en algunos casos no puede distinguirse claramente dónde acaba el saber y dónde empieza el prodigio.

Pertenece claramente al terreno prodigioso el que a la hora de recetar una medicina el frasco que contiene el remedio adecuado se mueva por sí mismo (21). Pero también puede diagnosticar una enfermedad sólo con leer el nombre del enfermo (29), con mirarle a los ojos (37-38, 80, 86 y 88) o con examinar su orina (27 y 35), distinguiendo de un vistazo quién está realmente enfermo y quién lo finge (27, 29, 35-37 y 88); conoce las reglas de la dietética (23 y 38) y es un experto en las propiedades curativas de las plantas (20, 23 y 30); sabe de venenos y de sus antídotos (17-19, 31, 40 y 42) y también conoce toda suerte de remedios prodigiosos contra el envenenamiento (17-19 y 41) —recordemos su opúsculo, antes mencionado, *Tratado sobre los venenos y sus antídotos*—; no teme recetar medicamentos insólitos, como veneno (20-21), carne de perro (53) o carne humana (22); conoce a la perfección el cuerpo del hombre (43, 53-54, 86, etc.), pero también las reglas que rigen su comportamiento (45 y 50), así como el funcionamiento de su mente (24), sus defectos —el miedo (17-18 y 41), el aburrimiento (32), la estupidez (38), la avaricia (88), etc.— y sus necesidades —el hambre y la pobreza (33-35), etc.—; se muestra como un experto cirujano (16-18 y 30); es capaz de resucitar a los muertos (25-26 y 53) o de recomponer los miembros de un hombre despedazado (44); etc., etc.

Con excepción de su hijo Abraham (53), a los discípulos del Maimónides médico se les alude casi siempre en los relatos de forma genérica y no los vemos actuar independientemente del maestro. Quizá sea éste un recurso para subrayar la imposibilidad de emular su ciencia; en el único caso en que tal sucede, el osado discípulo lo paga con su vida (19).

A eso mismo parece apuntar el hecho de que los pocos relatos en que sí vemos actuar a ciertos «discípulos» de nuestro médico, sean narraciones humorísticas en donde se nos muestra a personajes cómicos, quienes gracias a la intervención directa o indirecta de Maimónides se convierten, mediante actuaciones fortuitas, en médicos de prestigio (28-29 y 103).

B) *El rabino*. Aunque menos desarrollada que la médica, no podía faltar en los relatos sobre Maimónides su faceta rabínica, y así le vemos actuando como juez y dictando sentencias jurídico-religiosas (4, 10-14, 58 y 61-63). También se mencionan en los relatos algunas de sus obras, como son la filosófica *Guía de perplejos* (3 y 6) y las propiamente rabínicas *El luminar* (3) y *La segunda ley* (5, 54-55 y 67).

Pero la figura racionalista y filosófica de Maimónides en la realidad histórica recibe en la hagiografía la pátina de la magia, resultando así que Maimónides escribe la *Guía de perplejos* como consecuencia de las enseñanzas adquiridas mediante el beso del ángel (6), y que para redactar *La segunda ley* ha de aislarse largo tiempo en su habitación (67) o en una cueva (54-55), ya que a causa del peso de la santidad de la obra podrían tambalearse los cimientos del mundo (55). La cueva escogida es, y no por casualidad (véase *infra*), la misma en la que buscó refugio rabí Simón bar Yohay, a quien se atribuye la autoría del *Zóhar*, libro fundamental de la ciencia cabalística. Una vez acabada la obra se le aparece en sueños a Maimónides el bíblico Moisés, quien, tras leer el libro, sanciona lo hecho y felicita a su autor (67).

C) *Situaciones adversas*. En sus varias facetas de médico de la corte, ministro y consejero de reyes, sabio y cabeza de la comunidad judía, se ve repetidamente inmerso Maimónides en confrontaciones con propios y extraños en relación con dos ámbitos principales: el religioso y el profesional; asimismo es sometido a pruebas difíciles de superar, al tiempo que en torno a su persona y a su comunidad se tejen asechanzas y maquinaciones. En todos los casos, Maimónides sale triunfador, la mayoría de las veces gracias a su propio saber y a su excepcional inteligencia, pero tampoco faltan las ocasiones en que media la ayuda divina.

En contra de lo que fue la realidad de su vida, no se convierten en tema del relato hagiográfico las confrontaciones religiosas con judíos, y salvo en un relato que se sitúa tras la muerte del rabino (véase *infra*), no encontramos de ellas sino una somera alusión (86).

Sí encontramos, en cambio, eco de la fuerte oposición que mantuvo Maimónides contra la secta judía de los caraítas (73), el odio de los cuales le persigue, como luego veremos, hasta después de su muerte.

Hay algunos relatos, aunque no tantos como cabría esperar, que nos hablan de sus confrontaciones religiosas con gentiles, en las cuales Maimónides demuestra la verdad del judaísmo y de su ética (70-71). En la

31

narrativa popular judía es ésta una situación habitual en los personajes que viven en la diáspora como minoría religiosa inmersa en una mayoría frecuentemente hostil.

Sin embargo, el mayor número de confrontaciones las tiene Maimónides en el terreno de lo profesional, no tanto con judíos, a los que si supera es por mala suerte de su oponente (85), sino principalmente con gentiles que envidian su sabiduría y su elevada posición como médico real. De todos sus debates y de las pruebas a las que se le somete para mostrar su saber médico, sale Maimónides vencedor gracias a sus anteriormente mencionados conocimientos de anatomía, de farmacología, de la mente y del comportamiento humano, etc. Sólo ocasionalmente lo encontramos sometido a pruebas semejantes a las que tiene que superar el héroe universal, como es el caso del rescate de los cántaros de los diablos (46).

En todo momento y ocasión planea sobre Maimónides, o sobre la comunidad judía y cada uno de sus miembros, de los que es su defensor, la amenaza de muerte o de persecución; pero siempre logra nuestro personaje salvarse a sí mismo y a sus correligionarios y amigos. En algunos relatos la salvación se debe a la intervención de la Providencia, en otros se produce gracias a su clara inteligencia y suma habilidad, pero en la mayoría de los casos es el resultado de los poderes sobrenaturales que posee Maimónides.

La mano de la providencia libra al piadoso Maimónides de ser arrojado a un horno (48-49), o el profeta Elías le previene de algún peligro inminente (53). Ejemplos de salvación mediante su ingenio son las artimañas a las que recurre para salvarse a sí mismo y a su amigo el visir de las insidias del envidioso pintor (57 y 65), sus agudas respuestas (72), los documentos que certifican su presencia en un lugar y fecha no esperados (12-14 y 58), su paciencia para esperar el error del enemigo (50) y otros variados trucos (52, 60, etc.). En cuanto a los poderes sobrenaturales, Maimónides los usa en repetidas ocasiones para librarse a sí mismo: escapando de Fez a través de las numerosas puertas de la ciudad (10 y 13), invocando al fuego (11-12), atrayendo los vientos necesarios para que un barco hincha sus velas (4), recorriendo en minutos largas distancias mediante el Nombre inefable (12-14 y 58), escapando de la prisión con pintar un barco en la pared (15), huyendo montado a lomos de un león (11), librándose de una acusación de estupro mediante el testimonio del feto (46-47), etc.; pero también usa de sus poderes para salvar a comunidades o a individuos judíos perseguidos o maltratados, recurriendo a procedimientos diversos tales como tornarse él mismo en león devorador (61-62), convertir una vaca en una mujer degollada (64), etc.

Historias de este tipo, en las que Maimónides sale victorioso de una situación adversa o comprometida, pueden considerarse como paralelas de las que en el esquema biográfico universal narran el triunfo del héroe que con sus hazañas bélicas somete a sus enemigos, siendo éste uno de los motivos más productivos y reiterados en todas las narraciones heroicas.

En cuanto a los relatos en los que se produce la salvación de la comunidad judía gracias a la mediación de su representante, es un tema muy difundido en la narrativa tradicional judía, siendo su primer modelo la historia que se cuenta en el libro bíblico de Ester.

D) *Relación con rabinos y colegas.* En varios relatos mantiene Maimónides relaciones directas con una serie de personajes históricos: Salomón ben Isaac (1040-1105) (87-88), Abraham ibn Ezra (1090-¿1164?) (74-84), Abraham ben David *(ca.* 1125-1198) (86) y Salomón ben Adret (¿1235-1310?) (85), y como es habitual en el cuento popular, en el caso del primero y del último se incurre en flagrante anacronismo.

Estos relatos tienden a mostrar una cierta superioridad de Maimónides sobre los otros rabinos. Pero no sucede así en las varias historias en que se le pone en relación con rabí Abraham ibn Ezra. En tales relatos, la personalidad de Ibn Ezra tiende a ensombrecer y a sobrepujar a la de Maimónides, quien en ocasiones pasa a ocupar un lugar secundario en la narración.

Aparece Ibn Ezra como dotado de cualidades excepcionales y prodigiosas (57, 78-79 y 82-84), que pueden entrar en implícita competencia con las de Maimónides (77-78); también en alguna ocasión, frente a un Maimónides despreocupado por la situación de su pueblo, es Ibn Ezra quien se convierte en el defensor de Israel (81-82). Sin embargo, la tónica dominante en los relatos es la de describir a Ibn Ezra como pobre y víctima de una permanente mala suerte (74-77). Tras los infructuosos intentos de Maimónides por ayudar a su amigo (74), no duda en mostrarle cuál es la diferencia que les separa mediante el simbólico reparto de un pescado (77).

E) *Otras cualidades excepcionales.* Para completar el cuadro de la personalidad de Maimónides según se refleja en el relato hagiográfico, es necesario mencionar aún otras cualidades y aptitudes singulares que se le atribuyen. Posee un gran poder de adivinación, que le permite averiguar cuál es el contenido exacto de una bolsa de joyas que no le pertenece (11) o precisar dónde ha perdido Ibn Ezra su navaja (78); interpreta sueños (7 y 56); es un experto jugador de ajedrez (66); y también es un magnífico (57) y en ocasiones prodigioso (69) arquitecto, etc.

33

3

F) *Emigración a Israel.* La emigración al país de Israel o el deseo de hacerlo constituye una etapa fija en las biografías de los justos y santos judíos. La tierra de Israel y el lugar que ésta ocupa en la conciencia histórica de su pueblo obliga a poner al santo en estrecha relación con ella. Según el concepto judío, el lugar propio de sus santos es su tierra santa, de modo que su ausencia de tal lugar requiere explicación. Por eso tiende el relato popular a atribuirle al santo su retorno, si no en vida, sí al menos después de la muerte.

Por lo que respecta a Maimónides, se dice de él que nació en Jerusalén, adonde regresa cuando se ve en apuros (14); que en compañía de su hijo escapa a la tierra de Israel y permanece trece años escondido en una cueva (55); que se refugia en Tiberíades (13), y también —en este caso, de acuerdo con la verdad histórica— que fue enterrado en esa ciudad (89-91).

IV. *Muerte y más allá*

A) *La muerte.* El momento de la muerte de un santo suele ir acompañado de determinadas señales. En el caso de Maimónides, el reloj que fabricara en Fez mediante doce bandejas de cobre no volverá a sonar desde el instante de su muerte (93); es éste un motivo que aparece en muchos relatos de testimonios personales al referirse a la muerte de seres queridos. Otros prodigios siguen al del reloj.

Según un motivo muy difundido en todas las culturas, de que no se puede dañar ni al santo ni a su cadáver y que quien lo intenta es castigado, los treinta salteadores que pretenden detener el cortejo fúnebre no logran levantar del suelo el ataúd (89-90).

En relación también con la muy difundida creencia, tanto en el judaísmo como en otras culturas, de que la tumba de un santo atrae la bendición de los cielos sobre el lugar, todas las ciudades de Israel disputan entre sí por recibir su cadáver, quedando en manos del prodigio la determinación de su lugar de reposo en Tiberíades (91).

Un dedo del pie de Maimónides queda olvidado en El Cairo, siendo más tarde enviado a Tiberíades (92). Esta reunificación de todas las partes del cuerpo enterrado simboliza que la muerte es ya un hecho irreversible, sin que quepa esperanza de una vuelta milagrosa a la vida. La resurrección del santo es en los relatos hagiográficos un anhelo constante de los creyentes; anhelo que encuentra expresión en las apariciones en sueños del santo tras su muerte. En relación con el dedo, recordemos al respecto que en la mitología griega Zeus devuelve la vida a Atis gracias precisamente a que su dedo meñique sigue moviéndose tras su muerte.

B) *Apariciones.* La «vida» del santo y su influencia no concluyen con su muerte biológica, sino que tras ella sigue actuando, en relación con individuos aislados o dentro del seno de la comunidad, por medio de apariciones, que pueden producirse tanto en el sueño como en la vigilia del vidente.

En el caso de Maimónides, los relatos nos hablan de varias apariciones en sueños (94 y 101), y en una ocasión deja oír su voz estando el oyente despierto (98): el rabino le susurra a un hasid la explicación de un complicado pasaje escrito por el propio sabio cordobés. Este cuento tiene un objetivo concreto: el de utilizar la figura del filósofo racionalista en favor de los grupos de hasidíes, en el marco de las disputas que entre éstos y sus contradictores *(mitnaguedim)* agitaron el judaísmo centroeuropeo en los siglos XVIII y XIX.

C) *Veneración de lo relacionado con el santo.* Durante siglos han creído los judíos de Egipto en la santidad de la sinagoga de Maimónides en Fostat y en sus especiales propiedades salutíferas, en especial las del pozo que hay en su patio interior, a cuyas aguas acudían a bañarse en busca de curación enfermos desahuciados, tanto judíos como no judíos (100-102). Dentro de la sinagoga había también habitaciones reservadas para el ayuntamiento de matrimonios sin hijos, que pasaban allí la noche esperando la bendición de Maimónides. De tal manera el sabio cordobés ha seguido actuando como médico aun después de su muerte. Es de señalar, sin embargo, que ese motivo de la cura de la esterilidad, muy extendido en los relatos de santos, no aparece recogido en los cuentos sobre Maimónides y sólo se plasma en la creencia popular de que el mal se remedia acostándose en la sinagoga.

La tumba de Maimónides en Tiberíades, como sucede con la mayoría de las tumbas de santos, se ha convertido en lugar de peregrinación para orar e implorar favores, dentro de la creencia de que la santidad del hombre se traslada a su tumba. Sin embargo, ningún día determinado del año está destinado a la conmemoración de su muerte ni hay ningún tipo de peregrinación pública a su tumba, como es lo habitual en relación con los lugares donde reposan los santos.

Frente a los numerosos relatos relacionados con los milagros de su sinagoga en el viejo Cairo, apenas se conocen historias de curaciones milagrosas relacionadas con su tumba. Sólo en un caso vemos a rabí Yoná Guirondí, detractor de las ideas de Maimónides en vida, acudir a su tumba en busca de perdón —no de curación física— por haber negado la autoridad del maestro (95). Esta escasez de relatos en torno a su tumba viene a mostrar que, a lo largo de los siglos, la figura de Maimónides ha quedado plasmada en las mentes populares más como sabio que como santo.

La función que en otras ocasiones cumplen los objetos personales del santo o las cosas que han estado en contacto directo con su cuerpo la cumplen, en el caso de Maimónides, sus obras, que han seguido siendo consideradas hasta el día de hoy como santas, y según la creencia popular son capaces de proporcionar a quienes las poseen el poder de curación y adivinación, amén del bienestar económico (104).

En algún otro relato encontramos sucesos milagrosos relacionados con sus obras, como el hallazgo prodigioso de un libro de Maimónides, que para humillar su memoria habían enterrado sus oponentes (96), o sus sempiternos enemigos los caraítas (97), bajo los peldaños de la escalera de una sinagoga.

Así, pues, aunque las obras de Maimónides no sean objetos personales relacionados directamente con su cuerpo y aunque no se trate de manuscritos suyos, sino de productos de la imprenta y se hayan editado y vuelto a editar cientos de veces, basta con que sean libros escritos por él para que se los considere como objetos santos. De guisa que libros de contenido rabínico, filosófico y científico se convierten para la concepción popular en cosas santas dotadas de propiedades curativas y proféticas.

D) *Descendientes.* Por último, el descendiente histórico de Maimónides, su hijo Abraham, aparece también en los cuentos no sólo en vida de su padre, sino también después de su muerte, convirtiéndose en estos últimos relatos en el protagonista central de la historia (94), donde se le presenta como el heredero de su padre, tanto en su puesto en la corte y en su saber médico como en sus poderes sobrenaturales y en su habilidad para escapar de situaciones adversas.

C) MOTIVACIONES Y TENDENCIAS EN LA CONFIGURACION
DEL PERSONAJE

Cuando un relato tradicional sobre un personaje preclaro como Maimónides· procede de una fuente escrita, el narrador prefiere apoyarse en esa fuente, iniciando su narración con la fórmula «He leído» en lugar de «He oído». También para el contador de leyendas la sanción de lo escrito es siempre superior, sobre todo teniendo en cuenta que se trata de una categoría literaria que exige una cierta medida de veracidad ·histórica y un tiempo concreto en el que tengan lugar los acontecimientos. Los relatos sobre Maimónides que proceden de fuente libresca, como los del *Séfer yuḥasín, Šalšélet ḥacaḅalá,* etc., fijan su impronta sobre el relato oral que de ellos deriva. Estos relatos suelen ser los más difundidos y tienden a aplicarse solamente a Maimónides, sin transmigrar a otros personajes.

Sin embargo, puesto que no se conoce ninguna compilación de relatos sobre Maimónides fijada desde antiguo, el contador popular dispone de una amplia libertad en la creatividad imaginativa para inventar nuevas narraciones y también para aplicarle historias que se cuentan sobre otros personajes.

No hay ninguna relación directa, como es natural, entre los relatos sobre Maimónides y el contenido de sus enseñanzas filosóficas y de su pensamiento. La hagiografía se limita en este caso a envolver en un aura mística el proceso de redacción de sus obras. Frente a ello, como ya hemos ido señalando, algunos motivos que figuran en las narraciones sí están relacionados con hechos de su vida. Pero por su propia esencia, no hay leyenda que no se escape de la realidad por medio de un elemento milagroso o maravilloso, y, por tanto, en un buen número de nuestros relatos no hay ninguna circunstancia que pueda relacionarse con la realidad o con los rasgos específicos de la figura histórica de Maimónides.

Ya hemos indicado anteriormente que por haber desarrollado Maimónides su actividad en el marco de la diáspora judía, ocupa un lugar predominante en sus relatos el tema de las confrontaciones, en las cuales se muestra a nuestros ojos como figura dotada de una autoridad y de un poder tales como para plantar cara a reyes y a enemigos. Cabría esperar, por tanto, que el modelo hagiográfico de la vida de Maimónides concordara más bien con el esquema biográfico del héroe que con el del santo. Sin embargo, en los relatos sufre Maimónides un proceso de santificación: se convierte en santo y así se le denomina. También de él, como de cualquier otro santo, se cuentan relatos milagrosos o que muestran sus poderes maravillosos. Este proceso de santificación parece sublimarse en los relatos que de forma más o menos explícita atribuyen a Maimónides el saber cabalístico y místico.

Algún eco de ello lo tenemos en nuestra *Antología.* En cierta ocasión, Abraham ibn Ezra, quien gracias a sus conocimientos cabalísticos libra a Maimónides de la muerte, le reprocha no haber estudiado cábala práctica (59); y como ya hemos aludido *supra,* si se elige la cueva donde estuvo escondido rabí Simón bar Yohay como el lugar idóneo para que Maimónides escriba su libro *La segunda ley,* es porque a ese rabino se le atribuye la autoría del *Zóhar,* obra fundamental de la ciencia cabalística.

La leyenda del acercamiento de Maimónides a la Cábala empezó a difundirse poco después de su muerte, o quizá cuando estaba aún con

37

vida, siendo luego mantenida y desarrollada tendenciosamente por los círculos de estudiosos cabalistas.

A título de ejemplo, y entre los muchos textos que podrían aducirse [20], así leemos en el *šalšélet hacabalá* [21], donde se recogen las palabras de rabí Eliyahu Hayim de Genezzano en la introducción de su libro *Iguéret ḥamudot:*

> «He visto una carta que envió Maimónides desde Jerusalén a un discípulo suyo en Egipto en la que decía: "Después de llegar al País del ciervo [i. e. Israel] encontré a un anciano que ha iluminado mis ojos en las sendas de la Cábala. Si hubiera sabido antes lo que he alcanzado a saber ahora, no hubiera escrito muchas de las cosas que he escrito."»

En el empeño por convertir a Maimónides en cabalista, vemos cómo se le atribuye una muy difundida leyenda referida habitualmente a Moisés ben Nahmán (Gerona, 1194-1270). Según ella, Maimónides, después de una serie de milagrosos acontecimientos que liberan a su comunidad de la opresión del poder, se decide a estudiar cábala con rabí Eliézer de Worms (s. XI), quien permanece un año con él en Egipto [22].

Resulta, pues, que en la conformación del relato popular el mecanismo de la leyenda es más fuerte que la personalidad histórica del personaje, de tal manera que el esquema de la vida del héroe que se da en la conciencia cultural se impone a la realidad, haciendo además pasar intencionadamente de un personaje a otro motivos tradicionales dominantes.

Si un santo o un héroe se convierte en protagonista de un relato es porque ha sido elegido por otros, que lo han considerado digno de semejante protagonismo; por tanto, el concepto que tengan esos otros de tal santo o héroe debe ser lo bastante vigoroso como para suscitar la creación de relatos en torno a él. Según ello, el alto número de narraciones en torno a Maimónides dan testimonio de su importancia en la conciencia cultural y espiritual de la sociedad judía a lo largo de las generaciones.

---

[20] Puede verse al respecto el artículo de Scholem «Philosopher», dedicado precisamente a este tema.

[21] Ed. Venecia 1587, h. 20a, *apud* Scholem «Philosopher», p. 97 y notas 17 y 18; véase también Berger «HaRambam», p. 233 y notas 38-39.

[22] La historia figura en un manuscrito del siglo XVII, núm. 130 de la Col. Gaster, que desgraciadamente no hemos podido localizar. Puede verse en Gaster *Exempla* un resumen en inglés (núm. 365, p. 135) y una lista bibliográfica de versiones paralelas (ps. 249-250); asimismo, Berger «HaRambam» resume (ps. 233-234 y nota 40) el relato y comenta que el que la historia haya pasado de un rabino al otro quizá se explique por la proximidad de los acrónimos judíos de sus respectivos nombres: *Rambán* para Moisés ben Nahmán y *Rambam* para Moisés ben Maimón.

Los relatos sobre vidas de santos y de héroes reflejan siempre las líneas fundamentales y las concepciones esenciales de la sociedad y la cultura a las que el personaje pertenece. Por otro lado, cuando se crean cuentos sobre un personaje determinado, aquéllos contribuyen a consolidar su *status;* y así sucede que los primeros en producir consciente e intencionadamente relatos sobre tal figura son los grupos interesados en fomentar aquella idea que el personaje defiende y representa. Desde este punto de vista, constituye la literatura hagiográfica una literatura propagandística de personajes e ideas.

Dentro de una misma creencia religiosa, los relatos de santos pueden dar expresión a sentimientos y opiniones de unas determinadas tendencias o sectas frente a otras. Los relatos de Maimónides, sin embargo, son a nuestro juicio cuentos nacionales, que sitúan a Maimónides como representante de todo el judaísmo en confrontación con un poder ajeno.

Pero, por encima de todo, los relatos hagiográficos de un determinado mundo cultural sirven para dar libre cauce a las esperanzas de todos sus estratos sociales, y de ese modo se crea un esquema fijo de vida de héroe o de santo, que se inserta como eslabón consciente e intencionado en la cadena de la tradición.

Hay que señalar que el esquema literario biográfico comúnmente aceptado subraya en líneas generales lo que hay de semejante entre héroes diversos, no sólo por adecuarse a las etapas del ciclo vital, sino también por ser el paso de motivos de un personaje a otro un traslado intencionado, que viene a conferir un sello de importancia al personaje receptor. Sin embargo, se mantiene un cierto equilibrio entre el mecanismo de la leyenda y la biografía. Y así Maimónides aparece ciertamente como un mago que actúa con ayuda del Nombre inefable; pero a la postre el elemento dominante en sus relatos son sus curaciones gracias a su saber médico, su sofisticada sabiduría y su autoridad en la confrontación interreligiosa.

D) LA PRESENTE «ANTOLOGIA»

1. . *Las fuentes*

La presente *Antología* incluye narraciones tradicionales, que nos han llegado de diversas formas: *a)* recogidas en libros más o menos antiguos; *b)* conservadas en manuscritos, y *c)* procedentes de recientes encuestas de campo [23].

[23] Para una información más detallada de los datos que aquí apuntamos véanse los índices que complementan el libro.

a) Como ya se ha dicho, a diferencia de lo que sucede con otras relevantes figuras del mundo judío, no existe o no se conoce ningún *corpus* de relatos sobre Maimónides que haya sido fijado desde antiguo. Sin embargo, desde hace siglos diversos autores han recogido esporádicamente en sus obras leyendas sobre Maimónides, que han ido pasando de unos libros a otros en versiones con frecuencia muy cercanas. De fuente libresca hemos traducido quince relatos. Los más antiguos son los incluidos en las crónicas históricas *Šébet Yehudá (ca.* 1550), de Yehudá ben Verga, y *Séfer yuḥasín* (1556), de Abraham Zacuto, que recogen sendas versiones paralelas de un mismo relato; cronológicamente les sigue el *Šalšélet hacaḥalá* (1587), de Guedaliá ibn Yahia, de donde hemos seleccionado tres narraciones. Otros relatos proceden de libros de los siglos XVII y XVIII: tres del *Dibré Yosef* (1672), de Yosef Sambari; uno del *'Omer bašijḥá* (1748), de Abraham Gabizón; y otro del *Séfer hadorot* (1769), de Yehiel Heilperin. Del siglo XIX son sendos relatos recogidos en el *Meora'ot Ṣebí* (1804), en el *Holej tamim ufo'el ṣédec* (1850), de Abraham HaDayán, en el *Samaḥ libí* (1884), de Salom Gagin, y en el libro de cuentos *Ma'asé nisim* (1890), de Salomón Husin. La más moderna de nuestras fuentes librescas es el *Minḥat Yehudá* (1927), de Yehudá Streizower, de donde traducimos un relato.

Por ser muy semejantes entre sí, como ya apuntábamos antes, las versiones paralelas procedentes de tradición libresca, nos hemos limitado en estos casos a traducir una sola de las varias posibles, la más antigua o la que nos ha parecido más significativa, dejando constancia de otras versiones en las notas bibliográficas o remitiendo allí mismo a otras obras que las mencionan; tal es el caso de Berdichevsky *Mimecor*, Berger «HaRambam», Gaster *Exempla,* etc. Como única excepción, y también para ilustrar esa semejanza de las versiones paralelas transmitidas por la imprenta, sí hemos traducido el relato de la muerte de Maimónides que recogen tanto el *Šébet Yehudá* como el *Séfer yuḥasín.*

b) Catorce historias de nuestra *Antología* proceden de nueve manuscritos, ocho de los cuales no los hemos consultado directamente, sino a partir de la edición de sus textos. De los datados, el más antiguo parece ser del siglo XIII, posiblemente contemporáneo de Maimónides [24]; a este manuscrito le siguen dos del siglo XVI, uno del XVII, uno de los siglos XVII-XVIII y otro tardío, probablemente del XIX, a los que han de añadirse otros tres sin fecha. De cuatro manuscritos ignoramos su origen; los restantes proceden uno del Kurdistán y cuatro del Yemen.

Nos complace señalar que los cuatro cuentos traducidos del manuscrito inédito núm. 66 de la colección de M. Gaster suponen primicia

---

[24] Véase nota bibliográfica de núm. 56.

absoluta, ya que sus textos, siquiera en traducción, circulan ahora por primera vez completos.

c) La parte del león corresponde en esta *Antología* a los relatos de transmisión oral, con un total de setenta y cinco, que en su mayoría proceden del Israel Folktale Archives (IFA) de Haifa. De los ciento veinticuatro allí registrados bajo la rúbrica Maimónides, hemos seleccionado un total de sesenta y ocho: de cincuenta y cinco hemos utilizado los respectivos originales inéditos del IFA, habiéndonos servido para los trece restantes de los textos hebreos publicados por diversos autores (Baharav, Haviv, Noy, etc.). Otras siete versiones orales no proceden del IFA, sino que fueron publicadas por diversos colectores (Atiel, Fleischer, Rassabi, Todar, etc.) en tiempos anteriores a la creación del Archivo.

Para estos textos orales, nuestros criterios de selección han sido algo diferentes de los que hemos seguido para los relatos de transmisión libresca. Se ha tendido también a escoger relatos diferentes; pero siendo condición intrínseca de la tradición oral el vivir y plasmarse en sus variantes y recreaciones, nos ha parecido conveniente seleccionar en algunas ocasiones diversas versiones de un mismo relato, siempre que así lo justificara la aparición de tipos (o subtipos) narrativos distintos en número suficiente para establecer claras diferencias entre unas versiones y otras.

En las notas bibliográficas de cada relato dejamos constancia de las versiones paralelas, inéditas o editadas, de las que hemos tenido conocimiento. Conviene advertir, sin embargo, que sólo hemos tenido en cuenta las narraciones en las que el protagonista es Maimónides y no aquellas otras en las que el mismo relato se atribuye a otra figura conocida o a un personaje anónimo.

A todas las fuentes reseñadas se añade un relato (105) especialmente elaborado para esta *Antología*.

Señalemos el hecho curioso de que el cuento sobre Maimónides de más antigua fecha de inclusión en el IFA corresponde a 1953 (25) y lo anotó de su propia tradición D. Noy, fundador en 1955 del citado Archivo y maestro de quienes elaboramos este libro, y que los textos más modernos son los dos recogidos por la coautora T. Alexander durante el proceso de elaboración de la presente *Antología* (82-83).

Estos textos orales proceden de muy diversos lugares de la diáspora judía. Las tradiciones más abundantemente representadas son las de Marruecos con catorce relatos, Irak con once y Polonia con nueve, seguidas por las del Yemen con siete y Egipto con cinco. En menor medida tenemos muestras de la tradición de Israel y de Persia, con tres relatos cada una; con dos narraciones están presentes las de Letonia,

41

Rumania, Turquía y Túnez, a las que hay que añadir Europa central, sin más precisión; finalmente, con un solo relato están representadas las tradiciones de algunos países orientales —Kurdistán y Afganistán—, otras repúblicas de la URSS —Bujara, Lituania y Rusia— y otros varios países europeos —Bulgaria, Hungría, Inglaterra y España—. Desconocemos el origen de cuatro de nuestros cuentos (26, 38, 80 y 99). Preciso es señalar un problema que se le ha planteado a la traductora en relación con los textos inéditos del IFA. Desde su fundación, al Archivo se han ido incorporando relatos procedentes de las encuestas de campo realizadas entre la población residente en Israel. Muchos de los informantes eran entonces nuevos inmigrantes en el país, que no conocían bien el hebreo; otros narraron sus cuentos en sus judeolenguas respectivas (yídico, judeoespañol oriental y marroquí, judeoárabe, etc.), siendo traducidos al hebreo por quienes en ocasiones no eran precisos traductores, o tampoco ellos conocían muy bien el hebreo, o no entendían al ciento por ciento la lengua del narrador. Sea como fuere, el hecho es que en un número no escaso de relatos, conservados en hojas mecanografiadas o manuscritas, aparecen incorrecciones o malas formulaciones que han dificultado la comprensión y, por ende, la traducción.

2. Contenido

Contiene la *Antología* ciento cinco relatos, de los cuales setenta y cinco están representados en una sola versión, doce en dos (13-14, 18-19, 20-21, 25-26, 28 y 103, 54-55, 61-62, 66 y 83, 76 y 85, 81-82, 89-90 y 96-97) y dos en tres (36-37 y 88, y 40-42).

Los relatos se agrupan en diez capítulos, que hemos establecido conjugando criterios biográficos y temáticos. Recordemos que la tradición oral no respeta —ni es ésa su función— los datos históricos; de ahí la imposibilidad de estructurar una antología como ésta guiándose exclusivamente por lo que la erudición nos cuenta acerca de la vida de Maimónides. Por otra parte, y atendiendo a los distintos elementos de la narración, algunos cuentos podían figurar en capítulos distintos; nuestro criterio para su inserción en uno determinado ha sido en estos casos el de atender a la situación que nos ha parecido predominante en el relato.

Cada narración lleva un título convencional, precedido de un número de orden correlativo y ocasionalmente seguido de un número entre paréntesis que ordena las distintas versiones paralelas de un mismo relato.

En cuanto a los títulos, hemos procurado que sean de amplio significado. Recuérdese que con frecuencia nuestros relatos no pertenecen en exclusiva al fondo cuentístico hebreo ni tampoco en esta misma tradición se atribuyen con exclusividad a Maimónides. Por tanto, hemos huido de utilizar en los títulos nombres de personas o topónimos, así como formulaciones de significado restrictivo.

Los títulos de algunos relatos están formados de varios elementos unidos por el signo *más,* que pueden ser dos (2, 10, 16, 18-19, 27, 29, 49, 53, 58, 61-62, 65, 79-80 y 94), tres (3-4, 11, 13-14, 17, 35 y 46) o cuatro (12). Así lo hemos hecho siempre que la comparación con otros textos aquí recogidos o el examen de los catálogos de narrativa tradicional nos ha permitido determinar —o en ocasiones intuir— que esos relatos son el resultado de la fusión de varios elementos narrativos que aparecen juntos por gracia de la recreación oral, pero que igualmente pueden aparecer aislados o combinados con otros segmentos. Por poner un ejemplo, el cuento de *La operación interrumpida,* que en el núm. 30 aparece desprovisto de aditamentos, constituye el segundo segmento del relato núm. 16, el medial del núm. 17 y el inicial de los núms. 18 y 19.

El *corpus* de la *Antología* va seguido de un apartado de tipología y notas bibliográficas, en donde para cada narración anotamos los datos siguientes: 1) la fuente textual, indicando para los orales los orígenes de los informantes, en su caso los números del IFA, y los nombres del narrador (N) y del colector (C); 2) los tipos narrativos según la clasificación de A. Aarne y S. Thompson (abrev. AT) y sus complementos específicos para la tradición judía en las clasificaciones de H. Jason, D. Noy y O. Schnitzler, y R. Haboucha; cuando se trata de números añadidos a la lista tipológica general, la sigla AT aparece entre paréntesis; 3) los motivos narrativos según la clasificación de S. Thompson; 4) bibliografía de ediciones o traducciones de la misma versión, y de versiones paralelas —orales o impresas— del relato o remisión a obras que la contienen; y 5) remisiones internas. Tanto los tipos narrativos como los motivos se anotan solamente la primera vez que aparece un relato, no repitiéndose en las posteriores narraciones o segmentos paralelos de igual título.

La *Antología* se completa con el desarrollo de las abreviaturas bibliográficas (precediendo a esta Introducción) y con varios índices: de títulos de los relatos; de fuentes textuales librescas, manuscritas y orales inéditas y publicadas; de origen geográfico de narradores y manuscritos; onomástico de narradores y colectores; de tipos narrativos; de motivos narrativos; y general.

3. Sistema de transcripción

Para las palabras hebreas que transcribimos nos hemos servido de los signos que anotamos a continuación, con sus correspondientes equivalencias fonéticas: b = bilabial oclusiva sorda (como en español *tumba*); g = velar oclusiva sonora (como en español *mango*); h = glotal fricativa sorda (como *h* aspirada andaluza); h = laríngeo-velar fricativa sorda (similar a la *j* española); s = dentoalveolar africada sorda (como *ts*); s = palatal fricativa sorda (como *x* catalana y gallega, *sh* inglesa o *ch* francesa); z = dentoalveolar fricativa sonora (como *s* intevocálica francesa); y ' = laríngea fricativa sonora.

ANTOLOGIA

I

NACIMIENTO E INFANCIA: AUGURIOS

1. LA ESPOSA PREDESTINADA

Esto le sucedió al padre de Maimónides, rabí Maimón, de bendita memoria. De joven pasaba su tiempo estudiando la Ley y profundizando en el saber, investigando y escudriñando en lo inescrutable y especulando en la doctrina y en sus arcanos más ocultos y secretos, aquellos cuyas llaves están reservadas a los ancianos que ya han alcanzado la plenitud del saber.

Estaba, pues, rabí Maimón sumido en la Ley hasta el punto de que había rehusado tomar esposa y decía: «Mi alma sólo siente deseos de la Torá». Así fueron pasando los años y él seguía soltero.

En cierta ocasión, estando en su huerto, se había tumbado a dormir bajo una higuera. Pasó una abejita revoloteando sobre su cara y se despertó, para en seguida volver a quedarse dormido, y en sueños vio los cinco libros de la Ley de Moisés. Empezó a leer uno de aquellos libros y he aquí que delante de él se alzaba Moisés ben Amram, el que entregara la Ley a los judíos, quien se dirigió a rabí Maimón diciéndole:

—¡Bendito sea el Dios de los cielos y de la tierra que te ha de dar un hijo que escribirá *La segunda ley* e iluminará los ojos de todo Israel! Será un hombre santo, un dechado de cualidades del espíritu y del alma, maestro y rector del pueblo.

Aún estaba Moisés hablando con él cuando he aquí que aparece Elías el tisbita y dice:

—Maimón, levanta; encamínate a una ciudad cercana a la tuya, a Córdoba, y toma allí por esposa a la hija del carnicero Fulano.

No bien se despertó rabí Maimón de su sueño, se dirigió de inmediato a Córdoba; y tal y como había dicho el profeta Elías, casó allí con la hija de aquel carnicero. La mujer le parió a Maimónides, pero no alcanzó a criar a su hijo Moisés, pues tuvo un parto difícil y murió.

47

2. LA ESPOSA PREDESTINADA + LA CIENCIA INFUSA

Este relato me llegó de boca·de un anciano, quien me dijo haberlo visto escrito en un libro antiguo. Cuenta que rabí Maimón no había querido tomar esposa, y siendo ya un hombre de mediana edad, tuvo una visión en sueños, recibiendo la orden de casarse con la hija de cierto carnicero que moraba en otra ciudad cercana a Córdoba.

Tomóse el rabino el sueño a broma, pero como se le repitiera numerosas veces decidió trasladarse a aquella ciudad; también allí volvió a soñar lo mismo muchas veces, hasta que finalmente decidió tomar por esposa a la hija del carnicero. Quedó ésta preñada y dio a luz a Maimónides; pero el parto fue difícil y la madre murió. Más tarde el rabino volvió a casarse y tuvo varios hijos de su nueva mujer.

Era Maimónides muy duro de sesera, no teniendo voluntad alguna para el estudio. Su padre le golpeaba con frecuencia, hasta que cierto día, aburrido de él e increpándole «hijo de carnicero», lo echó de la casa.

Se refugió Maimónides en la sinagoga, donde se quedó dormido, y sucedió que al despertarse se encontró transformado en una persona distinta. Sin embargo, huyendo de su padre se trasladó a la ciudad en donde vivía rabí Yosef ibn Migas [1] y empezó a estudiar con él, convirtiéndose en un gran sabio.

Pasado mucho tiempo regresó a Córdoba, pero no apareció por la casa de su padre. Cuando llegó el sábado, pronunció ante los fieles reunidos en la sinagoga un maravilloso sermón. No bien acabó la prédica se levantaron su padre y sus hermanos, y cubriéndole de besos, lo acogieron con los brazos abiertos.

3. LA ESPOSA PREDESTINADA + EL CARNICERO GENEROSO + LA CIENCIA INFUSA

... Al sabio Maimón, de bendita memoria, se le murió su mujer, quedando viudo; plañía por ella inconsolable en su lecho, pues careciendo de una descendencia estable (cfr. Job 21,8), «sobre su quebradura se asentaba» (Jue 5,17). Y sucedió que en su ancianidad, cuando los días «se habían acumulado en gran manera» (Zac 10,8), aún siguieron girando para asentar sus órbitas sobre uno de los piadosos [2].

---

[1] Director de la academia talmúdica de Lucena y sucesor en el cargo de Isaac Alfasi; fue maestro del padre de Maimónides.
[2] Entendemos que lo que quiere decir es que se prolongaron los días de Maimón con el fin de asentar su estirpe sobre el sabio que sería su hijo Maimónides.

Después de unos años se le mostró en sueños, de parte del que revela los arcanos, que tomara por esposa a la hija de cierto matarife y que se dejara de nobles. Inquietóse por aquel sueño, pues no sabía qué quería decir, pensando que tal matrimonio no sería propio de su dignidad. «Pero Dios dispuso lo que había de suceder» (Ex 21,13), y como siguiera Maimón propiciando las revelaciones oníricas sobre cornalinas, zafiros y diamantes [3], siempre acababa› por darle la misma respuesta: que juntarse con un carnicero sería juicioso, pues aunque el objeto de su ocupación fueran la carne y el hueso [4], no debes despreciar a ningún hombre. Entonces le aseguraron «las entretelas de su corazón» (cfr. Job 17,11) que finalmente resultaría lo mejor; fuese, pues, al zoco a casa del carnicero, quedándose con un pie dentro y otro en la calle.

Cuando vio el carnicero al sabio, se puso en pie, pues a su juicio no era normal que fuera a visitarle; pero le dijo el sabio:

—Siéntate, hijo mío, no te sobresaltes, que quizá gracias a ti resplandezca mi luz.

—¿Qué soy yo y qué es mi vida —respondió el carnicero— sino vanidad y vacío todas mis aspiraciones? Mi oficio es despreciable) sin finalidad ni utilidad para cumplir tu deseo.

Respondió el interpelado sabio:

—Según la condición del hombre, así es la calidad de su acción; no preguntes ni investigues (cfr. Is 7,12), pues todos los oficios son despreciables fuera de los cualificados del servicio del Nombre, «imponente como campamentos empavesados» (Cant 6,4 y 10). Y ahora dime qué buena acción te ha sucedido en tu vida, «pues, bendita sea tu cordura» (1Sm 25,33), «ordenará el Señor que la bendición esté contigo en tus graneros» (Dt 28,8).

Respondió el carnicero diciendo:

—Sepa mi señor que hace como diez años, según se suele medir el tiempo, llegaron legiones del país de Roma y de todas las islas, y con ellos había judíos cautivos de la ciudad de Fez entremezclados con moros, y salieron al combate. Vi entre ellos una niña cautiva, a la cual rescaté por veinte monedas, quedándose en mi casa como unos tres años junto con mis hijos e hijas.

"Creció aquella niña con ayuda del que dijo «Y fue», y cuando mi hijo mayor llegó a la edad de tomar esposa, mis pensamientos se expre-

---

[3] Estas piedras son algunas de las que adornaban el pectoral del sumo sacerdote (cfr. Ex 28,17-18). Aquí parece querer decir que seguía consultando acerca de su posible matrimonio con mujeres de alcurnia.
[4] Juego de palabras para decir que tal oficio es una ocupación mundana, es decir, no religiosa-intelectual, como sí lo era la actividad del rabino Maimón.

saron abatidos (cfr. Is 16,7) para inducirlo a tomar a la joven, que resplandecía como el sol.

"«Escuchó mi voz» (Job 9,16) y «me procuré hacienda» (Os 12,9), preparándoles a él y a ella ricas vestiduras, «galas, mantos» (Is 3,22) y tocados; dispuse para su banquete nupcial manjares en abundancia, «matanza de reses vacunas y degüello de ganado menor» (Is 22,13). Invité al ágape a ricos, pobres y menguados, sin que faltaran el forastero ni el caminante.

"Cuando se hubieron reunido en mi casa, fueron a dar mis pensamientos «en un sujeto predestinado» (Lv 16,21), pues vi que uno de los invitados lloraba y plañía tanto que se me encaneció el cabello [5]. Le dije: —Mi señor, esta noche éramos felices con nuestra suerte (cfr. Sal 16,6). ¿Cómo has trocado nuestro regocijo en luto? (cfr. Lam 5,15).

"Respondió que tenía en su corazón un profundo cuidado por una sentencia del «temible en sus acciones» (Sal 66,5). «Si puedes apartarla de mí (cfr. Jr 32,31), "estarás a mi lado" (Gn 45,10)».

"Lo llevé a una habitación privada para que me dijera secretamente lo esencial del asunto y me contó con habla emocionada: —«El te ha dicho, oh hombre, lo que es bueno» (Miq 6,8) [6]. Sábete que esta muchacha es mi amada, cuyo padre recibió su prenda de esponsales de mi mano. «Llenos de esperanza estuvimos aguardando» (Lam 4,17) el tiempo del verano y del invierno [7] para darnos el banquete, cuando inopinadamente vinieron las legiones, y conquistando nuestra ciudad, nos cautivaron y «nos subyugaron» (Lam 5,5). Yo me refugié «en uno de los montes» (Gn 22,2), desde donde llegué a una ciudad; entonces escuché que mi prometida estaba en tu casa. Me fue grato tu designio y vine ahora a saludarte, a renovar alegrías, «a recoger lirios» (Cant 6,2) y a dar vista a los ciegos (cfr. Is 42,7). Pero uno dispone blanco y se encuentra negro [8]; y he aquí que mi alma gime tormentosa y miserable (cfr. Is 54,11) «y por estas cosas yo lloro» (Lam 1,16). Mi asunto te he expuesto para revelarlo en tus oídos y apartar el velo de tus ojos (cfr. Ex 34,35). Y aun cuando se entristece mi alma por haceros perder vuestra alegría, os digo que «no os alleguéis a cometer una unión ilícita» (Lv 18,6).

"Y sucedió que cuando oí sus palabras, su murmullo y su susurro, «estando la corona de su Dios sobre su cabeza» (Lv 6,7), y hube examinado sus palabras e investigado sus dichos y he aquí que eran ciertos,

---

[5] La frase se inspira en la Misná, tratado «Nega‘ím» I.6.
[6] La utilización aquí de este versículo queda más clara a la luz del pasaje completo de Miqueas 6,7-8.
[7] Es decir, a llegar a la madurez juvenil.
[8] Según la Misná, tratado «Beŝá» I.4.

«alabé a quien quita el habla a los fidedignos» (Job 12,20) y fui a convencer a mi hijo con palabras y con razones, explicándole que esa joven le estaba prohibida según las palabras de la Ley. «Y yo te daré a cambio otra esposa, de las jóvenes de mi casa o de fuera de ella».

"Escuchó mi voz y oí «que grande era mi fuerza y que grandezas lograba mi mano» (Job 31,25), pues que en las alturas está quien testifica por mí (cfr. Job 16,19). Se quitó mi hijo los ropajes de su boda y púsose «nubarrones por pañales» (Job 38,9). Vestí yo al forastero, y he aquí que su rostro era como el sol esplendente y su novia como viña cubierta de renuevos (cfr. Cant 6,11).

"Me regocijé con su alegría como lo hubiera hecho por mi hijo amado, sin tener miramientos con la plata y el oro. Se quedaron con nosotros como unos tres meses, a los placeres dispuestos, «lozanos y verdeantes» (Sal 9,15); luego se fueron con regocijo a su tierra, llegando al «puerto de sus deseos» (Sal 107,30).

"Me escriben continuamente interesándose por mi salud y con sus oraciones (cfr. Sal 119,108) me bendicen. El Nombre me ha hecho fuerte en mi fortaleza, me ha dado paz —¡que nunca me falte! —, ha sustentado mi hado (cfr. Sal 16,5) «con su mucha sabiduría» (Job 11,6) [9] y me ha dado una parte en los confines del mundo de los muertos.

Cuando hubo escuchado el sabio las palabras que le expuso el carnicero «estando allí en pie» (Nm 23,17), le dijo:

—Has adquirido tu derecho al mundo futuro y con tu buena acción has hecho una gran cosa (cfr. Ecl 2,4); la humildad y la justicia te circundan. Y ahora dame a tu hija por esposa, pues eres merecedor de que yo empariente contigo.

Le preparó al sabio «un ternero cebado» (1Sm 28,24), entregándole a su hija mediante dosel y esponsales; y dio como dote a su hija doscientas cincuenta monedas.

Se alegró el sabio con la hermosa joven, que le sirvió como esclava puesta a su servicio (cfr. Lv 19,20), siendo hermosa como el sol.

Pasado el tiempo se quedó preñada, y le hizo prometer el sabio no probar vino y licor (cfr. Nm 6,3). «Antes de que le llegaran los dolores del parto, dio a luz un varón» (Is 66,7) y a los ocho días circuncidó la carne de su prepucio (cfr. Gn 17,23), creciendo su alegría. Entonces le puso por nombre Moisés y no dejaba de bendecirlo a diario.

Creció el niño y fue destetado (cfr. Gn 21,8). Era instruido en cada circunstancia, «que también por sus actos se da a conocer el niño» (Prov

---

[9] Así traducimos las dos palabras *kifláyim letušiyá* tomadas del versículo de Job, que en su contexto parecen referirse a cómo la sabiduría divina tiene múltiples facetas, es decir, es infinitamente superior a la sabiduría humana.

20,11). Entonces empezó su padre a enseñarle «la Ley que ordenó» (Dt 33,4), y hubo de obstinarse en ello, pues el niño no quería. Cierta noche le despertó para enseñarle el alefato, pero sus labios «no soltó» (Is 14,17). Se enfadó con él su padre, haciéndole salir a la galería en la oscuridad de la noche sin colchón ni cobertor.

Se puso el niño a gritar y su mente se llenó de temor (cfr. Job 18,20). Tuvo sed y dijo:

—«¿Quién me dará de beber agua?» (2Sm 23,15).

Pero se negó su padre a darle de beber aunque gritara dos veces por segundo. «¡Que muera y no me sirva de oprobio y de vergüenza, ya que no pronuncia "la palabra de Dios acrisolada" (Sal 18,31)!»

Finalmente se quedó el niño en silencio «y se acostó, quedándose dormido» (Job 1,5), aunque estaba lejos de *Adam* [10]. Y sucedió que al despuntar el alba, se levantó su padre «sin demora» (Gn 34,19), «pues se conmovieron sus entrañas» (Gn 43,30) por él, ya que planta de santidad eran sus plantones, y le dio agua para que bebiera. Pero la rechazó el niño aunque se derrumbaran los fundamentos (cfr. Sal 11,3), pues contó que ya le había dado de beber un anciano «con un cíngulo de cuero fajado en sus lomos» (2Re 1,8) sobre su cinturón [11], el cual «cubríase la cara con un manto» (1Re 19,3), y le dijo:

—Vuelve a acostarte y «cabalga por senda de éxito» (Sal 45,5).

Se alegró el sabio de la respuesta de su hijo, le hizo levantarse y lo restableció en su lugar. Desde entonces le inició en el alefato, y he aquí que tenía otro espíritu con él, que le permitía aprender con prontitud. Cuando creció no caminó en la obcecación (cfr. Dt 29,18 y *passim*), y sucedió que cuando tenía diez años, fue «el más bendecido de los hijos» (Dt 33,24), y con veinte abarcaba la Biblia y la Misná con el Talmud, convirtiéndose en una columna del mundo. A los veinticuatro explicó en lengua árabe la Misná [12], enseñó a su mano a combatir (cfr. Sal 144,1) en las batallas de la Ley acrisolada, «por Vaheb, por Sufa» (Nm 21,14) [13], y escribió la *Guía de perplejos* para «el rico, el pobre» (Prov 22,2) «y el

[10] El autor de la macama parece hacerse eco de Jos 3,16: «muy lejos de Adam», en cuyo pasaje se describe por dónde se abrieron las aguas del Jordán para dar paso a los israelitas que lo cruzaban. Según Jos 4,3, en un lugar cercano a esta ciudad ordenó Dios a los israelitas que pernoctaran.

[11] Es decir, el profeta Elías.

[12] Se refiere a su obra *El luminar* (hb. *Séfer hamaor*), que empezó a redactar Maimónides en su juventud y a la que dio remate cuando ya estaba establecido en Fostat.

[13] Asociación de ideas entre la frase que precede en la macama a la cita de *Números* y el inicio del versículo: «Por eso se dice en el *Libro de las guerras del Señor:* Por Vaheb, por Sufa y por el cauce del río Arnón...»

dialéctico» (Prov 29,13), haciéndose famoso en todas las cosas, tanto descubiertas como ocultas.

Así fue el nacimiento de nuestro maestro Moisés ben Maimón ...

4. LA ESPOSA PREDESTINADA + LA CIENCIA INFUSA +
EL BARCO SALVADOR

Dijo el narrador: Estando nuestro maestro el rabino Moisés Maimón en la ciudad de Córdoba, lugar en donde había nacido, se le apareció en sueños alguien que le dijo:

—Levántate y vete al país de Fez, donde tomarás por esposa a la hija del carnicero Fulano, de la cual ha de salir la luz del mundo.

Y sucedió que cuando oyó nuestro maestro Maimón aquellas palabras, no les prestó mayor atención, pues se dijo: «Quizá ha sido un hecho fortuito». Pero he aquí que a la noche siguiente volvió a repetírsele el sueño de la primera y le estuvo pasando lo mismo varias noches consecutivas. Hizo entonces caso del mandato y se dirigió a la ciudad de Fez.

Salieron en tropel a recibirle los sabios y los notables de la comunidad —había en Fez por aquel tiempo unas diecisiete mil familias judías— y lo condujeron a la ciudad, donde permaneció tres días entre las grandes muestras de respeto que le dispensaron. Al tercer día preguntó Maimón a las gentes del lugar:

—¿Vive aquí entre vosotros un cierto carnicero llamado Fulano?

—Sí —le contestaron, y en seguida se lo trajeron a su presencia.

—Tengo un asunto que tratar contigo —le dijo rabí Maimón al carnicero, y llevándoselo aparte le preguntó—: ¿Tienes una hija?

—Sí —le contestó.

—¿Quieres dármela por esposa? —le preguntó.

—Mi señor, ¿qué soy yo y qué es mi familia, para entregar a mi hija a un príncipe de Israel como tú? —respondió el carnicero asombrado.

—Deja tales consideraciones —le respondió Maimón— y dámela por esposa. Lleva a tu hija al baño para que se purifique y luego ven con ella y con tu mujer a mi casa.

—Será como deseas, pues «mejor es que te la dé a ti [que dársela a otro hombre]» (Gn 29,19) —le respondió el carnicero.

Y sucedió que al día siguiente, tras llevar el hombre a su hija al baño, fuéronse los tres a casa de nuestro maestro Maimón, quien convocó a algunos de sus alumnos y les dijo:

—Os pongo por testigos de que hoy he tomado a esta doncella por esposa —y consagrándola la hizo su mujer.

53

Se quedó la joven preñada y le parió a Maimón un hijo, al que puso por nombre Moisés. Cuando cumplió los tres años, empezó su padre a avezarle en el estudio, pero era el niño muy duro de sesera, torpe y cerrado de entendederas. Hasta que cierto día se encolerizó Maimón con su hijo por su torpeza de entendimiento, y empuñando una vara, le propinó una soberana paliza. Como tuviera el niño sed, llamó con voz amarga a su madre diciendo:

—Dame de beber, que estoy sediento y cansado.

Pero al oírlo su padre, le dijo a su mujer:

—Guárdate de darle nada de comer ni de beber.

Obedeció la mujer la orden de su marido y no le dio agua, pues tuvo miedo. Pero he aquí que un ángel de Dios, que no era otro que Elías, de bendita memoria, vino adonde estaba el niño, y trayéndole un cántaro de agua, se lo dio al muchacho, el cual, tras saciar su sed, le dijo a Elías:

—Mi señor, me has devuelto la vida con el agua que me has dado.

Como le oyera su padre pronunciar tales palabras, le preguntó a su hijo:

—¿Es que has bebido, hijo mío? ¿Quién es el que te ha dado agua?

—Un hombre anciano me ha dado de beber y me ha devuelto la vida al saciar mi sed —respondió el niño.

Oyó Maimón las palabras de su hijo y comprendió que un ángel de Dios le había dado de beber. Se quedó entonces Maimón conturbado, asombrado y en silencio; triste y arrepentido de haber golpeado al niño con rudeza, se sentó a su lado y le dijo:

—Hijo mío, levántate.

Tras reconfortarle y dirigirle sentidas palabras, empezó de nuevo a estudiar con él la Ley, y he aquí que el muchacho entendía y comprendía cada asunto incluso antes de oírlo. Dándose cuenta Maimón que de Dios procedía todo aquello, prorrumpió en alabanzas y gracias al Santo, bendito sea. Y así fue creciendo el muchacho sin cejar en su estudio, entendiendo y asimilando lo que estudiaba de la Ley.

Cuando tenía Moisés diez años, sucedió que cierto día se reunieron los sabios de Israel en tribunal para juzgar a cierta persona según las normas de la Ley, y con ellos participó también Maimón. Cuando regresó a su casa, le preguntó su hijo:

—Padre mío, ¿cuál ha sido la sentencia que habéis dictado hoy?

Le contó Maimón el veredicto del tribunal, pero no estuvo de acuerdo el muchacho, diciéndole a su padre:

—No habéis juzgado correctamente, pues la sentencia justa es tal.

Parecieron bien las palabras del muchacho a ojos de su padre, quien fue a decir a los otros jueces:

—Así y así debe ser la sentencia.

—¿Quién es el que tal ha dictaminado, pues con justedad lo ha hecho? —le preguntaron.

—Moisés, mi hijo —les contestó Maimón.

—En la gran ciudad de Sigilmesa —le dijeron— hay un hombre en el cual reposa el espíritu divino y conoce las normas y reglas de Dios. Vamos a consultar su opinión para que él nos muestre la verdad y el juicio correcto.

Escribieron los jueces su sentencia por un lado y Maimónides escribió su opinión aparte. Y sucedió que cuando el sabio de la ciudad de Sigilmesa vio la carta de Moisés, pareció mejor a sus ojos la sentencia del muchacho que la de los otros. Entre tanto, todos aquellos jueces se reían del niño, tomándolo a broma.

Se dijo aquel sabio: «Voy a ir a Fez a ver al muchacho Moisés, en el cual reposa el espíritu de Dios». En busca del niño se trasladó a Fez, donde salieron a su encuentro los ancianos y le recibieron, dispensándole una muy buena acogida. Cuando se hubieron intercambiado saludos, preguntó el sabio:

—¿Dónde está aquel que escribió su juicio en carta aparte?

—No está con nosotros hoy, pues ahora se encuentra en la escuela —le respondieron.

Le acompañaron los ancianos a casa de Moisés, quien salió a recibirle, y tras saludarse mutuamente, le preguntó a Moisés el sabio:

—¿Eres tú el que has escrito tu sentencia aparte?

—Sí, yo soy —respondió.

—Dado que te ha hecho saber Dios todas esas cosas —le dijo entonces el sabio—, yo afirmo que no hay entendido y sabio como tú. —Y dirigiéndose a los ancianos y a los notables de la ciudad, les advirtió—: Sabed y ved que ha puesto Dios su espíritu en este hombre; por tanto, no os apartéis ni a derecha ni a izquierda de ninguna de sus palabras.

Fue engrandeciéndose la fama de Moisés por todo el país, y sucedió que al llegar noticia de sus hazañas y de su sabiduría al palacio real, envió el monarca a buscarle y le dijo:

—Me han dicho que el espíritu de Dios reside en ti. Dime qué cosas te ha comunicado.

— ¡Larga vida tenga el rey! —contestó Moisés al monarca—. He aquí que Dios es el dueño de los cielos y de los cielos de los cielos, y él pone su espíritu en quien le parece bien, pues de su boca procede la ciencia y la inteligencia ... [14]

[Después de lo sucedido en el palacio] regresó Moisés a su casa pre-

---

[14] Sigue un pasaje en donde se relata cómo a instancias del rey, Maimónides convoca a su presencia al espíritu de Mahoma.

sa de temblores y estremecimientos, pues tenía mucho miedo del rey y de los ministros ... Diciéndose: «Quizá me levanten una calumnia y den muerte a la madre con los hijos (cfr. Gn 32,12)» [15], fue alimentando Moisés en su corazón la idea de huir de ellos, y mientras encontraba la forma de hacerlo, permaneció escondido en su casa durante muchos días. Sucedió que por aquel entonces apareció un cristiano por el barrio judío y estuvo haciendo indagaciones entre las gentes de la comunidad de Fez diciendo:

—¿Hay entre vosotros algún hombre entendido y sabio, en el cual repose el espíritu de Dios, para que me llevéis a su presencia?

—Sí que hay con nosotros un hombre en el que reposa el espíritu de Dios; se llama Moisés —respondieron las gentes al cristiano. Cuando lo condujeron a su presencia, le dijo aquel hombre a Maimónides:

—Soy cristiano y tengo un gran barco que lleva anclado en el puerto de Fez muchos días. La nave está preparada para zarpar y emprender camino, pero no sopla el viento necesario, de suerte que ni yo ni los marineros que están conmigo podemos hacerla salir del puerto. La noche pasada he soñado que yo tenía un rollo de la Ley en la mano y lo ponía en mi seno. Dime, por favor, cuál es el significado del sueño.

—¿Estás preparado para zarpar? ¿Hay víveres en el barco? —le preguntó Moisés al capitán.

—He aquí —le respondió— que ya va para tres veces que he dispuesto el barco con todo lo necesario de provisiones y de otras cosas; pero las tres veces ha sucedido que, como no hemos logrado zarpar ni movernos del puerto de Fez, nos hemos tenido que comer las vituallas. Ahora por cuarta vez tengo el barco preparado, con abundante comida para la tripulación, y lo tengo lleno.

—¿Quieres zarpar ahora y emprender viaje como has dicho? —le preguntó Moisés al capitán.

—Sí, mi señor —respondió el hombre—; y ojalá te vinieras conmigo, pues yo sería como un siervo para mi señor.

—El rollo de la Ley que en tu sueño portabas en la mano —le explicó entonces Moisés al capitán— soy yo mismo; y me viste dentro de tu seno porque voy a acompañarte en tu barco. Ahora ve tú primero, que yo te seguiré; y en cuanto suba al barco, nada más poner el pie dentro, zarpará el navío haciéndose a la mar.

Y efectivamente sucedió que cuando estuvo Moisés dentro del barco, zarpó la nave y emprendió el camino, llegando en una sola noche a Alejandría. Allí plantó Moisés sus reales, quedándose a vivir en aquel lugar.

Fin del relato de nuestro maestro Moisés el Maimón.

[15] Es decir, que le dieran muerte a él y a toda su familia.

5. EL NIÑO PERDIDO

Voy a contar una historia yemenita acerca de la infancia de Maimónides.

Todavía era Moisés ben Maimón un niño cuando en cierta ocasión se perdió, y una nave que había echado el ancla en Córdoba se lo llevó a otro país junto con el resto de la tripulación del barco; el niño sólo llevaba con él un librito que nunca se apartaba de su boca [16].

Cuando desembarcó en una ciudad desconocida, empezó a errar por las calles sin rumbo fijo. Así lo encontraron los guardias que hacían por allí la ronda, quienes lo llevaron a presencia del príncipe de la ciudad. Este no sabía cómo entenderse con él, ya que desconocía la lengua del niño; pero Moisés le mostró entonces el libro que llevaba en sus manos, que no era otro que el de la Ley de Moisés. Comprendiendo el príncipe que se trataba de un judío, de inmediato ordenó que le hicieran regresar a Córdoba. Y seguía Moisés mientras tanto sin soltar el libro de las manos.

Cuando finalmente llegó ante su padre, cayó rabí Maimón ante el libro y lo besó, derramando sobre él lágrimas de alegría. En aquel preciso momento fue cuando Moisés hizo el voto de escribir su obra *La segunda ley*. ·

6. EL ARROYO DE LA SABIDURIA

Rabí Maimón amaba con toda el alma a su hijo Moisés, siéndole tan querido como su propia vida. Tres veces al día le aconsejaba:

—Moisés, ama la Ley y te irá bien.

En cierta ocasión tuvo rabí Maimón por la noche un sueño: «En el país de Israel hay un arroyo, que es el arroyo de la sabiduría; por el mérito que has alcanzado al preocuparte tanto de que tu hijo aprenda la Ley, se te descubre hoy desde los cielos este secreto», e incluso llegaron a describirle el lugar en donde se encontraba aquel arroyo.

Por la mañana le contó rabí Maimón el sueño a su hijo Moisés, quien se encaminó al país de Israel, donde encontró el arroyo de la sabiduría. Tras sumergirse en sus aguas, se le abrieron las puertas de la ciencia y del conocimiento.

No bien salió del río, se topó con el ángel Miguel, quien besándole en la boca le enseñó otras muchas ciencias. Y gracias al poder de aquellas

---

[16] Es decir, cuyo contenido nunca dejaba de repetir, según la prescripción de Jos 1,8, referida a la Torá ('Pentateuco').

enseñanzas que le transmitiera el ángel, logró componer Maimónides su libro *Guía de perplejos,* luz que iluminó los ojos de todos cuantos andaban desconcertados en cuestiones de fe.

7. EL SUEÑO DEL REY

Sucedió que tras la muerte de Alejandro se alzó un rey al cual temían todos los pueblos y naciones, y que siempre dictaba terribles decretos contra los judíos.

Cierta noche tuvo el rey un sueño y en ese mismo sueño le explicaron también su significado; y fue tal su cólera que se sobresaltó, y al despertarse presa de agitación, olvidó tanto el sueño como su significado.

Con el ánimo conturbado llamó a sus sabios y magos, pero no supieron darle respuesta. Se enfureció el rey con ellos y quiso darles muerte; pero intercedió el visir diciéndole:

—Dame un plazo de veinte días, que yo te haré saber tanto el sueño como su significado. Pues este sueño, como en el caso del Faraón o de Nabucodonosor, no hay criatura que pueda saber de qué se trata y dártelo a conocer si no es algún profeta como José o Daniel [17].

Aceptó el rey, concediéndole el plazo solicitado. Se levantó luego el visir, montó en su caballo y, saliendo de la ciudad, empezó a recorrer pueblo tras pueblo, hasta que llegó adonde vivía Maimónides.

Estaba el visir sentado a la puerta de la ciudad comiendo y reconfortando su corazón, cuando acertaron a pasar por allí el maestro de Maimónides con su discípulo, y le preguntó el maestro al visir:

—¿Quién eres, cómo te llamas y a qué pueblo perteneces? ¿De dónde vienes y a dónde vas?

Pero contuvo Maimónides a su maestro diciéndole:

— ¡Calla!, que es el visir del rey; ese que cuando tuvo un sueño el monarca y se le olvidó, salió de la ciudad para buscar a alguien que le diga cuál fue el sueño del rey.

—¿De dónde sabes tú eso? —le preguntó su maestro.

—Anoche me lo dijeron: el sueño del rey y también su significado —le contestó.

Al oír el visir aquellas palabras, le preguntó al maestro:

—¿Qué está diciendo este niño?

—Dice esto y esto —le explicó.

---

[17] Se refiere a los sueños que José y Daniel interpretaron, respectivamente, al Faraón y a Nabucodonosor, según los relatos de Gn 41 y Dn 2.

—Pues no me muevo de aquí hasta que este niño me diga el sueño y su significado —le contestó, y haciéndoles entrar en su tienda, le preguntó al niño—: ¿Qué es lo que soñó el rey?

—A media noche —le respondió Maimónides— soñó el rey que estaba sentado en su aposento y le trajeron una mesa en la que había toda suerte de dulzuras y de golosinas. De pronto salió un enorme cerdo de un rincón de la habitación y se puso a comer de cada una de las golosinas que había en la mesa. Luego, tan repentinamente como apareciera, se ocultó y desapareció. Sobresaltado el rey, se despertó de su sueño; tornó luego a dormirse y entonces le comunicaron el significado de lo que había soñado, y presa de cólera olvidó el rey tanto el sueño como su interpretación.

—Por favor, te ruego que me digas su significado —le dijo el visir.

—No te lo digo a ti, sino solamente al rey —le respondió.

—Pues no me muevo de aquí hasta que te lleve a presencia del monarca —dijo el visir.

—Te seguiré y cumpliré tus deseos —aceptó el niño.

Vinieron al punto los familiares de Maimónides y le dijeron:

—No vamos a dejar que te vayas a ver a ese rey grande y terrible.

—No temáis ni tengáis cuidado —les tranquilizó el niño.

Fuéronse el visir y Maimónides a ver al rey. Lo lavaron y lo ungieron con aceite de mirra y con perfumes, tras de lo cual lo llevaron a presencia del monarca, quien le preguntó:

—¿Cuál fue el sueño que tuve? —Cuando Maimónides se lo contó, exclamó el rey—: Efectivamente, eso era.

A todas éstas, un gran gentío estaba presente flanqueándolos a derecha y a izquierda. Tornó el rey a preguntar a Maimónides:

—¿Y cuál es el significado?

—No te lo diré —le contestó— hasta que estemos solos tú y yo, y no haya nadie más con nosotros; entonces te daré la interpretación.

Ordenó el rey que saliera la gente de su presencia, quedándose a solas con Maimónides; entonces habló éste:

—La mesa que viste en sueños son tus mujeres; lo que viste que había en la mesa, toda suerte de dulces diversos y también numerosas golosinas, ésas son tus mujeres, pues tienes muchas y son variadas y diferentes unas de otras. Y aquello que viste de que salió un cerdo de un rincón de la habitación, se trata de un esclavo cananeo que hay en tu palacio, el cual anda ataviado con ropas de mujer, y pareciendo una esclava, se acuesta cada noche con tus concubinas. Y aquello que viste de que se ocultaba el cerdo y desaparecía, significa que no hay nadie que lo conozca y que sepa nada de esto sino el Santo, bendito sea. Ese fue el sueño y ésta es su interpretación.

—¿Y quién podría decirme cuál es ese siervo que se acuesta con mis mujeres? —le preguntó el rey. —Ordena que acudan todas las esclavas a mi presencia y yo mismo te lo diré —le contestó.

Hicieron venir a todas las esclavas a presencia del rey y de Maimónides. Empezó éste a mirarlas una a una, hasta que llegó ante el siervo que estaba disfrazado con ropas de mujer; le dijo al rey:

—Este es.

Lo desnudaron los eunucos y comprobaron que efectivamente se trataba de un hombre; ordenó luego el rey que lo descuartizaran, pero le contuvo Maimónides diciéndole:

—No se haga tal; pues si lo haces, se propalará por toda la ciudad el rumor de que se ha acostado ése con tus mujeres y te cubrirás de oprobio y vergüenza.

—¿Y qué hago con él entonces? —preguntó el rey.

—No le hagas nada ahora —le aconsejó—; sino que cuando llegue la noche, entrégalo en manos de tu carnicero para que se lo lleven de la ciudad a un desierto desolado, y que allí le dé muerte y lo entierre, volviendo luego a la ciudad; de tal manera nadie tendrá noticia del asunto.

Así lo hizo el rey. Entregó luego a Maimónides un rico presente y le dispensó grandes honores, haciendo lo mismo con su visir, tras de lo cual despachó a Maimónides en paz a su ciudad. Desde entonces tanto el rey como sus gentes reconocieron las excelencias de la Ley judía y no volvieron a dictar decretos contra Israel, con lo cual vivieron los judíos tranquilos durante su reinado. Y eso es lo que dice la Escritura: «El secreto de Dios es de quienes le temen y [en qué consiste] su pacto les comunica» (Sal 25,14).

8. LA HIERBA DE LA SABIDURIA

De lo que sucedió con rabí Moisés ben Maimón, que ya tenía unos veinte años y aún no había aprendido ni siquiera una letra.

Trabajaba de criado en una casa, y en cierta ocasión en que tenía su patrón que salir de la ciudad le advirtió:

—Moisés, no comas de esto —y le mostró unos tarros que contenían valeriana.

Pero aunque se lo había prohibido, comió de aquellas hierbas y entonces se convirtió en un hombre muy inteligente, y no sólo eso, sino que alcanzó a conocer los dieciocho grados en los que se sustenta la Ley.

II

EXILIO

9. UNA AGUDA RESPUESTA

Relato de las razones que tuvo Maimónides, su recuerdo sea bendito,
para emigrar a Egipto.

El motivo de su partida para Egipto fue que en cierta ocasión, durante la fiesta de las Cabañuelas [1], salió Maimónides de la sinagoga al
finalizar la oración, y cuando se dirigía a su casa portando el *lulab* en su
mano, como acostumbran a hacer las gentes piadosas y los estrictos cum-
plidores de los preceptos, se lo topó de aquella guisa el rey de Córdoba
y empezó a burlarse de él, diciéndole:

—¿Qué es lo que sucede hoy para que vayas por la calle con semejante cosa en la mano, como hacen los tontos y los locos?

—Mi señor el rey —le respondió Maimónides—, esto no es cosa de
locos. Costumbre de locos es tirar piedras; pero lo mío responde al uso
de la Ley de nuestro maestro Moisés, sobre él sea la paz, y a la costumbre de Jerusalén.

La verdadera intención del rabino al darle al rey tal respuesta era
aludir a la piedra que lanzan los musulmanes hacia la colina oriental,
llamada monte de Arafat, en una ceremonia que se repite tres veces en
el día [2].

[1] Hb. *Sukot*, fiesta de otoño que conmemora el tiempo que el pueblo de Israel
vagó por el desierto del Sinaí y cuya celebración dura ocho días. Entre las prescrip-
ciones propias de la fiesta está la de, durante el servicio sinagogal y mientras se
pronuncian ciertas bendiciones, agitar varias veces el *lulab* (cfr. Lv 13,40), ramo
compuesto por cuatro especies vegetales: una rama de cidra y otra de palma
(hb. *lulab*, que da nombre al conjunto), tres de mirto y dos de sauce.
[2] El día 10 del mes islámico de *du-l-hichá*, durante las ceremonias preceptivas de
la peregrinación mayor a La Meca (ar. *hach*), los musulmanes acampados en el valle
de Mina (junto al de Arafat) inician la jornada con el rito de la «lapidación» del
diablo, que se lleva a cabo desde tres puntos diferentes y que consiste en arrojar
cada vez y una a una siete piedrecitas del tamaño de un haba o de un garbanzo

Al oír aquello el rey se echó a reír y regresó al palacio sin reparar en la segunda intención de tales palabras. Pero sus consejeros y las gentes de la corte, que odiaban a muerte a Maimónides, le dijeron:

—Mi señor el rey, ¿qué os parece la respuesta que ha dado a su majestad el médico judío?

—Bien ha contestado —les respondió—, pues cierto es que es propio de locos arrojar piedras; pero él no estaba apedreando a nadie, sino cumpliendo los preceptos del Rey que es rey de reyes, el Santo, bendito sea, ya que así les ha ordenado hacer según la liturgia del día.

—Aún no ha calado su majestad en las palabras proferidas por ese hombre —le respondieron sus servidores—. Lo que ha hecho ha sido burlarse y hacer befa de nosotros y de nuestros ritos, ya que somos nosotros los que sí tiramos piedras en el día de nuestra fiesta. Se ha comportado «como el bromista que lanza flechas incendiarias, saetas y muerte» (Prov 26,18) [3]: nos ha comparado a los locos, siendo su intención decir tal cosa a su majestad mediante una alusión.

Cuando oyó el rey las palabras de sus súbditos se llenó de cólera, pues comprendió que Maimónides había denostado su religión, y de inmediato envió tras él a sus hombres para que le dieran muerte. Tuvo miedo Maimónides, y diciéndose: «Así que ya han descubierto el asunto», huyó de la presencia del monarca y se fue al país de Egipto en el año 4926 de la creación del mundo [4].

10. LA CONSULTA RABINICA + LA HUIDA PRODIGIOSA

Cuando rabí Maimón, padre de Maimónides, salió huyendo de Córdoba a causa de las persecuciones de los conquistadores musulmanes, se dirigió a la ciudad de Almería; de allí pasó a la de Fez, en donde se estableció.

Su hijo Maimónides era por entonces un muchacho y se puso a estudiar con el rabino de aquella ciudad, rabí David Hakohén [5], quien sentía un gran cariño por su discípulo.

(más detalles al respecto pueden verse, por ejemplo, en Pareja Islamología II, ps. 543-544). El editor del texto que traducimos omite el pasaje que continúa hablando del citado rito musulmán, señalando la omisión mediante puntos.

[3] La idea se concluye en el versículo de *Proverbios* que sigue al citado: «Tal es el hombre que engaña a su prójimo y dice: "¿Acaso no estoy bromeando?"»

[4] Es decir, el año 1166 según el cómputo gregoriano.

[5] El jefe espiritual de los judíos de Fez y maestro de Maimónides fue rabí Yehudá Hakohén ibn Susán, ejecutado por las autoridades almohades poco antes de que la familia de Maimónides huyera de la ciudad.

El padre de Moisés ben Maimón tenía una tienda en la plaza del zoco y allí impartía justicia a las gentes de la religión de Moisés que venían a exponer ante él sus pleitos; también acostumbraba a estudiar y sopesar con ellos cuestiones religiosas y de otro tipo. La tienda, que incluía también una vivienda, estaba situada en la calle de la Cuesta, en el barrio judío o *melah*.

De cuando en cuando también el joven Maimónides se sentaba en la tienda de su padre a escuchar las quejas de muchos judíos, que acudían a descargar sus corazones y sus problemas ante aquel joven que se distinguía por su profundo conocimiento de la Ley y por su saber en las ciencias médicas y jurídicas.

En aquellas ocasiones, un árabe, cuya tienda estaba cercana a la del padre del joven rabino, se sentaba enfrente del grupo tendiendo la oreja a las palabras de Maimónides. Aquel hombre odiaba a los judíos y andaba buscando una ocasión para perjudicarlos.

Cierto día escuchó el árabe las palabras de un judío que, habiendo acudido ante Maimónides, le preguntó:

—Mi preciado y excelso rabino y maestro, dentro de un cántaro de aceite que tengo ha caído un ratón. ¿Qué se ha de hacer con el aceite que hay dentro?

—Saca el ratón —le respondió Maimónides— y el aceite puede usarse para comer.

Al día siguiente vino otro judío y le preguntó:

—Cuando abrí la bodega de mi tienda entró un musulmán y echó una mirada al interior del tonel. ¿Qué hay que hacer con el vino?

—Tienes que verterlo ante la sospecha de que sea vino de libación —le respondió Maimónides—, pues es posible que el árabe, que no es de las gentes del pacto [6], haya consagrado el vino para las necesidades de su culto [7].

El tendero musulmán, que no había perdido ripio de las palabras de Maimónides, se enfureció ante aquella respuesta y pensó para sus adentros: «¡Qué desagradecidos son los judíos! ¡Así que un aceite contaminado por un ratón les está permitido consumirlo, y en cambio el vino en el que un musulmán ha puesto su mirada se les prohíbe utilizarlo!»

[6] Se refiere al pacto de Dios con Abraham y a través de él con todo el pueblo judío.
[7] La ley judía prohíbe consumir vino que haya sido tocado por manos gentiles en cualquier momento de su proceso de elaboración o que esté contenido en un recipiente abierto que haya sido tocado por un no judío. Tal prohibición se explica por la sospecha de que el gentil haya hecho con el vino una ofrenda religiosa, por lo cual el judío que lo beba sería culpable de idolatría. No existe, sin embargo, ninguna prescripción relativa al vino que haya sido mirado por un gentil, lo cual parece ser una exageración del cuento.

Y se fue a contar el asunto a sus vecinos árabes, los cuales, a su vez, informaron al sultán; y éste ordenó matar a Maimónides, a su padre y a toda su familia.

Llegó la noticia de lo sucedido a oídos de un amigo musulmán de rabí Maimón, Abul Arab ibn Misa[8], y al rabino de la ciudad, rabí David Hakohén, los cuales se apresuraron a ocultar a los miembros de la familia hasta el fin de aquel mes y después los ayudaron a ponerse a salvo al amparo de las tinieblas.

Cuando se supo la noticia de la huida, ordenó el sultán a sus soldados perseguir a los escapados por todas las puertas de Fez. Aquella ciudad, capital del reino, tenía muchas puertas, y los soldados que persiguieron a la familia de Maimónides no lograron darles alcance. En la primera puerta fueron ahorcados; en la segunda, quemados; en la tercera cayó sobre ellos el rastrillo de hierro; en la cuarta se toparon con un león que arrolló a los soldados armados, dándoles muerte. Y lo mismo fue sucediendo en todas las otras puertas, hasta que finalmente consiguió la familia llegar en paz a Egipto.

Desde entonces las gentes de Fez han llamado a estas puertas con los nombres de Puerta del Hierro, Puerta de la Hoguera, Puerta del Ahorcado y Puerta del León.

En vista de que no pudieron prender a los huidos, hicieron los musulmanes una matanza de judíos y asaltaron sus casas y sus propiedades, expulsándolos de la calle de la Cuesta a otro *melah,* en el que siguen viviendo hasta el día de hoy. En cuanto a la casa de Maimónides, pasó a poder de los descendientes de la familia Jerife, de la estirpe del profeta Mahoma.

11. LA CONSULTA RABINICA + LA HUIDA PRODIGIOSA +
EL CONTENIDO DE LA BOLSA

Sucedió con Maimónides que tenía su casa en el zoco al lado de la de un alfaquí musulmán. Cierto día apareció por allí un árabe, quien dando grandes voces le dijo al alfaquí:

— ¡Mi señor, cuando iba a rezar he rozado con la mano el traje de un judío!

— ¡Yah tú! —exclamó el alfaquí—. Vete a lavarte de nuevo las manos siete veces y después regresa a rezar; sólo así será recibida tu oración.

---

[8] Erudito musulmán y amigo de la familia de Maimónides, gracias a cuya intervención salvó el joven rabino la vida tras las repercusiones de su opúsculo *Tratado sobre la conversión forzada.*

Y he aquí que algún tiempo después apareció otro moro y le dijo:
—Estaba yo rezando, y a la quinta inclinación se cruzaron mis ojos con los de un judío.
—Tu oración ha quedado invalidada y tienes que volver a empezarla —sentenció el alfaquí[9].

Regresó Maimónides a su casa presa de cólera e irritación por lo que había ocurrido; decidido a tomar medidas, se fue aquella misma noche a buscar a dos judíos y les dijo:
—Mañana por la mañana vais a ir al zoco, y uno de vosotros empezará a decir a grandes voces: «Mi señor, tengo un cántaro de aceite y he encontrado en él un ratón muerto». Y el segundo, gritando aún más que el primero, dirá: «Mi señor, tengo un cántaro de vino y un árabe ha metido el dedo dentro». Y todo esto lo habéis de hacer cuando el zoco esté lleno de gente.

Y así fue que cuando llegó el momento oportuno empezó el primer hombre a gritar:
—¡He encontrado un ratón dentro de un cántaro de aceite!
—Coge el ratón muerto —le respondió Maimónides—, estrújalo para que escurra bien y puedes usar el aceite para comer.

El segundo comenzó a gritar:
—¡Un árabe ha metido el dedo en un cántaro de vino!
—Vierte el vino —sentenció Maimónides— y quiebra el cántaro con una piedra, pues está impuro[10].

Cuando el alfaquí y el resto de la concurrencia oyeron aquellas palabras, se quedaron completamente atónitos. Pusieron luego por escrito todo lo que había pasado con aquellos dos judíos y se lo hicieron llegar al rey, el cual, ardiendo en cólera, condenó a Maimónides a la hoguera. Lo llevaron al patíbulo y lo ataron; pero cuando prendieron los leños para quemarlo, he aquí que empezó a soplar un fuerte ventarrón y el fuego se propagó en dirección a las personas allí reunidas, no dejando ni uno con vida.

Maimónides emprendió la huida y los otros salieron en su persecución. Cuando llegó a la mitad del recorrido encontró un león, se montó en él y de esta guisa llegó a Egipto, sin que los soldados del rey pudieran darle alcance.

[9] Hay musulmanes que consideran impuros a cristianos y judíos, creyendo que al entrar en contacto con ellos pierden el estado de pureza, lo que les incapacita para llevar a cabo un buen número de actos rituales. El estado de impureza puede ser mayor, que requiere una ablución mayor o lavado de todo el cuerpo, o menor, que se soluciona con determinadas abluciones parciales (véase Pareja *Islamología* II, p. 529; sobre la oración del musulmán, véanse ps. 530-534).
[10] Véase al respecto núm. 10, nota 7.

En Egipto no conocía a nadie. Cuando llegó al zoco vio a un hombre que intentaba vender una bolsita llena de plata, oro y otros objetos de valor. Acercándose Maimónides a él le dijo que aquella bolsita le pertenecía; el otro, asombrado, le preguntó:

—Pero, según tú, ¿quién te habría dado esta bolsa?

—Fulanito de Tal —le contestó Maimónides; y a su vez indagó—: Y tú, ¿de dónde la has sacado?

—Yo la he heredado de los antepasados de mis padres —le respondió el vendedor.

Finalmente decidieron ir con su pleito al rey; éste les dijo:

—Uno afirma que es de él y el otro dice lo mismo, así que yo os diré a quién pertenece esta bolsa: al que sepa qué es lo que contiene y cuánto de cada cosa.

El vendedor dijo entonces que no lo sabía, pero Maimónides respondió:

—Hay dentro tanto y tanto de plata, tanto y tanto de oro y tanto de lo demás.

Abrieron el saquito y encontraron que el contenido correspondía exactamente a lo que Maimónides había dicho, así que el rey le entregó la escarcela.

El vendedor salió de la presencia del monarca llorando y lanzando grandes voces, pero se le acercó Maimónides y le dijo:

—Toma lo que es tuyo; yo sólo quería gastarte una broma.

El rey, que oyó aquello, se quedó de piedra, y llamando a Maimónides, le preguntó:

—Si es así, ¿quién te había dicho lo que había dentro de la bolsita y su cantidad?

—El sabio nunca se confunde y acierta siempre —le replicó Maimónides. Y comprendiendo el monarca que aquél era un hombre de gran sabiduría, le nombró su consejero.

12. LA CONSULTA RABINICA + LA HUIDA PRODIGIOSA + EL DOCUMENTO JUSTIFICATIVO + EL PERRO INCENDIARIO

Sucedió que cuando estaba Maimónides, su recuerdo sea bendito, en la santa comunidad de Argel, de los países de Berbería en tierras de África, era tenido allí por un gran hombre. Y eso era lo que siempre pasaba, pues dondequiera que estuvo lo alabaron y lo ensalzaron.

Era asimismo Maimónides considerado como una gran autoridad a ojos de los jueces del país que residían en aquella ciudad, y a los que allí dan el nombre de *diván*. Sin embargo, había entre ellos un juez sabio, pero de hechos perversos, llamado Peri, que desde hacía tiempo odiaba a Maimónides, pues tenía envidia de él y de su ciencia.

Y sucedió que cierto día los judíos que habitaban en aquella ciudad expusieron ante Maimónides una consulta rabínica, a saber: que un gentil de los vecinos de Argel había tocado un cántaro de vino abierto. Sentenció Maimónides que el vino era de libación y que estaba prohibido beberlo. De nuevo le llegó otra consulta, y era que había caído un bicho dentro de un cántaro de aceite. Sentenció Maimónides que el aceite era apto para ser usado y estaba permitido consumirlo [11].

Malsinaron gentes perversas de Israel ambas sentencias al juez Peri, el cual se encolerizó en gran manera, y ardiendo en cólera, exclamó:

—¡Así que yo y mi pueblo somos para ése peores que un bichejo! Ha llegado el momento y la ocasión de vengarme de él —y maquinó darle muerte.

Llegó el asunto a oídos de Maimónides, bien porque se lo descubrieran en visión celestial o bien porque sus amigos se lo hicieran saber; y tomando con premura todas sus joyas de oro, piedras preciosas y monedas, que puso en su escarcela, fuese al encuentro de un barquero y le dijo:

—Tengo el alma acongojada. ¿Te importaría llevarme a dar un paseo en barca por la costa para ver si me tranquilizo? Te pagaré lo que me pidas.

—De acuerdo —asintió el barquero.

Subieron Maimónides y el hombre en un barquichuelo y de inmediato el barquero se quedó dormido, hundiéndose en un profundo sueño. Aquello se debía a que Maimónides había tomado consigo secretamente el conjuro del «saltacaminos», que había escrito cuando aún estaba en su casa, colocándolo en un rincón de la barca; y así, en cuestión de minutos, llegó Maimónides, junto con su mujer y sus hijos, que habían embarcado con él, a la costa de Egipto, distante varios cientos de leguas de Argel.

En cuanto la barca se detuvo, se despertó el barquero de su sueño, y viendo que estaba en una tierra extraña cuya lengua no había oído en su vida, se llevó un buen susto y prorrumpió en grandes y amargos lamentos, pues estaba convencido de que todo había sucedido por arte de magia. Pero Maimónides le tranquilizó diciéndole:

—No te preocupes, que en el plazo de un cuarto de hora te haré volver a tu lugar de origen, Argel. Pero cuídate bien de hacer lo que te digo: en cuanto llegue allí la barca y te hayas despertado, apresúrate a coger este escrito que voy a poner en un rincón y arrójalo al mar. Si

[11] Véase al respecto núm. 10, nota 7.

en Argel le cuentas a alguien un solo detalle de lo sucedido, de inmediato eres hombre muerto.

—Haré lo que me dices —respondió el hombre, jurándole que cumpliría sus indicaciones.

Tras de lo cual pagó Maimónides al barquero y lo despachó de vuelta a casa. En un cuarto de hora estuvo el hombre en Argel, donde cumplió cuanto el rabino le había encomendado. Por lo que se refiere a Maimónides, acabó llegando a la santa comunidad de la metrópoli de El Cairo, en donde habitaba el rey de Egipto.

No habían pasado más que unos días cuando, por las maravillosas curaciones que hacía, los siervos del rey, nobles y ministros del país, se lo encomiaban al monarca como un prodigioso médico. Y apenas transcurrido un año, ante la gran sabiduría y los muchos conocimientos de Maimónides, lo encumbró el monarca por encima de todos sus siervos, cobrándole mucho afecto.

Finalmente se propaló su fama por todos los países, y de boca de los marineros que surcan los mares, llegó a oídos del juez Peri, su enemigo antes mencionado, la noticia de que Maimónides había huido de Argel y que se encontraba en Egipto, en donde lo había encumbrado el rey; al oír aquello ardió la cólera del juez, quedándose muy contrito.

Sucedió que pasados tres años expiró el tratado de veinticinco años de paz establecido entre los habitantes de Argel y el rey de Egipto. Las autoridades de Argel enviaron entonces a la metrópoli de El Cairo al dicho juez Peri para renovar el tratado, y allá se fue.

Al día siguiente de su llegada conjuró Maimónides al Príncipe del Fuego y se alzó un gran clamor por todos los confines de El Cairo, pues en ningún lugar ni morada conseguían las gentes encender fuego. Se extendió el clamor por toda la tierra de Egipto durante seis días consecutivos, y entonces consultó el rey con sus sabios, conocedores de los hados, sobre qué hacer con aquel suceso prodigioso que afectaba a todo el pueblo, pero no encontró quien le diera una solución. Cuando finalmente le preguntó el rey a su médico Maimónides, éste le contestó:

—Larga vida al rey. Tiempo ha, cuando estaba yo en Argel, había allí entre los jueces un gran hechicero llamado Peri, como el cual no había otro en toda la tierra de Berbería. He oído decir que hace siete días ha llegado aquí para renovar el tratado, y seguramente lo que tiene en mientes es, mediante sus hechizos, exterminar tu país y darte muerte a ti y a tus hijos, ministros y siervos, para después convertirse en rey de todo el país de Egipto y de Arabia.

—¿Acaso no es ese mismo Peri —le dijo el rey— el que anoche le contó a uno de los siervos de mi casa que tú habías huido de Argel tal año tal día por la tarde porque querían sentarte la mano y condenarte a muerte por haber maldecido el nombre de Dios y a todo el diván de aquel lugar junto con toda la nación?

Respondió Maimónides diciendo:

—Larga vida al rey en la salvaguarda de su tierra y de sus súbditos de todo mal. No basta con que ese juez Peri sea un grandísimo hechicero y que el meollo de su intención sea conquistar por medio de hechicerías numerosos pueblos para reinar sobre ellos, sino que también quiere verter sangre inocente con sus magias.

Y con licencia del rey se fue a su casa, de donde regresó trayéndole al monarca el certificado de las autoridades portuarias, que le fue expedido por la tarde del mismo día en que afirmaba el juez Peri que había huido de Argel, así como otro documento que recibió unos días más tarde de manos del guardián de la puerta de El Cairo. Al ver aquellas pruebas creyó el rey a Maimónides, considerando culpable a Peri, y pidió luego la opinión de sus consejeros sobre qué hacer con aquel hechicero.

Sucedió que a la mañana del octavo día de su llegada a El Cairo, subió el juez Peri en su carroza arrastrada por ocho correos para ir a visitar al rey con el propósito de renovar el tratado y también de malsinar a Maimónides.

Llevaba siempre Peri en su compañía un hermoso perrazo, por el que sentía un gran afecto, y en esta ocasión iba también su amado perro con él en la carroza. Pero he aquí que nada más subir al carruaje, saltó el perro al suelo y empezó a salir un fuego devorador de su vientre y de su boca, que creciendo en gran manera, se alzó sobre las casas de El Cairo, prendiendo en personas y en casas hasta convertirlas en llamas.

Mientras tal sucedía estaba el juez Peri presa de estupor, sin conseguir explicarse cómo podía ser que su amado perro hubiera provocado todo aquello, soltando por su boca llamaradas de un fuego que seguía creciendo sin cesar.

Y sucedió que cuando las gentes de El Cairo que estaban alrededor de la carroza vieron aquel gran daño, empezaron a dar fuertes gritos diciendo: « ¡Hechicero, hechicero! ¡Mago sobre todos los magos, tan perverso como el cual jamás ha habido otro en todo el país de Egipto! ¡Acabad con él y con su perro, antes de que os llegue la noticia de que Egipto ha sido destruido!»

Se arrojaron las gentes súbitamente sobre él y lo hicieron pedazos, junto con su perro, dejándolos a ambos como al chivo expiatorio. Destrozaron también la carroza en mil pedazos; y luego cada uno de aquel gentío se precipitó a coger una esquirla de los huesos o un fragmento de la piel de Peri, o de los huesos y de la piel del perro, o una astilla de la madera de la carroza, y llevándoselos a sus casas, los metieron en vasijas de barro con el fin de que se conservaran largo tiempo como salvaguarda contra las gentes rebeldes, sirviéndoles a ellos y a sus descendientes de recuerdo para que no les volviera a dañar un hechicero haciendo lo que éste hiciera.

Tras todo aquello se apaciguó la cólera del rey y la de Maimónides.

13. LA CONSULTA RABINICA + LA HUIDA PRODIGIOSA + EL DOCUMENTO JUSTIFICATIVO (1)

En la ciudad de Fez, que está en Marruecos, se encontraba Maimónides cierto viernes sentado en su tienda, situada enfrente de la de un cadí musulmán.

Sucedió aquel día que un árabe, que iba a rezar a la mezquita, por el camino rozó con sus vestiduras las de un judío que pasaba por allí. Fuese el árabe al cadí y le dijo:

—Yendo camino de la mezquita un judío ha rozado el vestido que llevo puesto. ¿Qué tengo que hacer?

—Quítatelo —le respondió el cadí—; para poder rezar has de cambiártelo por otro, ya que el judío te ha impurificado el que llevas puesto [12].

Oyó todo aquello Maimónides, que estaba ante la tienda del cadí, y guardó el asunto en su corazón. Cierto día vinieron a verle dos judíos y uno de ellos le dijo:

—Tengo un gran cántaro de vino y ha venido un árabe que ha mirado dentro, en el interior del cántaro.

El segundo explicó:

—Tengo un cántaro de aceite y ha caído dentro un ratón.

—Vierte el vino y rompe el cántaro —contestó Maimónides al dueño del vino; y al del aceite le dijo—: Saca el ratón y tíralo; después puedes usar el aceite [13].

El cadí, que había escuchado todo aquello, se acercó a Maimónides y le preguntó:

—¿Por qué al dueño del cántaro de vino le has dicho que lo vierta y que quiebre el cántaro y, en cambio, al dueño del aceite le has dicho que tire el ratón y utilice el aceite?

—El ratón es mejor y más puro que un árabe —le contestó Maimónides.

[12] Véase al respecto núm. 11, nota 9.
[13] Véase al respecto núm. 10, nota 7.

Al escuchar aquello, el cadí se llenó de ira y ordenó a los árabes:
—¡Quemad a Maimónides!
Como éste oyera tales palabras, salió huyendo y los árabes le iban dando acoso.

Siete puertas tenía la alabada ciudad de Fez y unas de otras distaban como una o dos jornadas de camino. Cada puerta tenía su propio nombre: la primera se llamaba Puerta de los Diablos; la segunda, Puerta del Abrimiento; la tercera, Puerta del Ahorcamiento; la cuarta, Puerta del Quemadero; la quinta, Puerta del Aplastamiento; y había aún otras dos puertas. Por todas y cada una de ellas iban los árabes en pos de Maimónides y en cada una iban recibiendo un castigo diferente. ¿Qué sucedía? Que Maimónides, al pasar por las puertas, iba maldiciendo a sus perseguidores, quienes morían con arreglo a los nombres de aquéllas: en la Puerta del Abrimiento se les abrían los vientres; en la del Quemadero ardían; en la del Ahorcamiento eran ahorcados; y lo mismo iba pasando con el resto de las puertas.

Después de aquello pronunció Maimónides el Nombre inefable, se remontó por los aires y descendió en la tierra de Egipto. Compró allí una casa, y a quienes llevaban el registro de las propiedades les dijo:
—Escribid que adquirí la casa hace cinco años. '

Mientras tanto enviaron los árabes guardias a todas las ciudades para buscar a Maimónides pensando que lo encontrarían como forastero recién instalado. Cuando llegaron a Egipto preguntaron:
—¿Dónde hay entre vosotros alguien que acabe de llegar al país?
Dieron los guardias con la casa de Maimónides, y éste les dijo:
—Hace cinco años que compré esta casa, y así figura también en el registro.

Viendo los guardias que no se trataba de un recién llegado, se fueron a seguir buscando, y Maimónides permaneció en Egipto hasta el día en que se marchó a la ciudad de Tiberíades.

14. LA CONSULTA RABINICA + LA HUIDA PRODIGIOSA + EL DOCUMENTO JUSTIFICATIVO (2)

Era Maimónides, la paz sea con él, natural de Jerusalén, pero se trasladó a Fez y allí permaneció durante muchos años viviendo en un lugar llamado Cuesta de Hanaŷira, donde actuaba como juez.

Fabricó dieciocho cuencos de cobre, cada uno del tamaño de una bandeja de cuscús, y los dispuso unos encima de los otros separados por trocitos de hierro. Los cuencos sonaban a los cuartos, a las medias y a

71

las horas, y aquel reloj de cuencos hecho por Maimónides, sobre él sea la paz, se convirtió en el reloj de la ciudad.

Cuando escapó de Fez y se fue a Jerusalén, ¿por qué huyó? La historia es como sigue. En cierta ocasión, estando en Fez, se hallaba un día sentado frente a Maimónides un cadí musulmán que hacía de juez en un lugar llamado mezquita de Al-'Anabia.

¿Por qué se llamaba mezquita de Al-'Anabia? Porque una vez había una hermosa cortesana llamada Al-'Anabia, y cuando el rey la vio quiso casarse con ella, pero las gentes de la ciudad no se lo permitieron, ya que no era digno de un monarca casarse con una mujer pública como aquélla, y el rey se plegó a las exigencias de sus súbditos. Sin embargo, mandó construir en el vertedero de basuras una mezquita a la que dio el nombre de Al-'Anabia, tras de lo cual dijo a sus gentes:

—Aquel lugar al que iban a parar las basuras ha merecido convertirse en una mezquita; así también, si me caso con ella, esa cortesana se convertirá en una mujer respetable —y dicho esto, la tomó por esposa.

En cierta ocasión en que estaba Maimónides sentado frente al tribunal, vinieron dos árabes y le preguntaron al cadí:

—Tenemos un cántaro de aceite dentro del cual ha caído un ratón. ¿Qué hay que hacer con el aceite?

—Os está prohibido usarlo ni para comer ni para comerciar ni para recibir dinero —sentenció el juez.

—¿Y qué hacemos con él? —le preguntaron.

Y la respuesta fue que tenían que arrojarlo al río [14]. Se le acercó entonces Maimónides y le dijo:

—¡Necio! Si un ratón cae en un cántaro, se le saca y se utiliza el aceite. ¿Qué necesidad hay de desperdiciarlo y de que su dueño se perjudique? —y el cadí se quedó callado.

Cuando llegó la época de fabricar vino, que los judíos acostumbraban a hacer en sus propias casas, dijo Maimónides a dos personas:

—Cuando en vuestras casas empecéis a hacer vino, vais a venir a verme con una consulta. Me diréis que cuando estabais en plena faena entró en la casa un musulmán, y queréis saber si ese vino se puede usar o no; yo os juzgaré el caso.

Estaba Maimónides sentado y el cadí enfrente de él cuando vinieron los dos judíos a que les resolviera su duda. Le contaron que un musulmán había entrado en el lagar donde estaban haciendo el vino, y Mai-

[14] Según el Islam, a las cosas que son impuras por sí mismas se añaden aquellas que quedan contaminadas de modo fortuito, como es el caso del aceite en cuyo interior ha caído un ratón, que tiene que ser derramado y el recipiente que lo contiene lavado siete veces (véase Pareja *Islamología* II, ps. 552-553).

mónides sentenció que aquél era vino de libación y que estaba prohibido utilizarlo.

Se levantó el cadí musulmán y le dijo a Maimónides:

—Rabino, ¿cómo puede ser eso?

—Entre nosotros —respondió Maimónides—, si un musulmán mira el vino, ese vino queda prohibido para el consumo, y si un cristiano coge una botella, tampoco se puede beber ni decir sobre él la bendición ritual [15].

Se fue el cadí a ver al rey para contarle la sentencia de Maimónides, y el monarca mandó venir al rabino a su presencia. A las preguntas del rey, le dijo Maimónides:

—Mi sentencia es mejor que la que dictó el cadí cuando, habiendo caído un ratoncito en el cántaro de un pobre árabe, decretó el juez que tenía que purificar todo el aceite, que eran 150 litros, y que estaba prohibido consumirlo, venderlo o utilizarlo de alguna manera. ¿Es eso justo?

—No —respondió el rey.

—Se saca el ratón —continuó Maimónides— y se puede utilizar el aceite; ¿por qué causar un perjuicio a tu hermano? —Y siguió arguyendo—: Pues el cadí provocó que su hermano se perjudicara. También yo he hecho que mis hermanos los judíos sufran una pérdida, ya que entre nosotros si un musulmán mira el vino, a los judíos nos está prohibido beberlo.

Se apiñaron todos los presentes para dar muerte a Maimónides; pero éste, invocando el Nombre inefable, se trasladó a Jerusalén, llegando a esta ciudad el mismo día en que había pronunciado el conjuro.

Nada más llegar a Jerusalén oyó hablar de una casa que estaba en venta y la compró. Después que la hubo pagado, se fue a ver al rey del lugar para que estampara su sello en el documento de compra, en el que se especificaba que Fulano había vendido y Mengano había comprado, y el documento fue sellado.

Por su parte, los musulmanes de Fez estuvieron buscando a Maimónides durante seis años, hasta que les llegó la noticia de que se encontraba en Jerusalén. Escribieron entonces al rey de esta ciudad comunicándole todos los detalles del caso Maimónides y dándole cuenta de todo lo que aquel rabino les había hecho; le informaron del asunto del vino y de cómo el rey de Fez lo había condenado a muerte, pero que el sujeto había huido y se encontraba en aquel momento en Jerusalén; que en realidad se trataba de un jerosolimitano que había vivido en el Magreb y que ahora se había refugiado en Jerusalén; y también le dijeron que era juez de los judíos.

[15] Véase al respecto núm. 10, nota 7.

El rey mandó llamar a Maimónides. Cuando éste llegó a su presencia, tras saludarle amablemente, pues le tenía por una buena persona, le refirió lo que el monarca de Fez le había escrito. Al oír aquello, Maimónides respondió:

—Su majestad el rey, esos hombres son unos necios.

—¿Cómo es eso? —preguntó el rey.

—¿Acaso es posible —argumentó Maimónides— que el mismo día en qué ellos piensan que salí huyendo de Fez estuviera yo aquí comprando una casa? Mira este documento que tiene tu propio sello y a ver si puedes explicarte cómo pude llegar huyendo en un solo día desde Fez hasta Jerusalén.

El rey examinó el documento y exclamó:

—¿Cómo puede ser tal cosa? —y perplejo escribió a Fez diciendo: «El judío al que os referís estaba comprando ese mismo día una casa entre nosotros. ¿Cómo pudo llegar hasta aquí en una sola jornada? ¿Es que acaso es un pájaro? Examinad vuestras fechas, pues el rabino por aquel entonces se encontraba entre nosotros y tiene un documento que prueba que aquel mismo día adquirió una casa. ¿Cómo iba a poder llegar?»

Los musulmanes de Fez se quedaron atónitos y el rey de Jerusalén no pudo hacerle nada a Maimónides. Lo que realmente había pasado es que el día que huyó de Fez, Maimónides se había escrito el Nombre inefable sobre el brazo, y volando por los aires como en un avión, había llegado a Jerusalén aquel mismo día.

15. EL NAVIO MAGICO

En cierta ocasión estaba Moisés ben Maimón en el barrio judío y vinieron corriendo a prenderle, encerrándole en la prisión.

Ya en cierta ocasión el secretario del rey le había amenazado con meterle preso, y el rabino le había contestado:

—No tengo más que dibujar un barco en la pared y puedo subirme a bordo y marcharme.

Y eso es lo que hizo: pintó el barco, se sentó junto a la pared y no regresó a aquel lugar hasta pasados unos cuantos años.

74

III

DE APRENDIZ A MEDICO FAMOSO

16. EL MEDICO Y SU AYUDANTE + LA OPERACION INTERRUMPIDA

Quedó Maimónides huérfano de padre siendo todavía un niño, y con el fin de prepararlo para ganarse la vida y continuar su educación, lo recibió en su casa su abuelo materno.

No era rico el abuelo, pero se lo quitaba de la boca, haciendo cuanto estaba en su mano para proporcionarle a su nieto una buena y esmerada educación. Solía decir el abuelo: «Procuraré hacerle un hombre capaz de ganarse el sustento para sí mismo y para mi desgraciada hija viuda.»

Sin embargo, no pensaba lo mismo Maimónides, que desperdiciaba la mayor parte de las horas del día en jugar y en correr tras toda suerte de mariposas, insectos y plantas diversas con los que la tierra ha sido bendecida.

El abuelo rezongaba y se irritaba en gran manera con su nieto, reprendiéndole por su desatención en el estudio de la Ley y advirtiéndole que, de seguir así, al final lo echaría de casa. Y cierto día sucedió que la amenaza del abuelo se hizo realidad.

Después de haber pasado Maimónides una noche entera inclinado sobre la Guemará[1] buscando respuesta a un pasaje complicado y habiendo dormido en total aquella noche sólo un par de horas, se levantó por la mañana, recitó sus oraciones y después de desayunar salió de casa de su abuelo para dar una vuelta y tomar el aire.

Cuando regresó de su paseo lo recibió el abuelo a grito limpio y lo echó de su presencia diciéndole:

—Coge dinero para el viaje y vuélvete a tu ciudad de Fez con tu madre. Cuando experimentes en carne propia cómo es el oprobio del hambre, estoy seguro de que te apresurarás a volver al buen camino.

Abandonó Maimónides la casa de su abuelo; pero no regresó a Fez,

---

[1] Comentario a la Misná, redactado en arameo en Babilonia y Palestina, y que junto con aquélla constituye el Talmud.

sino que se encaminó a Egipto, llegando a la ciudad de Alejandría, donde moraba un famoso médico egipcio, anciano y sin hijos.

Aquel médico no dejaba que nadie trabajara a su lado para que no aprendieran la técnica de las operaciones que hacía y gracias a las cuales se había hecho famoso en todo el país y había adquirido un cuantiosa fortuna.

¿Qué hizo Maimónides? Cierto día entró en casa del anciano médico y le dio a entender por señas que a cambio de tan sólo comida y alojamiento estaba dispuesto a desempeñar en su casa cualquier tipo de faena a completa satisfacción del patrón.

El médico, que era bastante cicatero, captó de inmediato que en aquel sirviente se daban dos cualidades preciosas y difíciles de encontrar en otros. En primer lugar, mudo era el mozo y nadie podría sacarle una palabra de la boca; segundo, ¿dónde conseguir un servidor sano que aceptara trabajar a cambio de sólo comida y alojamiento? Así que de inmediato aceptó la propuesta.

Trabajó Maimónides con absoluta entrega y fidelidad, de suerte que pronto se ganó totalmente la confianza del anciano médico. Solía éste salir a diario a dar un paseo de dos horas, dejando en sus manos las llaves de la casa. Maimónides empleaba ese tiempo en estudiar y adquirir conocimientos de medicina con gran aplicación, anotando y copiando de los libros del médico las enfermedades y los nombres de los medicamentos que aquél recetaba a sus enfermos.

Habían transcurrido ya tres años desde el día en que Maimónides empezara a trabajar en casa del anciano médico, cuando un rico jeque acudió a visitarle solicitando que le curara de unos fuertes dolores de cabeza. Tras examinarlo dictaminó el médico que era necesario operar.

Grande fue el susto que se llevó el jeque, quien empezó a proferir palabras entrecortadas; pero el médico le tranquilizó diciéndole que de ningún modo era aquélla una operación peligrosa y que, por tanto, no había de qué tener miedo. Cuando aceptó el jeque, se dispuso el médico a hacer los preparativos de la operación.

Maimónides había oído todo aquello y se moría de ganas de ver y de aprender cómo se hacía una trepanación. ¿Qué hizo? Sin que nadie le viera se escondió detrás de una cortina que estaba no lejos de la mesa de operaciones y desde donde podía contemplar a sus anchas la intervención.

Durmió el médico al paciente y empezó a golpear con un martillo y un bisturí la parte superior de la cabeza. Pasados unos momentos, y como si de una caja se tratara, levantó la tapadera; entonces se descubrió a los ojos del médico —y también Maimónides lo vio con toda claridad— un gusano.

Empezó Maimónides a temblar de miedo, porque estaba seguro de que si el médico intentaba sacar el bicho con algún instrumento, aquello sin duda acarrearía al paciente una muerte segura; pero para gran sorpresa suya, el médico, sin pensárselo dos veces, alargó la mano hacia la mesa del instrumental para coger de allí unas pequeñas pinzas.

En aquel momento se agotó la paciencia de Maimónides y sin poder contenerse gritó:

—¡Detente, doctor!

Quedóse quieto el médico, como petrificado y con la mente en blanco, sin saber qué estaba ocurriendo. Pasaron unos segundos antes de que lograra recobrarse y luego empezó a gritar:

—¡So embustero!, ¿por qué me has estado engañando todo el tiempo con que eras mudo? ¿Y cómo tienes la insolencia de molestarme justo cuando cada segundo puede ser vital para este hombre?

—Justamente por eso, mi señor, he gritado y me he atrevido a molestarte. Te lo explicaré todo después; pero ahora hazme caso. Déjame ir a comprar algún tipo de perfume líquido, y cuando lo viertas junto al lugar en donde se encuentra el gusano, él solo saldrá corriendo de su escondrijo y desaparecerá sin que haya necesidad de sacarlo con esas pinzas que le pueden provocar la muerte.

Escuchó el médico el tono decidido de su siervo, meditó un instante y finalmente dijo:

—Vete a comprar el perfume que dices. Ahora bien, recuerda que si resulta que me has vuelto a engañar como lo has estado haciendo hasta el día de hoy, tu fin será malo y amargo; pero, en cambio, si te sale bien este asunto, te nombraré mi colaborador y heredero de mis bienes, pues, como bien sabes, no tengo hijos.

Corrió Maimónides a toda prisa en busca del perfume y lo puso en manos del médico, quien tomándolo vertió unas gotitas junto al lugar en donde se había aposentado el gusano; y ¡oh maravilla!, no bien percibió el bicho el olor del perfume, salió huyendo de aquel lugar tan delicado hacia la parte abierta de la cabeza. Cuando llegó a la cara del enfermo, lo atrapó el médico depositándolo en manos de Maimónides, quien, según su costumbre, empezó a examinarlo como si hubiera encontrado un precioso botín.

Tras la operación se recobró el jeque, recompensando generosamente al médico por haberle salvado la vida; éste cumplió la promesa hecha a Maimónides y le permitió seguir ampliando sus conocimientos en la ciencia médica. Así se convirtió en colaborador del anciano médico, y cuando al cabo de unos años éste se fue por el camino de todo mortal, pasó Maimónides a ser el médico más famoso de todo Egipto y de fuera de Egipto.

17. EL MEDICO Y SU AYUDANTE + LA OPERACION INTERRUMPIDA +
LA CONTIENDA DE LOS VENENOS

Siendo aún niño nuestro rabino Moisés ben Maimón, su mérito nos
proteja, deseaba estudiar la ciencia de la medicina.

Vivía en su ciudad un médico cristiano, quien cada año tomaba a su
servicio un aprendiz para trabajar en su casa sin sueldo durante tal período a cambio tan sólo de la enseñanza. Al cabo del año, y después de
que el aprendiz hubiera estado sirviendo gratis durante todo aquel tiempo, el médico le daba muerte para evitar que, continuando con su aprendizaje, alcanzara fama y llegara a hacerle la competencia.

Maimónides, su mérito nos proteja, deseaba aprender la ciencia de la
medicina; pero su madre se oponía, pues sabía lo que hacía aquel médico,
dando muerte cada año a un aprendiz. Sin embargo, Maimónides le dijo
a su madre:

—No te preocupes, mamá, que voy a hacerlo todo con astucia.

Fingiéndose sordomudo, se fue a ofrecer sus servicios a casa del médico, quien lo tomó de criado, sometiéndole durante un tiempo a toda
suerte de pruebas, hasta que finalmente se convenció de que en verdad
el muchacho ni oía ni hablaba; sólo entonces le dio a entender por señas
que lo aceptaba definitivamente como sirviente.

Todos los días tomaba Maimónides a escondidas papel, lápiz y pluma
y se ponía a escribir, hasta el punto que llegó a copiar toda la ciencia
médica y su técnica. Y ni que decir tiene que la retocó, enmendó y
mejoró gracias a su sabiduría y a su experiencia.

Cuando el médico cristiano iba a visitar a sus enfermos, escribía
Maimónides a escondidas todo cuanto oía de su boca, y lo mejoraba.
Y así fue convirtiéndose Maimónides en un gran médico.

Habían pasado ya cinco años cuando cierto día enfermó de la cabeza
la hija del rey de España. Se reunieron todos los doctores para tratarla,
y también acudió el médico con el que estaba estudiando Maimónides,
el cual iba a hacerle una operación a la princesa para extirparle una
rana que tenía en el cerebro.

Cuando el médico cogió unas pinzas para atrapar la rana, Maimónides le dio un golpe en la mano exclamando:

— ¡Así se te caigan las dos manos! ¿Qué pretendes hacer? ¿Quieres matar a la princesa?

El médico, que creía que Maimónides era mudo, se quedó perplejo
y estupefacto. ¡Hacía cinco años que ni hablaba ni oía y ahora de golpe
se arrancaba a hablar profiriendo palabras semejantes!

El rey puso a su hija en manos de Maimónides para que fuera él
quien la curara. Cogió entonces un clavo, lo calentó poniéndolo al rojo

78

vivo y fue pinchando con él las patas de la rana; a medida que ésta las iba alzando, Maimónides colocaba debajo de cada una un trozo de algodón, y el bicho volvía a apoyarlas sobre el algodón. Hecho esto tomó Maimónides unas pinzas, y atrapando la rana, la sacó de la cabeza de' la princesa; la cerró, cosió la abertura y la hija del rey se curó.

—No quiero volver con ese médico —dijo entonces Maimónides al monarca—, porque da muerte a todos los aprendices que sirven en su casa al finalizar el año de estudios y cumplirse el primer año de trabajo del discípulo.

—¡Vuelve a trabajar conmigo! —reclamó el médico a su criado.

—Maimónides no volverá contigo —terció el rey—. Se quedará conmigo en mi casa porque es mejor médico que tú.

Aquello puso fuera de sí al médico, quien propuso al monarca:

—Pues si es mejor que yo, acordemos ambos que cada uno de nosotros le dé a beber a su oponente un veneno mortal, y aquel que sea capaz de curarse a sí mismo se quedará como médico del rey.

El médico cristiano le dio a beber a Maimónides, su mérito nos proteja, una pócima mortal, pero Maimónides conocía su antídoto y ordenó a los judíos:

—Encended fuego en siete hornos para que estén calientes y que también estén dispuestas siete vacas para ser degolladas. Cuando haya bebido el veneno, cogedme y hacedme pasar por los siete hornos calientes; y luego que me saquéis de ellos, metedme dentro de las siete vacas degolladas y así me curaré.

Estaban los judíos preparados y dispuestos para hacer todo cuanto les había dicho Maimónides. Cuando éste bebió el veneno, la pócima mortal, lo cogieron y lo hicieron pasar por el interior de los siete hornos calientes; de allí lo llevaron para meterlo dentro de las siete vacas degolladas que tenían dispuestas según sus órdenes, y Maimónides se curó. Después se levantó y le dijo al rey:

—He bebido el veneno mortal que me dio el médico y yo mismo me he sanado. Ahora, según lo que habíamos estipulado, ha llegado mi turno de darle de beber a él.

Tomó Maimónides siete cajas, cada una más grande que la anterior, y metió unas dentro de otras. En la última puso una botellita de gaseosa y la envolvió con siete trozos de lino. Se cubrió la cara con una mascarilla, cogió las cajas con unas tenazas y le dijo al rey:

—Ahora voy a darle a beber.

El médico cristiano, cuando vio a Maimónides con la cara tapada y sosteniendo las cajas con unas tenazas, se le llenó el corazón de espanto y temblor, diciéndose a sí mismo: «¿Qué tipo de veneno será el que va a darme, que tiene que cubrirse el rostro y tocarlo sólo con tenazas?»

Completamente turbado, no sabía qué antídoto preparar. Apartó la cobertura de lino, y presa de pánico empezó a abrir las cajas; pero no bien llegó a la quinta, a causa del terror y de los temblores que le habían sobrevenido, se le salió el alma. «¡Así perezcan, Señor, todos tus enemigos!» (Jue 5,31).

Se quitó Maimónides la máscara de la cara, y abriendo la caja, le dijo al rey:

—Toma, bébete esto.

—¿Es que quieres matarme? —exclamó el rey—. Ese, que era un gran médico, ha muerto sólo de oler el veneno, ¿y tú quieres que yo me lo beba?

—Por tu honra que te lo vas a beber —insistió Maimónides.

—Pruébalo tú antes y bebe —dijo el rey.

Abrió Maimónides la botella, bebió de su contenido y después le dio también a beber al monarca, diciéndole:

—Es tan sólo gaseosa para abrir las ganas de comer. El médico ha muerto sólo de miedo y no del olor ni de otra cosa.

Maimónides se quedó desde entonces con el rey como su médico y su servidor, gozando de paz y de reposo. ¡Así nos alegre Dios con la llegada de nuestro mesías prontamente en nuestros días, así sea su voluntad!

18. LA OPERACION INTERRUMPIDA + LA CONTIENDA DE LOS VENENOS (1)

Había una vez un gran médico que tenía un ayudante, y adondequiera que el médico iba, su ayudante le acompañaba.

Cierto día se publicó en todos los periódicos que la hija de un rey que vivía en otra ciudad estaba muy enferma y ninguno de los médicos convocados había encontrado remedio para ella. El rey, que estaba como loco, había hecho una proclama: «A aquel que sea capaz de curar a mi hija le daré cuanto poseo.»

Oyó aquello el ayudante y le dijo a su patrón:

—¿Por qué no vas tú también?

—De nada serviría que yo fuera —le respondió—. Ya han estado allí todos los médicos, incluso los que son mucho mejores que yo, y no han podido ayudarla.

—Aunque médicos más famosos que tú no hayan podido hacer nada —le replicó el ayudante—, sin embargo, a lo mejor Dios te ayuda y tienes suerte.

—Eso es cierto; hay que ir —se convenció el médico.

Dispusieron todo lo necesario y se encaminaron hacia la ciudad de

Enfermos ante el médico con muestras de orina en recipientes protegidos por cestillas de cáñamo. *Traducción hebrea del Canon de Avicena. Italia 1438-1440. Biblioteca Universitaria de Bolonia. Ms. 2197 fol. 7r.*

Botica de un alfaquín. Cantigas *de Alfonso X, Cant. CVIII*

aquel rey. No bien llegaron allí, pusieron un anuncio en el periódico: «Un gran médico ha llegado a la ciudad.» En cuanto el monarca lo leyó, de inmediato envió al heraldo del palacio a buscarlo.

Comparecieron el médico y su ayudante a presencia del rey, quien los recibió con los brazos abiertos, diciéndole al médico:

—Haz lo que puedas, y si mi hija sana, te daré cuanto me pidas.

Entraron en la cámara de la princesa y dijo el médico:

—Voy a examinarla —y acabado el examen dictaminó que había que operar.

Al saber la decisión del médico, le dijo el rey:

—Quiero presenciar la operación.

—No tengo inconveniente —respondió el médico.

Dispusieron todo el instrumental sobre la mesa y empezaron la operación. Cuando abrieron el vientre vieron que la princesa tenía una gran araña sobre el estómago; ya iba el médico a coger un bisturí para arrancar la araña de un tirón, cuando el ayudante, al verlo, le golpeó en el brazo diciéndole:

—¿Qué vas a hacer? ¿Es que quieres matarla?

No pudiendo soportar el médico que su ayudante le corrigiera en presencia del rey, exclamó:

—¿Cómo te atreves a hablarme así? ¿Acaso te has creído que sabes más que yo?

—Sí, y te lo puedo demostrar —replicó el ayudante.

—Si es así, hazlo tú —le ordenó el médico.

Levantó entonces el ayudante su rostro a los cielos y para sus adentros dirigió a Dios la siguiente oración: «Oh Dios, a quien rezo y honro por la mañana, al mediodía y por la noche, te ruego que me asistas en esta hora.» Luego empuñó el bisturí, cortó cinco trozos de algodón, tomó una mecha, le prendió fuego y puso el bisturí en la llama hasta que estuvo al rojo. Se acercó entonces a la araña y tocó con el bisturí el extremo de una de sus patas. Cuando la araña la levantó, el ayudante puso debajo un trozo de algodón; y fue haciendo lo mismo con las otras cinco patas. Tomó después el bisturí y esta vez tocó en medio del cuerpo de la araña; ésta se contrajo y entonces la sacó con unas pinzas. Luego se volvió hacia el médico, diciéndole:

—Ya ves; así era como había que hacerlo.

Palideció el médico sin saber qué decir y tan sólo acertó a indicar a su ayudante:

—Está bien; concluye la operación.

Permanecieron el médico y su ayudante varios días en el palacio hasta que la princesa hubo sanado, tras lo cual dispuso el rey un banquete en su honor y dijo al ayudante:

—Pídeme lo que quieras y te lo daré. No te avergüences.

—No quiero gran cosa —contestó el joven—. Sólo que me construyas un hospital, pues quiero ayudar a los pobres y curarlos.

Cuando el médico y su ayudante salieron del banquete, dijo el médico:

—Mira, ahora tú eres más importante que yo y no tengo nada que oponer. Pero vamos a hacer un trato: yo prepararé una poción y tú harás lo mismo; nos la beberemos y veremos quién de nosotros es el más sabio.

—Bueno, hagámoslo —aceptó el ayudante, aunque sabía en su corazón que el médico pretendía darle muerte.

Informaron del acuerdo al rey, y en cuanto el médico salió del palacio, se acercó el ayudante al monarca y le dijo:

—Tengo algo que pedirte.

—Pide —respondió el rey—, que aunque tuviera que darte mis ojos, te los daría.

—Mira —dijo el ayudante—, el médico quiere prepararme un veneno para matarme, pero no tengo más remedio que beberme lo que me dé. Sólo te pido una cosa. Dispónme una vaca, degüéllala y ábrele la tripa. Cuando me haya bebido la pócima, me meteré dentro del animal y con el calor de sus entrañas vomitaré todo el veneno.

—Así lo haré —respondió el rey—. Pero ¿cuál es el bebedizo que tú vas a prepararle a él?

—No voy a preparar veneno alguno, sino que voy a darle a beber un tónico; pero él, del puro miedo que alberga en su corazón, se morirá.

Llegó el día de la contienda y a las tres se reunieron todos los cortesanos; llegaron también el médico y su ayudante, cada uno con su brebaje.

—He aquí mi pócima —le dijo el médico a su ayudante—. Bebe tú primero la mía y yo esperaré diez minutos para beber la tuya.

—Bueno —contestó el ayudante.

Tomó la poción en su mano y se la bebió delante de todo el mundo. En seguida salió corriendo hacia la vaca degollada y dentro de ella vomitó el veneno; se lavó luego con premura y regresó al salón del palacio, donde, dirigiéndose al médico, le alargó una copa y le dijo:

—He aquí que yo ya me he bebido tu poción; bebe tú ahora la mía.

No hizo el médico más que tomar el vaso en sus manos y se desplomó muerto al suelo. Abrió entonces el ayudante la boca y le dijo al rey:

—Mi nombre es Moisés ben Maimón; yo soy Maimónides. Sabía que tu hija estaba enferma y gracias a mi don profético supe que el médico pretendería arrancar la araña del estómago de la princesa, lo que húbiera provocado su muerte. Por eso ocupé el puesto de ayudante y vine aquí con él para salvarla.

Entonces le dijo el monarca:

—Te quedarás conmigo en mi palacio. Abre el hospital y haz en él cuanto quieras.

19. LA OPERACION INTERRUMPIDA + LA CONTIENDA DE LOS VENENOS (2)

Hace cientos de años, en tiempos del médico Maimónides, había una vez un hombre muy enfermo y ningún médico lograba averiguar cuál era su enfermedad. Rodando por el mundo llegó finalmente a presencia de Maimónides, quien después de examinarlo determinó que había que hacerle una trepanación. Pero cuando la cabeza estuvo abierta, se llenó Maimónides de tristeza por el mal que había causado a aquel hombre: el enfermo tenía un gusano junto al cerebro y era inútil intentar atraparlo con nada. Entonces el ayudante de Maimónides, con sagaz penetración, le gritó a su maestro diciéndole en árabe:

—Utiliza humo espeso.

En seguida cogió Maimónides un cigarrillo y empezó a fumar; penetró el humo en el cerebro y apenas transcurridos unos segundos salió el gusano a la superficie: entonces pudo el médico atraparlo con toda facilidad. Cosió luego la cabeza y el enfermo estaba curado.

Aquel asunto dejó a Maimónides muy preocupado; le dijo a su ayudante:

—Ven, que vamos a competir tú y yo, y veremos quién es el que gana —y decidieron medir sus fuerzas bebiendo veneno.

Pasados tres días ordenó Maimónides a su mujer que si le tocaba a él beber el veneno en primer lugar:

—En seguida me untas de miel y me echas al lado de la basura.

Unos días después bebió Maimónides el veneno que le había preparado el ayudante y su mujer hizo con él cuanto le había encomendado: lo untó de miel y al punto las abejas y las moscas se apiñaron sobre su cuerpo y empezaron a succionar. A los tres días Maimónides estaba curado.

Se lavó, y dando por zanjado el asunto, reanudó su trabajo como si tal cosa. El ayudante, llamado Kamún, se pasaba todo el tiempo pidiéndole a Maimónides que le preparara algún bebedizo, impaciente por ingerir también él su porción de veneno; pero Maimónides iba dilatando el asunto y respondía:

—Mañana..., pasado mañana...

83

Y sucedió que de tanto darle vueltas a la cabeza se murió el ayudante sin haber probado veneno alguno, sólo a causa de sus malos pensamientos.

20. EL VENENO SALVADOR (1)

Los sabios, sobre ellos sea la paz, han dicho lo que sigue. En cierta ocasión acudió un leproso —Dios nos libre— a presencia de Maimónides, sobre él sea la paz, para rogarle que le curara de su lepra. Cuando vio Maimónides que la enfermedad le cubría de pies a cabeza, le dijo:

—Vete, que no tengo remedio para ti.

Arrojándose a sus pies, empezó aquel hombre a llorar y a suplicar y le insistió diciendo:

—¿No es que eres un gran médico? Yo mismo he visto cuán numerosas son las gentes a las que has sanado, ¡y a mí vas y me dices que no tienes remedio que darme!

—Sal de aquí y no hables en demasía —le rechazó Maimónides irritado.

Completamente desesperanzado tomó el hombre la puerta y se fue. Cuando entró en su casa, se precipitaron contra él las gentes de su familia para expulsarlo de allí al tiempo que gritaban:

—¡Fuera, no sea que nos contagies la enfermedad, Dios nos libre!

Salió a la calle, y viendo algunas personas que estaban allí sentadas, se hizo un sitio entre ellas; pero se alzaron también aquellas gentes contra él y lo ahuyentaron de su lado. Y así le pasaba siempre, que de todo lugar adonde iba lo echaban.

Desesperado de la vida, se dijo que mejor era morir que vivir de aquel modo. Saliendo, pues, de la ciudad, se encaminó al desierto a morir o a que le despedazara un león o cualquier otra bestia salvaje, y allí permaneció durante tres días falto de todo.

Pasado ese tiempo, al llegar el tercer día levantó los ojos y divisó a lo lejos a un pastor con su rebaño. Se le acercó para pedirle que le diera un poco de leche para beber y reanimarse; le dijo el pastor:

—Estoy dispuesto a darte lo que me pides, pero no en mis cacharros. Trae un cuenco tuyo y te ordeñaré en él una cabra.

—No tengo ningún cacharro —le contestó; pero viendo por allí una piedra cóncava con forma de mortero, le dijo—: Hazme un favor, ordéñame un par de cabras ahí dentro de esa piedra y así podré beberme la leche.

Hizo el pastor lo que el hombre le dijo, tras de lo cual siguió su camino. Bebió el leproso la leche, pero una buena parte se quedó en el hueco de la piedra sin que pudiera acabársela. Dejó aquel resto, y no bien se hubo alejado un poco del lugar con intención de descabezar un sueño, he aquí que de pronto vio una gran serpiente, que tras beberse la leche que había quedado, la vomitaba de nuevo en el hueco. Al contemplar semejante escena se dijo: «Con seguridad que el Santo, bendito sea, me ha enviado esta serpiente para que me vea libre de este mundo. Mejor me será, pues, beberme esa leche y morir.»

Se acercó, y pensando que aquello era lo último que hacía en este mundo, volvió a beber hasta hartarse; luego se fue, quedándose dormido bajo una piedra durante unas dos horas.

Al despertar de su sueño notó que se sentía bien; y no sólo eso, sino que igual que la serpiente, que muda de piel una vez cada varios años, aquel hombre se había desprendido de su lepra y debajo le había aflorado una nueva piel hermosa y suave.

Dio gracias al Santo, bendito sea, que había hecho un tan gran milagro y se determinó a ir a decirle a Maimónides: «¿Y tú te crees que eres un médico y que sabes curar?»; pero cuando llegó a su presencia, y antes de que lograra abrir la boca, le dijo Maimónides:

—Calla, que ya sé que has bebido la leche que ha vomitado una serpiente. Por eso te dije que no tenía remedio para ti, porque ¿de dónde iba yo a sacar una leche semejante? Y eso es lo que dicen las Escrituras: «Toda ella [la lepra] se ha tornado blanca, él es puro» (Lv 13,13), queriendo decir que de allí en adelante no había motivo para seguir manteniéndolo apartado, pues ya no padecía ninguna enfermedad contagiosa y estaba curado.

De aquí podrás deducir la sabiduría de Maimónides, sobre él sea la paz, en toda suerte de ciencias, medicamentos y plantas medicinales y también como conocedor de la Ley.

21. EL VENENO SALVADOR (2)

Erase una vez un hombre que había oído decir de Maimónides que curaba a los enfermos. Efectivamente, todas las gentes del lugar que padecían de algo acudían a él para pedirle que los curara; cuando el enfermo entraba a su presencia, lo examinaba y le daba un medicamento.

Tenía Maimónides los tarros de medicinas colocados en ringleras, y cuando se aproximaba a ellos, aquel frasco en el que estaba el remedio adecuado para el enfermo se agitaba solo; de esta manera sabía Maimónides qué era lo que tenía que administrar a los pacientes y éstos se curaban siempre. Así, pues, no había médico que le alcanzara en conocimientos de medicina; por eso se llama «remedio de Maimónides» a un medicamento que cura al enfermo con rapidez.

En cierta ocasión había un hombre muy rico que tenía muchos negocios y terrenos edificados; era además comerciante y no le faltaban hijos. Sin embargo, aquel hombre, a pesar de su buena situación económica, cayó enfermo, y he aquí que el desgraciado empezó a peregrinar de médico en médico. Cada cual le prescribía un remedio distinto, y el hombre a veces seguía sus indicaciones y a veces no. Estaba ya harto de potingues y aburrido de su situación: se le había puesto la cara pálida, había adelgazado y no tenía fuerzas ni para moverse.

Finalmente le propusieron que fuera a ver a un médico que era el mejor profesional de la ciudad: el médico del rey. Acudió a visitarlo y el médico le prescribió una droga venenosa; pero el enfermo no quiso tomársela y lleno de miedo pensó para sus adentros: «¿Es que eso es todo lo que me queda por hacer en la vida: envenenarme? Porque está muy claro que si me tomo lo que éste me ha recetado, no me muero de la enfermedad, me muero del veneno.»

Cierto día vinieron sus amigos a visitarle, se sentaron y charlaron, y de las cosas que comentaron sobre su enfermedad comprendieron cuál era su estado y que había llegado a una situación crítica.

—¿Por qué —le preguntó uno de los amigos— no has recurrido a Maimónides?

—¡Yo qué sé! —respondió el enfermo—; el caso es que no lo he hecho. He oído que hay que esperar mucho tiempo hasta que te recibe; y además, es lo que yo digo: ¿por qué no ir a un médico moderno? Así que no he ido a verle. ¿Es cierto lo que cuentan de él?

—¡Ah, ah! —dijeron los amigos—, ¡así que aún no has ido! ; parece como si no lo necesitaras. Pues nosotros sabemos de muchas personas que fueron a verle y les ha ido estupendamente. Cura incluso enfermedades graves.

—Mi mujer —terció uno de ellos— le llevó a su madre, que hacía años que estaba sufriendo sin que ningún médico supiera cómo curarla, y sólo él, Maimónides en persona, logró hacerlo. Venga, vamos a verle; estoy dispuesto a acompañarte.

Quedaron los dos para el día siguiente y se acercó con él su amigo a ver a Maimónides. Entró el enfermo y se lo contó todo. Se volvió Maimónides hacia sus tarros para darle una medicina; pero cuando vio que el que se movía era el del veneno, se detuvo en seco: ¿iba a darle veneno a aquel hombre pálido y desmejorado?

—Señor —dijo Maimónides—, no tengo medicina para ti.

—¿Cómo? ¡Si el mundo entero me ha dicho que tienes remedio para todo!

—Pero esta vez no puedo darte nada.

Salió de allí aquel hombre completamente abatido y sin saber qué hacer. Sencillamente estaba harto de vivir. Así que cuando dejó la casa de Maimónides, se encaminó hacia las afueras de la ciudad. Ya no podía aguantar más. Incluso el amigo que le había acompañado ignoraba sus planes y pensaba que había regresado a su casa; en la puerta de Maimónides se habían separado, el amigo le había dirigido palabras de consuelo y después cada uno se había ido por su lado.

Se dijo el enfermo: «Me voy a vagar por el desierto y que sea lo que sea. Aunque una fiera me devore, ya nada me importa. La verdad es que así no puedo seguir viviendo y ya no me queda aguante para soportar una vida tan perra.»

Así que salió de la ciudad e iba andando por el campo, cuando de pronto se cruzó con él una mujer beduina que llevaba sobre la cabeza una pila de tarros de yogur. El enfermo, que estaba exhausto, hambriento y sediento de haber caminado tanto, le preguntó:

—Señora, ¿cuánto vale un tarro?

—¡Yah judío! En el zoco los vendo a cuarenta céntimos, pero aquí te los doy a veinte.

Fue a pagar el hombre, metió la mano en su bolsillo y se encontró con que no llevaba el monedero. ¿Qué hacer? Rebuscó en el bolsillo y dijo:

—Mira, sólo tengo quince céntimos. Estoy muerto, hambriento y cansado. ¿Aceptas o no? Estoy a punto de caerme redondo al suelo.

—Bueno —se conformó la mujer.

Se apeó de la cabeza los tarros de yogur y tomó el hombre el primero que le vino a mano, sin pararse a escoger. ¡Qué más daba! ; sólo comer y beber para quitarse el hambre y la sed. Se puso a tomarse el yogur y he aquí que de pronto notó que sus ojos veían mejor; empezaba a recobrar las fuerzas y poco a poco sentía que se iba recuperando como si le estuvieran poniendo inyecciones de energía. Se sentía fortalecer por momentos. Siguió comiendo apresuradamente, engullendo, sin mirar; pero de pronto descubrió ante él un espectáculo horrible y espantoso: en el fondo del recipiente había una culebra enroscada. Presa de pánico, apartó el tarro arrojándolo al suelo y sintió unos súbitos deseos de regresar a su casa.

Se levantó y notó dentro de él unas fuerzas como no había sentido en años, incluso mejor y más fuerte que cuando estaba sano; pero en su corazón albergaba el miedo de que quizá hubiera ingerido algo del veneno de la culebra. «Bueno —se dijo—. Ahora iré a ver a Maimónides a contarle lo que he comido y quizá me aconseje qué debo hacer.»

87

Se dio la vuelta y regresó, presentándose ante Maimónides. Cuando el médico le miró, no daba crédito a sus ojos: «¿No es éste el que estuvo conmigo esta mañana? ¿Qué le habrá cambiado? No queda ni rastro de su palidez. Helo aquí tan sano y tan orondo.»

—Señor, he venido a verte para contarte lo que me ha sucedido —y el enfermo le refirió que simplemente había comido yogur, pero que había una culebra en el tarro.

—Pues de eso justamente te has curado. Has sanado por completo —le explicó Maimónides—; ésa era la medicina que necesitabas.

—Entonces, ¿por qué no me la recetaste cuando vine a verte?

—Si te la hubiera dado no me habrías creído. Y además, una cosa semejante es muy peligrosa de controlar. Tuve miedo de que no supieras administrártela, sobre todo habiendo niños pequeños en tu casa. Pero no temas, que ahora ya estás curado.

Regresó el hombre a casa. Su mujer no sabía qué era lo que le había pasado: había salido por la mañana y no había vuelto. El marido le contó todo lo sucedido.

—Y ambos tenemos la suerte de que he regresado, y no sólo como estaba, sino sano y entero —concluyó.

Se alegraron los dos, y dando gracias a Dios por lo sucedido, exclamaron:

—¡Todo está en manos del Nombre, el Señor que cura a los enfermos!

22. EL FIGON MACABRO

En cierta ocasión acudió a ver a Maimónides un hombre aquejado de violentos dolores en el vientre. Al primer vistazo supo el médico que la enfermedad era mortal, pues aquel hombre necesitaba una medicina que no existía y que era imposible de preparar; así que le dijo:

—Tienes los días contados.

Pero como el enfermo prorrumpiera en llanto e insistiera en que Maimónides le salvara, le envió a que se diera un atracón en uno de esos figones que preparan sólo platos de carne.

Se fue el hombre, y encontrando un local de aquellos, se atiborró de comida. Pasados tan sólo unos días se encontró el enfermo completamente restablecido y regresó a ver a Maimónides, quien le pidió que le acompañara a aquel restaurante; pero antes hizo venir en secreto a algunos policías para que le siguieran e investigaran el figón. Entonces se puso en claro que lo que allí daban de comer era carne humana: en el sótano encontraron los guardias varios hombres degollados, cuya carne picada la tenían aderezada para preparar con ella diferentes guisos.

El resultado fue que el enfermo se había curado comiendo carne humana y que los dueños del figón fueron encarcelados y condenados a muerte.

23. UNA DIETA EQUILIBRADA

Tenía Maimónides un fiel criado que cumplía puntualmente todas las órdenes de su patrón. Un día le dijo:

—Desde ahora me vas a traer todos los días por la mañana un par de cebollas —y todas las mañanas en ayunas se comía Maimónides las dos cebollas.

El criado, al ver aquello, se dijo para sus adentros: «Si el amo, que es médico, se toma cada mañana dos cebollas, eso quiere decir que tienen algún tipo de sustancia saludable.» Y ¿qué hizo? Empezó también él a comer cebollas todas las mañanas; pero en lugar de dos se tomaba cuatro.

En cierta ocasión subió Maimónides al terrado de la casa, y encontrándose allí a su criado, que estaba oteando a lo lejos, le preguntó:

—¿Qué es lo que estás mirando?

—Estoy viendo allí un hombre a caballo —contestó.

Como Maimónides no podía distinguir ni caballo ni caballero, comprendió que su criado estaba también comiendo cebollas, pero no en la cantidad adecuada. Llamándole a su habitación le dijo:

—En lugar de las cebollas, desde ahora, por las mañanas, me vas a traer pimientos picantes.

Al día siguiente le llevó el criado los pimientos, y se dijo para sus adentros: «Si Maimónides, que es médico, ya no come cebollas, sino pimientos picantes, debe ser porque algo saludable tienen.» Maimónides, mientras tanto, dejaba de lado los pimientos y seguía comiendo su ración de cebollas.

Así pasó algún tiempo, el criado con sus pimientos picantes y Maimónides con sus cebollas, hasta que cierto día llamó Maimónides al criado para que subiera con él al terrado de la casa y le preguntó:

—¿Ves ahí ese toro que está pasando por la calle?

—No; no veo ningún toro —le respondió el criado.

—Dime la verdad —le preguntó entonces Maimónides—, ¿cuántas cebollas has estado comiendo al día?

—Cuatro —le respondió.

—¿Y por qué no me preguntaste antes de hacerlo?

—¿Por qué tenía que hacerlo? —se extrañó el criado.

—Porque las cebollas son un medicamento muy fuerte; tienen una vitamina muy buena para la vista, pero sólo si se toman en la cantidad adecuada. Así que si vuelves a comer cuatro cebollas todas las mañanas, te vas a quedar ciego. Y por lo que se refiere a los pimientos picantes, también tenías que haberme preguntado. Yo me he dejado los pimientos y he seguido comiendo cebollas; pero tú has tomado demasiado de las primeras y también demasiado de los segundos, pues los pimientos picantes hacen perder visión. Te voy a poner un ejemplo: cuando uno pela una cebolla y la pica, le manan lágrimas de los ojos; es decir, que las cebollas hacen llorar. Las lágrimas contienen numerosas enfermedades y la cebolla limpia los ojos de la suciedad. En cambio, los pimientos picantes son muy perjudiciales para la vista.

24. EL EXORCISMO INNECESARIO

He oído una historia que le sucedió a Maimónides, su recuerdo sea bendito, en Egipto con una mujer cristiana la cual padecía de accesos de fiebre que la sumían en profundos letargos.

Aquella mujer, que en su vida había sabido leer ni escribir, cuando le acometía la enfermedad rompía a hablar en latín y en griego e incluso en hebreo. Recelaron sus parientes que un espíritu la hubiera poseído, y como se produjera un gran tumulto en el pueblo, llamaron a Maimónides, su recuerdo sea bendito, a fin de que le hiciera algún exorcismo y le diera algún medicamento para curarla y expulsar de ella al espíritu.

Cuando llegó Maimónides, su recuerdo sea bendito, y oyó todo aquello, dio órdenes de que escribieran todo cuanto decía la enferma. El resultado fue un abultado fajo de papeles, y una vez reunidos se vio que la mujer había estado pronunciando sabias y profundas sentencias, sin que ninguna frase tuviera relación con la siguiente. En cuanto a las frases que pronunció en hebreo, correspondían a versículos de nuestra santa Ley y a diversos libros de moral. Sin embargo, la enferma era una mujer inculta, carente de toda educación.

Decidido Maimónides, su recuerdo sea bendito, a aclarar el asunto y descubrir el secreto, empezó a hacer preguntas y a inquirir de los parientes dónde había pasado su infancia aquella mujer. Tras muchos esfuerzos consiguió averiguar que desde los nueve años había crecido la enferma en casa de un sacerdote cuyo cuarto de estudio estaba cerca de la cocina donde ella trabajaba. El tal sacerdote tenía la costumbre de deambular por su habitación de arriba abajo, de abajo arriba y de aquí para allá, levantarse y sentarse, mientras estudiaba y repetía muchas veces en voz alta pasajes de la Biblia y de libros de moral en las diversas lenguas que conocía. Así que Maimónides, su recuerdo sea bendito, fue a buscar entre los libros del sacerdote, y allí estaban, efectivamente, todos aquellos textos que soltaba la enferma en sus delirios.

90

Cuando todo quedó aclarado, explicó entonces Maimónides, su recuerdo sea bendito, a los familiares que ningún espíritu se había apoderado de la mujer, sino que la fiebre suscitaba las antiguas palabras que tiempo ha le habían penetrado en sus oídos; y aunque no hubiera comprendido su significado, con todo las había captado, quedando grabadas en el habitáculo de la imaginación. Después, y debido al mucho tiempo transcurrido desde que la mujer había dejado de escucharlas, habían descendido hasta los riñones, donde permanecían ocultas; pero sucedía que a causa de la fiebre se le despertaban los riñones, haciendo subir de nuevo a su recuerdo todas aquellas frases.

Luego le dio Maimónides una medicina y la mujer se curó completamente.

25. REVIVIR A LOS MUERTOS (1)

Como es sabido, Maimónides no fue solamente un gran sabio al que se dirigían todos los judíos de la diáspora, tanto desde lugares cercanos como desde países lejanos, para consultarle toda suerte de cuestiones complejas y cuyas opiniones se convirtieron en norma para el pueblo judío. Sino que fue también Maimónides un gran médico experto en esta ciencia, sin que hubiera otro que pudiera igualársele. El propio rey de Egipto en persona le nombró médico de su casa, pues tenía plena confianza en él, y numerosos enfermos madrugaban a la puerta de Maimónides y se apiñaban para verlo, pues si el propio rey confiaba en aquel médico, ¿quién no iba a acudir a él?

Era ciertamente Maimónides el más grande de los médicos, como era grande en Ley y en sabiduría, habiendo salvado a muchos de la muerte porque sabía descubrir la raíz de la enfermedad y recomponer el espíritu de cada paciente. No es de extrañar, pues, que muchos fueran los enfermos que acudían a visitarle, abrumándole de trabajo de la mañana a la noche. Pero si bien Maimónides había logrado curar a muchos enfermos graves, contra la muerte no disponía de remedio alguno.

Sin embargo, en cierta ocasión uno de los discípulos de Maimónides murió por la noche de forma repentina; entonces el gran médico recordó que había visto escrito en un antiguo libro que si antes de que se pudriera, se ponía el cuerpo del muerto dentro de un recipiente de cristal en el que se hubiera hecho el vacío y en cuyo interior se hubiera esparcido savia del Arbol de la vida y jugo de las plantas de los gigantes, al transcurrir nueve meses volvería el muerto a la vida.

Nunca había pensado Maimónides servirse de aquellos productos. El mismo había enseñado siempre a sus discípulos que estaba prohibido oponerse a la naturaleza, a cuyas reglas todos estamos sometidos. Pero el joven muerto yacía ante él como si estuviera vivo; la piel de su rostro no se había demudado y el color de su carne aún no se había extinguido.

No tenía tiempo Maimónides para sopesar serenamente el asunto. Si ahora hacía la prueba, era posible que sucediera un milagro y que el joven tierno y hermoso, que era el más querido de sus discípulos, volviera a la vida pasados nueve meses.

La idea de que dentro de muy poco perdería toda posibilidad de revivir al discípulo amado obligó a Maimónides a apresurarse a hacer con él todo lo que había visto escrito en aquel santo libro antiguo. Con premura, y sin que nadie tuviera noticia de lo ocurrido, ocultó el cadáver en una habitación que dejó cerrada bajo siete llaves.

Pasaron los días, transcurrieron las semanas y Maimónides no abrió la habitación atrancada. Sin embargo, una gran tristeza se había ido apoderando paulatinamente de él, y por las noches empezó a hurtársele el sueño. Parecía como si desde que llevara a cabo aquella acción en contra de la naturaleza hubiera perdido el sosiego de su alma.

Cierta noche en que no lograba conciliar el sueño, ya no pudo el maestro contenerse más y se fue a la cámara cerrada bajo siete llaves para ver qué era lo que estaba pasando con el joven muerto.

Con el corazón palpitante de temor, de emoción y de curiosidad se aproximó al recipiente de cristal, y he aquí que vio el cadáver incorrupto; y no sólo eso, sino que un tenue color rosado afloraba en su carne. Sus miembros estaban rígidos, sin movimiento alguno, y sus ojos cerrados. Pero, ¡oh prodigio!, al examinar los rasgos del rostro del discípulo percibió Maimónides en él profundos signos de cólera.

Un gran espanto se apoderó del rabino mientras se preguntaba cuál sería la explicación de la cólera grabada sobre el rostro del joven. ¿Es que había hecho algo en contra de sus deseos? Ciertamente él no pretendía sino hacerle regresar al mundo de los vivos. ¿O es que acaso le era tan duro al hombre volver a la vida como duro le era abandonarla?

Se consoló diciéndose a sí mismo: «Parece ser que aún no han vuelto las fuerzas vitales a su cuerpo y todavía planea la muerte sobre su rostro. Volveré a mirar la cara de mi discípulo dentro de unos días, cuando la vida se haya robustecido en su sangre».

Pero cada vez que venía el rabino a ver el cadáver del joven encerrado en el recipiente de cristal, se le hacía más evidente que iban aumentando las señales de angustia en su cara. Y sucedió que cuando en el noveno mes entró cierto día en la cámara cerrada, se quedó estupefacto, pues vio que los ojos del joven, ligeramente entreabiertos, le miraban con una extraña sonrisa, una sonrisa en la que asomaban juntamente una mezcla de cólera y de burla.

En aquel mismo momento se dio cuenta Maimónides de que Dios

no se complacía en su obra y de que el espíritu del muerto estaba encolerizado con él. Comprendió Maimónides que quien se ha apartado de la vida no desea volver a ella, y que de la misma forma que le es oneroso al alma salir del interior de un cuerpo vivo, así también se le hace muy difícil regresar a un cuerpo muerto.

Aún permanecía avergonzado, sin saber qué hacer y hundido en sus meditaciones, cuando he aquí que a carrera tendida se precipitaron dentro de la habitación un gato perseguido por un perro que trataba de darle alcance. En su vertiginosa carrera derribaron el recipiente de cristal, que se quebró, y el cuerpo del joven cayó de su interior definitivamente muerto.

En aquel momento contempló el rabino el rostro del joven y vio que se había borrado completamente de las facciones del discípulo muerto toda señal de burla y de cólera, y que en su lugar afloraba ahora un limpio resplandor de paz y de descanso eterno.

26. REVIVIR A LOS MUERTOS (2)

Siendo Maimónides médico en Egipto, tuvo oportunidad de ver allí a los reyes momificados, cuyos cuerpos se conservaban miles de años, y se le ocurrió entonces momificar el cuerpo de una persona viva y dotarlo así de vida eterna. Le contó sus pensamientos al mejor discípulo que tenía en medicina y acordaron echar a suertes quién de los dos sería momificado, tocándole el turno al discípulo.

Maimónides le juró que tras mantener a la dormida momia en un baño de drogas y productos adecuados hasta que se completara el proceso de momificación, lo haría volver a la vida. Pero el hecho fue que cuando a la momia empezó a endurecérsele la piel, estando depositado el cuerpo en un recipiente de cristal, le empezó a pesar el corazón a Maimónides por el juramento que le había hecho a su discípulo, ya que recelaba si no convertirían las gentes a la momia en un dios al ver que no se moría y vivía eternamente. Sin embargo, también se le hacía duro, por otro lado, faltar intencionadamente a su juramento.

Cierto día, al entrar Maimónides en la habitación de la momia vio de pronto que ésta movía un dedo como para recordarle que tenía que cumplir su juramento. Permaneció Maimónides un tiempo desconcertado, hasta que finalmente encontró la solución: introdujo en la cámara un gallo salvaje al que había tenido sin comer varios días y empezó el gallo a picotear el cristal del recipiente, hasta que llegando al cerebro de la momia, se lo comió y ya no pudo volver a la vida.

Lloró y se afligió Maimónides por la muerte de su discípulo, y desde entonces estuvo aquejado de una gran amargura de ánimo que no le abandonó hasta el final de sus días.

27. EL ANALISIS DE ORINA + EL ENFERMO FINGIDO

Acostumbraba Maimónides a examinar la orina de cada enfermo antes de prescribir el tratamiento adecuado, y según fuera el resultado de su examen así daba instrucciones al boticario para preparar las medicinas del paciente.

En cierta ocasión, un judío, que desconfiaba de la capacidad de Maimónides para diagnosticar las enfermedades a través de la orina, quiso tenderle una trampa. ¿Qué hizo? Fingiéndose enfermo, se fue a ver a Maimónides y le llevó un frasco de orines de burro diciéndole que eran suyos.

Tras examinar la orina prescribió Maimónides al paciente que comiera tres veces al día cebada y nada más que cebada.

28. EL MEDICO IMPROVISADO (1)

En cierta ocasión, la mujer de un pobre faquín fue al baño. Quiso la casualidad que estuviera también allí la esposa de Maimónides, a quien todas las empleadas tributaban grandes muestras de respeto: la una se precipitaba a traerle agua, la otra corría a echársela por encima, y así todas; en cambio, en la mujer del faquín nadie reparaba, y aquello la puso completamente fuera de sí.

El espectáculo que habían visto sus ojos suscitó en la mujer un fuerte sentimiento de envidia. Decidiendo que también ella quería que la honraran de igual manera y que también su marido tenía que ser médico, volvió a su casa y le dijo al hombre:

—O te haces médico o no vuelves a poner los pies en casa.

—Pero ¿qué pasa?, ¿qué sucede? —le preguntó el atónito marido.

Ella le refirió todos los honores que había visto dispensar a la mujer de Maimónides y cómo también ella quería ser la esposa de un médico. Viendo el faquín que la raíz del mal estaba en Maimónides, decidió ir a pedirle consejo. Cuando éste hubo oído la historia del faquín, le dijo:

—Bien; eso tiene fácil arreglo. Te voy a dar unas cuantas recetas y cuando vayas a ver a un enfermo le das una de ellas como remedio. El que haya de sanar, sanará, y el que haya de morir, morirá.

Cogiendo el faquín las fórmulas, empezó a rodar de aldea en aldea, y tal fue el éxito que obtuvo, que todos le consideraban como un buen médico. Así transcurrieron dos años, y cuando se le acabaron las recetas, decidió volver a pedirle más a Maimónides. De regreso a su ciudad natal, observó que reinaba en ella un desacostumbrado silencio. Indagó qué pasaba, y las gentes, con gran pesadumbre, le contestaron que Maimónides estaba a punto de morir: al comerse un trozo de pescado, una gran espina se le había clavado en la garganta y ni subía ni bajaba.

Corrió a toda prisa el faquín a casa de Maimónides para llevarle su auxilio, y queriendo mostrar su experiencia, le dijo a la mujer del médico:

— ¡De prisa, de prisa!, tráeme unas ventosas.

—¿Para qué necesitas ventosas? —preguntó asombrada la mujer.

—Para ponérselas en los talones.

Cuando oyó Maimónides aquellas palabras, estalló en tan grandes carcajadas que la espina se le desprendió de la garganta. Así fue como salvó el faquín la vida de Maimónides.

29. EL ENFERMO FINGIDO + EL MEDICO IMPROVISADO

Grandes fueron los conocimientos de nuestro rabino Moisés ben Maimón en la santa Ley y su saber en la ciencia de la medicina. Acudían a visitarle enfermos de todas partes de Egipto y también de las naciones vecinas. Maimónides nunca los examinaba ni quería escuchar qué era lo que les dolía, y a pesar de todo los curaba. ¿Cómo se las arreglaba?

Los criados de Maimónides disponían a los enfermos en una larga fila y el médico pasaba por delante de ella acompañado de su mujer, que hacía las veces de secretaria. Un criado de Maimónides preguntaba los nombres de los enfermos y la mujer los iba apuntando en trocitos de papel. Después ella misma depositaba todos los papeles en una bandeja de china, especial para los medicamentos; Maimónides determinaba los remedios adecuados conforme a los papeles que estaban en la bandeja y nunca se confundía.

En la casa de Maimónides vivía un criado fiel y avispado que se moría de ganas de saber cómo lograba Maimónides determinar con tanta precisión cuáles eran las medicinas adecuadas para los pacientes sin examinarlos y sin hacer preguntas sobre sus síntomas o sus dolencias; y especialmente asombroso le resultaba el hecho de que Maimónides jamás se confundiera.

Decidió, pues, el criado fingirse enfermo, y metiéndose en cama no acudió a trabajar. En seguida fueron a informar a Maimónides de que su criado estaba malo y rogaba que el médico le examinara.

—Debe hacer lo mismo que todos los enfermos que vienen a verme —dijo Maimónides—; que vaya a ponerse en la cola con los demás.

El criado estuvo cuatro días sin comer, se le hundieron las mejillas y se le puso la cara desencajada. Al quinto día se levantó y se incorporó a la fila con todos los restantes enfermos. Pasó Maimónides por delante de ellos, y cuando llegó ante el criado, esbozó una sonrisa y le dijo:

—Tu esfuerzo ha sido inútil. Vete a casa, que estás tan sano como un toro; y además, por haber servido en mi casa con fidelidad, vivirás aún largos años. Sin embargo, me parece que lo que ahora andas buscando es un trabajo más liviano. Por tanto, estoy dispuesto a enseñarte a preparar dos remedios comprobados que sirven para casi todas las enfermedades: uno son las ventosas y el segundo las lavativas. Sabiendo preparar ambas, podrás ganarte el pan de forma fácil y honrosa.

Provisto del conocimiento de aquel par de remedios, se fue el criado a rondar por los caminos. Cierto día, al llegar a los alrededores de una aldea se encontró con un beduino que estaba sentado llorando amargamente. Aproximándose a él le preguntó el criado la causa de su llanto:

—Había atado mi asno a un árbol —le explicó el beduino— y me fui a coger unos higos chumbos para matar el hambre; cuando regresé, el burro había desaparecido. Además, de tantos higos como he comido tengo ahora un dolor de tripas tan fuerte que no puedo ponerme a buscarlo.

—Para tu dolor de tripas tengo un excelente remedio —le hizo saber el criado; y obligando al beduino a tumbarse boca abajo, le endosó una lavativa.

De inmediato tuvo el hombre que ponerse a buscar un lugar retirado en donde hacer sus necesidades. Divisando a lo lejos una casa abandonada, se precipitó hacia allí, y cuál sería su sorpresa cuando en ella se topó con el burro perdido. Contento y alegre de corazón, regresó el beduino al encuentro del criado y le pagó generosamente, dándole las gracias por haberle salvado a él y a su jumento.

«No empiezan mal las cosas», se dijo el criado para sus adentros, y prosiguió su camino. Llegó después a una ciudad, donde encontró a todos sus habitantes sumidos en duelo. A sus preguntas sobre la causa de su pena le contestaron:

—El hijo único del sultán está muy enfermo y los médicos que han acudido de todas las partes del mundo están desesperados y sin saber qué hacer.

—No hay que preocuparse; yo le curaré —afirmó el criado al oír tales nuevas.

Al principio pensaron que se trataba de un loco; pero como insistiera en que le dejaran acercarse al enfermo, afirmando que lo curaría,

Tumba de Maimónide en Tiberíades (Israel). (Foto Tamar Alexander)

Puerta de la Sinagoga de Maimónides. Šuc Ḥan el-halil. El Cairo (Egipto).
(Foto Tamar Alexander)

se apresuraron a informar al sultán del asunto y éste ordenó que lo condujeran al palacio.

—¿Eres tú el que dice que hará recobrarse a mi hijo de su enfermedad? —preguntó.

—Sí, mi señor sultán —dijo el criado—. Pero tengo algo que pedirte: que desalojen de la habitación del enfermo a todos los médicos con sus medicinas.

A órdenes del sultán fueron despachados médicos y medicinas. Pidió luego el criado que le llevaran agua tibia, y sacando de su maletín los utensilios de la lavativa, le preparó una al paciente, quien en seguida abrió los ojos. Esperó el criado media hora y le puso una segunda lavativa, y ¡oh maravilla!, el hijo del sultán se sentó en la cama y pidió que le trajeran de comer. No bien pasaron unos pocos días el príncipe estaba completamente recuperado.

Se alegró mucho el sultán y nombró al criado primer médico del país. Lo primera intención del soberano fue la de expulsar del reino a los restantes médicos que habían tratado a su hijo, pero el criado le rogó que no lo hiciera, sino que los pusiera bajo su mando. Accedió el sultán y desde entonces gozó el criado en aquel país de una vida muelle, rodeado de riquezas y de bienestar.

Después de que hubo reunido una gran fortuna, le asaltó al criado una fuerte nostalgia de su familia y solicitó del sultán permiso para regresar a su casa a visitar a los suyos. Accedió el soberano a su demanda y el hombre se puso en camino.

Llegando a la ciudad, se disponía a ir a su casa cuando oyó de boca de algunos conocidos que su benefactor Maimónides estaba muy enfermo: durante la comida del sábado se había tragado una espina de pescado, que se le había clavado en la garganta; la espina ni subía ni bajaba, y Maimónides se encontraba en gravísimo peligro.

Se precipitó el criado a casa de Maimónides, y encontró allí a varios famosos médicos que andaban discutiendo entre sí qué remedios utilizar para salvar al enfermo.

Pidió el criado a las gentes de la casa que hicieran salir de allí a médicos y medicinas y que le trajeran ventosas. Cuando oyó Maimónides que su «discípulo» se disponía a actuar para librarle de la angustia, empezó a reírse a grandes carcajadas. Y tanta fue la risa que la espina se desplazó del lugar de la garganta en donde estaba clavada y Maimónides la expulsó.

Y así fue como, gracias a la risa que le provocaron el criado y sus ventosas, se libró Maimónides del peligro.

IV

MEDICO DE CORTE

30. LA OPERACION INTERRUMPIDA

Gran médico y eminente filósofo, fue Maimónides, el recuerdo del santo sea bendito, uno de los judíos más ilustres de todas las generaciones. Si bien se trata de un filósofo judío religioso, sin embargo se han considerado sus enseñanzas como de alcance universal, pues su pensamiento no sólo abarca el mundo religioso, sino que también comprende el mundo tangible, que es el mismo para todos.

También se ganó Maimónides una gran fama como médico, pues además de ser un eminente filósofo y de haber leído y escrito mucho en este campo, nada le impidió entregarse a la medicina y dedicarse con asiduidad a todos y cada uno de sus enfermos. Se aplicó en averiguar las propiedades de cada planta y planta, y gracias a su conocimiento del mundo vegetal, curaba principalmente a sus enfermos con este tipo de remedios, siendo muy numerosos los que le admiraban porque mucho ayudó a las gentes con sus fórmulas.

Como es sabido, cuando Maimónides, el recuerdo del santo sea bendito, después de una jornada agotadora regresaba a su casa, encontraba junto a ella una larga y serpenteante cola de personas que aguardaban a que él las examinara. Sin escapatoria posible y movido por su amor a las criaturas, aún encontraba Maimónides tiempo para atender a aquellas gentes, contestando a cada uno con buena cara, y así, con su espléndida gentileza, iba influyendo en unos y en otros. Y tal sucedía con cualquiera, fuera quien fuera, sin diferencias de raza ni de religión [1].

[1] El propio Maimónides cuenta en una carta a Samuel ibn Tibón de Provenza, su traductor al hebreo del libro *Guía de perplejos,* cómo era su agotadora jornada de trabajo:

«Mis ocupaciones son tal y como te voy a contar. Yo vivo en Fostat mientras que el sultán reside en El Cairo, y entre ambos lugares hay una distancia como de dos jornadas sabáticas.

Tengo con el sultán una tarea muy pesada. No puedo dejar de visitarle

A pesar de todas aquellas magníficas cualidades del santo Maimónides, nada impidió que contra él también surgieran detractores y fueran muchos sus enemigos entre los gentiles.

En cierta ocasión se alzaron para acusarle delante del rey, y hasta tal punto llegaron con sus insidias que el monarca ordenó encarcelarlo; pero a fuer de magnánimo, no lo encerró en la prisión junto con malvados y criminales, sino que destinaron a Maimónides un pabellón en el mismo palacio real, concediéndole permiso para pasear por él, aunque tenía terminantemente prohibido hablar con nadie.

De por qué o a cuento de qué se había cometido con él una injusticia semejante no tenía Maimónides ninguna idea; pero nunca perdió sus esperanzas en el Dios bueno y benefactor y confiaba firmemente en que con prontitud Dios le salvaría. Mientras tanto, y para evitar que de tanto estar solo se le quedara pegada la lengua al paladar, se paseaba por el palacio hablando en voz baja consigo mismo; y como ya puede suponerse, aquellas charlas nunca eran palabras vanas y hueras, sino que desde luego repetía la Ley, desde luego rezaba y desde luego también se repasaba tratados médicos. Asimismo examinaba en el palacio del rey cada flor y cada planta que se le propiciaba en su camino, no descuidando tampoco el huerto que allí crecía; así, de tanto en tanto, también examiba y estudiaba las hortalizas, ya que gracias a la misericordia divina nadie venía a entremeterse ni a molestarle en aquella ocupación.

Como ya había sucedido antes, también aquel rey se había aconsejado con Maimónides durante muchos años; pero cuando se alzaron contra él los enemigos, que envidiaban profundamente su gran sabiduría,

cada día a primera hora; y si le acomete la debilidad o si cae enfermo alguno de sus hijos o alguna de sus mujeres, ya no me puedo mover de El Cairo, pasándome la mayor parte del día en el palacio. Tampoco me veo libre de que uno o dos cortesanos enfermen, y entonces tengo que ocuparme de tratarlos.

En resumen, cada día llego a El Cairo de madrugada, y si no tengo ningún tropiezo y no surge ninguna complicación, vuelvo a Fostat al mediodía; en cualquier caso, nunca llego antes. A esas horas estoy hambriento, pero me encuentro las galerías de mi casa llenas de gente, judíos y no judíos, personas importantes y no importantes, jueces y alguaciles, amigos y enemigos, una turbamulta que conocen la hora de mi regreso.

Me bajo del jumento, me lavo las manos y me acerco a ellos para acallarlos, contentarlos y suplicarles que me hagan el honor de aguardarme hasta que coma un bocado, el cual me sirve para todo el día. Salgo después a medicarles y a escribirles recetas y tratamientos para sus dolencias. Los enfermos no dejan de entrar y salir hasta que anochece y en ocasiones, ¡por mi fe en la Ley!, hasta dos horas después o más.

Hablo, les receto y converso con ellos mientras estoy recostado de puro cansancio, y cuando llega la noche estoy tan extenuado que no puedo ni hablar ...»

desde entonces ya no habían dejado de acusarle delante del rey que gobernaba en Egipto, hasta el punto de que también el monarca había llegado a dar crédito a todas aquellas malas lenguas y falsedades y nunca más había vuelto a pedir su consejo, dejando de lado a Maimónides, el cual se sentía tan solo como si estuviera en una isla desierta.

Pero un hombre como Maimónides ni se aburre ni pierde las esperanzas y menos aún se menguan su sabiduría y su entendimiento. Al contrario, de la mañana a la noche se repasaba la Ley del Señor y también seguía investigando y profundizando en las ciencias que conocía. Incluso para hacer hablar a sus labios con el fin de que no olvidaran hacerlo, conversaba Maimónides consigo mismo. Y así transcurrieron para él muchos y oscuros días en el palacio del rey.

Pero he aquí que por entonces cayó gravemente enferma la hija de aquel monarca por cuya corte deambulaba Maimónides como un prisionero.

Al principio nada supo Maimónides de tal calamidad, que muy grave era el mal que había anidado en la cabeza de la hija del rey. Una gravísima enfermedad cerebral había atacado a la princesa; y todos los médicos de la corte, así como otros que acudieron de lugares lejanos, pensaron que no tenía cura. Pero el rey, influido por los enemigos de Maimónides y solivantado contra él, tampoco acudió en tan grave ocasión en busca de su consejo.

Cuando se agotaron los últimos recursos, invitaron a venir desde lejanas tierras a uno de los más famosos cirujanos para trepanar la cabeza de la princesa; y fue entonces cuando por medio de uno de los esclavos del rey, que pasaba a toda prisa junto a él, se enteró finalmente Maimónides de lo que estaba sucediendo. Hizo detenerse al esclavo para averiguar el motivo de los desacostumbrados ajetreos que se observaban en el palacio. El esclavo, después de lanzar una ojeada a su alrededor temiendo y recelando que le vieran hablar con Maimónides y tras asegurarse de que nadie los veía, le contó todo lo que pasaba: cómo la hija del rey había enfermado de un incurable mal cerebral y cómo todos la habían dado por desahuciada; viendo finalmente que no cabía otra solución, pensaban operarla ese mismo día, para lo cual el monarca había hecho venir desde tierras lejanas a un eminente y experto cirujano; con él habían acudido un tropel de médicos y enfermeras y todos elevaban preces por la salud de la joven princesa.

—Y ésos son los preparativos que estás viendo —acabó de contar el esclavo a Maimónides. Y se dispuso a marcharse a toda prisa antes de que nadie advirtiera que había estado hablando con él, ya que muy grave habría sido el castigo que le hubieran impuesto de haberse percatado alguien de ello.

Ante aquellas nuevas quedóse Maimónides como clavado sobre sus pies. Su corazón estaba abrumado de dolor por la joven princesa, pues aunque hubieran amargado su existencia teniéndole confinado en el palacio, sin embargo, su corazón de judío y su ética médica, que exige que en tiempo de necesidad hay que ayudar a todo el mundo, ambas cosas turbaban su sosiego.

Aislándose en un rincón del patio bajo uno de los árboles del huerto, se sentó en un banco y empezó a meditar sobre cuál sería el tipo de enfermedad que había atacado a la hija del rey. Reflexionando sobre el caso a partir de los síntomas que el esclavo le había transmitido, se levantó Maimónides del banco y sumido en hondo pesar empezó a deambular arriba y abajo.

Hubiera querido aconsejar al rey; pero puesto que no había sido llamado a su presencia, estaba muy claro que si abría la boca, en ese mismo momento se apresurarían a darle muerte. ¿Qué hacer?, pensaba Maimónides, sin saber cómo sosegar su alma y lleno de congoja por una vida que iba a perderse, ya que en una operación de cabeza y de cerebro había un peligro cierto de muerte en aquellos tiempos, en que los bisturíes eran aún muy toscos y siendo como es el cerebro humano un lugar tan delicado.

Aún seguía Maimónides dando vueltas de aquí para allá cuando descubrió en el huerto una cabeza de col. En seguida se aproximó, arrancó una hoja y prosiguió con sus agitados paseos, yendo y viniendo por el patio con la hoja de col en la mano.

Mientras tanto, en el palacio ya estaba todo dispuesto para la operación de la princesa y por su parte Maimónides se disponía también a llevar a cabo lo que había decidido hacer. Trepó hasta el tejado del edificio; grandes ventanales rodeaban la cúpula, y así, desde uno de ellos pudo observar cómo en uno de los salones habían acostado en una cama a la pálida princesa. A su alrededor se apiñaba un tropel de médicos y enfermeras, mientras que el cirujano principal se erguía a su cabecera bisturí en mano.

Apoyado en el ventanal y con la hoja de col encolada[2] entre sus dedos, observaba Maimónides lo que estaban haciendo con la hija del rey. El cirujano había ya cortado la membrana cerebral; pero cuando vio que iba a seguir profundizando con el bisturí en dirección al cerebro, ya no pudo Maimónides mantener por más tiempo la mudez de sus labios; llegando al límite de su paciencia, restalló de su boca un potente grito:

[2] Hemos mantenido el juego de palabras hebreo entre *nilpat* (raíz *l. f. t.*) 'agarrado, asido con fuerza' y *léfet*, nombre dado a cierto tipo de col.

—¡Detente! ¡No sigas cortando!

De inmediato la mano con la que el cirujano empuñaba el bisturí se alejó de la cabeza de la joven, mientras todo el mundo miraba hacia el lugar de donde provenía la voz; hasta que por fin descubrieron a Maimónides sobre el tejado, apoyado en una de las ventanas del salón en el que estaban operando a la princesa.

Enviaron de inmediato a uno de los ministros del rey para hacerle bajar del tejado y lo llevaron junto a la cama de la princesa, mientras por señas le preguntaban:

—¡Pero bueno! ¿Qué pasa?

También por señas les obligó Maimónides a apartarse de la cama y se aproximó a su cabecera. Tras cerciorarse de que la membrana estaba ya cortada, depositó la hoja de col sobre la cabeza de la princesa; y apenas habían pasado unos segundos cuando, atraído por el olor de la col, salió reptando desde dentro un gusano. Apartó Maimónides de inmediato la hoja junto con el gusano y luego con un gesto indicó al cirujano que volviera a coser el corte que había abierto. Así lo hizo aquél, mientras todos los presentes seguían atónitos y asombrados.

Cuando salieron de la sala, los ministros del rey, rebosantes de alegría, se precipitaron a abrazar a Maimónides, pues había salvado de la muerte a la princesa, y fueron seguidamente a informar al monarca de su hazaña. Sobrado es decir cuán grande fue la alegría del rey y cuánta fue la envidia de los otros médicos, pero todos guardaron silencio y nadie osó decir nada malo contra Maimónides al ver cuán grandes eran su sabiduría y su inteligencia.

Desde entonces creció setenta veces siete la honra de Maimónides a ojos del rey y obtuvo gracia y benevolencia del monarca durante todos los días de su vida.

31. LA COMEDORA DE VENENO

En cierta ocasión, al rey en cuyo palacio servía Maimónides le enviaron unos ricos presentes de parte de otro sultán; entre los regalos figuraba también una doncella hermosísima como no había otra igual en el mundo, cuya carne era pura y límpida como el cristal. En cuanto la vio el rey, se regocijó con ella más que con todos los otros regalos, puesto que jamás había visto una belleza parecida; y llamando de inmediato a Maimónides le dijo:

—Ve y examina a esa doncella, pues esta misma noche quiero hacerla mi esposa.

Estuvo Maimónides observándola con atención, y dándose cuenta de qué era lo que pasaba con ella, le dijo al rey:

—Mi señor, no la tomes por mujer hasta que yo te diga, pues si lo haces antes morirás. Esta joven no se alimenta de pan, sino que está acostumbrada a comer veneno y si tomara pan se moriría; desde su niñez la han habituado a hacerlo así con la intención de dar muerte al sultán. Por eso te han enviado una joven como ésta, acostumbrada a comer sólo veneno, de modo que quien pase la noche con ella o se le acerque morirá sin remedio. Y ahora lo vas a comprobar con tus propios ojos. —Mandaron a llamar a la joven, y cuando la trajeron delante del rey, le preguntó Maimónides—: Hija mía, dime qué es lo que solías comer en tu país para que ordene el rey cocinar y preparar para ti los guisos a los que estás habituada.

—Mi señor —contestó la joven—, yo no acostumbro a comer nada, ni pan ni guisos. Me alimento de veneno, y cuando me enviaron a vosotros me dieron ración para cuarenta días, así que cada día cojo una porción y me la como. Ahora ya sólo me resta alimento para cuatro días, y cuando se me acabe moriré, pues no he encontrado aquí nadie que me surta de veneno.

—No temas nada —la tranquilizó Maimónides—. Ahora eres la esposa del sultán y tendrás cuanto pidas.

Empezó Maimónides a disminuirle paulatinamente la ración de veneno en cien granitos, sustituyéndolo por la misma medida y peso de pan, hasta que la joven se fue acostumbrando a comer como las personas. Su sangre se hizo más abundante y se acrecentó su belleza aún más que al principio. Después la tomó el sultán por esposa, contento de haber podido casarse con ella sin morir, como habían tramado hacer con él los que le habían enviado a la doncella. Entonces le preguntó el rey a Maimónides:

—¿Cómo lograste darte cuenta?

—Muy sencillo, mi señor: observando que todas las moscas que se posaban sobre ella caían muertas al instante —le explicó Maimónides.

—¡Bendito el que ha repartido de su sabiduría a los que le temen! —exclamó el rey al oír aquello.

32. LA CURA DE LA DEPRESION

Cuando el Santo, bendito sea, creó al hombre, determinó que tuviera un tiempo para llorar y un tiempo para reír, pues de ambas cosas necesita el ser humano y sin ellas su vida no es vida.

En cierta ocasión le preguntó el rey a Maimónides:

—¿Por qué me siento tan deprimido, si no tengo dolor alguno y no padezco de nada?

Examinó Maimónides al monarca en presencia de sus ministros y no le encontró ninguna enfermedad. Se hundió entonces el médico en profundos pensamientos, y de repente le asestó al rey un par de sonoras bofetadas.

Al ver la atrevida acción de Maimónides, los ministros se quedaron de piedra, y ya corrían a prenderlo cuando el médico, dirigiéndose al rey, le preguntó:

—¿Todavía estás hundido en la depresión?

—No —contestó el rey atónito.

—¿Por qué has hecho una cosa tan extraña? —preguntaron entonces los ministros a Maimónides.

—El rey goza de una vida muelle —les explicó—; pero tiene que evitar vivir sólo entre risas y alegrías, porque la tristeza y la felicidad descendieron al mundo íntimamente unidas entre sí y ambas le son necesarias al hombre. Por eso he abofeteado al rey en la cara: para que al enfadarse se le disipara la depresión de su alma.

Y así, por su mucha sabiduría, perdonó el rey a Maimónides su insolencia.

33. UNA OPERACION SIN BISTURI

De Maimónides se cuentan muchas historias. Como es sabido, acostumbraba a tratar a los enfermos gratuitamente. En cierta ocasión se presentó un pobre en su consulta mucho después de la hora en que se le había citado y justo cuando Maimónides estaba ya montado en su carroza para encaminarse al palacio del rey. Insistió el hombre lleno de cólera en que Maimónides le examinara de inmediato; así que sin bajarse de la carroza, pues ya sabía cuál era su enfermedad, le recetó una medicina, rogándole que volviera al día siguiente a la hora fijada.

Muy irritado, buscó el pobre vengarse de Maimónides, y cierto día en que iba el médico en compañía del propio rey en su carroza, les salió al paso prorrumpiendo en insultos contra Maimónides: contra él, contra su fe y contra su religión. Lleno de ira ordenó el monarca a Maimónides que le arrancara a aquel hombre su insolente corazón.

Cuando Maimónides regresó a su casa buscó al pobre y le dio dinero, le estuvo abasteciendo de leche a diario, le pagó el alquiler de la casa y le regaló los medicamentos que necesitaba; y el pobre se ablandó.

Pasado un tiempo, en cierta ocasión en que de nuevo iba el rey en su carroza en compañía de Maimónides, les salió al encuentro el mismo pobre y esta vez empezó a cubrir de alabanzas y bendiciones a Maimónides, a su religión y a todos los judíos. Volviéndose el monarca a su acompañante, indagó:

—Pero ¿no es éste aquel sujeto que te insultó y al que te ordené que le arrancaras el corazón?

—Sí, mi señor rey —respondió Maimónides.

—¿Y por qué no has obedecido mi orden y no se lo has arrancado? —se enfadó el monarca.

—Mi señor rey, sí que he cumplido lo que me ordenaste; le he despojado de su insolente corazón y le he dotado de uno nuevo: un corazón bondadoso.

Miró el rey a Maimónides y se echó a reír, añadiendo:

—¡Así que también se puede operar sin bisturí! Eso es algo que acabo de aprender de ti.

Y a partir de aquel momento aumentó aún mucho más la estima en que el monarca tenía a Maimónides.

34. UN REMEDIO CONTRA LA POBREZA

Un judío pobre y enfermo fue a visitar a Maimónides. Aquel judío pobre y enfermo tenía una familia muy numerosa, compuesta por ocho hijos, él y su mujer, a la que a trancas y barrancas lograba mantener gracias a su precaria ocupación de vendedor de agujas e hilos. Los niños andaban siempre hambrientos, pero a pesar de todo iba consiguiendo aquel hombre sacar adelante a su familia con su humilde medio de subsistencia, y por lo menos sus hijos podían llevarse a la boca un exiguo mendrugo de pan.

Pero de pronto enfermó el padre y no podía levantarse de la cama ni de día ni de noche. Los niños pedían pan, pero pan no había en casa; de modo que la prole andaba famélica desde que el hombre se había puesto enfermo y ya no podía salir a ganar unos céntimos para traer como antes un pedazo de pan a su numerosa familia.

La mujer y los niños pedían en sus oraciones al Dios de la salvación que ayudara al padre enfermo, que le curara y que de nuevo pudiera ganar algo para sostener a los suyos.

Cierto día en que habían acudido a visitar al enfermo sus vecinos y parientes, comentó uno de ellos:

—Hay en nuestra ciudad un gran médico llamado el santo Maimónides.

Y dicho y hecho, aquel mismo día lo llevaron a verle. Después de examinarlo le dijo Maimónides:

—Bien; con ayuda de Dios te vas a poner bueno, pero tienes que hacer lo que yo te diga. Vuelves a casa, coges semillas de las que llaman del sacerdote Aarón [3] y las siembras en tu patio. Haz todo eso y vuelve a verme pasados dos meses. —Y añadió—: Ya verás como nada más comprar las semillas, en seguida te encontrarás bien —y poniendo las manos sobre la cabeza del enfermo, lo bendijo.

Regresó el hombre a su casa y envió a su mujer a comprar la semilla llamada flor del sacerdote Aarón; en cuanto se la trajo, tomó en seguida una azada y la plantó en el patio junto a la ventana. Durante tres días estuvo la mujer regando el parterre y al cuarto día ya habían germinado las semillas e iban creciendo y creciendo.

Por entonces cayó enfermo el rey de Egipto y acudieron a visitarle los mejores médicos del país. Examinaron al enfermo, pero no pudieron encontrar qué era lo que tenía; no obstante, le recetaron una medicina. El monarca se la tomó; pero no sólo no le sirvió de nada, sino que en lugar de mejorar empeoró, poniéndose muy grave, y los médicos seguían sin encontrar cuál era la enfermedad que le aquejaba.

Vinieron los ministros a visitar al rey, y se encontraron con que estaba muy enfermo, sin que hubiera médico capaz de sanarle. Refirió entonces uno de los ministros a los demás dignatarios de la corte que había un judío, un gran justo llamado Maimónides, que sencillamente revivía a los muertos, haciendo prodigios y maravillas con todos los enfermos; incluso sólo con que él los visitara, de inmediato sanaban.

—Bien; estamos de acuerdo en hacer venir a ese judío que se llama Maimónides —dijeron a una todos los cortesanos—. Lo más importante es que nuestro soberano salga de la gravedad y se cure.

A toda prisa enviaron emisarios en busca de Maimónides para hacer venir al palacio al médico judío; en cuanto llegó, le condujeron de inmediato a la cámara donde el real enfermo yacía en la cama moribundo. Lo examinó Maimónides, y tras unos momentos de reflexión dijo:

—Hay una flor a la que dan el nombre de flor del sacerdote Aarón y sólo ella puede ayudar al enfermo. El paciente tiene que beber una infusión de dicha planta tres veces al día, y pasados los dos primeros estará curado y podrá levantarse de la cama.

Salieron emisarios a toda prisa y estuvieron buscando de botica en botica por toda la ciudad, pero en ninguna encontraron la planta; y tampoco fue posible conseguir aquella flor, aquella medicina, en ninguna de las boticas de todo el país.

En vista de que los emisarios no habían conseguido la flor en ninguna farmacia de Egipto, se pusieron a mirar por los huertos y estuvieron buscando y buscando sin que tampoco lograran dar con ella.

[3] Cfr. Nm 17,23.

La corte en pleno desesperaba ya de encontrar aquella eficaz medicina, que resultaba imposible de obtener ni en las boticas ni en los huertos de todo el país, hasta que finalmente enviaron emisarios a buscar entre los judíos, en los huertos de todos aquellos que vivían en Egipto. No quedó lugar en el que no buscaran, hasta que finalmente hallaron la flor en el patio de la casa de aquel pobre judío padre de la numerosa familia que vivía junto a la sinagoga.

Con gran alegría se la llevaron al rey, quien bebió una primera toma de la infusión hecha con la flor; de inmediato, no bien hubo acabado de beber la medicina aquella primera vez, ya se encontró mejor. Al beberla por segunda vez se sintió aún muchísimo mejor; y a la tercera pudo levantarse de la cama. Al tercer día estaba el rey completamente curado y se paseaba por el palacio tan fresco y tan sano.

En cuanto se recobró, envió el rey emisarios a buscar al pobre judío padre de la familia numerosa; cuando lo llevaron a su presencia le preguntó el monarca:

—¿Qué quieres a cambio de aquella medicina?, pues sábete que me has salvado la vida.

El pobre judío, prosternándose ante el rey, le dijo:

—El Dios de Israel bendiga a la resplandeciente majestad de Egipto. Yo sólo quiero lo que el rey tenga a bien darme para mi pobre y numerosa familia.

El monarca le entregó un cofre lleno de plata y oro; y tras ordenar a su criado que devolvieran a aquel hombre a su casa, le dijo al pobre judío:

—Cuando a lo largo de los años este dinero te sea insuficiente, ven a verme y te daré más y más. Tú vales tanto como toda mi riqueza, pues has librado mi salud y mi vida de la muerte.

35. EL ANALISIS DE ORINA + EL ENFERMO FINGIDO + UN REMEDIO CONTRA LA POBREZA

De lo que le sucedió a Maimónides cuando era médico del rey, que no bajaba a la ciudad ni cruzaba la puerta del palacio del sultán. Entonces hizo correr la voz por la ciudad de que todo aquel que estuviera enfermo y quisiera que Maimónides le atendiera, no hacía falta que se esforzara ni se molestara, sino que simplemente recogiera orina en una redoma o en un frasquito de cristal y lo llevara al palacio del sultán, donde encontraría a Maimónides; y cuando éste viera la orina del enfermo, identificaría su enfermedad y le daría el remedio adecuado. Y eso era lo que hacían las personas que padecían de algo: guardaban su orina en un frasco de cristal y se la enviaban a Maimónides, y cuando éste la examinaba, le escribía a cada uno una receta que pegaba en el frasco de orina. Así lo estuvo haciendo durante mucho tiempo.

Había por entonces en la ciudad un hombre muy pobre que no ganaba ni para comprar el pan de sus hijos, y cuando vio que todos los enfermos enviaban su orina a Maimónides, se rió para sus adentros diciéndose: «Todo esto se debe a la gran suerte de Maimónides, pero él mismo ni sabe ni entiende una jota de medicina, pues nunca hemos visto ni oído que un médico cure a la gente de semejante forma. Así que yo voy a ponerle a prueba y a comprobar si es verdad o no que reconoce las enfermedades por la orina.»

Cogió un frasco de cristal, que llenó con su orina, y llevándolo al palacio del sultán, se lo dio al criado de Maimónides, tras de lo cual se marchó antes de que el médico le viera. Como hacía habitualmente, bajó Maimónides aquel día a examinar la orina de los enfermos, entre las cuales estaba la del pobre. Al verla estuvo Maimónides reflexionando y meditando, y llegó a la conclusión de que aquel cuerpo estaba sano, siendo su enfermedad la del hambre. Así que le escribió al pobre una nota que decía: «Toma unas cuantas simientes de calabaza y plántalas, aunque ahora no sea época de hacerlo»; y le dio a su criado las simientes, encargándole:

—Cuando venga ese hombre a verte, dale esta nota y unas cuantas semillas.

Así fue; al regresar el pobre a por su orina, le dijo el criado:

—Mi maestro te ordena diciendo: «Toma un puñado de semillas de calabaza y plántalas hoy, aunque no sea éste el tiempo de hacerlo.»

Se fue el pobre, cogió las simientes y las plantó dentro de su propia casa, que era una pura ruina. A los pocos días germinaron las semillas y dieron su fruto, siendo aquellas calabazas más hermosas que las que crecían en temporada.

Cuando se enteró Maimónides de que las semillas que diera a aquel hombre ya habían fructificado en su casa, entró como todos los días a examinar al sultán y a interesarse por su salud; tras examinarle le dijo:

—Mi rey y mi señor, se advierten en ti síntomas de una enfermedad interna. Así que quédate hoy en cama y no salgas.

Se puso el sultán a pensar para sus adentros, y de tanto darle vueltas al asunto empezó a sentir molestias en la cabeza y en el cuerpo, al tiempo que las palabras de Maimónides le tenían cada vez más amedrentado.

Al mediodía regresó Maimónides a dar una vuelta al sultán, y como lo encontrara preocupado, le dijo:

—Mi señor, antes de que se extienda tu enfermedad envía a buscar agua de calabazas, de esas que tienen forma alargada, y que estén bien frescas, pues sólo en su jugo está el remedio que te conviene.

Ordenó el rey a sus siervos recorrer la ciudad de cabo a rabo dando un pregón: «Aquel que tenga una calabaza entrelarga y fresca que la traiga al palacio del sultán.»

Cuando el pobre oyó el bando, se apresuró a arrancar las calabazas y las llevó al palacio. Mucho se alegraron los familiares del rey al verlas y en seguida se las entregaron al monarca, quien se puso también muy contento con que hubieran podido encontrarlas fuera de temporada; luego llamó a Maimónides y le dijo:

—Aquí tienes las calabazas, así que ya puedes prepararme la medicina.

Con gran alegría recibió Maimónides los frutos y le dijo al rey:

—Desde ahora date por curado, que ya se ha apartado de ti la enfermedad. ¡Cuán digno de recompensa es el dueño de las calabazas! En realidad puede decirse que es él quien ha devuelto la salud al rey.

Ordenó entonces el monarca que recompensaran con largueza a aquel hombre, y llevándole a la tesorería real le regalaron tal cantidad de dinero que se hizo rico. Por su parte, todos los parientes del rey le dieron también cada uno un regalo, así que se marchó del palacio provisto de cuantiosas riquezas. Al salir se lo encontró Maimónides y le dijo:

—Ahora ya ha desaparecido tu enfermedad, así que no sigas enviándome orina.

—Mi señor, perdóname —se disculpó el hombre—. Pensé que tu actuación era fruto de la suerte, pero ahora sé que en verdad eres un profeta de Dios.

36. EL ENFERMO FINGIDO (1)

Era Maimónides médico en la corte del rey de Egipto y gozaba de un gran respeto a ojos del monarca y de todo el mundo. Grandes eran sus facultades médicas y los enfermos se apiñaban a su puerta, llegándose a creer incluso que muchas enfermedades las curaba sólo con el contacto de su mágica mano.

Por todo ello se encelaron contra él los enemigos de Israel. Tramando derrocarle, empezaron a propalar insidiosos comentarios acerca de que el médico judío era un artero engañabobos que no sabía los secretos de la medicina y que carecía de la facultad de curar, pensando que si conseguían hacerle caer ya no volvería a levantarse.

En cierta ocasión madrugó Maimónides para ver a los enfermos que ya le aguardaban en la puerta, y he aquí que entre aquellas gentes topó a un oficial de los asiduos en el palacio real, un joven gentil que derrochaba salud por todos sus poros y que era enemigo de los judíos.

Lo examinó Maimónides y lo encontró completamente sano; asombrado rabí Moisés, pensó para sus adentros: «Si no es con ánimo de burlarse de mí y de hacerme caer en alguna trampa para lo que ha venido aquí este angustiador de judíos, ¿a qué ha venido?» Así que poniendo cara de preocupación le dijo:

—Tus horas están contadas; ya puedes ir haciendo testamento de tus bienes.

Al oír aquello se sobresaltó el gentil y se apresuró a decir:

—Honorable doctor, yo sólo quise gastarte una broma; pero la verdad es que estoy muy sano.

—¿Sano? —fingió asombrarse Maimónides—. De eso nada; estás gravemente enfermo de aquí... y de aquí... y de aquí... —y según hablaba iba dando golpecitos en el pecho, en el vientre y en la espalda del fingido enfermo—. No tienes remedio —concluyó—, y esta misma noche, aun antes de que amanezca, exhalarás el último suspiro.

Y, ¡oh maravilla!, cayendo el gentil en la fosa que él mismo había abierto [4], creyó a pie juntillas el dictamen del médico cuya credibilidad había venido a poner en entredicho. En cuanto el día empezó a declinar se le fueron las fuerzas al joven oficial, y cuando el sol se puso empezó a temblar. A toda prisa envió emisarios en busca del odiado judío:

—Honorable doctor, apresúrate, que nuestro señor está agonizando —le dijeron.

Llegó Maimónides delante de su víctima, le hizo un segundo examen y le dijo:

—No hay otro remedio más que una rana.

—¿Poner una rana sobre el vientre? —indagó el oficial.

—No, señor mío; comerse una rana.

—De prisa —rugió el oficial a sus siervos—; guisadme una rana.

—No —se opuso Maimónides—; solamente una rana viva salvará tu vida.

—Que :ea un renacuajo —regateó el gentil.

—Ni hablar, ¡un sapo!

Tras arduas negociaciones consintió finalmente Maimónides en que fuera suficiente con una ranita pequeña. Así fue como Maimónides hizo comer ranas a los enemigos de Israel.

---

⁴ Según Prov 26,27.

37. EL ENFERMO FINGIDO (2)

Como es sabido, fue Maimónides el médico de corte más querido y mejor considerado del sultán de Egipto, y tal situación de privilegio le acarreó numerosos enemigos.

Uno de ellos, que le odiaba de alma y de corazón, urdió una intriga para demostrar que Maimónides no tenía ninguna idea de asuntos de medicina ni de enfermedades. Estuvo ayunando durante varias semanas consecutivas, no se pasó navaja por sus cabellos, se vistió de harapos y pingajos y no se lavó el cuerpo hasta que llegó el día en que se presentó ante Maimónides.

Tenía éste por costumbre pasar una primera vez con su criado entre las filas de enfermos, mirando a cada uno profundamente a los ojos; aquél era todo su examen y sólo con eso reconocía las enfermedades. Regresaba después, acompañado siempre de su criado, que esta vez portaba en sus manos una cesta llena de medicamentos; y bastaba una simple seña de Maimónides para que el criado supiera de inmediato qué medicina tenía que darle al paciente.

Cuando llegó Maimónides delante del visir —el enfermo imaginario—, le miró de nuevo a los ojos; hizo luego una seña al criado, y éste puso en manos del «enfermo» dos roscas de pan, y le dijo:

—Tú estás completamente sano; lo único que te pasa es que estás hambriento y cubierto de mugre. Cómete el pan, lávate y pronto te recuperarás. Pero en lo profundo de tus ojos yace una enfermedad incurable para la que no existe remedio alguno, y de aquí a tres meses vas a morir.

Palideció de miedo el visir, pues en el fondo de su corazón estaba convencido de que ciertamente era Maimónides un médico sabio y experto, y, por tanto, parecía que habría de cumplirse irremediablemente la predicción relativa a su próxima muerte. Y aquello fue justamente lo que sucedió, pues al finalizar el plazo de tres meses abandonó el visir el mundo de los vivos.

38. LA ULCERA OCULTA

En cierta ocasión quiso el rey probar a Maimónides y le puso delante un hombre robusto, sano y de hermoso aspecto. Tras mirarle atentamente a los ojos, le dijo Maimónides al monarca:

—Mi señor el rey, si a este hombre le sientas a tu mesa durante un mes, se muere sin remedio.

Muy asombrado el monarca, ordenó hacer la prueba, y a pesar de que

Maimónides le advirtió que con ello ponía en peligro su vida, se empecinó el rey diciendo:

—Hay que probar.

Y efectivamente sucedió que después de estar el rey dándole de comer los suculentos manjares de su mesa, al cumplirse justamente un mes murió el hombre de repente. Entonces Maimónides le explicó al rey el motivo:

—Ese hombre tenía una úlcera en el intestino. Mientras seguía haciendo su dura faena y comía una comida ligera, la úlcera permanecía oculta y sus intestinos funcionaban correctamente; pero cuando el hombre dejó de trabajar y se deleitó con los manjares del rey, se abrió la úlcera y se cumplió su destino.

39. UNA ENFERMEDAD INCURABLE

«El sabio tiene los ojos en su cabeza, mas el necio en la oscuridad camina» (Ecl 2,14). Cuanto más se fortalecía y crecía Maimónides en la consideración del rey de Egipto como consejero dotado de mente aguda y como médico notable y capaz de grandes éxitos, tanto más aumentaba el número de sus enemigos mortales entre los ministros del rey.

Pero por encima de todos le odiaba el gran visir; se debía su inquina a que Maimónides, en cierta ocasión en que su hijo único había acudido a su consulta, se había atrevido a opinar sobre él lo siguiente:

—Tú no estás enfermo; no es salud lo que te falta, sino un poco de seso..., y eso no puedo dártelo yo, pues es un don de Dios.

—Te voy a demostrar —le había dicho el visir a Maimónides— que sí es posible adquirir ciencia y sabiduría.

—Ciencia sí, pero entendimiento no —siguió Maimónides en sus trece—; e incluso si adquiere ciencia, entonces será necio por partida doble...

El visir, que era un hombre de posibles, le dio a su hijo una gran cantidad de dinero y lo envió al extranjero a adquirir ciencia y sabiduría. Pasados seis años de estudio en escuelas de alto nivel, regresó el hijo del visir a su casa; mucho se alegraron sus padres al verlo, en especial porque notaron los grandes cambios que se habían producido en su comportamiento, en sus modales y en otras varias cosas. Ya no había en él ni sombra de las palabras hueras e infantiles del chico de otros tiempos.

Pensó el visir en su corazón que había llegado el momento de ajustar cuentas con Maimónides y demostrarle que era un paleto y un ignorante. Así que organizó un espléndido banquete e invitó a todos los ministros del rey y a su médico principal, Maimónides.

Y sucedió que cuando todos los presentes estaban alegres por el vino, se levantó el visir y exigió con duras palabras que Maimónides se retractara de lo que una vez había dicho con respecto a su hijo único.

Escuchó Maimónides con sosiego las agresivas palabras del gran visir y se negó a retractarse, añadiendo:

—De nuevo voy a demostrarte ahora la veracidad de mis palabras —metió las manos debajo de la mesa, y quitándose la sortija de oro que llevaba en uno de su dedos, la escondió en el puño; se dirigió luego al hijo del visir y le preguntó—: ¿Qué tengo en la mano?

Tomando el joven entre sus manos el puño cerrado de Maimónides, manifestó que él, como físico que era, tenía que examinar primero la mano y después daría su contestación. Estuvo mirando y apretando el puño por todos lados y finalmente con tono sentencioso declaró que allí dentro había algo redondo y con un agujero en medio.

—Sí, tienes razón —le dijo Maimónides—. Ahora, por favor, dime qué es esa cosa redonda que tengo en la mano.

El hijo del visir estuvo pensando y pensando y finalmente sentenció:

—Una piedra de molino.

Abrió Maimónides la mano cerrada y ante los ojos de los presentes quedó en evidencia la «mucha» inteligencia del muchacho. Sin poder contenerse estallaron todos en grandes carcajadas; el único que no se rió —«el hijo necio es la aflicción de su madre» (Prov 10,1)—, sino que parecía que se lo había tragado la tierra de vergüenza y tristeza, fue el gran visir, quien no tuvo más remedio que admitir que Maimónides tenía sobrada razón.

V

CONTIENDAS

40. LA CONTIENDA DE LOS VENENOS (1)

He encontrado en un antiguo libro el relato de cómo en el año 1148 [1] tuvo Maimónides que huir de España a Egipto a causa de los malsines. Conocía a la perfección la lengua árabe, pero no sabía las lenguas caldea y meda. Estando en Egipto se rodeó de discípulos de Alejandría y de Damasco y formó una escuela, llegando lejos su fama. Pero si bien su sabiduría era reputada entre los judíos, sin embargo, permanecía oculta al resto de los pueblos por su desconocimiento de aquellas lenguas. Decidió, pues, estudiar persa y agareno, hasta que el cabo de siete años los hablaba a la perfección; difundióse entonces su fama por todo el país, de manera que el rey de Egipto lo tomó de médico.

Había por entonces en Egipto la costumbre de que determinados días se sentara el sultán en el trono de su reino. Junto a él había dispuestas siete cátedras con sitiales, que ocupaban los sabios más famosos en las siete ciencias que se señalan abajo; pero no sabía el rey en cuál de aquellas cátedras sentar a Maimónides, pues encontraba que su sabiduría superaba a la de los otros sabios en todas las ciencias. Sin embargo, por su mucha modestia jamás quiso el rabino ocupar ninguna de ellas.

Estas son las ciencias: *Dicduc*, llamada Gramática, que es la ciencia de los paradigmas y de las estructuras gramaticales; *Higayón*, llamada Política, que es la Lógica y la ciencia del razonamiento y de la sutileza del discurso; *Halašá*, llamada Retórica, que es la ciencia de la composición y del estilo con riqueza de formulaciones; *Hešbón*, llamada Aritmética, que es la ciencia de los números y los cálculos y de los valores

---

[1] En la edición del *Sal. Cab.* que manejamos figura, probablemente por error gráfico, la imposible fecha de 968, equivalente a nuestro 1208.

115

secretos de la lengua; *Tišbóret*, llamada Geometría, que es la ciencia de los cómputos de las letras, del cálculo de las estaciones, de los espacios y de las dimensiones; *Tejuná*, llamada Astrología, que es la ciencia de los cielos y de las órbitas de las esferas y las estrellas y de los signos del Zodíaco; *Šir*, llamada Música, que es la ciencia de la melodía y de las escalas descendentes y ascendentes de los sonidos.

Y oí decir que los médicos reales se llenaron de profundos celos y hablaron al rey insidias contra Maimónides, llegando incluso a suscitar una controversia sobre la ciencia médica en presencia del monarca: aceptaban los médicos beber ante el rey el veneno que les preparara Maimónides, con la condición de que fuera el judío quien bebiera en primer lugar la pócima que ellos le dieran. Maimónides estuvo de acuerdo con aquellas condiciones.

Sucedió que al llegar el día señalado, refirió Maimónides el asunto a sus discípulos y a éstos les pareció muy mal. Pero Maimónides se burló de ellos y les dio órdenes precisas acerca de todas las fórmulas y remedios que tendrían que prepararle antes de ingerir la bebida. A continuación los discípulos dispusieron todo con sumo cuidado, tras lo cual fueron y proclamaron ayunos y rogativas a Dios por su maestro.

Acudió el rabino a presencia del rey. Le dieron los médicos la copa del veneno y se la bebió; en seguida regresó a su casa, donde sus discípulos hicieron con él cuanto había prescrito. Estuvo el Señor con él y se curó.

Al tercer día volvió Maimónides ante el rey portando el veneno en su mano. Grande fue el pasmo de los presentes al ver cómo el judío se había salvado, y muy a su pesar, se vieron obligados los médicos a beberse, a su vez, la pócima de Maimónides, muriendo diez de ellos en presencia del propio monarca.

Así fue como el rabino se hizo en gran manera merecedor de honra y de gloria a ojos del rey y de los príncipes, mientras que a los que le odiaban se les pusieron las caras como culos de caldero.

41. LA CONTIENDA DE LOS VENENOS (2)

Lo he oído de boca del anciano Mordejay Samuel de Sina, quien contó la siguiente historia de Maimónides. Era éste médico del rey, quien tenía también a su servicio un médico de los incircuncisos; pero mientras Maimónides ocupaba un lugar destacado junto al monarca, con tanta honra como la del propio soberano, el incircunciso se sentaba entre los zapatos [2]. Aquel hombre se moría de rabia y maquinaba acabar con Maimónides envenenándole; así que un día le dijo al monarca:

—Mi señor el rey, Maimónides es médico y yo también lo soy. Acordemos medir en presencia del soberano nuestras respectivas fuerzas: que cada uno le dé a beber al otro un veneno y aquel que muera «caiga su sangre sobre su cabeza» (Jos 2,19).

Aún estaban hablando cuando entró Maimónides, y subió con gran pompa a ocupar su puesto al lado del monarca. Puso entonces el incircunciso a Maimónides al corriente del asunto y éste le respondió:

—Bueno, pero con la condición de que tú me des de beber en primer lugar.

Esto lo hacía para mejor mostrar su grandeza y hacer conocer su sabiduría a ojos de todas las criaturas. Pero el incircunciso se opuso diciendo:

—No; serás tú quien primero me des a probar el veneno.

—Si lo hago yo antes —explicó Maimónides al rey—, es seguro que este hombre morirá; ¿dónde queda entonces la demostración de mi ciencia?

Así que acordaron que Maimónides tomaría el veneno en primer lugar y después lo haría el gentil.

Fuese entonces Maimónides y ordenó a su discípulo:

—Sábete que el impuro incircunciso me va a dar a beber un veneno y cuando lo tome parecerá que estoy muerto; pero con lo que voy a decirte conseguirás volverme a la vida. Coge un camello, extiende su piel y envuélveme en ella el cuerpo de pies a cabeza; hecho esto, méteme en un baño durante tres días con sus noches. Ten mucho cuidado conmigo y no te apartes de mi lado, no sea que cuando esté dentro del baño venga secretamente alguno de ellos a darme muerte. Pasados los tres días, la piel del camello se pudrirá; entonces me la quitas y me lavas con una buena cantidad de sosa pura, hasta que salga el veneno de mi cuerpo y quede completamente limpio. Hecho esto, pega tu nariz a la mía; y si ves que se me ha salido el alma, traes tal tónico que está en tal lugar y me lo introduces en la boca. En cuanto llegue a mi vientre volveré a la vida.

Regresó Maimónides junto al incircunciso mientras el rey los contemplaba desde su trono. Había hecho aquel hombre un preparado con todos los venenos del mundo y se lo hizo tomar a Maimónides; en cuan-

---

[2] El editor del texto que traducimos explica que cerca del rey, sobre las alfombras, se sientan descalzos todos los allegados al monarca, mientras que las personas de rango inferior ocupan las últimas filas junto a la puerta, es decir, donde dejan los zapatos los que acuden a presencia del rey.

to éste lo bebió, cayó al suelo como muerto. Se desató un gran clamor y llanto por toda la ciudad y le hicieron un gran funeral.

¿Qué hizo el discípulo? Fuese al dueño del baño y se lo alquiló, pagándole en dinero contante mucho más del triple de lo que cobraba por día; degolló luego un camello e hizo todo lo que le había dicho su maestro, hasta que finalmente lo hizo volver a la vida. Le dijo entonces Maimónides:

—Tráeme vestidos y mi caballo.

Cuando el discípulo así lo hizo, se vistió y montando en el corcel se encaminó al palacio del rey. Todos cuantos lo veían daban grandes muestras de alegría, con un regocijo propio del día de la resurrección de los muertos, y exclamaban:

—¡Maimónides estaba muerto y ahora está vivo!

Llegó el médico a presencia del monarca, quien al verlo se quedó estupefacto; luego le dijo:

—Ahí tienes en tus manos a ese gentil. Haz con él cuanto quieras.

Preparó Maimónides con toda suerte de productos saludables un tónico que estaba destinado al rey; pero como el incircunciso pensaba que se trataba de un veneno, se dijo: «Si el mío no logró acabar con él, ahora que está encolerizado conmigo va a prepararme una pócima tan fuerte que sólo con el olor saltará uno en padazos.»

Toda la gente hacía befa y mofa del gentil y le decían:

—¿Quién te manda meterte con Maimónides y ponerte a competir con él para intentar vencerlo? Pues ¿quién puede enfrentarse a él?

A todas éstas, el rabino iba dando grandes voces, advirtiendo a las gentes de la ciudad:

—Que cada uno se vaya a su camino, pues a causa del veneno va a saltar ese hombre en trocitos y su piel y sus huesos se esparcirán por todas partes —y todos los que estaban junto al gentil y cuantos escuchaban aquellas palabras salían huyendo, quitándose de en medio.

Se acercó Maimónides al hombre y bajo la atenta mirada del rey le dijo:

—Abre la boca.

Nada más oír aquello, a causa del mucho temor y miedo que le embargaba, se le cayó a aquel hombre la piel por un lado y los huesos por otro. Sacó entonces Maimónides de su seno una redoma con el tónico, y bebiendo primero él mismo, se la ofreció después al rey, quien rehusó lleno de miedo:

—¿Qué es eso? ¿Qué pretendes hacer?

—Nunca te he dado a beber un tónico tan saludable como éste y con tantas buenas propiedades —le tranquilizó Maimónides.

118

En seguida lo cogió el rey y se lo bebió; después le preguntó a Maimónides:

—¿Y de qué se ha muerto entonces el gentil, si no ha bebido ni veneno ni tónico?

—Así dice nuestra santa Ley —le respondió Maimónides—: la imaginación hace su efecto. Ese hombre se dijo: «Yo le he hecho beber a Maimónides todo el veneno que hay en el mundo y no ha muerto, así que ahora me va a preparar una pócima un millón de veces más fuerte que la que yo le di a él.» Eso es lo que se imaginó y, en efecto, murió.

—¡Felices vosotros, Israel, y feliz vuestra Ley, que es verdadera, y los profetas, que son verdaderos! —exclamó el rey; y concluyó—: ¡Felices todos los que creen en la Ley de Moisés nuestro maestro, que en paz descanse!

42. LA CONTIENDA DE LOS VENENOS (3)

De lo que sucedió con un debate que mantuvo Maimónides, su recuerdo sea bendito, con un médico idólatra que le odiaba y sentía por él una profunda envidia, porque queriendo honrarle el rey, quien le tenía en gran aprecio, lo había elevado y encumbrado por encima de todos los médicos de la casa real.

En cierta ocasión había escuchado el monarca referir a los médicos de aquel tiempo una pasmosa cualidad de la que gozan los venenos mortales, a saber: que todo veneno más potente y fuerte que otro, lo anula, impidiendo que el primero haga su efecto. Por ejemplo, un hombre al que hayan hecho ingerir un veneno mortal de grado tres y vaya a morir, si se le administra un veneno más potente, de grado dos o también de grado uno, éste anula el peligro del veneno de grado inferior, salvando de la muerte al que lo haya tomado. Y aunque este veneno superior, tomado aisladamente, produzca a quien lo bebe una muerte instantánea, en estos casos, puesto que antes le he precedido otro veneno mortal, el más fuerte tomado a continuación se convierte en un antídoto, anulando el efecto del primero.

El sabio rey, al escuchar tales nuevas, hizo venir a su presencia a los dos médicos más importantes que tenía, que no eran otros sino Maimónides y el médico idólatra antes aludido, queriendo saber qué había de cierto en todo ello; ambos estuvieron de acuerdo en que se trataba de una gran verdad y que efectivamente así sucedía.

Entonces les pidió el monarca que le llevaran el veneno más fuerte que hubiera en el mundo para guardarlo con él, y así, si alguna vez sucedía que sus enemigos quisieran envenenarlo a él o a alguien de su casa, tendría ya preparado y a mano ése más potente por encima del cual no hay otro más fuerte y con él quedaría anulado el efecto del primero, evitándose la muerte de quien lo hubiera ingerido.

Se pusieron entonces Maimónides y el otro médico a intercambiar argumentos para determinar cuál era el veneno más potente del mundo con el fin de proporcionárselo al rey, pero he aquí que sus opiniones eran opuestas: uno decía que era tal y el otro que era cual.

Quiso saber el rey por qué discutían, y el médico enemigo de Maimónides se precipitó a contestar:

—Mi señor el rey, tu querido Maimónides quiere inducirme a error para hacer contigo su voluntad, pues no quiere darte el veneno que es tenido como el primero en fortaleza, sino que se pone a decir que el segundo es el primero. Y quién sabe si su intención no será la de, tras darte ese segundo, administrarte secretamente el primero, más fuerte; y así cuando vayas a echar mano del segundo para salvarte, no te haga ningún efecto, sino que aún te perjudique más.

Entonces Maimónides se apresuró a dar su respuesta:

—No, mi señor el rey. Yo soy el que quiere proporcionarte el veneno primero, que está por encima de todos los demás en fortaleza; pero él no está de acuerdo conmigo en traerlo.

El sabio rey contestó:

—Tengo que aclarar la verdad de estas cuestiones, que el que excava un hoyo en él se cae. Así que mañana cada uno traerá en su mano el veneno que considere más potente. Como cada uno habrá pensado que su oponente tiene en su mano un veneno más flojo, beberá en primer lugar el veneno que haya traído el otro y después tomará para salvarse el que él mismo haya traído, y que tiene por más fuerte. Así podré saber que el que quede indemne y vivo es el que tiene en su mano el veneno más potente y es el que desea lo mejor para mí y para mi reino. Y aquel que tenga en su mano el menos potente, por su pecado morirá; ya que habiendo bebido en primer lugar el veneno de su oponente, con él caerá, pues no ha de librarle el que tenga en su mano.

Aceptaron ambos médicos con gusto la propuesta del rey, y tras prosternarse ante él salieron tan contentos de su presencia.

Después de abandonar ambos el palacio, regresó Maimónides a su casa atónito y perplejo, tratando de averiguar qué era lo que tramaba en su cabeza el otro y qué se proponía hacer para salvarse a sí mismo, puesto que aquel médico tenía que saber muy bien que las opiniones expuestas por Maimónides eran las correctas y lo que pasaba sólo podía deberse a que estuviera urdiendo tenderle una trampa. Ante esto, ¿qué hacer para el día siguiente?

En aquel momento iluminó el Señor el entendimiento de Maimónides, haciéndole ver el plan del malvado y artero médico para salvarse él mismo y dar muerte a un alma justa y sin doblez. Lo que se proponía el taimado médico era beber en su casa, antes de acudir a presencia del rey, un veneno mortal, pero no muy fuerte, y llevar consigo un preparado de drogas absolutamente innocuas. Así lograría cumplir sus malos designios: le diría al rey que el preparado que llevaba con él era el más potente de los venenos mortales, no habiendo otro que se le pudiera comparar; y al beber en primer lugar, según la orden del rey, el potente veneno mortal que Maimónides llevara, con esto se salvaría de los efectos del veneno que hubiera tomado en su casa, ya que, siendo más fuerte, anularía las nocivas propiedades del anterior. Luego se tomaría su innocuo preparado, engañando así a las gentes, quienes dirían de él que se había salvado porque era el mejor.

Con este plan acabaría con el justo, pues Maimónides, según lo ordenado por el rey, tomaría en primer lugar el preparado inofensivo que nada dañino contenía; y cuando después bebiera el potente veneno que él mismo habría preparado, estando con el vientre vacío, moriría sin duda a causa de sus efectos.

Cuando Maimónides supo y caló en aquel «corazón que maquina designios aviesos» (Prov 6,18), se dijo: «Vamos a engañarle y a dar al traste con sus maquinaciones, haciendo que sus propios planes caigan sobre su cabeza», e hizo también él un preparado que no tenía nada de nocivo.

Y sucedió que al día siguiente, cuando acudieron ambos a presencia del rey portando cada uno su redoma llena, se precipitó el médico a tomarse el «veneno» de Maimónides, su recuerdo sea bendito, es decir, el preparado inofensivo que éste había hecho, pero que el médico creía que era el veneno más potente con el cual se salvaría; después bebió también de su innocuo producto, que carecía de todo efecto y que, por tanto, no habría de salvarle del veneno que había ingerido en su casa.

Por su parte, Maimónides, su recuerdo sea bendito, bebió primero del preparado que había llevado el médico y luego del suyo y se quedó tan fresco; sin embargo, el otro médico cayó por tierra muerto.

«¡Así perezcan, Señor, todos tus enemigos!» (Jue 5,31).

43. EL CIEGO DE NACIMIENTO

Gentes de todo tipo acudían a Maimónides en busca de curación: uno de la cabeza, otro de una mano, el tercero del vientre, aquél mudo, éste sordo; y a todos los sanaba. Pero cuando venía un ciego, primero le hacía algunas preguntas para averiguar cuánto tiempo hacía que había perdido la vista; y cuando el ciego respondía: «Desde la edad de tal y tal», le decía Maimónides: «Bien»; y después se iba al estante de sus remedios maravillosos, en donde tenía toda clase de ungüentos, que preparaba con la planta que en hebreo llaman *mor,* es decir, mirra. Estas pomadas hechas con mirra hay que saber muy bien cómo prepararlas, y Maimónides era único a la hora de recolectarla: unas veces salía a buscarla por la tarde, otras veces temprano por la mañana, todo ello según lo necesario, a tenor siempre del tiempo que el paciente llevara ciego; según ello, le untaba la mirra en los ojos y el hombre se curaba. Sin embargo, cuando una persona contestaba a las preguntas de Maimónides diciendo que era ciego de nacimiento, le mandaba de vuelta a casa y se acabó.

En cierta ocasión le preguntó el rey a Maimónides:

—¿A qué se debe que actúes así? Si viene uno con una mano, otro con un pie, otro con la tripa, tú los curas de inmediato. Pero cuando llega un ciego, primero le investigas preguntándole: «¿Desde cuándo estás ciego?»; y si te responde: «De nacimiento», lo despachas.

—El que ha nacido ciego —respondió Maimónides—, ciego se quedará ya toda su vida y no hay nada que hacer. Por eso dice la gente: «El que nace jorobado, crece derrengado; el que nace con ceguera, con ella se queda.»

Oyeron los otros médicos del rey aquella respuesta; y como estaban envidiosos de Maimónides porque el monarca le tenía en mayor estima, empezaron a gritar todos a una:

—¡Eso es mentira! ¡Eso es mentira!

—Demostrad que es mentira —respondió el rey.

Fueron los médicos y trajeron a un ciego, le pusieron unas y otras medicinas y le untaron la mirra necesaria hasta que finalmente el ciego recobró la vista. No olvidemos que también ellos eran grandes médicos; hoy día ya no hay ninguno que se les pueda comparar.

—¿Cuánto hace que estás ciego? —le preguntó el rey.

—Así nací —contestó el hombre, pues eso es lo que los trapaceros médicos le habían dicho que respondiera.

—Júralo —le ordenó el monarca.

Juró el hombre por su vista recobrada y por vida de su padre, del rey y de Alá que había dicho la verdad.

Fueron entonces a llamar a Maimónides, y cuando éste acudió a presencia del rey, le dijo el monarca:

—Este hombre era ciego de nacimiento y ahora ve. ¿Qué tienes que decir?

—¡Ah, bueno! —dijo Maimónides—; si era ciego de nacimiento es imposible que vea. Permítame el rey examinarlo para averiguar si es verdad que ve o si está mintiendo.

—Está bien —consintió el rey.

Hizo traer Maimónides un montó de telas de diversos colores, colocó al hombre enfrente del rey, de los médicos y de todos los ministros, y sacando una tela roja le preguntó:

—¿De qué color es?

—Roja —contestó el hombre.

—¡Ja, ja, ja! —se rieron todos los médicos rebosantes de alegría. Tomó luego una tela verde y preguntó:

—¿Qué color es éste?

Durante un momento se quedó el hombre pensativo; y ya estaban los médicos a punto de susurrarle la respuesta para que no les dejara en mal lugar cuando de pronto, haciendo un esfuerzo de memoria, respondió:

—Verde.

Entonces empezaron todos los médicos a dar brincos de alegría y a gritar: «¡Ja, ja, ja!», ya que la respuesta era correcta.

El rey puso el gesto torvo y mirando a Maimónides con irritación le dijo:

—¿Eh? ¿Y ahora qué dices?

Guardaron silencio todos los médicos para mejor oír cómo Maimónides reconocía en público su fracaso y cómo lo expulsaban de la corte real. Despacio y con reposo tomó la palabra Maimónides y dijo:

—Es cierto, majestad; tienen razón. El hombre está curado y ahora ve muy bien. Sin embargo, mis colegas han engañado al rey, pues este hombre no es en modo alguno ciego de nacimiento.

—¿Cómo dices? —se encolerizó el monarca, perdiendo los estribos—. ¡El mismo ha testimoniado que así nació, jurándolo por sus ojos y por la vida de su padre y por la mía!

Volvió a hablar Maimónides con voz reposada, haciéndose a sí mismo como... como un don nadie, como si realmente hubiera perdido la partida:

—Que el rey me perdone y no se irrite conmigo si añado aún una palabra; después guardaré completo silencio. Si este hombre nació ciego y justamente ahora por vez primera en toda su vida acaba de abrir sus ojos, ¿cómo es que sabe llamar verde al verde y rojo al rojo, si nunca antes había visto colores?

Comprendieron los médicos el bochorno que con sus propias manos y con su propia necedad se habían acarreado a sí mismos, y uno a uno fueron escabulléndose del palacio del rey antes de que el monarca mandara que los ahorcasen. Después de aquello, el rey honró mucho a Maimónides, incluso más que antes.

123

44. MAS DIFICIL TODAVIA

Todas las eminencias médicas de nuestros días son unas nulidades que no valen un pimiento, ceros a la izquierda frente al más grande de los médicos que nunca se alzara en el mundo, y ése fue Maimónides. De él se ha dicho que «De Moisés a Moisés no hubo otro como Moisés.» ¿A qué se refiere el dicho? Pues ni más ni menos que a la medicina, ya que Moisés nuestro maestro también curaba a todo el mundo, y aunque a uno le fluyera por el cuerpo un veneno mortal en lugar de sangre [3], no se le iba de las manos.

En cierta ocasión se reunieron a competir con Maimónides los más grandes profesores de su época, que eran verdaderos colosos en comparación con los que tenemos hoy día: los de ahora no les llegan ni a la suela del zapato; todo lo más podrían ser considerados frente a ellos como leñadores o aguadores, pero de ninguna de las maneras como médicos. Pues ¿qué es lo que saben diagnosticar los médicos de hoy? La fiebre, ¡y pare usted de contar! Pero en aquellos tiempos, ya os podéis imaginar qué médicos había entonces. Y todos aquellos colosos se reunieron una vez a competir con Maimónides.

Viene un médico, le arranca a un hombre un pie y se lo vuelve a pegar en su sitio sin dolores. Viene otro, le arranca una mano y se la vuelve a pegar sin dolores. Y así todos. Hasta que, por último, llegó Maimónides, y en un abrir y cerrar de ojos descompuso a uno de aquellos en sus 248 miembros y 365 nervios y lo volvió a recomponer en seguida sin dolores.

Se quedaron maravillados todos los profesores y a una boca proclamaron que aquello era el no va más, reconociendo la grandeza de Maimónides, pues por encima de una cosa semejante sólo resta el convertir a un hombre en polvo y ceniza y volverlo de nuevo a la vida. Pero eso es un secreto guardado en los altos cielos, no teniendo el hombre mortal alcance para hacerlo sin servirse del Nombre inefable; lo cual es un grave pecado, convirtiéndose el que lo invoca en reo de los más fuertes castigos, y Maimónides era un justo cumplido en todas sus formas de comportamiento.

45. Y LOS GATOS GATOS SON

Con frecuencia se encontraba rabí Moisés ben Maimón con estudiosos de pueblos distintos, con los que mantenía acerbas polémicas y controversias públicas sobre asuntos de religión, ética y semejantes.

---

[3] El narrador parece aludir al pasaje de Nm 21,4-9, que refiere cómo curó Moisés de forma prodigiosa a los israelitas mordidos por las serpientes que había enviado Dios como castigo por su desobediencia.

En cierta ocasión se organizó una recepción en la corte del rey de España, a la que fueron invitados príncipes, intelectuales y hombres famosos; entre los convocados figuraba también Maimónides.

Intentaban siempre los estudiosos humillar al judío Maimónides, que gozaba de la estima y de la consideración del rey y de sus ministros, para así mostrar su superioridad, siendo éste el único motivo de todas las controversias que se levantaron sobre sus enseñanzas.

En esta ocasión se había suscitado una discusión sobre el tema: «¿Es posible mudar la naturaleza de un ser humano o de otra criatura?» Los otros sostenían que sí que podían cambiar la idiosincrasia o el aspecto externo de una persona, y Maimónides opinaba que no. La controversia se prolongó hasta altas horas de la noche sin ningún resultado, hasta que finalmente apostaron aquellos sabios con Maimónides que habrían de demostrarle la verdad de sus alegatos, decidiendo aplazar un mes la discusión.

Pasado el plazo, recibió Maimónides una invitación para participar en una velada, en la que entre otras cosas tendría lugar la continuación del debate.

La velada tenía lugar en un espléndido salón, y entre los invitados figuraban, además del rey y sus ministros, la flor y nata de Córdoba. Todos los asientos del salón estaban ocupados, no quedando una sola plaza libre. De antemano, Maimónides había sido prevenido de que los otros tenían algunos nuevos argumentos y pruebas que esgrimir; pero él se hizo de nuevas mientras disponía sus planes.

Cuando entró Maimónides en el salón vio algo extraño e insólito: gatos en guisa de camareros, vistiendo delantales blancos como la nieve, se movían con gran industria entre las mesas sirviendo viandas a los huéspedes. Aquello había causado una gran impresión entre los invitados, y los sabios, considerándose a sí mismos vencedores, tenían las caras resplandecientes de alegría. «Ahora Maimónides estaba en sus manos: le habían tendido una trampa y había caído en ella», pensaban todos. Pero Maimónides seguía sentado en silencio como si la cosa no fuera con él.

«Y cuando se regocijó el corazón del rey con el vino» (Est 1,10), ya que todos los invitados se estaban divirtiendo de lo lindo en la fiesta, de pronto se alzó Johan, el cabecilla del grupo de sabios, y se dirigió a los allí reunidos diciendo:

—Señores míos, vamos a continuar la discusión con Maimónides. El sostiene que es imposible mudar la idiosincrasia del ser humano, y, según parece, tal opinión está en el espíritu de su Ley, donde se dice: «Pues la inclinación del corazón humano es perversa desde sus mocedades» (Gn 8,21). Pero nosotros hemos demostrado que sí es posible. Contem-

125

plad, señoras y señores: hemos cogido unos gatitos y los hemos estado amaestrando, y con vuestros propios ojos podéis ver con cuánta donosura y destreza están sirviendo las mesas. Y si podemos cambiar la naturaleza de un gato, aún más podremos mudar la idiosincrasia de la persona. ¡Moisés ben Maimón, tozudo entre los tozudos! —gritó el estudioso—, ¿qué dices ahora? ¿Vas a seguir refutando nuestra opinión?

De golpe se hizo un profundo silencio en el que se podía oír hasta el zumbido de una mosca. Los ojos de todos estaban dirigidos a Maimónides; unos le contemplaban con sorna, otros con curiosidad y una parte del público se compadecía de él.

Para impresionar aún más a la concurrencia, uno de los sabios dio un silbido, y los gatos, cual expertos camareros, empezaron como un solo hombre a retirar los platos de las mesas.

En aquel momento se levantó Maimónides de su asiento, se aproximó a la cátedra y poniéndose junto a Johan, el cabecilla del grupo, inició con voz potente su discurso:

—Señores, en vano y precipitada es vuestra alegría; aún es pronto para decir que he sido derrotado, ya que aún no he dicho la última palabra.

Y diciendo esto sacó de pronto de su seno una jaulita con cuatro ratones, la abrió, y los ratones, asustados, empezaron a correr de aquí para allá por todos los rincones del salón. En cuanto los gatos los vieron, se despojaron en un abrir y cerrar de ojos de los delantales blancos, dejaron caer los platos al suelo, donde se hicieron añicos, no quedando uno sano, y empezaron a perseguir a los ratones.

En el salón estalló una gran barahúnda; la visión de los ratones había puesto a los gatos fuera de quicio e iban dándoles alcance por encima de las mesas y brincando sobre las personas. Muchos de los presentes no sabían qué era lo que estaba pasando, las mujeres se desmayaban, ruido, tumulto, llanto y gritos por doquier.

Cuando finalmente se aclaró lo sucedido, empezó la gente a desfilar cada uno a su casa y también los sabios abandonaron la fiesta, afligidos y avergonzados.

Moraleja: Aunque la mona se vista de seda, mona se queda...

VI

CELADAS

46. EL JUICIO DEL NIÑO + EL TESTIMONIO DEL FETO +
EL RESCATE DE LOS CANTAROS

Erase un par de amigos, Mahmud y Abdalá. Este último tenía un cántaro lleno de oro y cierto día le dijo a su amigo Mahmud:

—Me voy de viaje. Te ruego que me hagas el favor de guardarme este cántaro durante mi ausencia —pero qué era lo que había dentro de él, eso no se lo reveló.

Estuvo Abdalá durante un año en países lejanos, y cuando regresó a su ciudad, fue a ver a Mahmud y le dijo:

—Devuélveme el cántaro.

Así lo hizo Mahmud, pero he aquí que ahora estaba lleno de aceite y no había en él ni rastro del oro. Fueron los dos a plantear su pleito a las autoridades y estuvieron dando vueltas del sultán al ulema y del juez al gobernador de la ciudad. El uno argüía: «El cántaro y el aceite que contiene son los tuyos», y el otro replicaba: «El cántaro sí es ciertamente el mío, pero no así el aceite; y, en cambio, faltan las monedas de oro.» Y así estuvieron pleiteando hasta que llegó el sábado.

Ese día salió Moisés ben Maimón, que por entonces era un niño, a jugar con sus compañeros al «juicio del cántaro». Moisés, que hacía de presidente del tribunal, ordenó:

—Traedme el cántaro.

Fueron los niños, le llevaron un cántaro viejo y Moisés lo llenó de aceite. Mientras tanto, Abdalá estaba en un rincón observando el juego y oyendo las palabras del que hacía de juez. Moisés ben Maimón ordenó de nuevo:

—Id a traerme un cántaro nuevo —así lo hicieron los niños, y Moisés, tras llenarlo de aceite, argumentó—: Si el cántaro sobre el que estamos juzgando ha estado lleno de aceite durante todo un año, ciertamente su peso será superior al del nuevo que ha sido llenado de aceite recientemente.

Cogieron los niños los dos cántaros, el viejo y el nuevo, los pesaron y he aquí que tenían el mismo peso. Dijo entonces Moisés al niño que tenía el viejo:

—Eres un mentiroso. Si hubiera estado el cántaro viejo lleno de aceite durante un año, ahora pesaría más.

Se levantaron los demás y tumbaron en el suelo al niño, quien empezó a gritar diciendo:

—¡No me peguéis! Es cierto que he mentido; ahora mismo os daré el cántaro con el oro, pero no me peguéis.

Tras escuchar Abdalá todo aquello, se fue ante el sultán y le dijo:

—Te ruego que me nombres juez a Musa ben Maimón.

—¿Y quién es ese Musa ben Maimón? —indagó el sultán.

—Un niño pequeño de familia judía.

Lo llevaron a presencia del sultán, quien dijo al niño:

—Hoy vas a hacer de juez.

Convocaron a los dos litigantes, y cuando ambos estuvieron ante el rey, dijo Moisés:

—Traedme un cántaro con aceite fresco y también el cántaro en litigio que lleva un año lleno de aceite.

Hicieron lo que había ordenado, y cuando trajeron los cántaros, los pesaron y vieron que tenían el mismo peso. El niño explicó diciendo:

—Si hubiera estado el aceite durante un año entero en el cántaro viejo, desde luego que pesaría más.

Empezaron a propinar golpes a Mahmud hasta que reconoció la verdad y se fue a buscar el oro. Desde entonces nació una gran inquina entre Mahmud y Moisés ben Maimón, quien a raíz de aquello fue nombrado consejero del rey y vivía en su palacio.

Tenía aquel Mahmud una hija muy bella a la que también habían llevado a vivir al palacio del sultán. Pasado un tiempo quedó la joven preñada, y cuando estaba en el octavo mes de su embarazo, se fue Mahmud a ver al sultán y le dijo:

—Musa ben Maimón es el causante de la preñez de mi hija.

Concedió el rey a su consejero un plazo de tres días, advirtiéndole:

—Si pasado ese tiempo no me explicas qué es lo que ha pasado, te mando ejecutar.

Subió Moisés a la cumbre de la montaña, y allí se encontró con un hombre, quien tras saludarle deseándole paz, le entregó un trocito de madera y le dijo:

—Lleva esta astilla al convite que tendrá lugar en el palacio del rey y pídele que haga venir al banquete a la hija de Mahmud.

*La segunda Ley. Portugal, 1472: Museo británico de Londres, Harley Ms.
5698-5699. fol. 1º de la Introducción General*

165

Manuscrito en papel del Mišneh Torah con la firma conocida más antigua de Maimónides. Biblioteca bodleiana de Oxford, Ms. Huntington 80, fol. 165r.

Cogió Moisés el trocito de madera y se fue. Durante el banquete real se hizo comparecer a la joven; le colocó Musa la astilla sobre su vientre y he aquí que se dejó oír desde dentro la voz del feto, que gritaba:

—¡No me hagáis daño!

—Dime —le preguntó Moisés—, ¿quién es tu padre?

Entonces la voz repitió varias veces el nombre de uno de los esclavos del rey. Cuando el sultán y todos los invitados oyeron aquello, la condena a muerte de Musa fue inmediatamente anulada.

Llevado por su aborrecimiento hacia Moisés ben Maimón, aconsejó Mahmud al sultán que le enviara al pueblo de los diablos para que trajera los famosos siete cántaros que estaban allí escondidos.

Al oír Moisés aquello rompió en amargo llanto. Luego se fue a ver al anciano de la ciudad, que tenía ciento cincuenta años, y le contó la nueva sentencia que había recaído sobre él. Entonces el anciano le aconsejó:

—Dile al sultán que te entregue treinta doncellas y treinta donceles y otros tantos camellos, la mitad cargados de agua y la otra mitad de pan. Pídele también que te dé por escrito un documento diciendo que de todos ellos, tanto de los que regresen como de los que no regresen, tú no eres responsable.

Según su deseo, le escribió el sultán el documento a Moisés, quien hizo todos los preparativos necesarios para el viaje. Moisés y el anciano se pusieron en camino junto con todos los demás, hasta que llegaron al pie de la montaña. Entonces el anciano le dijo a Moisés:

—Degüella aquí tres de los camellos que llevan agua y tres de los que llevan pan.

Así lo hizo Moisés; en seguida se abrió la montaña y entraron todos juntos en su vientre. Una vez dentro, los donceles y las doncellas se pusieron a bailar; los diablos, al verlos, se precipitaron sobre ellos, y tan absortos estaban con las danzas, que descuidaron la vigilancia de los cántaros, lo que aprovecharon el anciano y Moisés para cogerlos y salir con ellos del interior de la montaña. La puerta de la cueva se volvió a cerrar a sus espaldas y allí dentro se quedaron los jóvenes y las doncellas.

Cuando recibió el sultán los siete cántaros, abrió uno y he aquí que de su interior saltó un diablo que enloqueció al rey, el cual quedó para siempre privado de todo juicio.

47. EL TESTIMONIO DEL FETO

A pesar de que rabí Moisés ben Maimón había hecho numerosos favores a Abdalá Almadnún Hamad Alihyari, éste, como suele decirse, no

129

podía verlo ni en pintura; era enemigo acérrimo de Maimónides y se pasaba el tiempo pensando cómo podría hacerle daño y en qué podría perjudicarlo. ¿Qué haría? Porque lo que estaba claro es que algo tenía que hacer. Y mientras tanto aquel Moisés ben Maimón seguía subiendo, subiendo y subiendo. ¿Cómo se las arreglaría? Finalmente se resolvió Abdalá a ir a ver a la hija del rey y le dijo:

—Escucha, hazme un favor. Yo aborrezco a Maimónides con un odio mortal. Si quieres hacer algo por mí, fornica con alguno; y si tu padre te pregunta por qué estás preñada, contéstale: «Moisés ben Maimón me forzó.»

Hizo la princesa lo que le había pedido Hamad Alihyari y se entregó a dos esclavos, a uno de nombre Farh y a otro de nombre Selo, ambos siervos del rey, y de inmediato se quedó encinta. Un día le dijo su padre:

—Hija mía, te veo en un estado más bien inconveniente.

—¿Qué voy a hacer, papá, qué voy a hacer? —se lamentó la princesa—. Fue Moisés ben Maimón quien me obligó y me forzó.

—¿Cómo? —exclamó el padre—. ¿Moisés ben Maimón? ¿De verdad? ¡Prendedlo de inmediato!

Se fueron los soldados a por él, y cuando el rey lo tuvo delante bramó enfurecido:

—¡Tú!, ¿qué has hecho?; ¿qué le has hecho a mi gacela?

—¿Por qué? —preguntó sorprendido Moisés ben Maimón.

—¡Por esto! —gritó—. ¡Porque tú le has hecho a mi niña así y así y así!

—¡Dios me libre! ¡Dios me guarde de tal! —exclamó Maimónides.

—¿Quién ha sido entonces? —preguntó el monarca a su hija—. Dime quién ha sido.

Terció Moisés ben Maimón entre ambos y le dijo al rey:

—Yo creo que lo mejor por esta noche es que te vayas a tu aposento. Mañana convoca a todos tus príncipes y a todos tus soldados y reúnelos en el gran salón del palacio; yo os mostraré si es cierto que le haya hecho cosa alguna a la gacela.

Salió Moisés ben Maimón del palacio y se fue a purificarse con un baño ritual; después pasó toda la noche sin dormir suplicando que Dios desde los cielos le prestara su ayuda. Al día siguiente acudió a presencia del rey y le dijo:

—Tú bien sabes que si quieres puedes mandar que me corten la cabeza ante todos y cada uno de los presentes; pero antes quiero que tu hija comparezca en este salón delante de toda la corte. Ordena que se acueste en un diván y te mostraré algo.

—Bueno —aceptó el rey.

Entró la princesa y se acostó como había dicho Moisés ben Maimón, quien apoyando la cabeza sobre su vientre, preguntó:

—¿Quién eres y quién es tu padre?

Se dejaron oír las voces de dos mellizos, que respondieron:

—Farh y Selo —y siguieron repitiendo—: Farh y Selo, Farh y Selo...

El rey, dirigiéndose a su hija, le preguntó:

—¿Quién te dijo que hicieras tal cosa? ¿Quién le dio semejante consejo a mi niña?

—El me dijo que lo hiciera; él me lo dijo —contestó la princesa señalando a Abdalá.

—Está bien —sentenció el rey—. A esos esclavos Farh y Selo, matadlos. Y si Abdalá Habad Alihyari quiere seguir con vida, que beba de lo que le dé Moisés ben Maimón.

48. EL PROVECHO DE LA PIEDAD

Sucedió en cierta ocasión que «se alzó un nuevo rey de los» (Ex 1,8) cristianos, el cual ordenó decretos contra Israel e innumerables angustias y opresiones. Al oír Maimónides tales nuevas, se llenó de preocupación y emprendió el camino hacia aquella ciudad. Se instaló en la plaza y empezó a pregonar a grandes voces: «Soy médico y también soy judío.» Y sucedía que a todo el que estaba enfermo y ningún médico había logrado curarlo, le daba Maimónides algún fármaco y lo sanaba.

Como llegara el asunto a oídos del rey, envió a buscarle y acudió Maimónides a su presencia. Estaba el monarca aquejado de una enfermedad y pasaba sus días presa de sufrimiento, sin que ningún médico hubiera logrado curarlo. Así que cuando lo tuvo en su presencia, le dijo el rey a Maimónides:

—Estoy enfermo; si logras curarme te nombro mi segundo.

—Si me juras que mientras vivas no decretarás mi muerte —le contestó Maimónides—, te curaré.

Se lo juró el rey, y Maimónides le dio un remedio que le hizo recobrar la salud; tras de lo cual lo asentó el monarca en un trono de marfil y oro y le otorgó más honores que a todos los demás ministros. Hacía Maimónides de consejero del rey y de gran visir, y todo cuanto emprendía le salía bien, teniéndolo el rey en gran aprecio.

Todos los restantes ministros se llenaron de profundos celos por el hecho de que un judío extranjero gobernara en todo el reino «y mande también sobre nosotros». Así que uno de los visires, que era consejero del rey desde antiguo, se fue a verle y le dijo:

131

—Manda matar a ese judío, que no puedo ni verlo. Si aceptas mi consejo, bien; pero si no, te juro que sublevo a todo el mundo contra ti.

Al oír aquello se atemorizó el rey y le prometió:

—Mañana mismo le mando matar.

Pero no lo mató, y aunque el visir volvía diariamente con sus amenazas, el rey seguía sin hacerle caso. Hasta que, pasado un tiempo, vino indignado el visir a ver al monarca y le amenazó:

—Si le mandas matar, bueno; pero si no, nosotros acabamos contigo. Tú te lo has buscado.

Esta vez se amedrentó de veras el rey y dijo:

—¿Y qué puedo hacer yo, si le he jurado que nunca le daría muerte? Aconséjame qué hacer con él.

—Hay a la puerta de la ciudad un horno de caleros; mándale recado al encargado ordenando que lo agarre, lo arroje al horno y lo queme. Así no le habrás matado tú.

Envió el rey a buscar en privado al jefe de los caleros y le dijo:

—Haz lo que te pido: aquel que vaya a verte y te diga: «¿Has cumplido la orden del rey?», lo coges y lo arrojas dentro de una de las caleras para que se queme.

Al día siguiente, con las primeras luces del alba, envió el rey a buscar a Maimónides y le dijo:

—Vete a toda prisa a ver al jefe de los caleros y pregúntale si ha cumplido la orden del rey; cuando veas lo que te dice, vuelves y me lo cuentas.

Ignoraba Maimónides lo que había convenido el rey y el ministro, y cuando iba con premura a cumplir el mandato real, vio a los fieles en la sinagoga que necesitaban uno para cumplir el *minián* [1]. Se dijo para sus adentros: «¿Cómo voy a abandonar el precepto del Rey, que es rey del mundo, por ocuparme en el servicio de un rey de carne y hueso?»; así que se fue a la sinagoga a rezar. Cuando iba a marcharse apareció un pobre, que se puso a la puerta diciéndole:

—Te ruego que vengas a mi casa, que tengo que cumplir el precepto de la circuncisión, y como soy pobre, nadie quiere venir conmigo; hazlo tú y me darás una alegría.

Se dijo Maimónides: «Más vale alegrar a este pobre hombre que ir a cumplir la orden del rey.» Así que fue a su casa, circuncidó al niño y estuvo un rato bebiendo y solazando su ánimo. Se echó luego a descabezar un sueño hasta el mediodía y sólo cuando se despertó de su siesta se acordó del mandato del rey.

[1] Número de diez judíos adultos, mínimo necesario para el rezo colectivo.

132

Mientras Maimónides dormía, fue el visir a las caleras para ver cómo se quemaba el médico en el horno; al llegar le preguntó al jefe:

—¿Has cumplido el mandato del rey?

Lo agarraron y a la fuerza lo arrojaron al horno, mientras el jefe decía:

—Eso es lo que me ha ordenado el rey.

Estaba el visir en el horno quemándose y ahogándose cuando llegó Maimónides y le preguntó al encargado:

—¿Qué has hecho del mandato del rey?

—Acércate y verás por ti mismo que sí lo he cumplido —le contestó el hombre.

Viendo Maimónides que el visir estaba quemándose dentro del horno, exclamó:

—«¡El justo de la angustia se libera y viene el malvado a ocupar su lugar!» (Prov 11,8). —Dio después gracias a aquel cuyo nombre es bendito, y regresando a presencia del rey, le dijo—: El encargado de la calera ha cumplido la orden del rey.

Se sorprendió el monarca de lo ocurrido, y al ver que el visir no estaba en su casa, lo mandó buscar, enterándose de que lo habían quemado. Entonces dijo:

—En verdad sois siervo de aquel cuyo nombre es bendito, que hace su voluntad y quiere vuestro bien; y estos gentiles sean malditos y se cubran de oprobio en este mundo y en el mundo futuro.

Puso entonces a Maimónides al mando de su casa, dejando en sus manos todo cuanto tenía. También le declaró:

—Vuestro Dios es verdadero y vuestra ley también lo es. Aquel cuyo nombre es bendito, quiere vuestro bien, y nosotros somos unos falsarios.

Hicieron luego proclamar por todo el país que cualquier gentil que se burlara de un judío o levantara su mano contra alguien de Israel «sucederá que él y toda su casa serán reducidos a la esclavitud».

Así fue como se libraron todos los judíos de aquel país, gracias al merecimiento de Maimónides, con él sea la paz.

49. INJURIAS EN EL CALZADO + EL PROVECHO DE LA PIEDAD

Sucedió con Maimónides que era consejero y ayudante del rey, y como el monarca lo había elevado muy por encima de todos los demás ministros y consejeros, éstos se llenaron de celos contra él y decidieron hacerle morder el polvo o incluso acarrearle la muerte.

¿Qué hicieron? Antes de que todo aquello sucediera, acostumbraba Maimónides a ir todos los jueves a la tienda del zapatero para recoger el calzado con el que el rey acudía los viernes a rezar a la mezquita. Los consejeros lo sabían; así que un miércoles por la tarde se fueron en busca del zapatero y le dijeron:

—Si haces lo que vamos a decirte, recibirás este cofre lleno de diamantes; pero si rehúsas, te matamos.

Ante lo cual, el amedrentado zapatero respondió:

—Bien; estoy a vuestra completa disposición.

—Mañana, cuando venga Maimónides a recoger el calzado del rey para llevárselo —le dijeron los ministros—, tú vas a poner dentro de uno de los zapatos este trozo de papel en el que está escrito el nombre de Mahoma. Pero ojo: ya te hemos advertido que si nos enteramos que no has cumplido nuestra orden tu fin será la muerte.

El zapatero recibió el papel y ellos se fueron tan satisfechos. Cuando al día siguiente llegó Maimónides a la tienda a hacer su encargo, ya había metido el zapatero el papel de marras en uno de los zapatos. Sin advertir nada, tomó Maimónides el calzado y se fue.

De inmediato se presentaron los consejeros ante el rey y le dijeron:

—¡Tú amas y ensalzas a Maimónides mientras él blasfema de nuestro profeta!

—¿Cómo? —preguntó el rey.

—Ha escrito el nombre de Mahoma poniéndolo dentro de tu calzado, y eso es una gravísima profanación.

Cuando oyó el rey sus palabras, se llenó de cólera y les dijo:

—Si es cierto lo que decís, reo es de muerte.

Envió dos hombres a que le trajeran sus zapatos y corrieron a buscarlos. Cuando los tuvo el monarca en sus manos, los examinó, y descubriendo el papel con el nombre de Mahoma, dijo a sus consejeros:

—Maimónides morirá mañana.

Los ministros se recogijaron ante la sentencia, mientras Maimónides seguía ignorante de cuanto estaba pasando. Despachó luego el rey dos hombres con la siguiente orden:

—Id a decir al encargado de la panadería que así ha dicho el rey: al primer hombre que aparezca por allí preguntando «¿Ha cumplido el maestro panadero el mandato del rey?», que lo prenda y lo arroje al horno.

A la mañana siguiente fue el monarca al encuentro de Maimónides y le dijo:

—Vete a ver al panadero real y dile: «Ha dicho mi señor el rey que si habéis cumplido su orden.»

Maimónides, que nada sabía de toda aquella maquinación, se fue sin demora a la panadería; pero por el camino le salió al paso un hombre pobre que le dijo:

—Mi muy estimado señor, me ha nacido un hijo y se ha cumplido el plazo para circuncidarlo, pero no hemos logrado reunir *minián*[2]. Te ruego que vengas conmigo para completar el número.

En un primer momento dudó Maimónides en ir, ya que tenía que visitar al panadero, pero después se dijo: «Los preceptos de Dios son antes que los asuntos del rey», y acompañó al pobre judío a su casa. Allí hicieron la circuncisión al niño y comieron, se alegraron y bebieron, dando gracias a Dios.

Mientras Maimónides había ido con el judío a su casa, uno de los consejeros implicados en la intriga, no pudiendo contenerse, se fue a toda prisa a ver al maestro panadero y le dijo:

—Mi señor, ¿has hecho lo que el rey ha ordenado?

El panadero, sin mediar palabra, lo arrojó de un manotazo directamente al horno.

Entre tanto, Maimónides había terminado con la circuncisión del hijo de aquel pobre y se dispuso a cumplir el encargo del rey. Llegando a la panadería, preguntó:

—¿Has hecho ya lo que su majestad ha ordenado?

—He cumplido las órdenes del rey al pie de la letra —le respondió el hombre.

Regresó Maimónides a presencia del rey y le transmitió las palabras del panadero. El monarca se quedó boquiabierto, y comprendiendo que allí había sucedido algo raro, decidió investigar el asunto. ¿Qué hizo? Envió dos hombres en busca del zapatero; corrieron los emisarios, y cuando se lo llevaron a su presencia, le dijo el rey:

—Cuéntame toda la verdad sobre el asunto del calzado.

—Mi señor rey —explicó entonces el zapatero—, hace unos días vinieron a verme unos hombres y me dijeron que si no ponía en tu calzado un papel en el que estaba escrito el nombre de Mahoma me iban a matar; en cambio, si lo hacía, recibiría un cofre lleno de diamantes.

—¿Podrías reconocer a esos hombres? —indagó el monarca.

—Sí, mi señor rey —aseguró.

Convocó el soberano a todos sus consejeros y los puso delante del zapatero, el cual señaló con el dedo a varios de ellos.

Dio el rey las gracias al hombre y le envió de vuelta a su casa. En seguida mandó dar muerte a los consejeros que habían intrigado para matar a Maimónides y la sentencia se cumplió en el acto. Después de todo aquello aumentó el monarca su amor por Maimónides y lo elevó a un grado aún más alto.

[2] Véase al respecto núm. 48, nota 1.

135

Era Maimónides, su recuerdo sea bendito, un gran, gran, gran justo..., tanto como el rey Salomón. Día y noche se pasaba estudiando la Ley y trabajando, y sabía hablar muchas lenguas. También era médico y curaba a todos los enfermos; en cuanto a un paciente le daba una medicina, de inmediato se ponía bueno; y si alguien quería pagarle, le decía:

—Esto sólo lo hago por caridad y por hacer buenas obras —y no aceptaba ningún tipo de pago.

En el palacio del rey de Egipto se enteraron de que había un judío que era médico, y en seguida se lo contaron al rey, quien envió emisarios a la ciudad para que sin demora llevaran a Maimónides al palacio. Sucedía que por aquel tiempo el rey de Egipto estaba muy enfermo de fiebres; cuando finalmente le trajeron a Maimónides, le preguntó el monarca:

—¿Qué hay que hacer para curarse de las fiebres? —y añadió—: He oído decir que eres muy sabio e inteligente; veremos si es verdad o no.

No tuvo Maimónides que pensárselo mucho para dar al enfermo rey un medicamento. En cuanto el monarca se tomó aquel remedio en seguida se encontró mucho mejor, y en unos pocos días estuvo completamente curado. Desde entonces Maimónides se convirtió en médico de la corte.

Había en el palacio real un ministro que era opresor y enemigo de los judíos, quien había hecho mucho daño y puesto en graves dificultades a todos los que vivían en el país. Cuando este enemigo de Israel oyó que un médico judío había venido al palacio del rey, se llenó de cólera y empezó a alardear ante los otros ministros de que él se las compondría para que el judío saliera de allí a escape.

Cierto día se encontró con Maimónides, que iba por el palacio en compañía de un discípulo; dirigiéndose a él con sorna, le dijo:

—Quiero jugar contigo al «juego real».

Aceptó Maimónides echar una partida con el perverso ministro, y desde entonces jugaban habitualmente a aquel juego cuyas piezas tienen la forma de toda suerte de animales tallados en madera. Invariablemente, cada vez que se sentaban a jugar, el ministro le soltaba a Maimónides la siguiente frase:

—Cómete el perro tú, que eres un perro judío hijo de perros —y se echaba a reír con despectivas carcajadas.

Oía Maimónides sus risotadas y sin responder una sola palabra continuaba jugando como si tal cosa.

Durante las partidas el discípulo de Maimónides se sentaba al lado de su maestro; no pudiendo soportar las carcajadas de aquel enemigo de los judíos, le decía:

—Mi rabino y maestro, ¿por qué no respondes a esas risas con las que te ofende a ti y a todo el pueblo de Israel?

—No temas, mi querido hijo —era su invariable respuesta—; este malvado recibirá su castigo de mano de mi Señor.

Cuando llegó la época de las fiestas, reinaba un gran jolgorio en el palacio del rey y el monarca dispuso un espléndido banquete para todos sus cortesanos. La comida fue copiosa y la bebida corrió a cántaros. Acabado el banquete, le dijo el rey al perverso ministro:

—Ven, que vamos a echar una partida de nuestro juego.

Empezaron a jugar al juego de las figuras de animales hechas de madera; y de pronto el ebrio ministro, sin advertir que aquella vez estaba jugando con el rey, pronunció su frasecita habitual:

—Cómete el perro, ya que también tú eres un perro.

Al oír aquello, el rey de Egipto se llenó de cólera y exclamó:

—¿Cómo? ¡Así que para ti soy un perro! Pues ahora te vas a enterar —y ordenó a sus guardias—: ¡Ahorcad ahora mismo a este perro!

Pasado un tiempo acudió Maimónides con su discípulo a la corte del rey; al enterarse el joven de lo ocurrido le dijo a Maimónides:

—Mi maestro y rabino, veo con mis propios ojos que eres un varón de Dios. Lo que entonces me dijiste acerca del perverso ministro se ha cumplido: efectivamente, ha recibido su castigo de mano de mi señor.

51. EL MAL ALIENTO

Como siempre les ha pasado a todos los grandes hombres, a cada uno en su generación, también tuvo Maimónides numerosos enemigos y gentes que le envidiaban.

Era Maimónides el médico principal del gobernador (rey, césar o incluso me parece que los hay que cuentan esta historia referida al califa; pero yo prefiero hablar de gobernador) y también su hombre de confianza y su consejero, pues era persona que había corrido mucho mundo y un gran sabio en todos los aspectos de la vida mundana.

Puesto que gozaba de la intimidad de aquel gobernador, decidieron sus enemigos ponerle a malas con él [3]. Tras planificar cómo hacerlo, se fueron a ver a Maimónides y le dijeron que el gobernador no podía so-

---

[3] La expresión hebrea *leḥabʾiš et reḥó*, lit. 'hacer heder su aliento', es decir, 'provocar la enemistad, hacer odioso a alguien', alude también a la artimaña de la que se van a servir los enemigos de Maimónides.

portar su proximidad a causa del fuerte olor que su boca despedía; Maimónides se quedó muy asombrado, pues nunca había advertido nada que indicara que el gobernador se apartara de él cuando estaban hablando.

Al mismo tiempo fueron también los enemigos de Maimónides a ver al gobernador y le dijeron que la desvergüenza judía de su querido amigo había traspasado todos los límites, pues había osado quejarse en oídos de todos los que le querían oír de que no podía aguantar la proximidad del gobernador a causa del fétido olor que exhalaba su boca. Se quedó el gobernador muy asombrado, amén de irritado, ante tamaña acusación; pero, con todo, decidió poner a prueba una vez más a su amigo, consejero y médico.

Envió a llamar a Maimónides; y para asombro de todos los presentes, tanto el gobernador como Maimónides comparecieron en la entrevista con sendos pañuelos negros delante de la boca. Delante de la boca y no delante de la nariz, de modo que de inmediato les quedó claro a ambos que una mano alevosa había actuado contra Maimónides, pues con su comportamiento habían demostrado los dos que no querían evitar que les llegara el olor del otro, sino que al otro le llegara su propio olor. Con esto comprendió el gobernador que todo aquello no había sido sino una maquinación urdida contra Maimónides por parte de sus enemigos.

52. LAS PAPELETAS AMAÑADAS

Durante diez años, desde 1170 hasta 1180, fue Maimónides médico en la corte del sultán egipcio Saladino. Su fama de gran experto capaz de conseguir notables éxitos se había extendido dentro y fuera de Egipto; y así tanto del propio país como de otros muchos lugares, afluían a El Cairo enfermos de todas clases a buscar cura y remedio de manos de Maimónides.

¿Puede acaso extrañar que los demás médicos de la corte y de Egipto estuvieran celosos de Maimónides? Pero más que cualquier otra cosa les encolerizaba el que el sultán y el visir le tuvieran en estima tan alta que todo cuanto Maimónides decía era sagrado para ellos.

Por diversos caminos, y no rectos, habían intentado perjudicarle; pero nunca lo habían logrado gracias a los permanentes buenos oficios del visir del rey, que quería mucho a Maimónides y lo tenía por uno de los mejores médicos del mundo.

Cuando los médicos tuvieron claro que frontalmente jamás lograrían acabar con su cordial enemigo Maimónides, fueron a calumniarle ante las autoridades religiosas musulmanas diciendo que Maimónides había insultado y ofendido al Corán y al profeta Mahoma. Los ulemas exigieron entonces del rey que lo sometiera a juicio.

Tanto al sultán como al visir, a ambos les repugnaba hacer aquello, pero no podían oponerse a las presiones de las celosas autoridades religiosas. A las preguntas del sultán a su visir sobre qué hacer para salvar a su querido amigo, respondió aquél:

—Ordene el rey un juicio así de simple: que escriban en una papeleta la palabra *vida* y en otra *muerte,* que metan ambas dentro de un fez y que hagan luego venir a Maimónides para que saque una de ellas. Yo confío en que la sabiduría de Maimónides y su buena suerte le asistan en el momento de la angustia y saque el papel en que pone *vida;* con esto taparemos las bocas de los malsinadores y acusadores.

—Bien has dicho, mi visir —aprobó el rey—. Demos la orden de preparar el juicio.

Pero las autoridades religiosas, que no estaban satisfechas con que le dieran a su acérrimo enemigo la oportunidad de salvar la vida, se cuidaron muy mucho de que en las dos papeletas apareciera la palabra *muerte.*

El visir, que estaba casi seguro de que tal cosa iba a suceder, hizo advertir a Maimónides por medio de su único hijo. De paso sea dicho que este su hijo único había estado muy enfermo y todos los médicos del país lo habían dado por desahuciado; pero Maimónides lo había salvado de una muerte segura y el niño iba creciendo y haciéndose un mozo hermoso y sano.

El muchacho se escurrió a hurtadillas hasta la cárcel y murmuró en los oídos de Maimónides que las dos papeletas que habían puesto en el fez llevaban escrita la palabra *muerte.*

—De acuerdo; te lo agradezco mucho, mi querido muchacho —le respondió el preso.

Cuando sacaron a Maimónides de la trena y lo llevaron al palacio real, le dieron el fez con las dos papeletas, ordenándole que sacara una.

Sin dudarlo un momento cogió Maimónides uno de los papeles... y a toda prisa se lo metió en la boca y se lo tragó.

—¿Qué trucos está haciendo? —aullaron los religiosos.

—Ningún truco —respondió Maimónides—; tan sólo me he tragado una papeleta. Id y sacad la otra, y según lo que esté escrito en ella así seré sentenciado.

Y como ellos bien sabían, la papeleta que quedaba en el fez tenía escrita la palabra *muerte;* por tanto, sentenció el sultán que Maimónides viviera, quedando avergonzados todos los enemigos de Israel.

En un manuscrito muy antiguo he visto un suceso maravilloso acerca de nuestro maestro Maimónides, su recuerdo sea bendito.

Y es que al rey de Egipto le salió en la punta de la lengua una especie de lepra en forma de vello blanco; por más que se la extirparan los médicos y le trataran con toda suerte de fármacos, volvía la lepra a aparecer. Cansáronse los médicos de prepararle al rey toda suerte de medicamentos, pero no lograron nada, pues todo cuanto hacían sólo contribuía a acrecentar el mal.

Envió entonces el rey a buscar a Maimónides, quien con su sadiburia entendió cuál debía ser el remedio: mezclar carne de perro con ciertas drogas y dárselo a comer al rey. Así lo hizo Maimónides. Preparó el medicamento en su casa sin decirle al rey sus ingredientes, y no bien ingirió el monarca aquel preparado, se desprendió el vello cayendo a tierra y ya no volvió a aparecer.

Al ver aquello, se alegró el rey en gran manera y encumbró a Maimónides por encima de todos los demás médicos, los cuales se llenaron de profundos celos y fueron a decirle a Maimónides:

—Señor nuestro, somos tus humildes esclavos. ¿No vas a decirnos qué fue lo que le preparaste al rey?

Pero como Maimónides no les descubriera nada, volvieron a la carga, manifestándole aún mayor humildad y afirmando que ellos eran como polvo y ceniza bajo las plantas de sus pies; hasta que cierto día se dejó seducir Maimónides por los médicos y les descubrió su secreto.

Con gran premura fueron entonces en plena noche a informar al rey de aquel terrible hecho. Decidió el monarca esperar a que se hiciera de día para investigar si era cierto lo que le decían, ya que su alma se había conturbado mucho con la noticia.

Aquella misma noche se le apareció a Maimónides en sueños el profeta Elías, de bendita memoria, y le dijo:

—Levanta y búscate un remedio, pues los médicos se lo han contado todo al rey y ahora quiere perderte.

Se levantó Maimónides turbado, y haciéndose traer todos los medicamentos que le parecieron oportunos, le ordenó luego a su hijo Abraham diciéndole:

—En el mismo momento en que hayan acabado con mi cuerpo, arrópame para que no me perjudique el aire y tráeme en seguida a casa. Prepara entonces estas fórmulas que dejo dispuestas y en Dios confío para que obtenga mi alma sosiego y salvación.

Por la mañana envió el monarca a buscar a Maimónides y le preguntó:

—¿Qué contenía el medicamento que me preparaste para aquella enfermedad?

No pudo Maimónides negar nada, reconociendo el daño, y de inmediato ordenó el rey que le dieran muerte sin compasión.

Después que lo hicieran, vino su hijo, y cubriéndole con paños, se lo llevó a su casa, donde estuvo día tras día administrándole remedios y preparados, hasta que se recuperó Maimónides, volviendo a estar tan saludable como antes. Pero a partir de todo aquello se recluyó en su casa, no volviendo a poner los pies en la calle.

Pasado el tiempo volvió a enfermar el rey y envió a buscar a sus médicos, pero éstos no fueron capaces de encontrar ningún remedio eficaz.

Empezó entonces el monarca a lamentarse por Maimónides, y arrepentido del mal que había hecho y de cómo no había tenido compasión de él, se le ocurrió preguntar:

—¿Es que no tenía Maimónides algún hijo o discípulo que entienda del mal que ha dañado mi salud?

—Tenía un hijo —le respondieron—, que se ha visto recompensado por su diligencia, el cual ilumina y alumbra como el despuntar del alba.

Dispuso el rey que lo trajeran a su presencia; pero el hijo de Maimónides respondió al emisario diciéndole:

—Desde el día en que le tendieron a mi padre aquella trampa me juré a no volver a preparar ningún medicamento para ninguna enfermedad. Pero ahora, en honor de nuestro señor el rey, dile que me envíe una muestra de su orina en una redoma y alguna cosa haré por él.

Así lo hizo el monarca, que estaba sumido en la angustia y muy deprimido, enviándole la orina en una redoma. Pero, por celos y por miedo, cambiaron los médicos la orina del rey por la de un caballo que allí había, y pensando que estaban tendiéndole una trampa, hicieron llegar la redoma a rabí Abraham.

En cuanto éste la examinó se dio cuenta de que se trataba de la orina de una yegua que estaba preñada y cuya cría tenía una mancha blanca redonda en la frente.

Entró a comentar el asunto con su padre, el cual le dijo:

—Hijo mío, tu diagnóstico es correcto salvo en una cosa: que la mancha está en la cola y no en la frente —y le expuso los argumentos del caso y su justificación.

Entre tanto, llegó a oídos del rey la noticia de todo lo ocurrido, y enviando a buscar a Maimónides, su recuerdo sea bendito, el dijo:

—Vuelve a ocupar tu puesto como antes.

Pero entre ruegos y súplicas le respondió Maimónides:

—Déjame quedarme en mi casa, que no a todas horas me van a suceder milagros ni va a ser siempre recibida mi oración.

54. LA ARTERIA IGNORADA (1)

Esta historia la he oído de otra forma[4]. A saber: que estando enfermo el rey, y siendo Maimónides el único médico que se ocupaba de su curación, encontraron los demás médicos la forma de envenenar uno de los medicamentos que el rey debía tomar determinado día. Se adelantaron a ir a ver al monarca y en secreto le descubrieron que sabían con toda seguridad que el judío había puesto un veneno en la medicina. Y así fue que cuando llegó la bebida ante el rey traída por mano del propio Maimónides, ordenó el monarca que se la dieran a probar a un perro, el cual murió de inmediato.

Quedóse perplejo el rey, y pensó para sus adentros que seguramente aquello era fruto de una artimaña de los médicos y de su odio por Maimónides. Sin embargo, nada pudo argüir en contra, mientras que Maimónides se había quedado como cuerpo sin vida. Con todo, le dijo el rey:

—Ya ves que eres reo de muerte. De todas formas, y puesto que te has multiplicado en servirme, me complazco en que seas tú mismo quien elijas el tipo de muerte que prefieras.

Maimónides se tomó un plazo de tres días para contestarle y luego fue a encomendar a sus discípulos lo siguiente: él iba a elegir que los médicos le dieran muerte desangrándole; pero que estuvieran preparados para hacerle cierta cura, ya que hay una arteria que sale del corazón de cuya existencia estaba seguro de que nada sabían los médicos y, por tanto, no se la abrirían.

Y así fue: los discípulos lo llevaron a su casa, le hicieron la cura y siguió con vida. Entonces fue a esconderse Maimónides en una cueva y allí estuvo componiendo durante doce años su libro La mano[5].

55. LA ARTERIA IGNORADA (2)

Hay entre los ancianos del Yemen la tradición de que cuando Maimónides escribió su libro La segunda ley, dado que a causa de su santidad no hubiera podido el mundo sostenerse en sus cimientos, se le ordenó que lo escribiera en la misma cueva en la que se ocultara rabí Simón ben Yohay por miedo a los romanos[6]. Esto fue lo que sucedió.

[4] Se refiere a nuestro cuento núm. 40, La contienda de los venenos (1), que en la fuente utilizada precede inmediatament a éste.
[5] Es decir, La mano fuerte (hb. Yad hazacá), título con el que también se conoce su obra La segunda ley.
[6] Maestro de la Misná perteneciente a la tercera generación (153-170). En el tra-

En cierta ocasión, los médicos musulmanes, que odiaban a Maimóninides, echaron veneno en un medicamento que aquél había preparado para el rey y le acusaron de formar parte de una conspiración para envenenar al monarca y destronarlo. Creyó el rey sus acusaciones y condenó a muerte a Maimónides.

Pero como el Santo, bendito sea, dispone antes el remedio que la enfermedad, ordenó el rey que Maimónides pudiera elegir por sí mismo el tipo de muerte que prefiriera. Pidió Maimónides que le dieran muerte sangrándole las venas de su cuerpo; y a su hijo Abraham le descubrió que tiene el hombre una arteria oculta de cuya existencia con seguridad nada sabían los médicos del rey. Y así sucedió que en manos de Abraham ben Maimónides se hallaban todos los remedios necesarios para volver a la vida a su padre después de que le hubieran sangrado todas las venas de su cuerpo.

Cuando recobró sus fuerzas temió Maimónides que llegara a conocimiento del rey que su sentencia no se había cumplido, y tomando con él a su hijo, huyó a Israel y se escondió durante trece años consecutivos en la cueva de rabí Simón bar Yohay. Entonces escribió su libro *La segunda ley,* también llamado *La mano fuerte.*

56. DE LA CUEVA A LA CUMBRE

... [Tras la muerte de su padre en Israel] regresó rabí Moisés a Egipto, y como era hombre de gran inteligencia alcanzó también él un alto grado de sabiduría por encima de todos sus contemporáneos. Llegó su fama al rey de Egipto, que se llamaba Saladino, y fue introducido rabí Moisés a presencia del rey, quien lo puso por encima de todos sus ministros. Extendió el estudio de la Ley entre la gente de Israel y sus libros y cartas llegaban con frecuencia a Occidente; en aquéllas se interesaba siempre por la situación de las comunidades judías ...

Cuando por la carta de mi señor rabí Moisés [dirigida a los judíos de Fez] [7] me enteré de que aún estaba con vida y residía en Egipto, me

tado talmúdico *Šabat* (h. 33b) se narra que fue denunciado a las autoridades por haber hecho críticas públicas contra los romanos, siendo condenado a muerte. El rabino consiguió huir y tras varias peripecias se refugió con su hijo en una cueva, donde permaneció durante doce años. Puede verse una versión española de esta historia en D. Romano, *Antología del Talmud,* 2.ª ed. (Barcelona: «Clásicos Planeta» 24, 1975), núm. 124 (p. 90). Véase también núm. 91 y nota 12.

[7] Se trata de una carta apócrifa de Maimónides que el autor inserta en su narración biográfica y cuya traducción omitimos; aludimos a parte de su contenido en nota 9, *infra.*

llevé una gran alegría y juré en nombre de Dios, bendito sea, que no me daría descanso ni reposo hasta volver a verlo. Estuve viajando durante nueve meses hasta que llegué a Egipto, donde hice reservadamente indagaciones acerca de su paradero, pero no logré obtener noticia alguna hasta pasados quince días. Fui entonces a su encuentro y le estuve buscando en una caverna, hasta que finalmente lo encontré [8].

En cuanto me vio me reconoció, alegrándose mucho de verme; yo le dije:

—He aquí, mi señor, que he venido a verte y a servirte hasta que Dios tenga misericordia de ti.

Permanecí con él durante un año. Cierto día tuvo un sueño en el que vio un árbol muy alto dotado de altísimas ramas y él estaba situado por encima de ellas. Cuando se despertó llamó a su siervo, y tras contarle su visión, le dijo:

—Quizá yo pueda interpretar su significado, pero no me fío de mi opinión. Así que te vas a ir a la ciudad a buscar un hombre sabio que sepa interpretar sueños y se lo cuentas como si hubieras sido tú quien lo hubiera soñado, de manera que el hombre no sepa nada de mí.

Se fue el siervo a buscar un hombre entendido en la interpretación de sueños, y cuando lo encontró le refirió el de Moisés. El hombre le respondió:

—Dame de plazo hasta mañana; esta noche voy a consultar las estrellas y mañana te daré la contestación.

Regresó el siervo al día siguiente a recibir la explicación del sueño, y el hombre le dijo:

—El sueño no era tuyo, sino de Moisés, que está escondido en una cueva. Sábete que anuncia cosas favorables, pues el árbol alto significa el elevado puesto que tendrá Moisés en el palacio del rey, y las ramas sobre las que se yergue quieren decir que todas las gentes del palacio real que propalan insidias contra él y que buscan su mal habrán de cantar sus alabanzas y le servirán con todas sus fuerzas. Así lo ha de disponer el Nombre y nadie puede contradecir su voluntad, pues Dios se compadece de todas las criaturas que tienen confianza en su Nombre y este Moisés dominará sobre todos.

Regresó el criado y le refirió a Moisés todas aquellas cosas, pero mi señor se llenó de temor, pues se dijo para sus adentros: «Quizá se descubra el asunto y el rey me mande matar». Así que salió de la cueva y

---

[8] No se explica en el texto por qué estaba Maimónides escondido en una cueva. En los pasajes omitidos se indica que el rabino gozaba de la amistad de Saladino, quien le había nombrado su tesorero (p. 176); pero más adelante se alude repetidamente a cierta desavenencia surgida entre Saladino y Maimónides, provocada por acusaciones calumniosas.

huyó a buscar refugio en la montaña, donde estuvo rezando durante quince meses hasta que llegó su clamor y su oración ante el Rey que es rey de reyes, el Santo, bendito sea.

Sucedió que estando el rey acostado tuvo un sueño que le disturbó su espíritu, y se levantó del lecho, enviando a buscar a todos los magos y sabios de Egipto para que vinieran a interpretárselo. Se reunieron en su presencia todos cuantos se encontraban en la ciudad que entendían de magia, pero no pudieron darle ninguna explicación de su significado. Envió entonces a buscar por todo el país, pero tampoco encontró nadie que pudiera darle la más mínima explicación del sueño. Hasta que finalmente se le apareció el Santo, bendito sea, viendo el rey que le decía en sueños:

—He aquí que será Moisés, al que sin culpa despediste de tu lado, quien interpretará tu visión.

Cuando el rey se despertó envió a buscar mensajeros y los despachó por todo el país para obtener noticias del paradero de Moisés. Se desplegaron los emisarios por todo el territorio e iban pregonando que a quien informara de dónde estaba el rabino le daría el rey tanto y tanto. Cuando llegó la noticia a oídos de rabí Moisés, se sumió en profundo desasosiego, pues se dijo: «Quizá el rey quiere matarme».

Mientras tanto, los emisarios seguían día tras día cumpliendo las órdenes del rey, hasta que rabí Moisés vio en sueños que le decían:

—He aquí que ha llegado el tiempo de que salgas de la cueva, pues ha escuchado el Señor tu voz.

Al despertarse de su sueño se sintió contento y de buen humor. Hablando a su siervo, le dijo:

—Vete al palacio del rey y quédate allí hasta que yo sepa si es verdad que ya se han cumplido los tres años que nos anunció nuestro señor, el enviado del mesías [9].

Se fue el hombre. Cuando oyó lo que oyó, regresó a la cueva junto a

[9] Se refiere a la predicción que según la carta apócrifa a la que nos referimos en nota 7 le había hecho a Maimónides el falso mesías David El-Roí en carta entregada a David ben Maimón, quien habría ido a visitarle a instancias de su hermano Moisés; en tal predicción se anuncia (p. 176) que éste había de permanecer en la cueva aún durante tres años. Fue David El-Roí (cfr. Gn 16,13) líder de un movimiento mesiánico surgido en el Kurdistán y murió asesinado hacia 1160; recuérdese que por esas fechas la familia de Maimónides emigraba a Fez. La primera noticia acerca de El-Roí la proporciona Benjamín de Tudela; véase la versión española de J. R. Magdalena Nom de Déu, *Libro de viajes de Benjamín de Tudela* (Barcelona: Riopiedras, Bibl. Nueva Sefarad VIII, 1982), ps. 103-105. Entre otros, recoge también la noticia Yosef Hakohén en su crónica *'Emec habajá;* véase la traducción española de P. León Tello, *'Emeq ha-bakha de Yosef Ha-Kohen* (Madrid: CSIC, Bibl. Hebraico-española VIII, 1964), núm. 52 (ps. 101-103) y ps. 366-368, donde se discuten las fechas del acontecimiento y se aduce bibliografía.

145

rabí Moisés y le refirió cuanto había escuchado de boca de los oficiales que ocupaban los primeros rangos en el reino. Entonces rabí Moisés le dijo:

—Vete a ver al rey y dile: «Mi señor, si te entrego a rabí Moisés, ¿me darás cinco mil denarios egipcios?» Si te contesta que sí, le dices: «Dame de plazo hasta mañana para ir a buscarlo y mañana sin falta te lo traigo».

Cumplió el siervo sus órdenes y fue hasta el palacio del rey, haciendo todo cuanto su señor le había mandado. El monarca le dio los denarios, así como ricas vestiduras y un caballo para que le trajera a rabí Moisés.

Fuese el siervo de regreso a la cueva y vistió con aquellas ropas a rabí Moisés, quien montó en el caballo, llevando consigo los siete libros que había compuesto durante su estancia en la gruta. Cuando traspasó la puerta de las habitaciones privadas del rey y estuvo en su presencia, besó sus manos y sus pies y se prosternó con la cara en el suelo; pero lleno de regocijo por verlo, se alzó el monarca de su trono, y tomándolo de la mano, le hizo sentarse frente a él y le contó su sueño.

—Dame de plazo hasta mañana —le respondió Moisés—, y con la ayuda de Dios te daré su interpretación.

Ordenó el rey que lo alojaran en el palacio y mandó a todos sus siervos que lo honraran. Al día siguiente acudió Moisés a presencia del rey y le interpretó el sueño, afirmándole al monarca:

—De hoy en ocho días comprobarás que la interpretación de tu sueño es verídica —y así fue.

Cuando vio el rey que lo que le había dicho mi señor era verdad, se alegró mucho y ordenó que le dieran cuantiosas riquezas y que todos sus siervos le honraran; también lo restableció en su puesto como tesorero, nombrándole su segundo por su mucha sabiduría y entendimiento, de modo que nada podía hacerse sin su permiso. El rey le juró por el profeta que en toda su vida no volvería a dar crédito a las palabras de los calumniadores.

Se hizo famoso Moisés, siervo de Dios, como sabio y entendido, bueno con Dios y con la gente, y se extendió su fama por todo el país, llegando a ser el médico más importante de su generación. El rey le amó mucho, dándole por esposa a una doncella de Fez y otorgándole riquezas y dignidades.

Moisés amó a su esposa y le nació un hijo, al que puso por nombre Abraham, pues se dijo: «El Dios de Abraham vino en mi auxilio».

No me es posible dar ni siquiera una pequeña idea de cuánto fue el bien, la riqueza y la honra que recibió mi señor del rey y de los oficiales de su guardia personal, así como de los regalos que le llegaban de tierras lejanas.

Dio mi señor por esposa a su hermano rabí David una doncella de El Cairo y le donó grandes riquezas, nombrándolo administrador de su hacienda, pues él no podía atender a todas sus innumerables ocupaciones.

57. EL ARQUITECTO Y EL PERVERSO PINTOR

Era Maimónides médico predilecto y consejero fiel del rey de Egipto y también era íntimo y muy querido amigo del primer ministro, que recibía el título de gran visir.

Cierto día se produjo un desacuerdo entre el soberano y su primer ministro, y, como consecuencia de aquella discusión, el monarca, gravemente irritado, ordenó arrojar en prisiones al gran visir. Mucha fue la pena de Maimónides por el encarcelamiento de su amigo, pero como no estaba en su mano hacer nada en su favor, su tristeza quedó oculta en su corazón.

Además de los tesoros de sabiduría, ley religiosa y medicina que albergaba Maimónides, también era experto sin parangón en la ciencia arquitectónica.

En cierta ocasión decidió el rey erigirse un palacio tan suntuoso y espléndido que no hubiera en todo el mundo ningún otro que se le asemejara. Mandó llamar a Maimónides y le comunicó su decisión, pidiéndole que preparara los planos para la construcción. Así lo hizo Maimónides, y le construyó al rey un palacio que no tenía parangón en el mundo entero. Cuando se acabó la construcción y el palacio quedó erigido sobre sus cimientos, entró el monarca en su interior, y al verlo se llenó su corazón de entusiasmo y de alegría. El nuevo palacio era todo él gloria y esplendor, un dechado de belleza y hermosísimo a la vista.

El rey alabó y felicitó a Maimónides por su obra y su boca se llenó de palabras de agradecimiento. Finalmente preguntó el monarca:

—¿Qué quieres a cambio de esta maravillosa obra?

Rehusó Maimónides aceptar cosa alguna; pero como el rey tornara a insistirle animándole a que le descubriera todos los deseos de su corazón, y como de nuevo le reiterara que habría de otorgarle cuanto le pidiera, finalmente dijo Maimónides:

—Si al rey le place acceder a mi petición, tenga a bien liberar al gran visir de la prisión y reponerlo en su cargo como anteriormente.

Esta solicitud no fue del agrado del monarca, quien guardó silencio un instante; pero ¿qué podía hacer? No podía negarse a cumplir la promesa que había hecho. Así que liberó del encierro a su primer ministro y lo repuso en su cargo con gran honra y pompa, como si nada hubiera ocurrido.

Después de aquello, encargó el rey la decoración de su nuevo palacio a un famoso artista en el arte de los pinceles. El pintor, de nombre Kiriakos, ornó y decoró el palacio con hermosas imágenes, tan maravillosamente bellas que cautivaban el corazón. Cuando acabó su obra entró el monarca en el palacio, y al contemplarlo se llenó su corazón de entusiasmo y de alegría. Prorrumpiendo en palabras de agradecimiento, alabó y felicitó a Kiriakos por su obra. Finalmente preguntó al pintor:

—¿Qué quieres por tu magnífico trabajo?

Kiriakos insistió en que antes le prometiera el rey que habría de cumplir su petición, fuera cual fuera; cuando el monarca así lo hizo, entonces le dijo Kiriakos:

—Mi señor el rey, quiero que arrojéis a Maimónides al mar.

Claro está que la petición de Kiriakos nacía de la inquina y de la envidia personal que sentía por el sabio judío. Por su parte, el rey, que como ya se ha dicho quería y admiraba mucho a Maimónides, al oír tal petición no tuvieron límites su rabia y su pena. Pero ¿qué podía hacer? Era imposible volverse atrás de la palabra empeñada. Así que con corazón amargo y pesaroso ordenó el rey al gran visir la ejecución del asunto.

El primer ministro, que había salido poco tiempo antes de la prisión y que había recuperado su alto cargo gracias a Maimónides, recibió del rey la orden expresa de arrojar a lo profundo de los mares a su amigo y benefactor.

Fuerte como la muerte y oneroso como el mundo de los muertos fue este designio para el gran visir: arrojar al abismo hoy a quien ayer le había salvado vida y honra. Pero ¿qué hacer? No había escapatoria: la ley del poder es ley que obliga, y ¿quién es capaz de contradecir una orden real?

Metió el gran visir en un barco a Maimónides, a tres esclavos y unos cuantos sacos llenos de arena y se hizo a la mar. No llevaban mucho tiempo navegando desde que levaron anclas cuando el visir desembarcó a los tres esclavos en una isla y les ordenó que esperaran allí. En el barco quedaron él, Maimónides y los sacos de arena.

Zarpó la nave de la isla, alejándose de ella tanto que sólo con dificultad era posible divisarla como si fuera un leve punto en el horizonte. Entonces desembarcó el gran visir a Maimónides en la playa de una isla cercana y acto seguido lanzó los sacos al mar. Los esclavos, desde su lejana isla, vieron cómo algo había sido arrojado al agua, y en su corazón no les quedó ni sombra de duda de que era Maimónides el que había sido lanzado a las profundidades.

Una vez a la semana visitaba secretamente el gran visir a Maimónides, llevándole en tales ocasiones víveres, vestidos y libros, según lo que su amigo le pedía.

Estando cierto día el rey sentado en una galería de su palacio que daba al mar, se le cayó del dedo su más preciado anillo, en el que estaba grabado el real nombre. En seguida fueron llamados buceadores que se sumergieron hasta las profundidades. Estuvieron buscando y escarbando por todas partes, pero todo fue en vano: no sacaron nada. La sortija del rey había desaparecido.

Creció la irritación del rey, y ardiendo en cólera, mandó llamar al gran visir y le hizo saber:

—Si en el plazo de cuarenta días no aparece mi sortija, te corto la cabeza —recordándole que esta vez no le iba a servir de nada la intervención de Maimónides, quien ya no estaba en el mundo de los vivos.

El gran visir fue presa de gran temor. Para él estaba muy claro que lo que el rey quería era pura y simplemente darle muerte y que aquello del anillo perdido no era más que un pretexto. Porque ¿dónde y cómo iba a encontrar él la sortija, si ni siquiera los buceadores lo habían logrado? Y en cualquier caso, ¿cuál era su culpa y de qué era él responsable, si había sido el propio rey quien había perdido el anillo? Pero las órdenes reales no se discuten, de modo que el gran visir empezó a contar los días que le quedaban de vida.

Estos iban pasando y transcurriendo, y mientras tanto el gran visir no tenía ganas ni de probar bocado; su cuerpo se iba aflacando y su semblante se demudó enteramente. También olvidó su costumbre de visitar semanalmente a Maimónides; si pasado un corto plazo sería conducido a la muerte, ¿a qué seguir manteniendo relaciones con su amigo?

Entre tanto, los ojos de Maimónides, que permanecía solitario en la lejana isla, estaban alzados hacia su amigo el gran visir esperando su llegada, pero aquél se retrasaba en venir. Habían transcurrido ya dos semanas sin que el primer ministro acudiera a visitarlo. Al principio pensaba Maimónides: «Será algo fortuito»; pero cuando pasaron otras dos semanas y el amigo seguía sin aparecer empezó Maimónides a preocuparse por él: «¿Por qué no viene?»

A Maimónides le gustaba pescar. A petición suya, en una de sus primeras visitas su amigo el gran visir le había traído un anzuelo, que usaba con frecuencia. Un buen día sacó del fondo del mar un pez; cuando lo partió y lo limpió, encontró en sus entrañas el anillo del rey, que Maimónides conocía sobradamente, y se lo puso en el dedo.

Viendo, por su parte, el gran visir que se acercaban sus últimos días, decidió visitar a su amigo Maimónides antes de morir para despedirse de él hasta la eternidad. Cuando llegó adonde estaba Maimónides, éste se quedó impresionado ante el desmejorado aspecto de su amigo. Contóle el gran visir lo sucedido y añadió:

—Ahora tan sólo me restan unos días de vida. No he logrado encontrar la sortija del rey y estoy seguro de que cumplirá su amenaza y me hará ejecutar.

Sonrió Maimónides, y extendiendo la mano hacia su amigo, le dijo:

—Honorable príncipe, examina bien mi dedo. ¿No es ésta la sortija que andas buscando?

El ministro se recobró de golpe de su angustia. Si bien al principio no pudo dar crédito a lo que veían sus ojos, luego empezó a dar zapatetas y a bailotear de alegría y emoción, y arrojándose a los pies de Maimónides con frases de agradecimiento y de súplica, le rogó que le diera el anillo. Pero he aquí que Maimónides era de otra opinión:

—Vuélvete a casa y espera en paz y tranquilidad la salvación que vendrá. No te preocupes, que puedes confiar en mí. —Y añadió—: Sólo te ruego que me hagas llegar mañana una túnica hecha toda de piel de pescado; también el turbante y el calzado tienen que ser de escamas de pez. Tráeme además una barca.

El gran visir hizo tal y como quería Maimónides y, presa de impaciencia, esperó en su casa la aparición de su amigo.

Maimónides embaló sus cosas, se vistió de pies a cabeza con las pieles de pescado que su amigo le había llevado y, subiéndose a la barca, hizo lentamente su camino hasta la capital del reino.

El día cuarenta en el que concluía el plazo que le había sido fijado al gran visir por el rey, en ese mismo día por la mañana llegó Maimónides en su barca a la costa y fondeó en un lugar desde donde se divisaba el palacio real. Bajó de la barca y le pidió al portero del palacio:

—Vete a comunicarle al rey que un extranjero que viene de tierras lejanas solicita entrevistarse con él.

El monarca y los ministros estaban en aquel momento reunidos en consejo, así que el rey concedió audiencia al extranjero.

Cuando Maimónides entró en el salón, el rey y todos sus ministros se quedaron estupefactos ante el aspecto de aquel asombroso hombrepez. Nadie le reconoció, pero Maimónides se apresuró a descubrir a los presentes su identidad y les contó la siguiente historia:

—Mi señor rey, yo soy Maimónides, al que arrojasteis al mar. Cuando llegué a las profundidades vinieron dos gigantescos peces, que me condujeron a presencia del Leviatán, rey de los peces. Él y todas las gentes de su corte me recibieron con grandes honores y fui nombrado médico y consejero del monarca; también le construí un suntuoso palacio exacto al que levanté para ti, mi señor rey. Cuando hube concluido mi tarea, me pidió el Leviatán que le recomendara un pintor para que decorara el palacio, y yo le informé al rey: «Hay un pintor, de nombre Kiriakos, que es el que decoró y pintó el palacio de mi señor.» De inmediato me envió a ti el Leviatán, soberano de los peces, para que te transmitiera su bendición junto con un ruego: «Envíame, amigo mío, a Kiriakos para que pinte y decore también mi palacio.» Y como señal de amistad te envía por mi mediación la sortija que perdiste en el mar y que en vano has estado buscando desde hace varias semanas.

Concluyó Maimónides sus palabras alargándole al rey su perdida sortija. La alegría del monarca y de sus ministros no tuvo límites; y el rey, apresurándose a llamar a Kiriakos a su presencia, le ordenó:

—Ve con Maimónides a pintar el palacio del rey Leviatán.

Aceptó Kiriakos como algo irremediable la sentencia. Le subieron a una nave, en la cual también embarcó Maimónides para indicar con exactitud el lugar en el que tenían que arrojarlo a las profundidades. Por el camino empezó Kiriakos a hacerle preguntas a Maimónides:

—¿Cómo voy a ir? ¿Cómo lograré llegar?

—¿Qué importa? —le respondió—. Mira cómo yo encontré el camino y he regresado tras concluir el trabajo.

Y cuando en alta mar fue arrojado Kiriakos al agua, pronunció Maimónides por él los siguientes versículos: «Una fosa cavó y aun la excavó, pero cayó en la hoya que hacía. Revierte su maldad en su cabeza y sobre su coronilla cae su violencia» (Sal 7,16-17). «¡Así perezcan, Señor, todos tus enemigos!» (Jue 5,31).

58. LA CONSULTA RABINICA + EL DOCUMENTO JUSTIFICATIVO

Sucedió una vez que Maimónides era juez en el tribunal que le había dispuesto el rey para que allí impartiera justicia. Había un gentil impuro, inmundo y asqueroso que odiaba a los judíos sin excepción, pero que, sobre todo cuando veía la grandeza de Maimónides y su honra, se roía los puños de pura rabia. El árabe se llamaba Said Badr, su nombre y su recuerdo sean raídos, y su tienda daba frente a la puerta del tribunal.

Cierto día fue un árabe del zoco a consultarle a aquel hombre acerca de las cosas que les impiden llevar a cabo sus oraciones; le preguntó:

—Si viene un judío, con perdón, y hablando con un musulmán le salpica el vestido de saliva, ¿qué dice la normativa de la oración acerca de si se puede rezar o no?

—Está prohibido rezar con esas ropas —le respondió aquel malvado— hasta que las haya lavado con nitro y con lejía [10] y las haya secado y planchado; sólo entonces podrá ponérselas para rezar, pues la saliva

---

[10] Adaptación de Jr 2,22.

del judío es impura e impurifica los vestidos. Y no sólo eso, sino que la propia persona tiene que darse un baño ritual, pues ha quedado impuro del contacto con los vestidos. Incluso la sombra del judío impide la oración y obliga a hacer abluciones [11].

Cuando oyó Maimónides las palabras de aquel malvado, se llenó de ira y de cólera y empezó a meditar para sus adentros qué hacer con él para ofenderle, irritarle y suscitar su furia, pues la buena acción de un hombre le será retribuida [12]. Así que llamó a dos judíos y les ordenó:

—Cuando veáis mañana sentado en su tienda a ese malvado de Said Badr, su nombre y su recuerdo sean raídos, empezaréis a gritar con tales voces que parezca que se hunde el mundo con vuestros gritos, de manera que todos oigan vuestras palabras —y advirtiéndoles qué era lo que tenían que hacer, les dijo—: Así y así diréis.

Al día siguiente, según les había ordenado Maimónides, madrugaron los dos judíos a la puerta del rabino. Cuando vieron que la tienda de Said Badr estaba abierta y que su dueño se encontraba sentado en el interior, empezaron a gritar a grandes voces, de modo que sus gritos se oían desde lejos. Les dijo Maimónides:

—¿Qué tenéis para gritar de semejante guisa y alborotar la tierra?

— ¡Sálvanos, señor! —clamaron a una; y abriendo la boca el primero, dijo—: Mi señor, «escucha los dichos de mi boca» (Sal 54,4). Tenía en casa un gran cántaro de mucho valor, lleno de un vino selecto, más dulce que la miel y que la ambrosía, dulce para el alma y saludable para los huesos. Pero he aquí que las gentes de mi casa se lo dejaron abierto, y cuando fui a examinarlo me encontré con que habían caído dentro unos cuantos bichos y se habían hundido en el vino. Como su carne se ha deshecho no sé qué son, pero parece que se trata de serpientes, lagartijas y otros tipos de reptiles. Ahora dime: ¿cuál es la norma en cuanto al vino y al cántaro?

—¿Qué hay de grave en eso? —le respondió Maimónides—. Cuela el vino con un filtro y te lo puedes beber tan contento. No temas ni tengas el más mínimo recelo, que el vino es tan apto para el consumo como antes. Y si le haces ascos, dámelo a mí, que yo me lo beberé y te daré a cambio un vino aún más selecto que ese tuyo.

— ¡Bendito tú, mi señor, que me has consolado! —respondió exultante.

Abrió entonces la boca el segundo hombre y dijo:

—También a mí me ha ocurrido un accidente; y es que tengo en

[11] Véase al respecto lo dicho en núm. 11, nota 9.
[12] Adaptación de Prov 19,17.

152

mi almacén un cántaro de gran valor, lleno con un vino tinto dulce como la miel y el néctar, cuya boca está perfectamente sellada y lacrada, pues lo tengo reservado para los días de fiesta. Pero se dejaron las gentes de mi casa la puerta del almacén abierta, y sin que lo supiera entró un árabe, que apoyó la mano sobre el cántaro. ¿Qué dice la norma acerca del vino y del recipiente?

—Pues que en este caso —le respondió Maimónides— todo queda prohibido: el contacto del gentil ha impurificado el cántaro y el vino que tiene dentro. Tienes que derramar el contenido y romper el cántaro, pues ya no hay forma humana de recuperarlo para el uso. Y también la persona que se lleve el cántaro fuera de la ciudad para quebrarlo y derramar el vino tendrá que lavarse cuerpo y vestidos con agua, permaneciendo impuro hasta el atardecer: sólo entonces recobrará el estado de pureza [13].

Al oír Said Badr las palabras de Maimónides y sus insultos, se llenó de cólera; y echando humo del ardor de su ira, de un salto se plantó desde en medio de su tienda en plena calle y empezó a gritar a grandes voces:

— ¡A mí, a mí! ¿Dónde está el pueblo de Mahoma? ¿Dónde están los musulmanes? ¿Es que no habéis oído y no os habéis enterado de las palabras de este judío, que ha ofendido los principios de los musulmanes y les ha insultado, abominando de ellos? ¡A las sabandijas que se deshicieron dentro del vino las ha dado por aptas, y, en cambio, por el contacto de un árabe ha declarado impuro el cacharro y lo que contenía, así como al hombre que lo transporte para romperlo fuera de la ciudad en un lugar impuro! Ahora, todos los que estáis aquí: ceñíos de coraje y que cada uno escriba y firme su testimonio para presentarle al rey un pliego de firmas que nos permita ganar el pleito, de manera que ya no sirvamos más de befa, mofa y escarnio en ojos de ese judío —y así lo hicieron cuantos estaban allí, y cada uno corrió a escribir su nombre y a firmar su testimonio.

Cuando vio Maimónides todo aquello se quedó reflexionando; y en un abrir y cerrar de ojos fue a darse un baño ritual, se purificó, escribió el conjuro del «saltacaminos» y de un salto se transportó a la capital del país, lugar de residencia del monarca.

El suceso había tenido lugar el martes día 4 del mes de *adar* primero [14] del año 4975 de la creación del mundo, que es el año 612 según

---

[13] Véase nuestro comentario en núm. 10, nota 7.
[14] Sexto mes del calendario judío, cuyo comienzo oscila entre el 1 de febrero y el 2 de marzo. Se le llama *primero* para distinguirlo de *adar segundo,* mes que se añade en los años embolismáticos.

153

el cómputo de los musulmanes [15], en el día 3 del mes de *rachab* [16], a la hora cuarta.

En cuanto llegó a la capital se fue Maimónides a comprar una casa, propiedad de dos judíos que eran socios, y la adquirió por la cantidad de doscientos dinares. Pagó cien al contado y por los cien restantes les hizo un pagaré, comprometiéndose a saldar la deuda en un año. Le entregaron el documento de propiedad en el que se describía la casa, sus muros y sus ventanas, sus puertas y salidas, sus dimensiones de ancho, de largo y de alto, el número de sus habitaciones, así como la delimitación de sus lindes en todo el entorno. Asistieron como testigos de la transacción personas dignas de crédito, registrándose su testimonio en el documento; finalmente se escribió y se firmó una copia literal del mismo. El original quedó en manos de Maimónides y la copia en los archivos del palacio. Pusieron también en el documento la fecha de la compra: martes, día 3 del mes de *rachab,* a la hora sexta, del año 612 del cómputo musulmán, y sirvieron de testigos de la veracidad de los datos varios ministros del rey de los que ocupan los primeros rangos en la corte.

Regresó Maimónides en un abrir y cerrar de ojos a su ciudad y a su casa, y cuando llegó aún estaban allí los odiadores de Israel y enemigos de Dios escribiendo y firmando su testimonio en el documento que Al-Said Badr pensaba elevar ante el rey. Cuando todos hubieron estampado su firma, se dispusieron Al-Said Badr y su hijo Talb a emprender el viaje para ir a ver al soberano y hablar con él respecto a Maimónides el judío, abominador y despreciador de musulmanes.

Llegaron a la capital el día 14 del mes de ramadán [17], que coincidía con el mes de *nisán* [18], y expuso Said su alegato ante el rey, mostrándole el pliego que había llevado con las firmas de los musulmanes.

—Ahora es ramadán, mes de oración y de ayuno —le dijo el monarca—. Espérate hasta después de la fiesta.

Cuando hubo acabado el ramadán, envió el rey dos eunucos a traer a Maimónides para que compareciera a juicio ante sus acusadores Said Badr y su hijo Talb. Llegaron los eunucos a casa de Maimónides el día

[15] Ambos años equivalen a nuestro 1215; recuérdese que Maimónides murió en 1204.
[16] Séptimo mes del calendario musulmán.
[17] Noveno mes del calendario musulmán, durante el cual se practica el ayuno diario desde la primera claridad del alba hasta el anochecer. El mes de ramadán se concluye con la fiesta denominada ʿId al-fitr 'Fiesta del fin del ayuno' o ʿId al-sagir 'Fiesta pequeña', que se celebra al principio del mes de saual.
[18] Séptimo mes del calendario judío, cuyo comienzo oscila entre el 13 de marzo y el 11 de abril.

10 del mes de *du-l-hichá* [19], la noche de la fiesta musulmana a la que dan el nombre de ʿ*Id al-Arafat* [20].

Se comportó Maimónides piadosamente con ellos y les dio de comer carne, hospedándolos en su casa todos los días de su fiesta. Luego, acompañados de Maimónides, su recuerdo sea bendito, emprendieron el camino de regreso y llegaron a presencia del rey de 22 de *elul* [21], que es el 24 del mes de *safar* [22], según su cómputo.

En presencia del rey presentó Said Badr su alegato contra Maimónides, volviendo a mostrar el pliego de testimonios que había llevado con él; entonces le preguntó el monarca a Maimónides:

—¿Qué tienes que decir en tu defensa?

—Mi señor el rey —contestó Maimónides—, ¿qué puedo hacer? ¿Cómo puedo contradecir trescientos testimonios de musulmanes que han firmado con sus propias manos? Tú que gobiernas en todo y en cuya mano está la fuerza y la grandeza, tú haz lo que desees, pues ¿quién puede decirte lo que tienes que hacer?

—Durante tres días investigaremos y sopesaremos la sentencia —le respondió el rey. Pasado aquel tiempo le comunicó a Maimónides su resolución—: El hombre que hace una cosa semejante es reo de muerte.

—Si al rey le parece bien y si he hallado gracia en tus ojos —rogó entonces Maimónides—, dame de plazo hasta final de este mes, que es el de nuestras fiestas de Primero de Año, Día de la Expiación y Fiesta de las Cabañuelas [23], para que liquide mis deudas y haga testamento de mis propiedades. Entonces estaré dispuesto ante el rey, y el monarca actuará como mejor le parezca.

—Tu ruego ha sido atendido, pues no hay en ello ningún privilegio especial.

Pidió luego Maimónides al rey que hiciera pregonar por la ciudad: «Todo el que tenga una deuda pendiente con Maimónides, que venga a saldarla antes de que sea ejecutado», y así se hizo. Cuando llegó la palabra del monarca y su orden a cuantos tenían deudas con Maimónides, acudieron todos a verle y el rabino zanjó cuentas con ellos, pues la decisión del rey era inapelable.

[19] Duodécimo mes del calendario musulmán, en el que se realiza la peregrinación mayor a La Meca; véase también núm. 9, nota 2.
[20] La fiesta se llama ʿ*Id al-kabir* 'Fiesta grande' o ʿ*Id al-adha* 'Fiesta del sacrificio', y marca el final de la peregrinación a La Meca que se celebra en Yabal al-Rahma ('Monte de la Misericordia'), altozano en el valle de Arafat.
[21] Duodécimo mes del calendario judío, cuyo comienzo oscila entre el 8 de agosto y el 6 de septiembre.
[22] Segundo mes del calendario musulmán.
[23] Se refiere al mes de *tišrí*, primero del calendario judío, en el que se celebran las fiestas mencionadas, de las que nos ocupamos en núms. 103, nota 29 y 9, nota 1.

En cuanto a los dos judíos que tenían pendiente con Maimónides el cobro de los cien denarios restantes del precio de la casa que le habían vendido, al enterarse de que estaba condenado a muerte se apresuraron a ir a ver al rey, poniéndole al corriente de todo lo sucedido. Entonces el monarca le dijo a Maimónides:

—Trae el documento de compra y sepamos lo que hay escrito en él.

—Lo buscaré —contestó Maimónides—, y si lo encuentro, te lo traeré.

Pasados tres días llevó Maimónides el documento al rey, quien lo examinó, encontrando que estaba correcto, que firmaban en él como testigos algunos ministros del rey y que estaba sellado con el sello real. Le dijo entonces Maimónides al monarca:

—Mi señor el rey, hay otra copia exactamente igual en los archivos del palacio. —La buscaron y cuando la encontraron le dijo Maimónides—: Fíjate en qué fecha se hizo la compra. —Leyó el rey y he aquí que en el documento decía: «A la hora sexta del día 3 del mes de *rachab*, año 612, según cómputo musulmán»; y añadió Maimónides—: Comprueba ahora en el documento de Said Badr y de sus testigos en qué fecha ocurrió el asunto del que hablan. —Lo examinó el rey, viendo que la data que allí figuraba era la de la hora cuarta del mismo día 3 de *rachab* del año 612 según su cómputo. Ante aquello concluyó Maimónides—: Mi señor el rey, en ese mismo mes y día yo estaba aquí, y este tu sello lo demuestra, así como el testimonio de tus fieles ministros. ¿Quién es más digno de crédito: el sello de tu mano derecha o estos salvajes que se han reunido para prestar un falso testimonio? ¿O es que crees que es posible hacer un viaje de dos meses en tan sólo dos horas?

Se encolerizó el rey y ardió su ira, ordenando que fueran a por Said Badr y su hijo Talb y que los trajeran a toda prisa a su presencia. Cuando llegaron increpó el monarca al padre:

— ¡Malvado! ¡Infiel! ¿Cómo has osado venir a mentir en contra del sello real y del testimonio de ministros fieles y honrados? Reuniste una banda de malhechores para que prestaran un falso testimonio plagado de mentiras contra Maimónides, acusándole con el propósito de verter sangre inocente. Pero he aquí que los cielos han descubierto tu pecado; ahora revertirá tu maldad sobre tu cabeza y sobre tu coronilla caerá su violencia [24].

Ordenó el rey que lo azotaran y que lo condujeran a prisión, donde le cargaron de cadenas de hierro a él y a su hijo Talb. ¡Bendito sea el que se cobra venganza por nosotros de nuestras angustias!

[24] Adaptación de Sal 7,17.

59. EL TESTIMONIO DEL MUERTO

Era Maimónides un gran médico, y como llegara su fama al rey de la ciudad, lo llamaron a su presencia para que le atendiera a él, a sus parientes y a los ministros del reino como médico particular. Halló Maimónides gracia en ojos del monarca, quien acrecentó su grandeza por sobre la de todos sus ministros y siervos; y como consecuencia de ello se llenaron de envidia los dignatarios y tramaron intrigas contra él para derribarlo de su grandeza y hacerle odioso a ojos del rey. Tenía el monarca un hijo de tierna edad. ¿Qué hicieron? Procuraron dos de los ministros atraerse el corazón del niño dándole golosinas y llevándole de paseo por las afueras de la ciudad, hasta que el niño se acostumbró a ello. Cierto día, al atardecer, se fueron con él a pasear, y cuando estaban en despoblado y oscureció, atándolo de pies y manos lo degollaron y lo descuartizaron. Reuniendo luego los trozos dentro de un saco, se lo llevaron y lo dejaron en el patio de la casa de Maimónides. Como se hiciera de noche y el niño no regresara, despachó el rey a sus siervos en su búsqueda. Fueron los criados a preguntar a los ministros si habían visto al muchacho, y aquéllos respondieron:

—Sí; hemos visto que Maimónides lo llevaba agarrado y estaba dando vueltas con él por su patio. Buscad en su casa.

Entraron, pues, en casa de Maimónides a preguntar por el chico, pero aquél les contestó:

—No le he visto y no sé.

Buscaron por los rincones del patio, no tardando mucho tiempo en dar con el saco, y cuando lo abrieron, he aquí que apareció ante sus ojos el cuerpo del niño despedazado. Se sobrecogió Maimónides ante el horrible espectáculo, pero poniendo su seguridad en manos de Dios y recobrándose de su impresión, negó con energía que él tuviera parte alguna en aquel asesinato. Sin embargo, los ministros declararon unánimemente en su contra, acusándole de haber matado al niño. Entonces el rey, loco de ira, le dio a Maimónides un plazo de tres días para descubrir quién era el asesino.

Durante aquellos tres días con sus noches estuvo Maimónides ayunando y rezando, con sus esperanzas siempre puestas en la misericordia de los cielos.

Rabí Abraham ibn Ezra [25], que era un gran experto en la cábala práctica, vivía a muchas jornadas de camino de la ciudad del rey. En sueños tuvo una visión celestial en la que le revelaron que Maimónides se encontraba en un grave aprieto y que debía acudir a sacarle de su angustia.

[25] Sobre este rabino véase núm. 74, nota 1.

Se despertó rabí Abraham con el espíritu conturbado, y pronunciando el conjuro del «saltacaminos», se plantó en un abrir y cerrar de ojos en la ciudad de Maimónides. Entrando en la casa, se lo encontró sumido en ayuno y penitencia. Le puso Maimónides al corriente de su grave situación y de la orden real que pesaba sobre él; e Ibn Ezra, tras reprocharle no haber estudiado cábala práctica, le dijo:

—De los cielos me han enviado a tu lado para salvarte, así que nada temas. Llévame contigo a ver al rey, pues voy a hacer que el niño vuelva a la vida y él mismo dirá quién es el que le hirió de muerte. Sin embargo, debes jurarme que después no me obligarás a dejar al niño con vida.

Así lo hizo Maimónides, y al tercer día compareció ante el rey, solicitando del monarca que convocara a los ministros y a los grandes del reino. Después le preguntó al rey:

—¿Quién es más digno de crédito para señalar al asesino: yo o el niño asesinado?

—Desde luego el asesinado —contestó el rey.

Ordenó luego Maimónides que trajeran ante él los trozos del cadáver del muchacho, y tras disponer sus miembros de acuerdo con su forma natural y según la anatomía con la que Dios le había dotado, ordenó a todos los que allí estaban que cerraran los ojos un instante.

Escribió Abraham ibn Ezra sobre la frente del niño la palabra *emet* ['verdad'], y cuando los allí presentes abrieron los ojos se quedaron atónitos al ver al niño vivo y puesto en pie. Se aproximó el muchacho a rabí Abraham ibn Ezra y a Maimónides y les besó las manos; luego se acercó a besar a su padre el rey, el cual le preguntó:

—¿Quién te asesinó, hijo mío?

Apuntó el niño con el dedo hacia aquellos dos ministros y en seguida ordenó el monarca que los ataran y los encarcelaran.

Aún permaneció el infante con vida durante unas dos horas, hablando con su padre y su madre y con las gentes de la corte. Quiso el rey dar a Maimónides todo el oro y la plata del mundo con tal que su hijo siguiera con vida, pero Maimónides no quiso transgredir el juramento hecho a rabí Abraham ibn Ezra. Así que éste borró la letra *álef* de la palabra *emet* que había escrito en la frente del muchacho, quedando la palabra *met* ['muerto'], y en seguida cayó sin vida el niño al suelo.

60. PROHIBIDO RASCARSE

Cuenta la leyenda que cierto día iba Maimónides caminando por un bosque bajo un fuerte aguacero, y de pronto, al llegar a la linde del bosque, apareció ante sus ojos un enorme huevo en cuyo interior pululaban miles de bichejos pequeñitos. Ya se disponía a dar un rodeo cuando de pronto se le apareció el ángel de la Muerte y le dijo:

—Si rodeas el huevo, te mato; mas si logras pasar a través de él sin rascarte, te dejaré con vida.

Viendo Maimónides que no le quedaba otra salida que la de atravesar el huevo, se metió dentro, y como era de esperar, de inmediato empezó a sentir picores por todo el cuerpo. Pero en aquel momento se le ocurrió a Maimónides una solución y empezó a decirle al ángel de la Muerte:

—¿Sabes?, una vez estaba mi padre cortando un árbol y se le cayó aquí —y poniéndose la mano sobre el hombro para señalar el lugar, aprovechó para rascarse con disimulo.

Y así estuvo contándole al ángel toda suerte de historias sobre su padre, su madre y su abuelo, hasta que finalmente logró atravesar el huevo sin que el ángel de la Muerte le pusiera la mano encima.

VII

RABINO Y VALEDOR DE SU PUEBLO

61. LA CONSULTA RABINICA + EL LEON VENGADOR (1)

Sucedió en tiempos de Maimónides que un perverso gobierno decretó matanzas y opresión sobre los judíos que vivían en la ciudad. Al oír Maimónides, con él sea la paz, aquellas noticias, se encendió en su corazón el celo del Dios de los ejércitos, y montando en su caballo, partió de la ciudad donde vivía para ir a la de aquellos opresores, pues pensaba que quizá pudiera hallar remedio a las heridas de Israel.

Cuando acompañado de todo su séquito llegó a la ciudad de aquellos gentiles, le instalaron sus siervos una silla en la plaza y allí se sentó. Estando en aquel lugar, vio a un judío que pasaba por la plaza y a un gentil que hacía lo propio. En el momento de cruzarse, los vestidos del judío rozaron los del gentil; volvió éste la cabeza, y viendo que era un judío el que le había tocado, cogió un pincho y una vara y le propinó al judío tan soberana paliza que casi se queda en el sitio.

Al ver Maimónides lo que sucedía, le dijo a voces al malvado gentil:

—¿Por qué golpeas a tu prójimo de esa manera?

Se acercó el gentil a Maimónides y le dijo:

—¿Es que no conoces el decreto vigente entre nosotros de que cuando un judío nos toca hay que quemar el vestido?; se le cobra al judío el valor de la ropa y después tenemos que hacer setenta abluciones para purificarnos. También si un judío sale cuando está lloviendo, hay que quemarlo; y si uno de Israel toca las frutas con la mano, hay que tirarlas y cobrárselas a los malditos judíos. Puesto que éste me ha tocado a mí y a mis vestidos, que me dé veinte monedas de oro, que es lo que valen mis ropas, para quemarlas y acabar con el asunto. ¿Y cómo no voy a pegarle si ahora en pleno invierno me veo obligado a hacer setenta abluciones? Por eso le pego.

Sacó Maimónides veinte monedas de oro y se las dio al gentil, añadiendo aún otras siete para compensarle por las setenta abluciones; tras de lo cual el gentil se fue. Luego le preguntó Maimónides al judío:

—¿Qué es lo que pasa?

—Así es el decreto que se ha dado en contra nuestra —le respondió—; nosotros los judíos estamos siendo golpeados y atormentados por mano de los gentiles.

—No temas —le dijo Maimónides—, que también yo soy judío como vosotros. Ahora vas a hacer todo lo que yo te diga. Toma contigo a otro judío, os vais a la puerta de la ciudad y os ponéis a discutir uno con otro. Tú dirás: «Tenía un cántaro de aceite y ha caído un ratón dentro ahogándose; saco el ratón y consumo el aceite», a lo que tu compañero responderá: «No, eso está prohibido.» Después tu amigo dirá: «Tenía un tonel de vino, que ha tocado un gentil, aunque sin removerlo, y yo me bebo ese vino»; y tú replicarás: «Está prohibido y no puedes beberlo.» Así discutiendo uno con otro, recorreréis la ciudad de un extremo al otro, hasta que finalmente vendréis ante mí para que yo os enseñe cuál es la norma.

—Haré todo cuanto me dices —le respondió el judío.

Fuese el hombre, y según lo previsto, se recorrió la ciudad de punta a cabo discutiendo con el otro, y tras ellos se fueron apiñando todos los gentiles para ver cómo se juzgaba el caso. Así llegaron ante Maimónides y le contaron lo sucedido; el rabino les contestó:

—Sacad el ratón y tiradlo; podéis usar el aceite, si su volumen es sesenta veces el del ratón. En cuanto a ti, en cuyo barril han tocado los malditos gentiles, tienes que cogerlo, llevártelo a un río que desemboque en la mar salada, verter allí su contenido y también quebrar el tonel. Pero ten mucho cuidado, pues si se derrama una sola gota de vino al suelo, tienes que remover la tierra hasta que brote agua. Si algún animal bebe del vino, hay que sacrificarlo y quemarlo; y también si cae una gota en tus vestidos, tienes que quemarlos. Esta es la sentencia de vuestros asuntos [1].

Al escuchar los incircuncisos aquellas palabras, se indignaron, exclamando: «¡Hasta tal punto nos tienen por impuros!» Con los vestidos desgarrados y la cabeza cubierta de ceniza, se fueron luego a buscar a sus sacerdotes para contarles lo sucedido. Al oírlo los curas, se levantaron presa de turbación y de ira, rasgándose las vestiduras y echándose también ellos ceniza en la cabeza.

Congregadas todas las gentes de la ciudad en torno a los sacerdotes, se fueron a ver al rey para contarle lo que les había sucedido; cuando el

---

[1] Véase lo que anotamos en núm. 10, nota 7.

monarca lo oyó, ardió en su corazón el fuego del infierno y ordenó a sus siervos:

—Prended a ese judío, que dentro de tres días yo mismo saldré a quemarlo. Y vosotros, adoradores del ídolo, todo aquel que me tenga en aprecio, que durante ese tiempo vaya trayendo a la plaza una carga de leña para quemar a ese judío.

A los tres días se dirigió el rey lleno de cólera a la plaza para presenciar la ejecución y ordenó que llevaran allí a Maimónides desde la prisión y lo quemaran. Cuando fueron a buscarle, dijo Maimónides a los siervos del rey:

—Dadme un poco de pan para comer y haced luego lo que os parezca.

Fueron a consultarle al monarca, pero el rey les respondió:

—No se lo deis.

Lo llevaron a la plaza, donde estaban esperando todas las gentes de la ciudad, y cuando llegó, le dijo Maimónides al rey:

—Dadme un poco de agua para beber.

—Dadle de beber —consintió el rey.

Le trajeron agua en una vasija de bronce, y en cuanto la tuvo en sus manos, invocó sobre el agua el Nombre inefable y se la echó por la cabeza. Se trocó entonces su figura en la de un león salvaje, que cayó en medio de los gentiles rugiendo, atropellando y arrebatando sin que nadie tuviera escapatoria. Dio muerte a setenta mil hombres, y otros muchos más que, intentando escapar, emprendieron la huida, se precipitaron en pozos y zanjas, donde murieron.

Estaba el rey aterrado y lleno de miedo; cada vez que pretendía huir, volvía el león, y rugiéndole, lo asustaba y no le dejaba escapar. Al monarca, el corazón se le hizo agua, y cuando había dado cuenta el león de la mitad de la gente, regresó para dar muerte también al rey. Cayó a sus pies el monarca, y entre súplicas y lloros, le dijo:

—Por favor, no me mates, que yo aboliré el decreto que dicté contra el pueblo de Israel, pues el juicio de Israel es justo, su Ley es verdadera y verdadero es Moisés, y nosotros, en cambio, somos unos falsarios.

Cuando oyó Maimónides tales palabras, recobró su forma primera y tomó asiento en presencia del rey, el cual levantándose ante él y elevando la voz entre lloros, le declaró que no volvería a promulgar ningún otro decreto contra los judíos. Y sobre una lápida que hizo colocar en la puerta de la ciudad mandó escribir que todo aquel que levantara la mano o la voz contra el pueblo de Israel sería reo de muerte.

Dio después el rey riquezas a Maimónides, quien no quiso aceptarlas, diciéndole al rey:

—Que sean para los pobres de Israel.

163

Mucho se alegraron los judíos, que se habían librado gracias al merecimiento de Maimónides, quien después de todo aquello regresó a su ciudad.

62. LA CONSULTA RABINICA + EL LEON VENGADOR (2)

En cierta importante ciudad cristiana de tierras de España vivían los judíos en un barrio. Por la noche quedaban encerrados dentro de las murallas y sus vecinos cristianos les causaban graves perjuicios. Los sábados les estaba prohibido a los miembros de la comunidad de Israel abandonar su vecindario, y ¡ay si era atrapado alguno de ellos al otro lado de las puertas!

Tuvo el santo Maimónides noticia de aquello. Cierto día, a ruegos de los veintitrés dirigentes de la comunidad, llegó a la ciudad, y la comunidad en pleno se reunió a escuchar las palabras del rabino, que había aceptado echarles una mano.

—Si me prestáis vuestra colaboración —les dijo Maimónides—, acabaré con las adversas sentencias de los cristianos que maquinan contra vosotros. —Todos estuvieron de acuerdo en ayudarle, y Maimónides añadió—: Pues bien: iréis al zoco de la ciudad y empezaréis a discutir entre vosotros a grandes voces. Unos preguntarán: «¿Qué hay que hacer con un cántaro de vino en el que ha caído un ratón?», y otros dirán: «¿Qué hay que hacer con un cántaro de vino dentro del cual ha mirado un cristiano?» Cuando yo pase cerca de allí, os acercaréis a exponerme vuestras opiniones encontradas y yo dictaré la norma.

Puestos todos de acuerdo, se reunieron para llevar a cabo el consejo de Maimónides, de manera que cuando éste pasó por el lugar oyó los términos de la discusión, que también estaban escuchando los cristianos que había en el zoco; tras sopesar el asunto, dictaminó:

—El cántaro en el que ha caído el ratón es apto incluso para los más estrictos en materia religiosa; sólo hay que sacar el ratón y el vino puede ser consumido. En cuanto al vino del cántaro en cuyo interior ha mirado un cristiano, está prohibido beberlo, y el propio cacharro hay que enterrarlo en un pozo excavado profundamente en el suelo y dejarlo allí una vez vuelto a cubrir con tierra [2].

Al oír las palabras de aquel gran ilustrado judío, se enfurecieron los comerciantes y los buhoneros cristianos que estaban en el lugar y se lo fueron a contar al rey:

—¡He aquí que los judíos nos consideran impuros hasta el punto de que somos para ellos más inmundos que los ratones!

[2] Véase lo que anotamos en núm. 10, nota 7.

Envió el rey a sus soldados para que condujeran a Maimónides aherrojado a la prisión, que estaba en uno de los extremos del palacio. Antes de que los esbirros del rey le apresaran, había pedido Maimónides a los judíos principales que mientras el monarca dictaba sentencia no salieran de los límites del barrio.

Decretó el rey ejecutar a Maimónides por haber insultado a la religión cristiana y a sus fieles. Cuando lo conducían al patíbulo, se encerraron los judíos en sus casas, no quedando ni uno en la plaza en donde habían erigido el tablado para llevar a cabo la sentencia de muerte.

Multitud de cristianos se apiñaban para ver la ejecución del rabino judío y todos se regocijaban de la venganza que se iban a tomar de sus mortales enemigos.

La comitiva se detuvo en medio de la plaza y los verdugos, dirigiéndose a Maimónides, le preguntaron:

—¿Cuál es tu último deseo antes de subir al patíbulo?

Pidió que le alcanzaran un vaso con agua de pozo, y cuando se lo dieron, ¿qué hizo? Pronunciando el Nombre inefable, vertió la mitad del vaso de agua sobre su cabeza y se transformó en un león, que empezó a devorar a los cristianos situados a todo lo largo del recorrido, hasta que finalmente llegó ante el trono del rey, quien pudo ver entonces cómo el león causaba numerosas víctimas entre las gentes de su pueblo.

Por segunda vez volvió Maimónides a pronunciar el Nombre inefable, y recuperando la forma humana, le dijo al monarca:

—Mi señor rey, ¿has visto cómo son las acciones del Dios de los judíos? Si no anulas las sentencias que has decretado contra los que habitan en esta ciudad desde los días en que fue entregada en tu poder, tu final será amargo: tu sangre será derramada aquí mismo como lo ha sido la de tus súbditos cristianos en este lugar.

Se apoderó del perverso rey un miedo cerval al santo Maimónides, y cambiando de actitud, anuló las sentencias que había decretado contra los judíos, y hasta el fin de sus días cumplió la promesa que le había hecho de no hacer daño a las gentes de su pueblo.

63. LA CONSULTA RABINICA

Según es sabido, sanaba Maimónides a los enfermos, y sus medicamentos resultaban ser siempre una cura segura y rápida; por eso las gentes han dado el nombre de «remedio de Maimónides» a toda medicina buena y eficaz, que en cuanto el enfermo la toma se cura de su enfermedad, como si fuera uno de aquellos remedios de Maimónides.

Amén de curar a los enfermos, era también Maimónides famoso rabino y hombre excelso y sabio; pero además de todo esto trabajaba y tenía una tienda en uno de los zocos de la ciudad.

Una vez, estando en su tienda, escuchó ciertas palabras que no le gustaron ni pizca. ¿Qué es lo que oyó? Enfrente de la tienda estaba instalado un cura, que era también el jefe espiritual de su comunidad en aquella ciudad; y cierto día en que estaba Maimónides sentado en su silla disfrutando del calor del solecito de una fría mañana de invierno, de pronto se desarrolló ante sus ojos la siguiente escena. Gritando y llorando se acercó un hombre al cura y éste le preguntó:

—¿Qué te pasa?

—¿Qué puedo decirte? —se quejó el hombre—. Esta mañana me levanté de la cama; como siempre, me lavé y me vestí, y cuando me dirigía a mi trabajo se me cruzó por el camino un judío que pasaba junto a mí, pero al que no pude ver a tiempo, sino sólo cuando ya lo tenía encima. Y he aquí que al cruzarnos me di la vuelta y pude ver cómo el extremo de su manto rozaba el mío. Dime, ¿qué es lo que tengo que hacer?

— ¡Oh, ay, un judío! —exclamó el cura al oír sus palabras—. Vete ahora mismo a quitarte los vestidos y quémalos. Luego tienes que estar durante siete días lavándote en el mar; después vuelve a verme y sólo entonces quedarás purificado.

Escuchó Maimónides todo cuanto había dicho el cura, pero no contestó nada; solamente se quedó pensando y se dijo para sus adentros: «Pues yo le voy a colocar en una situación aún peor que ésta. ¿Así que porque el extremo del manto de un buen judío ha rozado el de un cristiano hay que hacer todo eso para purificarse? ¡Muy bien!»

Al día siguiente por la mañana fue Maimónides y envió a su criado a buscarle dos mujeres de las que hacen la colada. A la media hora regresó el criado acompañado de las dos lavanderas, las cuales saludaron a Maimónides:

—Sí, mi honarable señor, ¿cuál es tu deseo?

—Escuchadme —les dijo Maimónides—: no os he hecho venir para que me lavéis nada; lo que quiero es daros instrucciones sobre algo que vais a hacer.

—Bien, mi señor —respondieron.

—¿Cuánto ganáis al día? ¿Cada una media lira? Pues yo os daré cuatro liras a cada una.

— ¡Ay, mi alma, mi señor Maimónides! ¡Eres un hombre compasivo! —exclamaron las mujeres.

—Esta noche he soñado que hoy iba a ganarlo bien —dijo la primera.

166

—Mi hija va a casarse y ese dinero le servirá de gran ayuda —añadió la segunda.

—Pues oíd ahora qué es lo que quiero de vosotras.

Digamos entre paréntesis que, según lo que Maimónides había encomendado a su criado que le buscara, aquellas mujeres eran dos hembras bravías de las que saben muy bien vociferar y montar cualquier escena. Así que les dijo Maimónides:

—Mañana por la mañana vendrás tú misma..., ¿cómo te llamas?

—¡Ay!, que me vaya yo por ti como que me llamo Raquel —le contestó.

—Pues bien, vendrás a verme a la tienda, pero en cuanto pongas el pie fuera de tu casa te pones a gritar y a llorar; resumiendo: que pones el barrio entero patas arriba. Cuando llegues delante de mi tienda empiezas también a asestarte golpes en la cabeza y a exclamar: «¡Mi ruina! ¡Mi muerte! ¡Ya no me quedan esperanzas en esta vida! ¿Para qué seguir viviendo?»; y acercándote a mí me cuentas la siguiente historia: «Mi señor, soy una pobre viuda, y cuando murió mi marido no me dejó nada, salvo un cántaro de miel de dátiles. Pero hoy, ¡que se vaya en mi lugar!, cuando he ido a sacar un poquito de miel para comer y también algo para vender, he aquí que veo un ratón, ¡un ratón!»; y seguirás gritando y llorando. Luego escucharás lo que yo te diga.

—Sí, señor, mi alma; ¿por qué no voy a hacerlo? —aceptó la mujer.

Entonces le dijo Maimónides a la segunda:

—Tú vas a hacer lo siguiente. En cuanto veas que esta mujer vuelve a su casa, entonces tú desde la misma puerta del zoco te pones a gritar y a llorar y me dices: «Mi señor, soy una pobre viuda, y mi marido cuando murió no me dejó nada, salvo un cántaro de vino que nunca he tenido necesidad de utilizar, pues tenía otras cosas que vender de aquí y de allá para ir tirando. Pero he aquí que esta mañana he ido a abrir el cántaro, y no sé por dónde, si por arriba o por abajo, ha entrado un cristiano y ha mirado el vino. ¿Qué tengo que hacer?» Y yo te contestaré.

—Bien —dijeron las dos mujeres y se fueron.

Y he aquí que al llegar el martes por la mañana se empiezan a oír gritos y amargos llantos; el zoco en pleno se pone en pie preguntándose unos a otros: «¿Qué ha pasado?» Y la mujer venga de gritar y de llorar, dándose de manotazos en la cabeza:

—¡Mi ruina! Ya no tengo de qué vivir, ¡todo está perdido! No tengo...

—Mujer, ¿qué te pasa? —pregunta la gente.

—¡Huy! ¡Ay! No queráis saber, que el mundo se me ha caído

encima. Todo se me ha ido al infierno. ¡Me muero! ¡Ya no puedo seguir viviendo!

—Mujer, habla, dinos algo.

—¡Ay! —grita y se golpea la cabeza.

—Habla; ven, vamos a ver a rabí Moisés ben Maimón.

Y mientras llegan hasta Maimónides, ya está el zoco entero puesto en pie acompañándola:

—¿Qué pasa? —preguntó Maimónides—. ¿Qué ha sucedido? Dime, habla.

—Honorable señor, ¡ay, ay! —exclamó la mujer llorando y gritando sin parar. Entre tanto, el cura, que estaba enfrente de Maimónides, ya tenía su oreja tendida junto con el resto de la concurrencia.

—Dime, habla. ¿Qué sucede? —insistió Maimónides.

—Hace ya tres años que me quedé viuda, y cuando murió mi marido no me dejó nada salvo un cántaro, ¡un cántaro!... —y de nuevo estalló en amargos sollozos.

—Pero sigue, mujer.

—Un cántaro de miel... —y la mujer hacía su papel estupendamente, incluso mejor de lo que era menester.

—Bueno, pero ¿qué sucede con el cántaro de miel?

—Hoy por la mañana fui y quise sacar un poco para dársela a los niños y también para vender; pero hete aquí que veo que en el cántaro por el lado de aquí... ¡ay, ay! —y vuelta a darse puñadas en la cabeza.

—Pero ¿qué es lo que has visto?

—¡Un ratón, que se vaya en tu lugar! Y eso es, ¡ya todo está perdido!

—Mujer, tranquilízate —le dijo Maimónides— y escucha; porque has venido a mí a pedirme consejo, ¿no es eso?

—Sí, sí.

—Pues escucha. Saca el ratón...

—¡Ay!, ¿sí, mi alma?; ¿está permitido? Es que me dicen que, según la Ley de Israel, no se puede hacer.

—Pero ¿me vas a dejar terminar? —se impacientó Maimónides—. Escucha.

—Sí, sí, te escucho.

—Saca el ratón y también un poco de la miel de alrededor y la tiras; y lo que queda en el cántaro es puro y apto para el consumo. Entre nosotros está permitido: lo que sólo tenga un sesentavo de impureza es apto.

—¿Sí, mi alma? —y cayendo a sus pies se los besó y se fue, mientras el cura no había perdido ripio de todo aquello.

Todavía estaba la mujer en medio del zoco cuando apareció la segunda, organizando un alboroto todavía mayor que la primera y arrastrando tras sí a todo el vecindario. También esta vez el zoco en pleno se puso en pie para seguirla, sin saber qué pasaba; cuando la mujer llegó ante Maimónides, éste le preguntó:

—¿Qué hay? ¿Por qué gritas poniendo el zoco entero patas arriba? Dime.

Con dificultades, y en medio de grandes llantos y congojas, como si de verdad hubiera ocurrido el suceso, empezó la mujer a hablar:

—Cuando murió mi marido tan sólo me dejó un gran cántaro de vino; pero ¡que se vaya en tu lugar!, tú no te puedes ni imaginar qué vino añejo y sabroso.

—Sí, ¿y qué?

—Pues que hoy he abierto el cántaro porque quería vender algo para las fiestas, y no sé de dónde salió, si de arriba o si de abajo... ¡Ay!, me pregunto qué voy a hacer ahora.

—Pero ¿qué ha pasado? Dime.

—¡Un cristiano, un cristiano que ha mirado el ese... —gimió entre sollozos—, ¡un cristiano me ha mirado el vino!

—Entonces está prohibido usarlo —sentenció Maimónides—. Vete a verter el contenido; tienes que derramar todo el vino, ya que no se puede beber de él ni tampoco venderlo. Yo te ayudaré con algo y ya veremos; Dios proveerá [3] —la tranquilizó Maimónides con la promesa de su ayuda y al fin la mujer se fue.

El cura, que había escuchado todo aquello, se llenó de tal cólera que no podía proferir palabra. Fuese de inmediato a ver al rey para contarle todo lo sucedido e hicieron venir a Maimónides a presencia del monarca:

—Sí, mi señor el rey —aceptó Maimónides la acusación.

—¿Y cómo has podido hacer una cosa así?; ¿qué te ha llevado a actuar de tal manera? Porque lo que has hecho ha sido considerar pura y simplemente que un cristiano es mucho peor que un ratón.

—Majestad, escuchadme; el asunto ha ocurrido así. Primero estaba yo la semana pasada en mi tienda cuando vino un cristiano a decirle al cura que un judío había rozado con su manto el extremo del suyo, y el cura le dijo: «Vete a quitarte tus vestidos y quémalos; durante siete días lávate hasta que te hayas purificado.» En cuanto a lo que a mí se refiere, es cierto que en nuestra Ley está escrito que si un ratón cae en una cosa de comer está permitido quitar lo que hay alrededor del ratón y tirarlo juntamente con el bicho, considerando que el resto es puro, ya que no contiene más que un sesentavo de impureza; y en cuanto al vino,

[3] Véase al respecto lo que comentamos en núm. 10, nota 7.

169

es bien sabido que nos está prohibido que un cristiano lo mire, y si así sucede, no puede ser consumido.

El rey comprendió todo el asunto y entonces hizo saber al cura y a todos los demás cristianos lo siguiente:

—Nosotros y los judíos somos hermanos.

Y desde aquellos sucesos nunca más volvió a ocurrir nada semejante.

64. LA VACA CONVERTIDA EN MUJER

En cierta ciudad de Marruecos vivían juntos árabes y judíos. Todas las mañanas, un anciano judío que se levantaba muy temprano para ir a rezar a la sinagoga se topaba invariablemente en su camino con un árabe que era matarife y carnicero, y el cual a diario le propinaba una paliza al anciano judío, mientras le gritaba:

—¡No quiero ver tu cara todas las mañanas! ¡Estoy harto de empezar el día viéndote la jeta!

Hasta que cierto día el árabe amenazó al anciano judío, diciéndole:

—Si te vuelvo a ver mañana por la mañana, te juro que te mato.

Al oír aquello, fuese el anciano en busca de Maimónides y le contó sus diarias desventuras y también cuál había sido la última amenaza del árabe. Tras escuchar su relato, le dijo Maimónides:

—Síguele los pasos, y cuando veas que lleva a su tienda una vaca degollada, ven a avisarme.

El judío hizo lo que le había aconsejado Maimónides: vigiló al árabe y cuando vio que llevaba una vaca muerta a su tienda, fue en seguida a decírselo a Maimónides. Este se dirigió adonde el hombre había llevado la res, la miró fijamente y la vaca se convirtió en una mujer árabe degollada.

Cuando vieron los otros árabes el cadáver, se alzaron contra el matarife gritando:

—¡Asesino de mujeres! ¡Has matado una mujer para vender su carne!

El asustado árabe salió corriendo, pero el rey ordenó que trajeran al matarife a su presencia y le preguntó:

—¿Qué es lo que has hecho?

—Yo degollé una vaca y no sé quién la ha transformado en mujer —respondió el hombre.

—Cuéntame qué es lo que haces cada día —le ordenó el monarca.

Entonces le refirió el árabe sus encuentros diarios con el anciano judío y su amenaza. De inmediato comprendió el rey que sólo Maimónides podía haber hecho una cosa semejante y ordenó a sus siervos:

—Traedme a Maimónides.

Cuando llegó a su presencia, le descubrió Maimónides al rey todo lo sucedido y concluyó:

—Si no hubiera actuado así, el problema entre el anciano judío y el matarife no habría llegado nunca a tu conocimiento; pero ahora que he organizado todo este embrollo, han sido los propios árabes los que te lo han hecho saber.

Cuando el rey acabó de oír la historia, se llenó de cólera y de inmediato dio orden de encarcelar al matarife.

65. EL ARQUITECTO Y EL PERVERSO PINTOR +
INJURIAS EN EL CALZADO

En tiempos del sultán Abdul Aziz [4] vivía en la ciudad de Constantinopla un judío llamado David Abudarham. El hombre, que era cambista, tenía muy buena reputación; y puesto que mantenía numerosos negocios con el gobierno, a veces el rey en persona le consultaba cuestiones de platería y de aleaciones y él aconsejaba e instruía al monarca sobre cómo organizar sus asuntos para el bien de la nación.

Viendo el rey la honradez, el saber y la rectitud del judío David y su capacidad para los negocios y el comercio, especialmente en todo lo que se refería al bien del reino, lo elevó a la categoría de ministro entre los demás que formaban su consejo. Por otra parte, el padre de David, Abraham, era un arquitecto de primera categoría.

Entre los ministros que formaban el consejo real había también un armenio llamado Pedro Mokilof. Este ministro era riquísimo, pues tenía el oficio de pintor y conocía a las mil maravillas las técnicas de la pintura y de la yesería. Asimismo había en la corte real un ministro musulmán llamado Mahmud ben Alí, que era un hombre sabio, justo y bueno en todas sus acciones.

Por aquellos días llegó a Constantinopla un judío muy rico, inteligente y sabio, que no era otro que rabí Moisés ben Maimón, conocido como Maimónides, quien había venido con toda su familia a instalarse en la gran urbe, y por casualidad alquiló una casa a la orilla del mar, cercana a la de David Abudarham. Empezaron ambos a intimar y acabaron por convertirse en verdaderos amigos de alma y de corazón, asociándose en asuntos mercantiles y comerciales.

---

[4] El sultán Abdul Aziz (1830-1876), único de tal nombre en el Imperio otamano, fue hermano y sucesor de Abdul Meyid y reinó desde 1861 hasta su súbita muerte.

Todos los viernes, al salir de la mezquita, acostumbraba el rey Abdul Aziz a mantener un rato de charla y esparcimiento, unas veces con el ministro David y otras con el ministro Pedro, y el armenio se llenó de celos contra el judío porque el rey le honraba y le mostraba su complacencia. Así que cuando murió Abraham, padre de David, empezó el ministro armenio a maquinar en su corazón insidiosos pensamientos sobre cómo suscitar el aborrecimiento del rey contra el ministro judío. Cierto viernes, en que el rey estaba charlando con Pedro, le dijo el armenio al monarca:

—¡Qué bueno sería que aquí, en la espléndida urbe de Constantinopla, se construyera un suntuoso baño parecido al que en tiempos del rey Salomón erigieron en su palacio real de Jerualén! Cuantos entraban a bañarse en sus aguas quedaban curados de todas las enfermedades que les aquejaran y salían de allí sanos y fuertes [5].

Al oír el rey las palabras del ministro armenio, le contestó:

—En verdad, ¡quién nos diera que fuéramos también nosotros bendecidos con un baño semejante! Pero ¿quién sería capaz de construirlo?

—Solamente hay un hombre que sabría hacerlo —respondió Pedro al rey—: el ministro David Abudarham. Su padre fue un extraordinario arquitecto, y no hay duda de que también David lo es, pues seguramente su padre le habrá instruido en esta ciencia. Así que David Abudarham está mejor capacitado que ningún otro arquitecto del país para erigir ese maravilloso baño que extenderá nuestra alabanza por todo el mundo.

Aceptó el rey el consejo del ministro, e invitando a venir a su presencia a David Abudarham, le dijo:

—¿Acaso no sabes ni has oído decir que el rey Salomón erigió en su metrópoli de Jerusalén, la llena de gracia, un baño único en su género y que cuantos iban a bañarse en él, de inmediato se curaban de todas sus enfermedades? Pues ahora te ordeno que construyas aquí en Constantinopla un baño semejante, ya que, ciertamente, tú eres el hijo del muy famoso arquitecto Abraham. Tu padre sabía como nadie los secretos de la construcción y, desde luego, te habrá legado tan preciosa ciencia. Vete, pues, a cumplir mis órdenes; pero te advierto que si desde hoy en un año no has construido el edificio, te mando ahorcar a la vista de todo el pueblo.

Oyó David la grave y onerosa sentencia, y levantándose de su asiento, se prosternó ante el rey y se fue. Naturalmente, estaba sin saber qué hacer. ¿Cómo iba a cumplir las órdenes del rey? ¿De dónde le iba a

[5] Lo único que al respecto dice la Biblia es que Salomón fabricó el llamado «mar de metal», gran pileta cilíndrica, quizá destinada a abluciones rituales.

venir a él el secreto de la construcción de un baño tan maravilloso como el que mandara erigir el rey Salomón?

Cariacontecido y con la cabeza gacha regresó David a su casa, y al ver su desasosiego, le preguntó su madre:

—Hijo mío, ¿por qué estás tan asustado y en tal desconcierto? Ciertamente la expresión de tu cara da miedo.

—Es que me ha ocurrido un desastre —le explicó su hijo—. El rey me ha ordenado que, en el plazo de un año, construya un baño que tenga la cualidad de que todo el que vaya a sumergirse en sus aguas sane de sus enfermedades.

Escuchó la madre las palabras de su hijo y le contestó:

—Una vez oí a tu padre, su recuerdo sea bendito, hablando con otros colegas arquitectos, y les refería que había descubierto el material con el cual era posible construir un baño como el del rey Salomón. Tu difunto padre hablaba incluso de las dimensiones —longitud, anchura y altura— que debía tener aquel baño. Sube, pues, a su taller y busca allí los planos con reposo y tranquilidad.

Y sucedió que David tuvo suerte, pues después de fatigarse buscando durante varios días en el taller de su padre, encontró finalmente el material requerido y las medidas del baño. Contento y feliz bajó al encuentro de su madre, y abrazándola y cubriéndola de besos, le dijo:

—Madre, que estés alegre y satisfecha todos los días de tu vida por haberme alegrado en el día de hoy.

A la mañana siguiente se fue David al palacio del rey, y prosternándose con la faz en el suelo, le dijo al monarca:

—Mi señor el rey, he venido a decir a la diadema de mi cabeza que yo tu siervo estoy preparado y dispuesto para hacer todo lo que me has ordenado. Sólo queda buscar, encontrar y determinar el lugar apropiado para construir el baño. Así también hay que reunir a todos los arquitectos del país para celebrar consejo acerca del único material con el cual es posible construirlo.

Invitó el rey a los arquitectos a venir a palacio y les ordenó celebrar consejo y ayudar al ministro David a erigir aquel baño cumplido, perfecto y extraordinario. Y así fue que antes de acabar el año se alzaba el edificio sobre sus cimientos, construido a las mil maravillas. Fuese entonces David a ver al rey, y prosternándose en su presencia, le dijo:

—Nuestro señor el rey, diadema de nuestras cabezas: yo tu siervo invito al ornato de nuestras testas y a todos los ministros que están bajo tus alas a que me honréis viniendo a ver con vuestros propios ojos el suntuoso edificio que he tenido la honra de construir.

Escuchó el rey las palabras de David e invitó a todos los ministros,

173

los dignatarios del reino y los sabios de la ciudad a que le acompañaran a contemplar con sus propios ojos el suntuoso y salutífero baño [6].

Y, en verdad, cuando vieron todas las gentes del reino aquella maravillosa edificación, se les llenó la boca de elogios y exclamaron:

—¡Bendito y alabado sea quien ha construido este magnífico edificio, que escapa a los límites de la naturaleza!

Entonces el rey, dirigiéndose a Pedro, le dijo:

—Ciertamente tú eres un pintor de primera categoría y sabes servirte de los más preciosos materiales. Así que te encargo que pintes este suntuoso lugar.

Se hincó Pedro de rodillas ante el rey y le dijo:

—Aquí tienes a tu siervo dispuesto a cumplir cuantas órdenes salgan de tu boca.

Por aquellas fechas falleció el ministro Mahmud ben Alí, sabio y justo en todos sus actos, sobre él sea la paz.

Pintó Pedro los muros del baño con los materiales más dignos de encomio; pero cuando al día siguiente volvió al lugar, se encontró con que la pintura se había estropeado y, desprendiéndose de los muros, se había desparramado por el suelo. Todos sus esfuerzos y todos sus intentos fueron en vano: la pintura seguía desprendiéndose.

Al ver la mujer de Pedro el apuro en que se encontraba su marido, le dijo:

—Si quieres salir del lodo en el que estás hundido, no tienes más remedio que ir a ver a David Abudarham, arrojarte a sus pies y pedirle que él, con su ciencia, te salve de la amargura de la muerte, pues David es hombre sabio e inteligente que sabrá cómo se pueden pintar los muros que él mismo ha levantado.

El ministro se negaba a acudir al judío, pues se decía en su corazón: «¿Cómo voy a ir a pedirle un favor a un hombre al que he querido hacer caer en una trampa y acarrearle la muerte?» Pero su sabia mujer le insistía diciéndole:

—Estos judíos son, por naturaleza, generosos e indulgentes y suelen perdonar el mal que otros han querido hacerles, pues tienen un corazón compasivo y misericordioso.

Entraron las palabras de su mujer en el corazón de Pedro y le convencieron, pues comprendió que no tenía otra escapatoria que la de seguir su consejo. ¿Qué hizo? Cogió y se fue a ver al ministro David; y cayendo a sus pies rostro en tierra, mientras derramaba torrentes de lágrimas por sus mejillas, pidió clemencia y misericordia por el grave,

[6] Juego de palabras entre *mefoar* (*f*/*p*.'.*r*) 'suntuoso' y *merapé* (*r*.*p*/*f*.') 'curador, salutífero'.

imperdonable e inexplicable pecado que había cometido al pedirle al rey que hiciera construir un baño como el que erigiera el rey Salomón, con el único propósito de acarrear la ruina y el aniquilamiento del judío.

—Y tú, mi señor —concluyó Pedro sus palabras—, como hombre noble, generoso y misericordioso que eres, perdona mi pecado y con tu mucha compasión aconséjame cómo puedo salvarme.

Y David Abudarham, que era en verdad de natural compasivo e indulgente, le respondió a Pedro:

—Aunque eres un hombre malvado y de perversas acciones y no hay expiación para tu pecado, pues maquinaste contra mí perversas insidias, a pesar de que yo siempre te tuve en mucha consideración, con todo y a pesar de todo te voy a hacer un gran favor para salvarte la vida. Vete a ver a todos los orfebres que trabajan la plata y el oro en nuestra ciudad y encárgales que te hagan paneles de plata recubiertos de oro del tamaño de los muros del edificio. Esos paneles los tienes que fijar a las paredes con clavos de oro y de plata; sólo así quedarán sujetos eternamente.

Siguió Pedro el consejo de David y quiso el Señor que tuviera éxito. Al llegar el plazo fijado invitó a venir al rey y a todos los grandes del reino para enseñarles aquella excepcional decoración. Efectivamente estaban los muros revestidos con una insólita ornamentación; aquellos paneles llenaban el corazón de alegría, así que todos le dijeron a Pedro:

—¡Bendito seas, hombre sabio e inteligente, que has sido capaz de hacer obra tan maravillosa!

Le preguntó entonces el rey a David Abudarham:

—Por favor, dime cuánto dinero has gastado en la construcción del baño.

Hincándose David de rodillas le respondió:

—Si nuestro señor, diadema de nuestra cabeza, quiere darme una recompensa por lo que me corresponde, sólo una es mi petición. Puesto que para nuestra gran aflicción ha fallecido hace unos días el ministro Mahmud ben Alí, sabio y piadoso en todo sus actos, sobre él sean la paz y el reposo, te ruego que su lugar lo ocupe mi muy querido amigo el sabio Moisés ben Maimón, que es hombre bueno, recto y lleno de sabiduría; su nombramiento para ese elevado cargo será mi mejor recompensa.

Aceptó el rey y le respondió:

—Que venga el hombre aquí y en presencia de todo el gobierno le concederé el honroso título de ministro.

Y así cierto día en que se habían reunido todos los demás dignatarios en el palacio del rey y estaba también allí Moisés ben Maimón, de pronto se puso el monarca en pie e hizo saber a los presentes:

—Honorables señores, elevo desde ahora al señor Moisés ben Mai-

175

món a la categoría de ministro. Que sea bendito su nombre y que sean cada vez más preclaras sus acciones para bien de nuestro país, amén.

—Amén —respondieron a una todos los presentes.

Después preguntó el rey Abdul Aziz al ministro Pedro:

—¿Cuánto dinero has gastado en decorar el baño? Dímelo y te devolveré toda la suma y aún añadiré quinientas liras de mi parte como obsequio por tu sabiduría y tu inteligencia.

—Mi rey y diadema de mi cabeza —respondió el ministro Pedro—, esta obra me ha costado dos mil liras.

—Vete a ver al tesorero, que es el ministro de hacienda, y él te pagará dos mil quinientas liras —ordenó el rey; pero en su corazón se quedó meditando: « ¡Qué diferencia hay entre David Abudarham y Pedro Mokilof! »

Desde aquel día acudía Pedro casi a diario a visitar a David Abudarham con el propósito de ver si escuchaba de su boca alguna expresión de protesta o de queja para ir de inmediato a malsinarlo y rebajarlo a ojos del rey.

Sucedió que cierto día en que estaba de visita en casa de David, llegó el zapatero a tomarle medidas de los pies. Después de que el hombre se despidiera con una reverencia y saliera de la casa, se fue Pedro tras sus huellas hasta que el zapatero llegó a su tienda; entrando Pedro tras él, le dijo al hombre:

—Querido amigo, si quieres hacerte rico oye lo que tengo que decirte. Vas a poner en los zapatos del señor David Abudarham, bajo la piel de la suela, varios papeles escritos que yo te traeré y en recompensa te daré dos mil liras. Podrás entonces vender esta tienducha y todo lo que tienes en tu casa y embarcarte mañana después de mediodía en una nave que zarpa para América.

Se alegró mucho el zapatero y dijo:

—En verdad tengo un hermano en América que es muy rico y puedo irme con él; así que no voy a salir de la tienda hasta que acabe los zapatos.

—Muy bien —dijo Pedro—. Mañana por la mañana recibirás las dos mil liras en moneda de curso legal.

Escribió Pedro unos papeles llenos de terribles denuestos contra la religión del Islam, el profeta Mahoma y el rey Abdul Aziz y los llevó, junto con las dos mil liras, a la tienda del zapatero, quien puso los papeles bajo la piel de la suela. Cuando salió el hombre de su tienda, le siguió Pedro los pasos hasta que comprobó con sus propios ojos cómo entregaba los zapatos en la casa de David.

El viernes siguiente era el turno de Pedro de charlar con el rey, y en secreto le descubrió:

176

—He oído de boca de algunas personas cosas nada buenas acerca de David Abudarham. Me han dicho que ha escrito terribles maldiciones contra la diadema de nuestra cabeza, el rey, y las ha puesto en sus zapatos. Pero yo no he creído que sea capaz de hacer una cosa tan perversa como ésa...

Escuchó el rey aquellas nuevas sin dejar salir ni una palabra de su boca; pero el viernes siguiente, cuando entró David Abudarham y se prosternó ante él, llamó a uno de sus soldados y le ordenó:

—Quítale a David Abudarham los zapatos y examina la piel de la suela.

Y ¡oh duelo y quebranto!, en presencia del propio soberano encontró el soldado bajo la suela unos papeles en los que estaban escritas frases injuriosas contra el Islam, el profeta y el monarca. Ardiendo éste en cólera, llamó de inmediato a sus guardias y les dio la orden de apresar a David Abudarham y de que dándole de golpes se lo llevaran para arrojarlo cargado de cadenas a las profundidades del mar.

Bajo una lluvia de azotes se llevaron los guardias al ministro judío, mientras un gran gentío les seguía para ver cómo lo arrojaban a las profundidades.

Por casualidad estaba en aquella hora Moisés ben Maimón a la puerta de su casa, situada a orillas del mar, y ¿qué es lo que ve?: un tropel de gente caminando tras unos cuantos guardias y soldados, quienes conducían a un hombre encadenado de pies y manos.

Se acercó entonces Maimónides y preguntó:

—¿Qué es todo este tumulto? ¿Por qué van cientos de personas tras vosotros?

—Sepa su excelencia —contestaron los guardias— que el ministro David Abudarham había escrito en unos papeles injurias y maldiciones contra nuestro señor el rey, su religión y su profeta y los había escondido en sus zapatos bajo la piel de la suela, pisoteando así el nombre de nuestro soberano. Menos mal que hubo una persona que tuvo noticia del asunto y previno al sultán; y en verdad, cuando fueron examinados sus zapatos, aparecieron en ellos los papeles. Así que el sultán nos ha ordenado aherrojar al ministro, azotarlo y arrojarlo a las profundidades del mar para que se hunda en sus aguas y sufra una muerte violenta. ¡Sea raído el nombre de este ministro traidor!

Entonces exclamó Moisés ben Maimón en un rapto de cólera:

—¡Dejad en mis manos a este perverso traidor!

Se lo llevó para dentro de su casa, degolló un ternero y lo descuartizó, poniéndolo dentro de un saco teñido de sangre por dentro y por fuera. Volvió luego a salir y dijo a los guardias:

—Así se hace con un hombre que ha traicionado a su rey. ¡Maldito y anatematizado sea! He dado muerte al traidor con mis propias manos. Cogieron los guardias el saco y lo arrojaron al mar.

Se fue luego Maimónides a ver al rey, y prosternándose ante él, le dijo con las mejillas bañadas en lágrimas:

—Soberano nuestro y señor nuestro, diadema de nuestra cabeza, ¿qué puedo decirte sobre un tan hipócrita y artero personaje como David Abudarham, que aparentaba ser un hombre justo y honesto y, sin embargo, con su boca decía una cosa y otra bien distinta guardaba en su corazón? ¡Bendito sea Dios, que lo ha arrancado de este mundo!

—Sean borrados su nombre y su recuerdo —repitió el rey.

Como es de suponer, David Abudarham, que permanecía escondido en casa de Maimónides, había sido advertido con insistencia de no dejar salir sonido alguno de su boca, no fuera que desde el exterior alguien pudiera escuchar su voz. Como la casa de Maimónides estaba junto a la costa, acostumbraba el ex ministro a ir todos los viernes a la orilla del mar, donde se ponía a pescar; los pescados que sacaba los limpiaba con sus propias manos y los aderezaba para la comida del santo sábado.

Uno de aquellos días estaban el rey y el ministro Moisés ben Maimón paseando por la orilla del mar, cuando he aquí que de pronto se escurrió el sello real del dedo del soberano, cayendo dentro del agua. Se pusieron ambos a buscarlo, pero todo fue en vano y no lograron dar con él. Entonces le dijo el rey a Maimónides:

—Tienes que saber que esa sortija, que recibí como herencia de los monarcas mis antepasados, tiene una propiedad prodigiosa: mientras permanezca en el dedo real ningún enemigo ni adversario logrará dominar nuestro país. Pero ¡ay de mí y de la nación si esta sortija no está en mi dedo!, pues toda mi grandeza y mi esplendor y toda la paz del reino dependen de ella. Por eso tenemos que encontrarla; y como la he perdido cuando estaba paseando contigo, te doy un mes de plazo para que la encuentres, y si no lo haces, tu final será como el del ministro David Abudarham.

Se quedó Maimónides anonadado por aquella dura sentencia del rey, pero aceptó la imposición y dijo:

—He aquí que soy tu siervo y no descansaré ni pegaré ojo buscando la sortija día y noche; Dios me ayudará a encontrarla.

Y sucedió que cierto viernes, hacia finales del mes, cuando ya había perdido Maimónides toda esperanza de poder cumplir la difícil tarea que el rey le había impuesto, quedó atrapado en la red de David Abudarham un pez más grande de lo habitual. Cuando abrió el pescado para prepararlo en honor del sábado, hete aquí que en sus entrañas apareció la sortija real.

Al verla prorrumpió David, lleno de regocijo, en alegres cánticos, y cuando Maimónides y su mujer lo oyeron, se dijeron para sus adentros: «Este hombre se ha vuelto loco.» Se apresuró Maimónides a bajar al escondrijo de David y empezó a decirle muy enojado:

—¿Por qué levantas la voz? ¿Te has vuelto loco? ¿Es que quieres acarrear un desastre sobre ti mismo y sobre nosotros?

En seguida sacó David la sortija del rey, mostrándosela a Maimónides, quien al verla también le faltó poco para volverse loco de alegría. Le contó David a Maimónides cómo había aparecido la sortija, y éste le aconsejó:

—Dentro de tres días se cumple el plazo que el rey me fijara para devolverle la perdida sortija y voy a cumplir su orden; pero primero voy a decirle que por la noche me ha sido revelado en un sueño que el próximo lunes, a las diez de la mañana, será traída la sortija de las profundidades del mar... y tú vas a ser quien la traiga.

Efectivamente, le refirió Maimónides al rey su sueño, y el monarca invitó a todos los ministros a acudir a la orilla del mar para ver con sus propios ojos algo tan maravilloso que no podía creerse. Y así fue: antes de las diez de la mañana ya estaban congregados en la plaza todos los ministros, presididos por el propio rey y todas las gentes de su casa.

A las diez en punto vieron sobre las olas una figura que se aproximaba a la playa, y cuando estuvo cerca pudieron distinguir que aquel hombre no era sino David Abudarham, quien al llegar a la orilla se aproximó al rey y, haciendo una profunda reverencia, le dijo:

—Nuestro señor, resplandor de nuestros ojos: yo tu siervo voy a contar al rey, diadema de nuestra cabeza, todo lo que me ha pasado y sucedido desde el momento en que me arrojaron al mar. De pronto me vi rodeado de grandes peces, los cuales me cogieron llevándome a presencia de su rey el Leviatán, mientras yo no salía de mi asombro ante las cosas que veía. Cuando me prosterné ante el Leviatán, éste me preguntó: «¿Eres tú el hombre que ha erigido ese baño admirable que hay en Constantinopla, según el modelo del del rey Salomón en Jerusalén?»; y yo, con el debido respeto, le respondí: «Sí, yo tu siervo, David Abudarham, lo levanté en nombre del Señor.» Entonces me dijo el rey de los peces: «Cualquier cosa, grande o pequeña, que desees, pídesela a mis siervos, quienes te la darán y estarán a tu servicio y también te ayudarán en tu trabajo, pues quiero que me construyas también aquí un edificio tan suntuoso como aquél.» Y así fue como, Dios sea loado, en un corto plazo conseguimos rematar nuestro trabajo y el edificio quedó terminado de punta a cabo. El rey de los peces se dirigió entonces a mí y me dijo: «Estoy muy satisfecho con tu espléndida y perfecta obra; pero ahora necesitamos un pintor como Pedro Mokilof, ministro del sultán

179

Abul Aziz. Vuelve, pues, a presencia del sultán y pídele que me envíe a Pedro, y como prueba de amistad yo envío para honrar al sultán esta sortija de oro.»

Al concluir sus palabras, tendió David Abudarham al rey la prueba irrefutable de ser un enviado del Leviatán, que no era sino aquella sortija maravillosa que se le había perdido al sultán hacía un mes.

Al oír el sultán las palabras de David y ver la prenda que le enviaba el rey de los peces, se dirigió al ministro Pedro Mokilof y le dijo:

—Vete en nombre del Señor y que bajo la faz de las aguas tengas tanto éxito como el que has obtenido sobre la tierra.

Y mandando llamar a sus soldados y guardias, ordenó cubrir de cadenas a Pedro el ministro y arrojarlo a las profundidades del mar en un lugar hondo y lejano. Como era de esperar, ya estaban allí los enormes peces esperando al pintor para recogerlo y llevarlo a presencia de su rey el Leviatán...

66. LA PARTIDA DE AJEDREZ (1)

Uno de los primeros jugadores del juego del ajedrez, y quizá también su inventor, fue el rey de Persia; por eso el juego recibió el nombre de rey [7]. Era el monarca un apasionado jugador, pero sólo le gustaba medir sus fuerzas con personas sabias e inteligentes, ya que solamente éstos podían ser dignos oponentes a los que mereciera la pena ganar.

Era el rey amigo de los judíos, teniendo en alta estima su sabiduría, y cierto día invitó al rabino de la comunidad para echar con él una partida de su pasatiempo favorito. Estuvieron jugando durante un largo rato, hasta que se hizo patente que el rabino llevaba las de perder; un tanto sorprendido, se levantó el sabio judío de su asiento y, excusándose ante el rey, se retiró.

En aquellas épocas se usaban águilas para enviar cartas de un lugar a otro. Así que tomó el rabino una hoja de papel, describiendo en ella la situación de la partida; púsola después en el pico de un águila y se la envió a Maimónides, que por entonces vivía en Egipto.

Alzó el águila el vuelo, encaminándose a gran velocidad a su lugar de destino; y no había pasado mucho tiempo cuando ya estaba de vuelta en casa del rabino, llevando en su pico dibujado en un papel cuál debía ser el siguiente movimiento de la partida.

Regresó el rabino a la cámara real; sentándose a la mesa de juego, movió su pieza según el consejo de Maimónides, y aquel movimiento no sólo hizo salir del aprieto al sabio judío, sino que además le proporcionó la victoria.

[7] En hebreo, el nombre del juego es šah.

Escrutó el rey la cara del rabino y le dijo:

—Yo ya me conozco de sobra cuál es tu sistema de juego, y no consigo entender cómo has logrado ganar la partida; es decir, cómo has dado con el movimiento que resolvía el juego. Si no me equivoco, esa jugada no ha sido idea tuya; pero no acierto a entender quién haya podido ayudarte en tan corto espacio de tiempo.

Reveló entonces el rabino al monarca cómo había despachado una de las águilas reales a Maimónides, poniendo en su pico un trozo de papel en el que había dibujado la situación, y cómo aquél le había devuelto el papel señalando el movimiento decisivo para lograr la victoria.

67. EL BENEPLACITO DEL MAESTRO

Dijo [rabí David el Príncipe, nieto de Maimónides], de boca de rabí [Abraham] su padre, que durante diez años permaneció nuestro maestro Moisés en su aposento sin traspasar la puerta hasta que concluyó *[La segunda ley]*. La misma noche en que acabó la obra se le apareció su padre rabí Maimón en compañía de otro hombre y se lo presentó diciendo:

—Aquí tienes a Moisés nuestro maestro.

Se sobresaltó Maimónides y Moisés le dijo:

—He venido a ver qué es lo que has hecho —y cuando acabó de examinar la obra, le bendijo diciendo—: ¡Dios te conserve la fuerza!

68. EL HUESPED CONSOLADO

Todos los sábados acostumbraba Maimónides a llevar huéspedes a su casa. Es éste un hábito en el que hemos ido para atrás en lugar de mejorar.

Cierto viernes por la noche [8] estaba con él el invitado de turno, y después de bendecir Maimónides el vino, honró a su huésped ofreciéndole que también él pronunciara la bendición, pero he aquí que entonces sucedió algo embarazoso: el huésped, a causa de los nervios, volcó sin querer la copa y el vino se derramó sobre el rico mantel.

Al notar Maimónides el bochorno de su invitado, se sirvió otra copa, y moviendo a propósito la mesa, el vino volvió a derramarse. Entonces se levantó Maimónides y comentó:

[8] Sobre el inicio de los días en el calendario judío véase núm. 103, nota 33.

—Me parece que el suelo aquí no está muy derecho.

Miró Maimónides a los ojos del huésped y notó cómo éste de inmediato se tranquilizaba.

69. LA CONSTRUCCION PRODIGIOSA

Construyó Maimónides en aquella ciudad [Fostat] una sinagoga, que era un bello y suntuoso edificio, y con ayuda del Nombre inefable, del que se servía cuando no tenía más remedio, la levantó en una sola noche. Se la llamó sinagoga de los Iraquíes, pues los judíos de Babilonia celebraban allí sus servicios religiosos con arreglo a su rito.

70. FIRMEZA EN LA FE

Como es sabido, era Maimónides, el recuerdo del justo sea bendito, médico del rey, y éste, que le tenía gran afecto y apreciaba mucho su valía, siempre andaba discutiendo con él de asuntos filosóficos.

En cierta ocasión en que estaban hablando el rey y Maimónides sobre temas de religión y de fe, de pasada mencionó también el monarca la cuestión de los judíos y de su religión. Le dijo entonces el rey a Maimónides que quería poner a prueba a algún judío para ver cuánta era la firmeza de su fe, y Maimónides aceptó la propuesta. Así que, disfrazados ambos de derviches, se fueron a deambular por los caminos.

Cierto día se encontraron con un hombre que estaba de pie rezando, mientras que junto a él, tumbado en el suelo, reposaba un camello cargado de cebada. Como el rey no conocía la oración que el hombre estaba pronunciando, decidieron acercarse, pues el monarca quería preguntar por el significado de tal plegaria, ya que no le parecía que aquel hombre fuera de los creyentes en Mahoma.

Al terminar su oración volvió la cabeza el hombre, es decir, el camellero, advirtiendo entonces la presencia de los dos derviches; le preguntó el rey:

—¿Qué es lo que estabas rezando?

Le explicó el hombre que estaba diciendo la oración de la tarde, y añadió:

—Como encontramos que hizo Isaac, nuestro padre, pues está escrito: «Había salido a orar en el campo al caer la tarde» (Gn 24,63), y desde entonces quedó establecida esta oración[9].

---

[9] Según la tradición judía, cada uno de los tres servicios litúrgicos diarios fue establecido por uno de los patriarcas: Abraham estableció el de la mañana (cfr. Gn 19,27), Isaac el de la tarde (loc. cit.) y Jacob el de la noche (Gn 28,11).

—¿Y hacia dónde diriges tus preces? —indagó el rey.

—Hacia Jerusalén, naturalmente; hacia el lugar del Templo, en dirección a Oriente.

—¿En quién crees? —siguió preguntando el monarca bajo su disfraz de derviche.

—Yo creo en Dios grande —respondió el hombre.

Una sonrisita afloró en la cara del rey, pues había encontrado el hombre adecuado para llevar a cabo su experimento; siguió preguntando:

—¿En qué profetas crees?

—En el padre de los profetas, en el señor de los profetas, que es Moisés nuestro maestro, sobre él sea la paz.

—Entonces, ¿eres judío? —insistió el rey.

—Sí, soy judío —contestó el hombre con orgullo—, fiel a mi religión y a mi fe.

Miró el rey a Maimónides, y siempre con la sonrisa en los labios, dijo:

—Escúchame, judío. Estoy dispuesto a darte treinta denarios de oro si aceptas cambiar tu fe y tu religión judía por la religión del Islam, la del profeta Mahoma.

Saltó el hombre como si le hubiera picado una serpiente y gritó:

—¡De ninguna manera!

—Pues cincuenta —pujó el rey.

—No.

—Cien —siguió aumentando.

—Tampoco.

—Doscientos.

—¡Que no! —siguió negando el hombre.

—¿Por qué? —preguntó el monarca verdaderamente intrigado, mientras pensaba para sus adentros: «Con doscientos denarios de oro, ¿qué no podría hacer con ellos un pobre semejante?»

—No lo haré por todo el oro del mundo.

—Pero ¿por qué? —insistió el rey cada vez más interesado.

—Verás —explicó el hombre—, mi esposa Miriam, que me viva muchos años, es una mujer lista y me ha aleccionado diciéndome: «Sábete, mi querido esposo, que si se te presenta una mercancía de la que al regatear te van ofreciendo cada vez más, no la aceptes; pues si añaden, es señal de que la mercancía está estropeada.» Y efectivamente, una vez en que me vino un campesino vecino nuestro y me ofreció veinte denarios de plata por cambiar su camello por el mío, mi mujer dijo que no. «Cuando pujan tanto —me explicó— es señal de que te quieren dar gato por liebre». Por tanto, si tú insistes ahora en seguir aumentando la cantidad —dijo el hombre dirigiéndose al rey—, es señal de que tu mercancía no es tan buena como la mía, pues por convertirse a mi religión nadie acostumbra a pujar. Y yo, por mi parte, siempre guardo las palabras de mi mujer y cumplo todo lo que me dice.

Al oír aquella respuesta estalló el monarca en grandes carcajadas y gritó:

—¡Bravo, bravo! —dándole al hombre cien denarios de plata sin que tuviera que mudar su religión. Luego se volvió a Maimónides y le dijo—: Me has vuelto a ganar, mi buen amigo, pero estoy contento de ello.

Y desde entonces el monarca admiró aún mucho más a Maimónides.

71. LIBRE ALBEDRIO Y PREDESTINACION

Durante muchos años se mantuvo viva una discusión entre Maimónidas, que servía como médico de la corte del rey de Egipto, y el príncipe heredero del trono, discusión que versaba principalmente sobre la cuestión del previo conocimiento por Dios de las cosas que han de suceder frente a la capacidad de elección humana, es decir, entre el libre albedrío del hombre frente a la suprema providencia divina. A un cerebro no judío le era imposible entender cómo podían darse juntamente la presciencia divina y la facultad de elección humana y cómo podía haber armonía entre ambas.

En cierta ocasión estaban Maimónides y el monarca en el palacio real asomados a un ventanal. El sol del verano brillaba con toda su fuerza y junto al alcázar se dejaban ver dos figuras cubiertas de harapos, dos derviches extenuados de hambre que se sostenían mutuamente de la mano para no desplomarse y dar con sus huesos en el suelo.

Viendo el rey a aquellos dos pobres, se volvió a Maimónides y le dijo:

—A uno de esos hombres quiero hacerle rico y feliz por deseo expreso de mi voluntad y aun cuando el Creador del mundo haya decidido hacer de él el último de los mendigos.

—Eso te saldrá bien cuando el Creador del mundo quiera que así sea y que no fracases en tu intento —le respondió Maimónides.

Envió entonces el rey a uno de sus criados con la orden de traer al palacio al más joven de los dos mendigos. Cuando así lo hicieron, encargó el rey a su cocinero que le preparara una suculenta comida regada con bebida abundante; mandó además que le cocieran un pan poniendo en su interior cien siclos de oro y que se lo dieran como viático. Ordenó el rey, por último, decirle al mendigo que durante un mes podía venir diariamente a almorzar en el palacio y a recibir un pan o una rosca.

El segundo pordiosero se había quedado junto al palacio esperando a que saliera su compañero para preguntarle qué había pasado. Contóle al primer mendigo la cálida acogida y mucha honra que le habían dispensado en el palacio y los manjares y bebidas que le habían ofrecido. Puesto que él ya había saciado su apetito y además al día siguiente podía volver a almorzar al palacio, entregó a su pobre compañero el pan que había recibido como viático para que también él pudiera quitarse el hambre. Y estuvo haciendo lo mismo durante todo el mes.

Por su parte, el rey estaba muy sorprendido, pues según sus cálculos el joven pordiosero había recibido ya todo un tesoro de oro y piedras preciosas dentro de los panes, y con tan gran riqueza podía ahora dejar de mendigar y vivir como un hacendado con casa propia, espléndidas vestiduras y una hermosa mujer; pero he aquí que aquel hombre seguía pidiendo limosna de puerta en puerta.

Para averiguar por qué seguía mendigando, ordenó el rey que se lo trajeran al salón del palacio, requiriendo también la presencia de Maimónides. Y cuando le preguntó al mendigo cómo es que seguía aún en su miseria si en cada pan había recibido cuantiosas riquezas de oro y piedras preciosas, el hombre, presa de miedo, reconoció la verdad:

—El pan que me daban como viático se lo cedía a mi compañero, ese pobre que espera todos los días junto al palacio del rey.

Cuando oyó aquello, ordenó el monarca que le trajeran a su presencia al otro mendigo para averiguar si era verdad lo que decía su compañero; el hombre, también muy asustado, reconoció que así era.

Se llenó el rey de ira, y desenvainando la espada iba a cortarles la cabeza a los dos mendigos cuando Maimónides le impidió ejecutar tal designio, recordándole que todo aquello había sucedido porque él había creído que el hombre puede mezclarse en los asuntos providenciales del Patrón del mundo.

Se aplacó el rey y le dio las gracias a Maimónides por haber evitado un derramamiento de sangre. Manifestó asimismo que desde aquel día daría la razón a Maimónides; y aunque su inteligencia no alcanzaba a aprehender los caminos del Santo, bendito sea, creería con fe cumplida que el conocimiento divino y la elección humana se conjugan en una maravillosa armonía que escapa de los limitados alcances de la comprensión humana.

72. LA VALÍA DEL REY

Dijo el autor: He visto escrito que en tiempos de Maimónides, su recuerdo sea bendito, estando cierto día el rey de Egipto rodeado de sus cortesanos, entre los cuales se encontraba el rabino, abrió el monarca la boca y ordenó:

185

—Decidme cuál es mi valía y a qué equivalgo.

Cuando ya estaban todos como las «bestias que perecen» (Sal 49,13 y 21), pues no hallaban respuesta alguna [10], abrió el rabino su boca y le contestó al monarca:

—Mi señor el rey, tú vales tanto como un día de lluvia de abril [11], pues das vida al mundo entero.

Le cubrieron de elogios todos los presentes y puso el rey su asiento por encima de los restantes príncipes, ya que en su comparación no había puesto límite a su poder.

—¿Cómo se te ha ocurrido tal imagen para comparar al rey? —le preguntaron los otros.

—Porque el reinado de la tierra es como el reinado de los cielos —les respondió.

73. POR LA BOCA MUERE EL PEZ

Sucedió una vez que estalló en Egipto una gran controversia y polémica entre los judíos y los caraítas [12]. Unos decían: «La razón está de nuestra parte y nuestro camino es el bueno»; y los otros replicaban: «Ni hablar; nuestra opinión es la correcta y es el nuestro el camino recto.»

Se enteró el rey de lo que sucedía y, llenándose de ira, exclamó:

—¡No quiero pleitos en mi reino! Que se escojan los judíos un rabino y los caraítas otro y que vengan a juicio a discutir entre ellos; así se verá quién es el que tiene razón.

Acataron todos la orden del monarca, el recuerdo del justo sea bendito, y fijaron un día para comparecer ambos a juicio en presencia del rey y de sus ministros.

Cuando llegó la fecha establecida, el rabino caraíta llegó puntualmente a la cita, siendo recibido con mucha honra por los guardianes de la corte del rey. Por respeto al monarca no se entraba en el palacio con el calzado puesto, y además todos los suelos del alcázar estaban tapizados de esterillas y de ricas alfombras; por tanto, la costumbre era descalzarse y entregar los zapatos a los porteros que estaban de guardia en el umbral, y así lo hizo el caraíta.

[10] Es decir, al no encontrar respuesta estaban todos convencidos de que el rey les haría matar.
[11] La palabra *abril* está en español en el original hebreo.
[12] Secta religiosa del judaísmo fundada en el siglo VIII por Anán ben David, llamado el Príncipe. Los caraítas reconocen solamente la Ley escrita, rechazando la Misná y el Talmud, es decir, la Ley oral. En tiempos de Maimónides la secta tenía gran preponderancia en Egipto.

Sin embargo, Maimónides, su mérito nos proteja, se retrasó a propósito en llegar a la reunión, y cuando por fin apareció, estaban ya esperándole el rey y sus ministros. Se apresuró Maimónides a descalzarse; pero en lugar de entregar los zapatos a los porteros para que se los guardaran, se los puso bajo el brazo y así compareció a presencia del monarca. Este, al verle, le dijo:

—¡Voto a tal, Maimónides! ¿A qué viene esto? ¿Es que acaso no tengo bastantes guardianes para que se ocupen de tus zapatos?

—Mi señor el rey —respondió Maimónides—, sabrás que cuando Moisés ben Amrán subió al monte Sinaí a recibir del Señor la Ley, se descalzó por respeto al lugar; pero también él se puso sus zapatos bajo el brazo por temor a que viniera un caraíta y se los robara.

Como si le hubiera mordido una serpiente, saltó de inmediato el rabino caraíta y exclamó:

—Mi señor el rey, Maimónides está profiriendo mentiras, porque en aquellos tiempos aún no había caraítas, sino sólo hijos de Israel.

Al escuchar aquello le contestó el rey:

—He aquí que tú mismo has hecho prevalecer a los judíos sobre los caraítas, ya que son más antiguos. Con tu propia boca has zanjado la discusión.

VIII

CON OTROS RABINOS

74. EL QUE NACE SIN ESTRELLA (1)

Era rabí Abraham ibn Ezra [1] huérfano de padre y su madre trabajaba duramente para sacarlo adelante, a él y a su hermano pequeño.

El niño, que era muy listo e inteligente, estudiaba Ley en una casa de estudio; y cuando finalmente se hizo mayor, se convirtió en un importante rabino que ayudaba mucho a los pobres. El mismo no tenía dinero; pero habiendo sido encargado de pronunciar los sermones en la sinagoga, acostumbraba en sus prédicas semanales a encomiar el valor de la limosna, y todo el dinero que se recogía lo repartía entre los menesterosos.

Era, sin embargo, Ibn Ezra muy pobre y la suerte nunca le acompañaba: cuanto tocaba lo estropeaba.

Rabí Abraham había crecido junto a Maimónides y habían sido compañeros de estudios, siendo muy amigos. Pero a pesar de su amistad, jamás le había descubierto rabí Abraham su dura situación, si bien Maimónides, que era muy perspicaz, se había dado cuenta por sí solo de la pobreza y de la falta de suerte de su amigo.

Rabí Abraham se dedicaba a la compraventa de mercancías, pero siempre le sucedía lo mismo: al día siguiente de haber comprado algo, el precio bajaba. Maimónides le ayudaba y le aconsejaba, pero todo era en vano: la suerte se volvía siempre en contra suya.

Cierto día decidió Maimónides ayudarle con una fuerte suma de dinero, pero como sabía que rabí Abraham jamás aceptaría ayuda alguna

---

[1] Abraham ibn Ezra (Tudela, 1090-1164?), poeta, gramático, viajero, filósofo neoplatónico y astrónomo, es más conocido como exegeta bíblico, siendo sus comentarios su principal contribución a la Edad de oro del judaísmo español. La admiración de Maimónides por sus enseñanzas aparece plasmada en algún opúsculo falsamente atribuido a Maimónides y que Scholem «Philosopher» (p. 91) adjudica a un discípulo del propio Abraham ibn Ezra.

189

de su mano, tomó una bolsa de monedas y la dejó en el suelo al lado de la casa de su amigo en el camino hacia la sinagoga por el que a horas muy tempranas de la mañana, cuando no había ni un alma por la calle, solía pasar a diario rabí Abraham.

Pero aquella misma noche se le había ocurrido a Ibn Ezra ponerse a pensar: «¿Qué pasaría si fuera ciego y no pudiera ver por dónde ando? Tengo que dar muchas gracias a Dios por tener vista, que mejor es ser pobre y vidente que rico y ciego.» Y por la mañana, cuando tomó el camino de la sinagoga, cerró los ojos diciéndose: «Voy a probar a andar con los ojos cerrados.» Así que pasó junto a la bolsa de dinero sin verla.

Notó Maimónides que en su amigo nada había cambiado y con rodeos empezó a preguntarle qué había de nuevo y qué había hecho por la mañana. Entonces rabí Abraham le contó:

—Anoche me puse a meditar sobre qué suerte tengo de no ser ciego y poder ver por dónde ando. Así que esta mañana decidí ir a la sinagoga como un ciego que se apoya en las paredes.

Y comprendió Maimónides que no se puede cambiar la suerte de quien ha nacido sin fortuna.

Se dice que Maimónides y rabí Abraham ibn Ezra habían nacido en el mismo día y a la misma hora, pero Maimónides cuando los astros le eran propicios y rabí Abraham cuando le eran contrarios.

75. EL COLMO DE LA MALA SUERTE

Leí en un periódico que Maimónides había nacido cuando la órbita de su signo astral era ascendente y que sucedía lo contrario cuando nació Abraham ibn Ezra [2].

En cierta ocasión le dijo Ibn Ezra a Maimónides:

—Si me hubiera puesto a vender mortajas, la gente dejaría de morirse.

—Eso que dices es imposible —le respondió Maimónides—; pero lo que sí hubiera sucedido es que los rabinos habrían dictado una norma según la cual estaría permitido enterrar a los muertos sin mortaja.

76. EL AMIGO INASEQUIBLE

Fue rabí Abraham ibn Ezra [3] a casa de Maimónides y llamó a la puerta. Salió a abrir su mujer y se encontró con un anciano cubierto de

---

[2] Sobre Ibn Ezra véase núm. 74, nota 1.
[3] Sobre Ibn Ezra véase núm. 74, nota 1.

harapos que preguntaba si estaba en casa Maimónides. De malos modos, la mujer le contestó:

—Se ha ido a caballo a ver al rey.

Regresó Ibn Ezra al mediodía, y la mujer, saliendo a la puerta, le dijo:

—No; está acostado.

Tomó entonces Ibn Ezra una tiza y escribió sobre la puerta: «Por la mañana cabalga, al mediodía se acuesta. ¿Qué puede hacer Ibn Ezra si no tiene suerte?»[4]

77. IGUAL HOROSCOPO Y DISTINTA SUERTE

Cuando vio rabí Abraham ibn Ezra[5] que la suerte siempre le volvía la espalda, decidió averiguar cuál era su horóscopo, pues como todos saben era muy entendido en astrología. Estuvo buscando y por fin encontró que su signo era el mismo que el de rabí Moisés ben Maimón. Así que, contento y feliz de su descubrimiento, se dirigió a casa de Maimónides para cambiar impresiones con él; pero cuando llegó allí, dio Maimónides orden a sus criados de que le dijeran que había salido, y los criados comunicaron a rabí Abraham las palabras de su patrón.

Entonces rabí Abraham los envió de vuelta con una advertencia para Maimónides: que tuviera cuidado, pues en el racimo de uvas que se estaba comiendo había un escorpión escondido entre los granos. Envió de nuevo Maimónides a su criado al encuentro de rabí Abraham, que aún seguía esperando en la puerta de la casa, para que le dijera:

[4] Juego de palabras intraducible basado en la similitud de las consonantes de la sílaba final (-k/jab) de yirkab 'cabalga', yiškab 'se acuesta' y kojab 'estrella, suerte'. El propio Abraham ibn Ezra escribió varios poemitas sobre su mala fortuna; la frase del presente cuento es adaptación de uno de estos epigramas, un breve poema de cuatro versos largos monorrimos, que traducimos respetando la estructura rímica del original:

> Si madrugo a la casa del noble
> me contestan: «Partió en su caballo».
> Si regreso al caer de la tarde
> me responden que ya se ha acostado.
> ¡O se sube en carroza
> o se sube en el tálamo!
> ¡Ay del pobre que nace sin hado!

Nos servimos del texto editado por J. Schirmann, Haširá ha'ibrit biSefarad ubiProvence, 2.ª ed., 3.ª reimp., 4 vols. (Jerusalén: Bialik Inst., 1954 y 1959), vol. II, núm. 249 (p. 575).

[5] Sobre Ibn Ezra véase núm. 74, nota 1.

—Me has vencido, rabí Abraham. Pero tengo algo que pedirte: suplico de tu bondad que tengas a bien traerme de tu casa tal y tal cosa.

Se fue rabí Abraham ibn Ezra a su casa para cumplir el encargo de su amigo, y mientras iba y venía, ordenó Maimónides a sus criados que apostaran en la puerta un gran perro con agudos dientes con el fin de asustar a rabí Abraham cuando volviera.

Regresó rabí Abraham ibn Ezra a casa de Maimónides; y cuando estaba cerca de la puerta, de pronto le salió al paso un perrazo ladrando y queriendo tirársele encima. Así que rabí Abraham salió huyendo del feroz animal y corrió hasta perder el resuello.

Pasado un corto tiempo, volvió Abraham ibn Ezra sobre sus pasos dispuesto a entrar en casa de Maimónides, cuando de pronto se dio cuenta de que le había desaparecido un defecto que tenía desde hacía muchísimos años: ya no cojeaba. «Se me ha hecho un milagro», pensó rabí Abraham y prosiguió su camino.

Esta vez entró en casa de Maimónides; y según era costumbre en aquellos tiempos cuando se encontraban dos estudiosos de la Ley, empezaron a aducir complejos pasajes de los textos rabínicos y a intercambiar sus respectivas explicaciones.

Aún estaban hablando cuando he aquí que entró el criado trayendo un pescado asado. Ordenó Maimónides que le sirvieran a él la cabeza y a rabí Abraham la cola. Y en aquel momento comprendió rabí Abraham que Maimónides le estaba indicando sin palabras que aunque ambos tuvieran el mismo signo astrológico, él era la cola de Maimónides; y entendió también que su compañero no había querido recibirlo en su casa para no tener que ofenderlo.

78. LAS PERLAS PRODIGIOSAS

Sucedió con rabí Abraham ibn Ezra[6] que en cierta ocasión deseó saber quién era el que tenía sus mismos hado y edad, y le llegó la respuesta en un sueño, en el que le dijeron que esa persona era Maimónides. Quiso entonces encontrarse con él, así que partiendo de su ciudad, se dirigió adonde vivía Maimónides.

Cuando llegó cerca de las puertas de la ciudad, vio que había por allí jardines y huertos. Entró en uno, y tras rezar la oración de *minḥá*[7], se compró unos cohombros y se los comió; después prosiguió su camino.

[6] Sobre Ibn Ezra véase núm. 74, nota 1.
[7] Oración que se reza a primeras horas de la tarde.

Preguntó dónde estaba la casa de Maimónides y se la mostraron. Cuando llamó a la puerta, salieron las criadas a abrirle, y le dijeron:

—Nuestro amo Maimónides no está en casa.

—Id adonde está vuestro amo —les contestó— y decidle de mi parte: «Advierto claras señales de que estás sentado en una de las habitaciones de tu casa preparando unos fármacos para el rey. No me tengas aquí parado y ordena a tus siervas que me abran la puerta.»

Contestó Maimónides a las criadas:

—Id a decirle lo que sigue: «Veo señales de que has estado comiendo cohombros en el huerto, pusiste la navaja en el lugar en donde estabas sentado y te la has dejado allí olvidada. Por este signo y seña te aseguro que no puedo salir de la habitación, pues estoy preparando una droga y no puede haber nadie conmigo.»

Recordando rabí Abraham ibn Ezra lo que había olvidado, fue a recoger la navaja y volvió a casa de Maimónides, quien esta vez le salió al encuentro lleno de alegría, lo hizo sentarse en un sofá y le trajo un vestido para que se lo pusiera.

—No necesito tus vestidos —le dijo Ibn Ezra—, salvo porque con ellos me haces una merced.

—Todo el mundo viene a mi casa —dijo luego Maimónides— y me preguntan: «¿Quién es ése?» ¿Qué les digo?

—Diles: «Es mi hermano» —le propuso.

Cuando oyó el rey que había llegado el hermano de Maimónides, le envió un recado diciendo:

—Tráeme a tu hermano para conocerlo.

Mandó traer unas vestiduras, se las puso y se fue a ver al rey, quien le preguntó:

—¿Cuál es tu oficio?

—Soy comprador y experto en perlas; he traído conmigo capital para comprar una partida —le contestó.

Se alegró el rey y publicó un bando diciendo que todo aquel que tuviera perlas, las trajera para que las comprara el hermano de Maimónides, y empezó todo el mundo a llevarle perlas. Había un pobre judío que le llevó tres; cuando las vio Ibn Ezra, le dijo:

—¿De dónde has sacado estas perlas? Son mías.

—¡Son mías! —protestó el hombre.

—¡Ni hablar!, son mías.

Finalmente llevaron su pleito ante el rey, quien les dijo:

—El que sea capaz de decir qué propiedades tienen estas perlas, sabré que son suyas.

—Yo sólo sé que son herencia de mi padre —dijo el judío.

—Esta blanca —explicó entonces Ibn Ezra— es buena para las

gentes de edad; pues si un anciano la machaca y se la come, al cabo de tres días se convertirá en un mozo de veinte años sano y fuerte. La segunda, la roja, sí hay alguna ciudad que no se deje someter a la autoridad real, en cuanto pongan esta perla frente a la ciudad, por propia voluntad abrirán los ciudadanos las puertas al rey y saldrán en tropel a saludarle. En cuanto a la tercera, la verde, allí donde haya un tesoro oculto, quien la lleve en la mano no podrá pasar de largo por el lugar donde se encuentra el tesoro y de ese modo lo encuentra.

—Me gustan estas perlas —le dijo el rey.

Machacó la blanca y se la comió; pasados tres días salió convertido en un joven hermoso, con una piel tersa como si fuera un mozo de veinte años. Después de esos tres días salió de su cámara; había un lugar en donde sus antepasados habían escondido unos tesoros, pero él no sabía dónde estaban ocultos; empuñó en su mano la perla verde y los encontró. Había también una ciudad cuyos habitantes estaban sublevados contra el rey; pero en cuanto les mostró la perla roja, los sometió.

Llamó luego el monarca a Ibn Ezra y también al otro judío dueño de las perlas y le preguntó al primero:

—¿De quién son realmente estas perlas?

—Son de este judío —reconoció Ibn Ezra—. Dije todo aquello para que este pobre hombre sacara por ellas una elevada suma, y también porque sabía que eran necesarias para los males del rey, y por eso lo dije.

Se levantó el monarca y, besándole en la cabeza, le dijo:

—Dios te bendiga, pues no ha apartado de ti ni un adarme de sabiduría.

Se quedó también Maimónides muy asombrado de su mucho saber; y después de todo aquello regresó Ibn Ezra en paz a su ciudad.

79. EL HUESPED DESPECHADO + LA DEUDA SALDADA

Sucedió con rabí Abraham ibn Ezra [8], su recuerdo sea bendito, que iba a hospedarse en casa de Maimónides, de bendita memoria; pero cuando llegó no lo encontró en casa, sino que se había ido a visitar al rey de la ciudad.

Llamó a la puerta y salieron a abrir los siervos y criados de la casa de Moisés ben Maimón, quienes le preguntaron:

—¿Qué buscas?

—¿Dónde está el dueño de la casa? —preguntó.

—Con el rey —respondieron.

[8] Sobre Ibn Ezra véase núm. 74, nota 1.

—Dejadme entrar mientras vuelve —dijo.

—No —respondieron, porque no sabían quién era y además iba vestido con harapos, ya que era muy pobre y siempre andaba vagando de pueblo en pueblo.

En vista de que no querían dejarle entrar ni le habían recibido con buena cara, fue y escribió sobre el dintel de la puerta: «Yo el sabio he venido a casa de Maimónides y se embarazó su mujer a las primeras de cambio»[9]; y se fue decepcionado.

Al atardecer regresó Maimónides del palacio del rey. Cuando llegó a la puerta de su casa alzó los ojos, y viendo lo que estaba escrito en el dintel, se quedó atónito; sin entrar en la casa preguntó a sus criados:

—¿Quién ha venido hoy?

—Vino un pobre hombre preguntando dónde estabas, y como no le dejamos entrar, se fue cabizbajo —le respondieron.

Se apresuró Maimónides a apostar guardias en los portones de la ciudad, ordenándoles:

—Hasta que no os mande recado no abráis las puertas.

Se puso luego a buscar a Ibn Ezra hasta que finalmente lo encontró y a la fuerza se lo llevó a su casa, reteniéndolo allí durante dos días; pero pasados éstos se negó Ibn Ezra a quedarse con él por más tiempo y no sabía nuestro rabino Maimónides cómo convencerle de lo contrario. ¿Qué hizo? Fue y le dijo:

—Me debes un millón de denarios de oro como pago de tu hospedaje y no pienso dejar que te vayas hasta que me los pagues.

La intención de Maimónides era que se quedara con él. Pero en seguida se fue rabí Abraham ibn Ezra a la tienda de un comerciante y le dijo:

—Dame un cántaro con agua, que voy a venderla.

Pero como estaba dotado de tal encanto que todo el que lo veía hacía su voluntad, le dijo el dueño de la tienda:

—Ocupa tú mi lugar aquí dentro hasta que yo vuelva, que voy a ocuparme del agua.

Se sentó Ibn Ezra en la tienda y estuvo atendiendo a los clientes, mientras que el dueño permanecía a la puerta vendiendo agua. Entonces se fue Ibn Ezra a ver a los jueces y les dijo:

—Os ruego que hagáis venir al comerciante Fulano, que me está quitando el pan de la boca.

Hicieron venir al hombre y le preguntaron:

—¿Qué tienes que responder a esta acusación?

---

[9] Traducimos así el juego semántico entre los significados 'se encolerizó' y 'se quedó preñada' de hb. *nit'aḥerá*.

—¡Las cosas no son en modo alguno como éste os ha contado! —exclamó el comerciante.

—El reclamante es el que debe aducir la pueba [10] —recordó el rabino al tribunal.

—Así es —asintieron los jueces.

—Pues entonces, aquel que sepa cuánto dinero hay en la tienda se quedará con ella, ya que ésa será la prueba de que le pertenece —propuso Ibn Ezra.

—Está bien —aceptaron los jueces.

—Hay tal suma de dinero —precisó el rabino.

—Que vayan dos personas dignas de crédito a comprobarlo —ordenaron; y a todas éstas el comerciante no había sido capaz de determinar ninguna cantidad.

Fueron en seguida los dos hombres de confianza y vieron que la suma de dinero coincidía exactamente con lo que había dicho rabí Abraham ibn Ezra, quien lo sabía porque a causa de su mucha sabiduría gozaba de inspiración divina.

El propósito del rabino con todo aquello era librarse de la reclamación de Maimónides; así que en cuanto recibió la sentencia favorable del tribunal, tomó un millón de denarios de la tienda y se los llevó a Maimónides, quien, quedándose pasmado, le dijo:

—Yo te puse en aquel aprieto para que te quedaras conmigo, ya que sabía que no podrías pagarme ni siquiera diez monedas de oro. Pero ahora que me has dado todo esto, ya no sé qué decirte.

Cuando oyó rabí Abraham aquellas palabras, se fue en seguida a devolverle al comerciante todo lo que había cogido de su tienda sin quedarse con un solo céntimo de su dinero. El comerciante, perplejo, le preguntó:

—Te ruego que me expliques por qué lo hiciste.

—Para librarme de rabí Moisés ben Maimón —explicó Ibn Ezra—, quien, demostrando su sabiduría, me reclamaba un millón de denarios con el fin de cumplir lo que está escrito: «La sabiduría del hombre ilumina su rostro» (Ecl 8,1) [11].

---

[10] Así se prescribe en la Misná, tratado *Baba Cama* 3.11.

[11] El pasaje se interpreta aquí en sentido figurado: «La sabiduría del hombre ilumina su rostro [del huésped]», hace que su rostro resplandezca de satisfacción, es decir, se manifiesta en ser hospitalario con él.

80. EL ENFERMO FINGIDO + EL HUESPED DESPECHADO

En uno de sus muchos viajes llegó rabí Abraham Ibn Ezra [12] a la ciudad de El Cairo en Egipto, donde oyó decir que tenía allí Maimónides un gran hospital con muchas camas, cada una con su propio número: uno, dos, tres, etc.

También le dijeron que Maimónides no examinaba a los enfermos según los usos habituales de los médicos, los cuales toman el pulso del paciente y le dan golpecitos en el cuerpo con los dedos, haciéndole volverse de un lado para el otro. Se limitaba, en cambio, Maimónides a pasar entre los enfermos mirándoles a la cara y de un solo vistazo les penetraba en lo más profundo, comprendiendo con su gran ciencia qué le faltaba a cada uno. Y no sólo eso, sino que a continuación se sentaba y escribía: «Al enfermo de la cama uno, tal droga», «Al de la cama dos, tal otra», etc.

Sin tardanza se fue Abraham ibn Ezra al hospital, y ocultando su nombre, se acostó en la cama número siete, donde se quedó tendido esperando a ver qué fármaco le prescribiría Maimónides.

Hete aquí que llegó éste y, según su costumbre, se paseó lentamente entre los enfermos. Tras lanzar un rápido vistazo a todos los pacientes, se sentó luego a recetarles a cada uno el remedio que en su opinión le convenía. Para el enfermo de la cama siete escribió: «Cuatrocientos siclos de plata», pues en seguida comprendió con su mucha sabiduría que lo único que le faltaba a rabí Abraham ibn Ezra era dinero.

Cuando se fue Maimónides, quiso rabí Abraham ibn Ezra que le dieran aquella suma; pero como se negaran a hacerlo, se fue a casa de Maimónides. Allí encontró sólo a su mujer, que estaba en aquel momento sentada a la mesa comiendo, y le pidió el dinero que le había prescrito su marido. Pero la mujer no quiso darle nada, diciéndole que no la importunara a la hora del almuerzo; como insistiera Ibn Ezra, se puso furiosa y lo echó de la casa.

Se fue rabí Abraham, pero antes de marcharse escribió sobre el dintel de la puerta, por la parte que daba a la calle, el siguiente letrero: «Tu mujer se da al comercio de la carne» [13].

Cuando regresó Maimónides a su casa y vio lo que estaba escrito en la puerta, le preguntó a su esposa:

—¿Quién ha estado aquí?

---

[12] Sobre Ibn Ezra véase núm. 74, nota 1.
[13] Así traducimos el ya forzado juego de palabras en hebreo, basado en los dos sentidos de la raíz z.n.h, a saber: zoná 'ramera, prostituta' y zaná 'alimentó, nutrió' (3.ª pers. masc.), que aquí debe entenderse como 'comía' (3.ª pers. fem.).

Le contó la mujer lo sucedido y le dijo Maimónides:

—No has hecho bien, pues esto no quiere decir otra cosa sino que rabí Abraham ibn Ezra ha estado aquí.

En seguida se fue a buscarlo y con grandes muestras de respeto lo condujo de nuevo a su casa.

81. LA TUMBA DEL SANTON (1)

En tiempos de Maimónides, sobre él sea la paz, era en Marruecos [14] muy dura la opresión de los gentiles sobre los hijos de Israel. Sin embargo, las persecuciones y los decretos adversos no habían afectado a Maimónides, que era un personaje muy honrado y de gran fama, cuyo nombre se había propalado por los confines del país, siendo respetado por todas sus gentes, judíos y no judíos, pequeños y grandes.

Cierto día acudió a visitarlo rabí Abraham ibn Ezra [15], quien le vino a Maimónides con quejas y reclamaciones por no ayudar a los hijos de Israel en su opresión y no preocuparse por librarlos o al menos por aliviarles el pesado yugo impuesto por los gentiles. Si Maimónides prescindiera algo de tanto estudio y dedicara una parte de su tiempo a atender las necesidades públicas, argumentó Ibn Ezra, aquello serviría para mitigar la angustia de los judíos, pues con seguridad los gentiles tomarían en consideración los buenos oficios de Maimónides.

Pero éste hizo oídos sordos a las palabras de Ibn Ezra: su alma estaba entregada a la Ley, en cuyo estudio permanecía noche y día, y sobre todo que no creía en su poder para hacer nada en favor de sus hermanos judíos.

Tenían los gentiles de Marruecos una tumba santa y famosa a la que llamaban «la tumba del jerife», y a ella acudían en peregrinación a ofrecer sus votos, encender velas, rezarle al santo allí enterrado y derramar ante él la angustia de sus corazones.

Cierto día pasó un judío cerca de la tumba del jerife y ni se inclinó ni se prosternó ni se arrodilló ante ella, según era la costumbre de las gentes del lugar; y no sólo eso, sino que no mostró señal alguna de honra o de respeto por el fallecido jerife. Mucho irritó aquello a los gentiles, quienes, como un solo hombre, se alzaron contra el judío con hachas y palos y lo descuartizaron.

---

[14] Traducimos según el texto editado en Noy *Morocco* (véase nota bibliográfica); sin embargo, observamos notables diferencias entre dicho texto y el original del IFA, de las cuales sólo señalaremos algunas. Aquí, como en todos los restantes casos, el texto original dice *Sefarad,* es decir, España.

[15] Sobre Ibn Ezra véase núm. 74, nota 1.

Cuando se enteró Ibn Ezra de lo sucedido, acudió de nuevo a ver a Maimónides para pedirle que hiciera algo para salvar la vida de sus hermanos los judíos; pero como también esta vez cayeran sus palabras en saco roto, tomó la decisión de actuar por su cuenta. En la mitad del día, cuando el sol estaba ardiendo en pleno cielo, llegó Ibn Ezra con paso reposado a la tumba del santo jerife y, deteniéndose allí, se puso a hacer sus necesidades sobre la losa [16].

Cuando los gentiles vieron aquello les hirvió la sangre, pero no se atrevieron a hacerle nada a Ibn Ezra, pues sentían por él un gran temor y respeto; así que se fueron corriendo al rey y, entre repeluznos y tembladera de coyunturas, le contaron la profanación que habían visto con sus propios ojos.

Se inflamó en cólera el monarca y envió un pelotón de soldados armados para aherrojar con cadenas a Ibn Ezra y llevarlo a su presencia con el fin de juzgarlo. Pero no bien los soldados pusieron sus ojos en él, se quedaron todos inmóviles en sus sitios sin poder moverse ni a derecha ni a izquierda, paralizados de pies y manos como si se hubieran quedado pegados al suelo. Uno que casualmente pasaba por allí se fue corriendo a dar aviso al rey de lo que sus ojos habían visto.

Se reduplicó la cólera del monarca; y jurando que con sus propias manos había de decapitar al sacrílego Ibn Ezra, partió en dirección a la tumba del jerife, en compañía de su visir y de su séquito.

Cuando llegaron allí, encontraron a rabí Abraham ibn Ezra en plena oración; y cuando acabó sus rezos, recobraron los paralizados soldados su estado normal. Increpó entonces el monarca a Ibn Ezra, preguntándole:

—¿Qué te ha impulsado a ti, que eres un judío fiel y honorable, a cometer un tan terrible acto de profanación?

Contestó el rabino, y su respuesta retumbó con eco en las alturas de los cielos:

—¡Sábete que el que está enterrado aquí es un asno hijo de asno y no un jerife ni un santón! Que caven en la tumba y podréis comprobarlo por vosotros mismos; y si no encontráis un burro en la tumba, enterradme a mí vivo dentro.

Ordenó el rey excavar la sepultura, y ¿qué encontraron en ella?: el esqueleto de un burro.

Inmediatamente dio el rey la orden de derribar el mausoleo, prohi-

---

[16] En esta ocasión en el texto original se lee lo que sigue: «... cuando en pleno cielo de la hermosa España ardía el sol con toda su fuerza y sus rayos se quebraban sobre la lápida del mausoleo que cubría la tumba del jerife, salió Ibn Ezra de su casa, se encaminó con paso reposado a la parte de atrás del mausoleo del santo jerife y subiéndose encima se puso a orinar sobre la lápida».

biendo toda peregrinación a aquel lugar. En cuanto a Ibn Ezra, creyó que era un enviado de los cielos para descubrirle aquella superchería, y desde entonces mejoró en gran manera su comportamiento con los judíos, cesando la opresión y las afrentas, de forma que los judíos de Marruecos pudieron respirar a sus anchas.

Al día siguiente fue Ibn Ezra a visitar a Maimónides, y una vez más le reprendió diciéndole:

—Es muy fácil ser un judío respetado y no preocuparse sino del estudio religioso y de la vida del mundo futuro. Pero un judío verdaderamente honorable es el que se preocupa de todo Israel y de salvar las vidas de sus hermanos, el que ofrece de lo suyo para el bien de todos y arriesga su vida poniéndose en peligro por sus hermanos. Yo, con ayuda de Dios, bendito sea, he librado a nuestros hermanos los hijos de Israel y los he salvado de la angustia y de los abusos. Pero tú... tú sólo te ocupas de ti mismo.

Y desde entonces empezó Maimónides a interesarse por los asuntos de los judíos y a ayudarles más y más.

82. LA TUMBA DEL SANTON (2)

Había una..., había un lugar, un como..., ¿cómo se dice?, en el que estaba enterrado uno de esos que dicen que son como profetas que estaba enterrado allí, y decían: «Si pasa por su lado un judío..., si un judío pasa lo matamos, y si pasa un cristiano, lo matamos.»

Sucedió que en cierta ocasión se presentó en aquel lugar Abraham ibn Ezra [17]. Pronunció el Nombre inefable y llegó allí justamente en víspera de sábado, en tanto que a su mujer le había dicho:

—Escucha, voy a salir; pero volveré al finalizar el sábado —sin decirle a dónde pensaba ir, e invocó el Nombre inefable justamente para llegar hasta Maimónides.

Se lavó y se vistió (quería pasar el sábado en casa de Maimónides) con vestido de pobre, y con tal aspecto de pordiosero llegó Ibn Ezra. Entrando en la casa, saludó:

—La paz sea contigo, mi señor. Quisiera pasar aquí el sábado.

—Bien venido —le respondió Maimónides, recibiéndolo en su casa; luego le acompañó a la sinagoga y por el camino le preguntó—: ¿De dónde eres?

—Soy un pobre de una ciudad cercana —contestó.

[17] Sobre Ibn Ezra véase núm. 74, nota 1.

Al llegar la noche le invitó Maimónides:

—Ven a sentarte a la mesa y a comer con nosotros.

—No quiero —le contestó—. No sé leer; hay mucha gente y me da vergüenza. Así que dame cualquier cuartito retirado y comeré allí.

—Está bien —aceptó Maimónides, pero se sentó a su lado y estuvo con él un buen rato hasta que se cansó de no sacarle nada; entonces le dijo a un esclavo—: Llévatelo de aquí —y lo encerró en una habitación. Descendieron entonces nueve ángeles y estuvo rezando con ellos, bendijo el vino e hizo todo lo demás. A medianoche los ángeles abandonaron la habitación; se dirigió Ibn Ezra a aquella santa tumba, y cuando llegó allí se puso a orinar encima.

—¡Pero qué..., pero, pero... qué estás haciendo en la tumba! —gritaron.

—Id a llamar al rey. Todo esto no sirve para nada; son boberías —les dijo.

—¿Quién eres? —preguntaron.

—Soy un hombre simple, un judío del montón.

—Llevaos soldados y matadlo —ordenó el monarca.

Cuando los soldados llegaron, pasó lo que pasó: que se quedaron tiesos como palos. Ordenó el rey enviar más soldados por segunda y por tercera vez, y nada; hasta que finalmente acudió al lugar el monarca en persona. Entonces le dijo Ibn Ezra:

—Cavad en la tumba y veréis lo que hay dentro.

—Pues ¿qué hay? —preguntó el rey.

—La pata de un asno, ¡y vosotros andáis matando judíos por eso! Exijo que tiréis abajo todo lo que hay aquí. ¡Cavad!

—¿Cómo?

—¡Que caves!

Así lo hicieron y, efectivamente, encontraron una pata de asno. Le dijo Ibn Ezra al rey:

—¿Por una pata de asno habéis estado matando judíos? —y pronunciando luego el Nombre inefable regresó a casa de Maimónides.

Por la mañana se oyeron voces de que un judío había logrado que desde entonces se permitiera que judíos y cristianos pasaran junto a la tumba.

—¿Has oído eso? —le preguntó Maimónides a Ibn Ezra.

—¿Qué dicen? —preguntó.

—Dicen esto y lo otro —le explicó Maimónides, mientras Ibn Ezra ponía cara de no haber oído nada, como si no hubiera sido él quien había hecho todo aquello.

A mediodía le dieron de comer. Cuando llegó el final del sábado recitó la *habdalá* [18], escribió una nota, que clavó en la pared, y luego desapareció.

Fue Maimónides y le dijo a su mujer:

—Vete a ver a nuestro huésped y llévale de comer —pero no encontraron a nadie; se había marchado.

Entonces topó Maimónides la nota que decía: «Soy Abraham ibn Ezra», y exclamó:

—¿Cómo no me he dado cuenta?

Se rasgó las vestiduras y se arrancó los cabellos por no haberle tratado con el debido respeto. Después, con una paloma mensajera, le envió una carta pidiéndole disculpas.

Por eso dice la gente: «No desprecies a nadie.» Eso es algo que nunca se debe hacer, pues todos podemos ser pobres, y no hay que juzgar a nadie por sus vestidos.

83. LA PARTIDA DE AJEDREZ (2)

Había una vez un rey que quería jugar con Maimónides; no a las damas: al ajedrez. Así que le dijo:

—Oye, vamos a jugarnos la religión.

Si el monarca ganaba —Dios nos libre—, Maimónides se haría musulmán, y si éste ganaba, el rey se haría judío. Y Maimónides conque no quería; nada, que no quería; hasta que el monarca se puso tan triste y se empeñó de tal manera, que finalmente se pusieron a jugar. Y de pronto, ¿qué le pasa? Pues le pasa que vio que el rey le estaba ganando. ¿Qué hizo entonces? Anotó la jugada y dibujó la situación del tablero; y cogiendo una paloma mensajera, escribió en sus alas lo que pasaba, y la paloma voló hasta Abraham ibn Ezra [19], que estaba en Israel.

Se posó la paloma en sus manos, y como estaba dotado de don profético, en seguida le envió de vuelta su respuesta. La paloma regresó en unos segundos, llegando justamente a las manos de Maimónides, quien la cogió, y leyendo la respuesta, le ganó la partida al rey. Este se puso a gritar:

—¡Oye, no; esto no puede ser!, yo estaba ganando. ¿Me puedes decir cómo te las has arreglado para vencerme? Tengo que saber qué has hecho: algún encantamiento o algo así.

—Nada de eso —contestó Maimónides; y como el rey se empeñara,

[18] Nombre de la bendición de 'separación' entre lo santo y lo profano que se recita al finalizar el sábado y los días de fiesta.

[19] Sobre Ibn Ezra véase núm. 74, nota 1.

le explicó—: ¿Sabes lo que pasa? Entre nosotros hay un rabino muy importante, más importante que yo, que se llama Abraham ibn Ezra. Yo sólo hice lo que él me dijo; no fui yo. Y este Ibn Ezra es de Jerusalén, la ciudad santa ... [20]

84. EL EXPERTO ASTRONOMO

Como ya es sabido, Maimónides era el médico de Saladino, y en una carta a su alumno y admirador Samuel ibn Tibón [21] le contaba cómo tenía que ir a diario a dar una vuelta por el palacio del rey. Cierto día en que no había hecho su visita de costumbre, le preguntó el rey a Maimónides:

—¿Por qué, señor mío, no viniste ayer a visitarme?

—Porque ayer estuve sirviendo a un gran estudioso de la Ley —le contestó Maimónides.

—¿Es que acaso hay algún estudioso más importante que tú como para que tengas que honrarlo? Si es así, por favor, tráemelo para que pueda también yo disfrutar de su sabiduría —pidió el rey.

Así que al día siguiente se presentó Maimónides en el palacio acompañado de rabí Abraham ibn Ezra [22], que por aquel tiempo era su huésped en Egipto. A la hora de la comida le preguntó el rey a rabí Abraham si sabía cuál era la distancia que mediaba entre el suelo del palacio y los cielos. Pidió rabí Abraham papel y pluma; y sacando sin más ni más de su bolsillo un aparato, que depositó sobre la mesa, estuvo haciendo con su ayuda ciertos cálculos. Al poco rato le dijo al rey la distancia justa.

Antes de que se marcharan le pidió Saladino a rabí Abraham ibn Ezra que volviera a visitarlo al día siguiente. No habían hecho más que salir Maimónides y su compañero de presencia del rey cuando fue llamado el solador del palacio, y el monarca le ordenó que elevara un codo el suelo del edificio, pidiéndole también que el trabajo se hiciera con tal arte que fuera imposible advertir que se había producido en el palacio cambio alguno.

Al día siguiente volvió el rey a hacer la misma consulta del día anterior acerca de la distancia entre el suelo del palacio y el cielo. Rabí Abraham ibn Ezra volvió también aquel día a pedir pluma y papel: sacó su instrumento del bolsillo, hizo sus cálculos; pero... rompió el papel y pidió otro nuevo; y así hizo varias veces.

[20] El cuento continúa relatando ampliamente lo sucedido entre Ibn Ezra y el rey que acude a visitarle a Jerusalén.
[21] Traducimos un fragmento de esta carta en núm. 30, nota 1.
[22] Sobre Ibn Ezra véase núm. 74, nota 1.

Fingiéndose muy asombrado, le preguntó el rey a su huésped por qué hoy se demoraba la respuesta y se prolongaban los cálculos mucho más que el día anterior; y escuchó la siguiente contestación de boca de Ibn Ezra:

—Porque he aquí que recuerdo muy bien cuál era el resultado que te di ayer; y no sé si desde entonces a hoy han descendido los cielos un codo o es el suelo el que ha ascendido un codo.

Al oír aquello le contestó el rey con una sonrisa:

—Has pasado el examen: es el suelo el que ha subido un codo.

85. EL QUE NACE SIN ESTRELLA (2)

Rabí Salomón ben Adret [23] vivía en Egipto junto con Maimónides. También él era un gran médico, tanto como el propio Maimónides; pero ¿qué pasaba?: pues pasaba que no tenía suerte, ninguna suerte, y andaba siempre hambriento de un mendrugo de pan.

Por entonces estalló una gran epidemia en Egipto, y rabí Salomón ben Adret le dijo a Maimónides:

—Déjame la mitad de la ciudad para que me ocupe yo de curar a los que allí viven, y tú te quedas con la otra mitad; así también yo tendré de qué vivir.

—Bien —aceptó Maimónides.

Al día siguiente empezó éste a recorrer casa por casa su sector de la ciudad, curaba a los enfermos y se ganaba buenas sumas de dinero; pero rabí Salomón ben Adret, allí donde entraba le decían:

—No, ya no hace falta; el enfermo se curó anoche.

A eso es a lo que se refiere la gente cuando dice: «Incluso un rollo de la Ley guardado en el arca tiene que tener suerte» [24].

Cuando vio Maimónides que su compañero no tenía fortuna, ¿qué hizo? Dejó caer en el porche de la casa del otro una bolsa de dinero, pensando: «Por la mañana, cuando vaya rabí Salomón a la sinagoga, encontrará el dinero junto a la puerta y podrá comprar comida.»

Pero justamente aquella mañana había estado rabí Salomón ben Adret meditando largo tiempo sobre los ciegos y su dura vida; y al salir de su

[23] Conocido en la tradición judía como Rašbá, según el acrónimo de su nombre (Barcelona, ca. 1235-ca. 1310); discípulo de rabí Yoná Guirondí (véase núm. 95 y nota 4) y de Nahmánides, fue uno de los más importantes rabinos de su tiempo y defensor de Maimónides en muchos de los ataques que el rabinismo de su época dirigió contra sus obras.
[24] Se refiere a los rollos de la Ley (hb. *sifré Torá*) guardados en el arca (hb. *hejal* o *arón hacodeš*) de la sinagoga.

casa camino de la sinagoga para ir a rezar la oración matinal, con el fin de comprender mejor el mundo de los ciegos, cerró los ojos y pasó al lado de la bolsa de dinero sin verla.

Cuando volvió Maimónides a pasar por allí y se encontró con que la escarcela seguía en el suelo, se dio cuenta de que no había nada que hacer y de que su amigo había nacido sin pizca de suerte.

86. LA CURACION POR EL LLANTO

Rabí Abraham ben David [25], acérrimo detractor de nuestro rabino Moisés ben Maimón, que había suscitado contra él las más virulentas críticas, fue atacado de una grave enfermedad en los ojos y se estaba quedando casi ciego.

Le aconsejaron sus amigos que se fuera a Fostat, junto a El Cairo, en Egipto, para pedirle consejo a Maimónides. Y como se agravara la enfermedad, cedió finalmente rabí Abraham a la propuesta de sus amigos y emprendió viaje hacia aquella ciudad.

Como es sabido, cuando regresaba Maimónides de su pesada jornada de trabajo en la corte del rey, acostumbraba a lavarse las manos, tomar un bocado [26] y pasar entre dos filas de enfermos que estaban ya esperándole en ordenada cola.

Maimónides miraba a cada enfermo a los ojos para determinar su dolencia. Al llegar ante rabí Abraham y poner en él su mirada, supo en seguida que tenía ante él una personalidad importante; así que cuando acabó el examen de todos los enfermos le pidió que entrara con él a su consultorio para examinarle los ojos a fondo. Mientras le hacía el examen entró en conversación con el enfermo, y así, de un tema a otro, cayeron finalmente en una conversación propia de estudiosos de la Ley.

Acabado aquel primer examen, le pidió Maimónides a rabí Abraham que se quedara con él en su casa durante unos días, pues quería hacerle otra revisión profunda. Así es que se vio obligado a alojarse en casa de Maimónides y a sentarse a su mesa, lo cual le irritaba y le molestaba sobremanera; pero como no tenía otra solución, aceptó.

Durante los días que estuvo rabí Abraham en casa de Maimónides se esforzó éste, con ayuda de todos los de su casa, en comportarse de

---

[25] Conocido en la tradición judía como Rabad, según el acrónimo de su nombre (Narbona, *ca.* 1125-Posquieres 1198), fue una de las más sobresalientes autoridades talmúdicas de Provenza y uno de los más destacados contradictores de la obra de Maimónides.

[26] Sobre la fatigosa jornada laboral de Maimónides véase el texto que incluimos en núm. 30, nota 1.

forma tal que se suscitara la cólera de su huésped. El motivo era que la conmoción interna y los esfuerzos que haría para contenerse y no expresar la ira que acumulara en su corazón provocarían que se abrieran los conductos de los lacrimales, que estaban taponados, provocando la grave enfermedad.

Cuando llegó el sábado se comportó Maimónides de forma tan extraña e irritante, que despertó en rabí Abraham ben David una gran cólera; pero, por guardar el descanso sabático y su santidad, se contuvo sin proferir palabra. Sin embargo, después de recitar la *habdalá* [27] ya no pudo contenerse más y explotó; entonces vació la amargura de su alma por todo lo que había visto y oído durante la semana, y especialmente durante el sábado. En medio de su terrible excitación se reventaron las bolsas de las lágrimas, y junto con éstas sus ojos destilaron también sangre, sintiendo de inmediato rabí Abraham ben David un gran alivio.

Cuando sus ojos estuvieron completamente curados, desveló Maimónides, su recuerdo sea bendito, a rabí Abraham la causa de su extraño comportamiento y cómo todo había sido preparado y planificado de antemano.

Desde entonces se aproximaron los corazones de aquellos dos grandes genios de su generación, convirtiéndose en amigos entrañables de alma y de corazón hasta el fin de sus días.

87. EL RABINO ACUSADO DE ROBO

En cierta ocasión, el famoso rabino Salomón ben Isaac [28] fue caminando a pie, roto, harapiento y falto de todo, como cuando lo puso Dios en el mundo, a la ciudad donde vivía Maimónides; pues en aquellos tiempos no había aviones ni coches ni tampoco había carretas, y las gentes se desplazaban a pie de un sitio para otro.

Cuando llegó rabí Salomón a la casa de estudios de Maimónides, a uno de los allí presentes le robaron un vestido. ¿Qué hicieron las gentes? Vieron a rabí Salomón, y como no le conocían personalmente, aunque su nombre era muy famoso en aquellos tiempos gracias a su mucha sabiduría, le cayeron encima gritándole:

—¡Tú eres el ladrón!

[27] Sobre esta oración véase núm. 82, nota 18.
[28] Conocido en la tradición judía por Raší, acrónimo de su nombre (Troyes, 1040-1105), famoso comentarista de la Biblia y del Talmud. También en el *Sal. Cab.* (h. 22c de la ed. Varsovia 1902 que manejamos) se habla, con evidente anacronía, de la supuesta visita que Raší realizara a Maimónides en Egipto, alojándose en su casa durante largo tiempo.

Le golpearon, echándole la culpa de todo, y tuvo que reparar el hurto entregando el poco dinero que llevaba, con lo cual quedó rabí Salomón en la más absoluta miseria y muy abochornado. ¿Qué hizo? Antes de abandonar el lugar escribió sobre el dintel de la escuela lo que sigue: «slmh slmh slmh slmh slmh», cinco veces, y luego se marchó.

Cuando regresó Maimónides a la casa de estudio vio de pronto lo que había allí escrito y preguntó a las gentes:

—¿Quién ha escrito eso? —y cuando le contaron el asunto del robo, exclamó Maimónides—: ¡Rabí Salomón ha estado aquí!

—¿Cómo? —preguntaron—. ¿De dónde sacas que era rabí Salomón?

—Porque ahí ha dejado escrito todo lo que le ha sucedido —les dijo.

—¿Cómo lo sabes?

—En esas palabras lo dice; os las voy a leer: «¿SeLaMa^H ['Que por qué'] SeLoMó^H ['Salomón'] SaLMá^H ['una vestidura'] SeLeMá^H ['entera'] SiLeMá^H ['la pagó']?» [29].

88. EL ENFERMO FINGIDO (3)

En la época a la que nos referimos, rabí Moisés ben Maimón era ya un famoso médico, tenía una botica de su propiedad y era inmensamente rico. Cuando le visitaba un enfermo, ni lo examinaba ni le hacía preguntas acerca de sus padecimientos, como suelen hacer otros médicos, sino que le miraba fijamente a los ojos, y gracias a su don profético de inmediato sabía qué le pasaba. Escribía luego una receta de productos de su botica y siempre lograba curar al enfermo, e incluso a los desahuciados. Así es que todo el mundo hablaba de él con respeto, asombrándose de sus métodos en la práctica médica.

Pero rabí Salomón ben Isaac [30] tenía dudas sobre todo aquello y pensaba para sus adentros: «¿Será posible? ¿Cómo es que éste, sin hacer ningún examen y sin preguntar acerca de los síntomas de cada uno, logra averiguar cuál es la enfermedad que padece y qué remedio prescribir?» Quiso rabí Salomón aclarar el asunto. El mismo era hombre experto en medicina, y por lo que a salud se refiere, estaba muy sano y no padecía de nada. Lo único que le pasaba es que, Dios se compadezca de él, era un avaro impenitente.

Un buen día, vistiendo sus ropas de sábado, se fue a visitar a Mai-

---

[29] Recuérdese que el hebreo se escribe habitualmente sin vocales y sin el punto diacrítico que diferencia las consonantes *sin* [s] y *šin* [š]. Resaltamos en mayúsculas las letras en las que está basado el juego.

[30] Sobre este rabino véase núm. 87, nota 28.

mónides. Cuando llegó al patio de la casa del médico, ya se encontraba allí reunido un tropel de enfermos que habían acudido desde todos los confines del país: toda suerte de tullidos, cojos, ciegos, sordos y mudos, y toda una variedad de personas deformes, leprosos, niños y ancianos, mujeres y mamoncetes. Unos permanecían sentados en silencio esperando su turno y otros se quejaban amargamente.

Tuvo rabí Salomón que esperar largo tiempo, tres días y tres noches, hasta que le llegó su vez. Cuando entró se quedó de una pieza: Maimónides, sin dirigirle una sola mirada, le preguntó cómo se encontraba y de qué se dolía, y luego, sin esperar respuesta, añadió:

—Bien, te voy a recetar un remedio que con favor de Dios te servirá de ayuda. Vete a mi botica, y allí recibirás la medicina que te curará.

Lleno de curiosidad, ya que no padecía ninguna enfermedad, se fue rabí Salomón a la botica a recoger la medicina «maravillosa».

Cuando llegó allí le alargó la receta al ayudante de Maimónides, y aquél, volviéndose al cofre del dinero, puso en manos de rabí Salomón... cien ducados. Entonces comprendió también él la grandeza de Maimónides y lo apreció, valorando en grado sumo al maravilloso médico.

IX

MUERTE Y ENTERRAMIENTO

89. EL FERETRO Y LOS BANDOLEROS (1)

En aquel año [de 1204] ascendió en Egipto la nube del glorioso Moisés siervo de Dios. El día 25 [de *tebet*] fue sepultado en su casa y lo lloraron judíos y egipcios durante tres días en aquel año del planto [1]. El séptimo día llegó la noticia a Alejandría y el octavo hicieron un gran funeral y proclamaron un ayuno. En la sinagoga, el chantre leyó desde en medio de la sección «Si en mis leyes» hasta el final de los «castigos» [2], y el lector de la *haftará* [3] leyó desde «Y se dirigió la palabra de Samuel» (1Sm 4,1) hasta «el Arca de Dios ha sido apresada» (1Sm 4,17).

Pasados unos años, lo llevaron al país de Israel. En el traslado, el cortejo se topó con unos bandoleros, a quienes se les ocurrió arrojar al mar el ataúd; pero aunque emplearon todas sus fuerzas, no pudieron moverlo del suelo, y eso que eran más de treinta hombres. Cuando vieron aquello los salteadores, se dijeron: «Este es un varón de Dios»; hicieron volver a los judíos, que habían huido, sumándose ellos mismos al cortejo.

[1] El valor numérico de las letras consonánticas de la palabra hebrea *nehi (n.h.y)* 'planto' suma 65, que son las dos últimas cifras del año 4965 del cómputo hebreo, en el cual murió Maimónides. Dicho año hebreo corresponde a los gregorianos 1204-1205, cayendo en 13 de diciembre de 1204 el 25 de *tebet*, día de su muerte.

[2] Para la preceptiva lectura sinagogal de la Torá ('Pentateuco') a lo largo del año litúrgico el texto bíblico está segmentado en «secciones» fijas, una para cada semana, que se denominan por sus palabras iniciales. La denominada «Si en mis leyes» (hb. *Im behucotay*) es la décima y última sección de *Levítico* y comprende desde el versículo 26,3 hasta el final del libro (27,34); en ella se encuentra el pasaje que enumera los castigos que aguardan al pueblo de Israel si no cumple la Ley de Dios.

[3] Pasaje de los libros históricos o proféticos de la Biblia, que según sea la sección propia de la semana o de la festividad, se lee en la sinagoga a continuación de aquélla.

Lo enterraron cerca de la cueva de los patriarcas [4].
Este relato lo hemos oído como absolutamente verídico.

90. EL FERETRO Y LOS BANDOLEROS (2)

Escrito en un libro encontré que en Egipto, en el año 1204, ascendió el Arca de Dios, nuestro rabino Moisés ben Maimón, su recuerdo sea bendito. Lo lloraron judíos y egipcios durante tres días y a aquel año lo denominaron con el versículo «Y endecharán un tristísimo planto» (Miq 2,4) [5]. El séptimo día llegó la noticia a Alejandría, y el octavo, a Jerusalén, donde proclamaron un ayuno y convocaron una asamblea [6]. El chantre leyó los «castigos» de la sección «Si en mis leyes» [7], y el lector de la *haftará* [8] leyó desde «Y se dirigió la palabra de Samuel a todo Israel» (1Sm 4,1) hasta «el Arca de Dios ha sido apresada» (1Sm 4,17).

Pasados unos días, lo subieron al país de Israel. Unos bandoleros cayeron sobre el cortejo, y los que portaban el ataúd salieron huyendo, dejándolo allí. Al ver la desbandada, intentaron los salteadores arrojar el ataúd al mar; pero no lograron levantarlo del suelo, y eso que eran más de treinta hombres. Viendo aquello se dijeron: «Este es un santo varón de Dios»; y aseguraron a los judíos que les permitirían trasladarlo adonde quisieran, sumándose ellos mismos al cortejo.

Fue enterrado en Tiberíades, aunque hay quienes dicen que le dieron sepultura en Hebrón, entre los patriarcas [9].

91. ELECCION DEL LUGAR DE ENTERRAMIENTO

Antes de morir había dispuesto Maimónides que lo enterraran en Israel, pero no dejó dicho ningún lugar concreto.

Cuando falleció en la extranjera tierra de Egipto hicieron duelo por él todos los judíos del país; pasados siete días pusieron sus santos restos en un ataúd y lo enviaron a Israel.

En la frontera salieron a recibirlo representantes de todas las comunidades judías de Tierra santa, y cuando oyeron de boca de los judíos

---

[4] Se refiere a la cueva de Majpelá, cercana a Hebrón, donde están enterrados los patriarcas; véase también núm. 91, nota 10. Sin embargo, tradicionalmente se considera que Maimónides fue enterrado en Tiberíades; véase al respecto núm. 91.
[5] Véanse nuestras explicaciones en núm. 89, nota 1.
[6] En señal de penitencia (cfr. Jl 1,14).
[7] Véase al respecto núm. 89, nota 2.
[8] Véase núm. 89, nota 3.
[9] Véanse nuestras explicaciones en núms. 89, nota 4 y 91, nota 10.

de Egipto que Maimónides no había determinado su lugar de reposo, empezaron las ciudades a disputar entre sí, porque cada una quería que fuera en su tierra en donde reposara la cabeza del santo varón.

—¡Yo soy el ombligo del mundo y en mí estuvo y estará el Templo! El lugar que le corresponde al justo es en el monte de los Olivos —afirmó Jerusalén.

—¡En mí habitan los patriarcas y las matriarcas! —replicó Hebrón—. El lugar apropiado para el justo es la cueva de Majpelá [10].

—Desde que se acabó la redacción de las Santas Escrituras, ¿quién ha habido más grande para nosotros que rabí Simón bar Yohay [11]? —arguyó Safed—. El lugar del justo ha de estar, pues, junto a su tumba en Merón [12].

Ante las grandezas de las otras santas ciudades, los representantes de Tiberíades guardaron silencio.

Finalmente decidieron los delegados poner el ataúd a lomos de un camello y dejarlo andar a su aire: en el lugar donde el animal hincara sus rodillas, allí enterrarían al santo justo, considerando el arrodillarse del camello como la decisión de las alturas y el juicio de los cielos.

Durante muchos días estuvo el camello caminando sin tregua hacia el norte, mientras a su zaga iba una gran multitud de gente. Sólo al llegar a la entrada de Tiberíades dobló sus rodillas. Allí se fijó el lugar del enterramiento de Maimónides y fue donde encontró eterno descanso.

92.   EL DEDO PERDIDO

[Cuando murió Maimónides] lo enterraron en su casa de oración, en la sinagoga que hoy se llama Santa Comunidad de los Magribíes. De allí lo trasladaron a Israel, donde lo enterraron en Tiberíades; y he oído decir que se olvidaron un dedo del pie, que no habían encontrado en el momento de exhumar los restos.

Después de aquello se apareció Maimónides en sueños a uno de los sabios de Egipto, indicándole que el dedo se encontraba en tal lugar. Así fue; y llevándoselo de allí lo enterraron en Tiberíades con el resto del cuerpo.

Todavía hoy se conserva el lugar de su primer enterramiento en la sinagoga de la Santa Comunidad de los Magribíes.

[10] Lugar cercano a Hebrón que, según el relato de Gn 23, adquirió Abraham para enterrar a su esposa Sara y donde están enterrados los patriarcas; véase también número 89, nota 5.
[11] Sobre Simón bar Yohay véase núm. 55, nota 6.
[12] Ciudad de la alta Galilea donde, según la tradición, fue enterrado el citado rabino, cuya tumba es hasta hoy lugar de peregrinación.

93. LAS BANDEJAS SONORAS

En la ciudad de Fez, que está en Marruecos, vivió el santo Maimónides, su mérito nos proteja. De él se ha dicho que desde Moisés ben Amram hasta Moisés ben Maimón no hubo nadie como Maimónides, su mérito nos proteja.

Fabricó Maimónides en la ciudad de Fez doce grandes bandejas hechas de cobre bruñido, cuyo diámetro era de dos metros. De hora en hora se dejaba oír el melodioso y penetrante sonido que emitían por turno, sonando cada una de ellas de modo diferente; y así, gracias a aquellas bandejas de Maimónides que funcionaban sin ningún tipo de mecanismo ni motor, distinguían los habitantes de Fez las horas del día. ¡Maravilla de las maravillas! Talmente como un milagro funcionaban día y noche, dando la hora a todas las gentes del entorno.

Durante toda la vida de Maimónides, su mérito nos proteja, estuvieron las bandejas funcionando y dejando oír sus sones, y así fue hasta que murió, pero desde entonces han permanecido en silencio. Aún se conservan hasta ahora, hasta el día de hoy, siendo posible verlas en la ciudad de Fez, que está en Marruecos.

X

VESTIGIOS Y ENSEÑANZAS

94. EL ENCANTAMIENTO DESCUBIERTO +
. LA CALUMNIA DEL ESTUPRO

Gozaba rabí Moisés bar Maimón del afecto del rey de cierta ciudad, y cuando le llegó su hora de abandonar el mundo, le encomendó que se ocupara de su hijo rabí Abraham; pero a causa de la gran envidia que le tenían, lograron los incircuncisos [1] que no lo enviara a llamar el monarca para asentarlo en el lugar de su padre. Una noche se le apareció Maimónides en sueños al rey y le dijo:

—¿Dónde está el pacto que establecimos tú y yo de que no te olvidarías de mi descendencia? Ya han pasado varios días y mi hijo aún no ocupa mi puesto, a pesar de haber sido a tus ojos mi grandeza superior a la de todos tus siervos.

—Dios me libre de haberme olvidado —se disculpó el rey—. Lo que pasa es que tu hijo no ha venido a verme.

—Pues sábete —le advirtió Maimónides— que mañana mismo te ha de sobrevenir un gran oprobio que no olvidarías en toda tu vida si no acude mi hijo a salvarte de él.

En aquel momento se apareció Maimónides en sueños también a su hijo Abraham y le dijo:

—¿Por qué no vas a ver al rey? Ve a su lado y cuídate de él; pero mantén los ojos bien abiertos y que tu corazón siga de cerca los asuntos del monarca, no sea que los incircuncisos te jueguen una mala pasada.

Por la mañana, al despertarse el rey de su sueño, mandó de inmediato a buscar a rabí Abraham y le dijo:

—El día que no vengas a ocupar el puesto de tu padre te mando matar —y le hizo sentarse en el lugar de Maimónides.

Aún estaban hablando cuando he aquí que apareció en el mar un

---

[1] El editor del texto que traducimos (véase nota bibliográfica) supone (nota 2) que se refiere a cristianos que vivían entre los musulmanes.

galeón que venía cargado con un presente para el rey: doce caballos, cada uno de diferente estampa.

Se alegró mucho el rey con ellos y preparó un gran banquete en honor de los gentiles que le habían traído los caballos, cubriéndolos de grandes honores. Al tercer día envió el rey a buscar a aquellos hombres y les dijo:

—Os daré cuanto me pidáis.

—Sólo queremos un poco de oro con tu efigie —le respondieron. En seguida ordenó el monarca que de allí a tres días les entregaran diez piezas de oro. Se levantó entonces rabí Abraham y le dijo al rey:

—Yo les daré las piezas de oro en el plazo que has dicho.

—¿Y de dónde las vas a sacar —indagó el rey— si sé muy bien que no tienes ni un céntimo?

—Yo te juro por la vida del soberano —le respondió— que si no se las doy de aquí a tres días, me hago reo de muerte y me has de cortar la cabeza.

—Haré como has dicho —le contestó el rey.

¿Qué hizo rabí Abraham? Cogió las llaves de los tesoros reales, y tomando diez redondeles de papel, los cortó del tamaño de ducados de oro; invocó luego sobre ellos el Nombre inefable y se convirtieron en piezas de oro troqueladas con la efigie del monarca. Cuando llegó el tercer día llevó el oro ante el rey, les pesó las diez monedas y los hombres se fueron.

—¿De dónde has sacado ese oro que les has dado? —le preguntó el monarca.

—Mi señor el rey —respondió rabí Abraham—, manda traer los caballos que le han regalado a su majestad y también un lebrillo con agua.

Cuando así lo hicieron, dio de beber a los caballos y he aquí que éstos se convirtieron en papel[2]; entonces le explicó rabí Abraham al atónito monarca:

[2] Como señala Avida «Two Tales» (nota 5), la idea de que las cosas hechas por arte de magia vuelven a su estado primitivo al entrar en contacto con agua aparece también en el Talmud babilónico, tratado *Sanhedrín* 67b, donde podemos leer (entre corchetes incluimos el comentario de Raší):

> «Rabí Zeirí fue a Alejandría de Egipto y compró un burro; cuando le dio agua se deshizo el encantamiento [pues los encantamientos desaparecen cuando se comprueban con agua] y se convirtió el burro en un tablón de los que se utilizan para desembarcar [porque antes habían convertido el tablón en burro]. Le dijeron las gentes: "¿Pero es que acaso hay alguien aquí que compre algo y no lo ponga a prueba con agua?" [Es decir: "¿Es que hay quien compre alguna mercancía en esta ciudad, que es famosa por sus encantamientos, sin ponerla a prueba con agua?"]».

—Estos caballos los hicieron de papel por arte de encantamiento y los trajeron con el mal propósito de encandilar al rey. Pero yo, gracias a mis conocimientos, también les he preparado oro de papel, pues donde las dan, las toman: con papel vinieron y con papel se han ido.

Y, efectivamente, cuando los incircuncisos llegaron a su tierra mandaron a buscar a su jefe y le dijeron:

—Ven a ver el oro que hemos traído de tierra de gentiles.

Pero cuando vaciaron los cofres donde llevaban el oro, se encontraron con que todo eran papeles y estuvieron a punto de morirse de rabia.

¿Qué hicieron? Escribieron una carta a los incircuncisos que vivían en el país de rabí Abraham en la que les decían: «Ingeniaos para levantar una calumnia contra rabí Abraham con el fin de darle muerte con astucia, que aunque tengáis que gastar mil piezas de oro, nosotros os las devolveremos.»

¿Qué hicieron los incircuncisos del país de rabí Abraham? Se fueron a ver al más importante de entre ellos, el cual tenía una hija muy hermosa, y le dijeron:

—Danos a tu hija, pues quizá gracias a ella podamos derribar a rabí Abraham; nosotros te garantizamos que te harás merecedor de la vida eterna —y el hombre puso a la joven en sus manos.

¿Qué hicieron? Fueron y cavaron un túnel desde la casa del incircunciso hasta la de rabí Abraham. Engalanaron a la muchacha con ricas vestiduras, y llevándola a la cama de rabí Abraham, la hicieron acostarse en ella.

Cuando volvió rabí Abraham de la sinagoga, comió y se sentó a estudiar la Guemará[3]. ¿Qué hicieron entonces los gentiles? Se fueron a ver al rey y le dijeron:

—Ese sabio tuyo al que quieres tanto y tanto alabas ha raptado a una de nuestras hijas y se ha acostado con ella.

El rey no quiso dar crédito a sus palabras; sin embargo, se fue en seguida a la casa de rabí Abraham y llamó a la puerta, pero no le abrieron. Echaron los incircuncisos la puerta abajo, y entrando el rey en la casa, se encontró a rabí Abraham dormido sobre la Guemará. Lo despertó de su sueño y le preguntó:

—¿Qué has hecho?

—¿Es que he hecho algo? —preguntó.

—¿Quién es ésa que está acostada en tu cama? —le increpó el rey.

Se levantó rabí Abraham, y viendo acostada en su casa a la hija de los gentiles, dijo:

—Yo la he traído y todo lo que decretes contra mí será justo.

[3] Sobre la Guemará véase núm. 16, nota 1.

215

Al día siguiente le hicieron los jueces comparecer para someterlo a juicio y lo condenaron a la hoguera. Pero cuando le comunicaron la sentencia, dijo rabí Abraham:

—Tengo una reclamación que hacerle al juez. —Hicieron volver al tribunal y entonces habló rabí Abraham diciendo—: Si me hubieran encontrado a mí en casa de la muchacha, me hubieran quemado a mí en primer lugar y después a ella; pero en este caso, como ha sido ella la que ha venido a mi casa, tenéis que quemarla a ella primero y después a mí.

—Tienes razón, así es la ley —le contestaron.

Y he aquí que cuando se la llevaban a la hoguera empezó la joven a gritar y a rogar:

— ¡Llevadme otra vez a presencia del rey! —Así lo hicieron, y cuando estuvo ante el monarca, le dijo—: Mi señor el rey, te juro por tu vida que nunca he intentado seducir a ese sabio ni siquiera en sueños. No le conocía ni le había visto la cara hasta hoy, sino que esto y esto es lo que ha pasado.

En seguida investigó el rey el asunto, enterándose de la maquinación de los incircuncisos y de que habían hecho todo aquello por puro engaño y maldad. Los hizo entonces prender a todos y los mandó quemar. Trajeron después a la muchacha, quien se hizo judía, y el rey se la dio por esposa a un discípulo de rabí Abraham, su recuerdo sea bendito.

95. EL RABINO ARREPENTIDO

Fue rabí Yoná Guirondí [4] uno de los principales oponentes de nuestro rabí Moisés ben Maimón.

En cierta ocasión, cuando en la noche de Pascua del año 1245 estaba rabí Yoná comiendo el *aficomén* [5], rememoró la ceremonia del sacrificio pascual, el rito de su ofrecimiento y de su consunción; y se lamentó diciendo:

— ¡Y ahora el Templo está en ruinas! —y estalló en profundo llanto [6].

[4] Rabino y moralista hispanojudío (Gerona, *ca.* 1200-1263?); estudió en su juventud con Salomón ben Abraham de Montpellier y, siguiendo a su maestro, se convirtió en uno de los principales detractores de la obra filosófica de Maimónides.
[5] La Pascua (hb. *Pésaḥ*), festividad de primavera del calendario judío, conmemora la liberación de los israelitas de Egipto y dura ocho días, durante los cuales es preceptivo, entre otras cosas, comer pan ácimo (hb. *maṣot*). En la cena festiva de la primera noche (o de las dos primeras noches para los judíos de la diáspora) se ponen en la bandeja pascual tres panes ácimos junto con otros alimentos simbólicos de la fiesta; la mitad del pan situado en medio recibe el nombre de *aficomén* y se guarda habitualmente bajo el mantel para consumirlo al final de la cena.
[6] Imitación de la frase de 2Re 20,3 y de Is 38,3.

Cuando por la noche se fue a la cama a dormir, vio en sueños el Templo reconstruido sobre sus cimientos y a su sumo sacerdote revestido con las ocho prendas del sacerdocio [7], esplendoroso de aspecto y de porte, que ofrecía el sacrificio pascual, mientras junto a él se alzaban los sacerdotes y le rodeaban los levitas portando instrumentos musicales. Asombrado, preguntó en sueños:

—¿Quién es ese sumo sacerdote?

—Nuestro señor rabí Moisés ben Maimón, siervo del Señor —le contestaron.

—¿Y quiénes son los sacerdotes y los levitas que le rodean? —volvió a preguntar rabí Yoná.

—Esos son sus hijos y sus discípulos, que estudian y meditan sus libros —le respondieron.

—¿Pero es que acaso Maimónides era sacerdote? [8] —preguntó.

—El Omnipotente, bendito sea —le dijeron—, le ha concedido la santidad de Aarón [9], y con él a sus hijos y discípulos, porque se han ocupado de las leyes del Templo y de los utensilios del culto y de las de sus sacerdotes, levitas y sacrificios. Le ha construido el Omnipotente, bendito sea, este Templo, instituyéndole como sumo sacerdote, y en él ofrenda cada día los sacrificios permanentes y los adicionales de los sábados, de primeros de mes y de las fiestas del Señor [10]. El mérito de sus sacrificios protege a Israel en toda la diáspora y en especial a aquellos que se ocupan en el estudio de sus obras. Y cuantos pronuncian contra ellas palabras despectivas no tienen parte en el Dios de Israel, como le sucedió a Coré y a su grupo [11].

Se despertó rabí Yoná de su sueño intranquilo y confuso y estuvo soñando lo mismo durante todas las noches de la Pascua. Un pavor mortal se apoderó de él, y al terminar la festividad empezó a rondar por las sinagogas de la ciudad mientras proclamaba entre sollozos: «He pecado contra el Señor, Dios de Israel, y contra nuestro rabino Moisés ben Maimón, su siervo. Moisés es verdadero y verdadera su ley, y yo y mi grupo somos unos mentirosos.» Y siguió haciendo lo mismo por las sinagogas de otras ciudades.

[7] Las vestiduras del sumo sacerdote se describen en Ex 28 y 39.

[8] La intención de la pregunta es: «¿Pero es que acaso Maimónides se apellidaba Cohén (hb. kohén) para que se le revista con la dignidad del sacerdocio?» Recuérdese que las familias judías que llevan tal apellido —Coen, Kahn, Kahane, etc.— son los que se consideran descendientes de los que sirvieron como sacerdotes en tiempos del Templo.

[9] Hermano de Moisés y primer sumo sacerdote de Israel (cfr. Ex 28-29 y Lv 8).

[10] Los sacrificios del Templo se detallan en Lv 1-7, 16, etc.

[11] Quienes se sublevaron contra Moisés y se los tragó la tierra, según el relato de Nm 16.

Así estuvo viajando hasta que llegó a la tumba de Maimónides [12], su mérito nos proteja, donde permaneció siete días haciendo ayuno y duelo y repartiendo limosnas. Pero durante todos aquellos días no oyó de boca de nadie ninguna palabra de consuelo o de exculpación. Todos le miraban, oían sus palabras y su llanto, y lloraban con él.

Con el corazón roto y angustiado siguió rabí Yoná deambulando cabizbajo de ciudad en ciudad, hasta que llegó a Roma, y en el sábado llamado Nahamú [13] entró en la gran sinagoga, donde hizo entre sollozos una confesión completa. Se levantó entonces un anciano y, acercándose a él, le dijo: «Ha desaparecido tu pecado y tu falta queda expiada» (Is 6,7).

En aquel mismo instante sintió rabí Yoná una gran alegría en su corazón porque había sido perdonado su pecado. Regresó a su ciudad, Gerona, donde estableció una casa de estudio; y en cada cuestión de normas religiosas aducía las palabras de Maimónides, diciendo:

—Las enseñanzas de Moisés son verdaderas y es verdadera su ley.

96. EL LIBRO ENTERRADO (1)

En la antigua y santa Jerusalén había numerosas sinagogas, que entonces estaban divididas según las diferentes congregaciones religiosas en sinagogas askenazíes, sinagogas sefardíes, etc. Algunas de ellas tenían sólo una planta; pero había otras con varios pisos, los cuales estaban habitualmente excavados bajo tierra, de manera que había que descender a las profundidades del subsuelo para acceder a ellos.

A este tipo respondía la mayoría de las sinagogas de los sefardíes, quienes referían el versículo que dice: «Desde las profundidades a ti clamo, Señor» (Sal 130,1), a sus sufrimientos en los días de las conversiones, en tiempos de la Inquisición, la cual había decretado el exterminio —Dios nos libre— de los judíos y les había prohibido rezar al Señor, obligándoles a mezclarse con la generalidad de los gentiles creyentes en Jesús ...

Sucedió que en cierta ocasión en que numerosos peregrinos visitaban las sinagogas de la antigua y santa Jerusalén iba con ellos el santo rabí

---

[12] Recuérdese que lo enterraron en la ciudad de Tiberíades; véase al respecto núm. 91.

[13] Nombre que se da al primer sábado después de la solemne conmemoración del 9 del mes de ab (hb. *Tiš'á beab*), día de ayuno y duelo en el que se recuerda, entre otras calamidades del pueblo judío, la destrucción de los dos Templos de Jerusalén. En ese sábado se lee en la sinagoga el pasaje de *Isaías* que comienza (40,1) con las palabras «Nahamú, nahamú 'amí» 'Consolad, consolad a mi pueblo'.

Isaac Luria de Safed [14]; y, naturalmente, en pos de aquel sabio y justo varón, su recuerdo sea bendito, se apiñaba numeroso gentío. El santo Luria entró en una de las sinagogas cuya entrada principal estaba justamente sobre el suelo, al nivel de la calle. Había allí una sinagoga como todas, con el arca santa [15] rodeada de bancos cubiertos con blancos cojines resplandecientes de limpieza. Desde allí se empezaba el descenso a las profundidades de la tierra mediante una escalera que desembocaba en una segunda planta, en donde había otra sinagoga con todo lo necesario para el culto. Desde esta segunda se bajaba un piso más, donde había otra sinagoga; y aún desde esta tercera se bajaba todavía otro piso, que daba a una cuarta ...

Cuando estaba Isaac Luria visitando aquella sinagoga sefardí y el gentío que le seguía había ya logrado ver la que estaba al nivel del suelo y empezaban a bajar al vientre de la tierra por las escaleras que descendían a las otras sinagogas excavadas más bajo, sucedió que de pronto se detuvo Isaac Luria en uno de los escalones y no siguió descendiendo. El público que le acompañaba también se paró, interrumpiendo su bajada; y así estuvieron un buen rato: Luria, inmóvil, y la compañía quieta, sin que nadie se atreviera a preguntarle nada al santo rabino, pues todos comprendieron que si se había detenido, sus motivos tendría.

Estaban, pues, todos contemplando cómo el santo Luria inclinaba la cabeza en dirección a uno de los escalones, aquel sobre el que se encontraba y que nadie se atrevía a pisar; y viéndolo así, que parecía como si estuviera hablando o preguntando algo, llamaron al sacristán, quien con otros cuantos hombres empezaron a cavar bajo el escalón en el que el santo Luria se había detenido.

Los miró Luria, pero no se opuso a que cavaran, sino todo lo contrario, y cuantos estaban allí reunidos tuvieron la impresión de que incluso se complacía con ello. Y ¡oh maravilla!, cuando habían cavado sólo un poco y raspado algo de la capa superior de polvo, he aquí que apareció ante los ojos de todos un libro escrito por Maimónides y que sin duda había sido enterrado allí por alguno de los muchos que le envidiaban y mantuvieron controversias con él.

Sacudieron el polvo del libro, y aquella perla fue rescatada de su tumba para alegría de todos. Así sucedió que «la piedra que desecharon los constructores se ha convertido en la piedra angular» (Sal 118,22). El Señor nuestro Dios nos conceda distinguir entre el bien y el mal, amén.

[14] Famoso cabalista (1534-1572), fundador de la escuela de Safed; en la tradición judía se le conoce como HaAri, acrónimo de la eulogia hebrea con la que se le denomina ('el divino rabí Isaac').
[15] Especie de armario en la pared frontal de las sinagogas donde se guardan los rollos de la Ley que se utilizan en el servicio religioso.

97. EL LIBRO ENTERRADO (2)

De lo que sucedió en Jerusalén en tiempos del santo rabino autor del libro *Luz de la vida* [16].

He aquí que había en Jerusalén un buen número de caraítas [17], que son los saduceos, cuya creencia es de todos conocida: no admiten las enseñanzas de los rabinos y sólo creen en Moisés y en su Ley. Caminan por sendas tortuosas (cfr. Jue 5,6), según una opinión errada.

En cierta ocasión se acrecentó en Jerusalén la opresión de los gobernantes sobre los judíos, gravándoles con un impuesto imposible de soportar. Entonces el mencionado rabí Hayim ben Atar ordenó a la comunidad que, con el fin de buscar algún remedio y de elevar preces a Dios, se reunieran todos en secreto en la sinagoga de los caraítas. Y escogió este lugar para que nadie pudiera oír ni una sola palabra de sus deliberaciones, pues, tal y como se conserva hasta el día de hoy, dicha sinagoga está excavada en el subsuelo.

Cuando el santo rabino estaba bajando la empinada escalera para llegar al lugar en donde se celebraba la asamblea, de pronto sufrió un desvanecimiento y sus pies trastabillaron. Llenas de asombro, se miraron las gentes unas a otras y exclamaron:

—Esto no es sino que ha hecho presa en él un espíritu maligno que habita en este lugar.

Investigaron el asunto, cavando con premura bajo la escalera, y encontraron que los caraítas habían enterrado allí los libros de nuestro maestro Moisés bar Maimón, su recuerdo sea bendito, con el propósito de menospreciarlo y pisotearlo.

Entonces condenaron a los caraítas a pagar el oneroso tributo ellos solos en nombre de todos los demás. También los maldijo el rabino con que jamás pudieran reunir entre ellos los diez varones que completan el *minián* de la oración [18]. La maldición se cumplió, pues no han vuelto a reunir el número de diez varones, y cuando les nace un niño o viene algún caraíta de otra ciudad, de inmediato muere uno de los miembros del grupo.

Incluso sucedió que hace treinta años vinieron desde sus países de origen como unas veinte familias caraítas a morar en Jerusalén, y la exigua secta de la ciudad se llenó de alegría y alzó voces de júbilo por su próxima llegada, ya que así podrían completar el *minián*. Pero su alegría

---

[16] Se refiere a Hayim ben Atar (Mekinéz 1691-Jerusalén 1743), uno de los más famosos cabalistas de su generación; su citada obra (hb. *Mecor hahayim*) (Venecia, 1742) es un comentario místico al Pentateuco.
[17] Sobre los caraítas véase núm. 73 y nota 12.
[18] Sobre el *minián* véase núm. 49, nota 1.

se les trocó en duelo y angustia, pues apenas habían llegado a la puerta de Jerusalén aquellos forasteros que venían a avecindarse aquí, cuando empezó la peste a hacer estragos entre ellos, hasta el punto de que murieron casi todos antes de pisar el umbral de la sinagoga caraíta; y los que quedaron con vida murieron en sus casas.

De suerte que hasta el momento presente, en nuestros propios días, aún no han logrado completar el *minián*.

98. EL PROBLEMA RESUELTO

Estaban en cierta ocasión rabí Salomón Zalman de Glogow, llamado el Hasid [19], y rabí Naftalí de Ropczyce [20] celebrando el sábado en Lublín con el grupo del vidente de dicha ciudad [21] y dijeron allí la oración en compañía de cinco mil hasidíes seguidores del vidente.

Al acabar la plegaria, un gran número de fieles, y entre ellos rabí Naftalí y rabí Salomón Zalman, acompañaron al vidente a su casa para escuchar de su santa boca la bendición del vino antes de almorzar. Pero el vidente iba retrasando el momento de decir la bendición, hasta que dos o tres de los rabinos presentes se acercaron a él y le dijeron:

—Vamos a bendecir, rabí, que se está haciendo tarde.

Siguió callado el vidente, pero como las peticiones de bendecir se repitieran, aclaró:

—Diré la bendición si traéis a Moshka a mi presencia.

Era Moshka uno de los judíos más ricos de Lublín y pertenecía a los que allí se oponían al movimiento hasídico. Los presentes se quedaron perplejos, pues todos sabían que repetidamente se había negado Moshka en el pasado a atender peticiones semejantes, y a cuento de qué iba ahora de pronto a cambiar de opinión.

Finalmente decidieron que solamente rabí Salomón Zalman era capaz de tener éxito en tal empresa, y, en efecto, sobre sus hombros recayó el realizarla.

Se fue rabí Salomón a casa de Moshka y lo encontró sumido en un

[19] Tatarabuelo del narrador (1720-1783).
[20] Hasid polaco (1760-1827) que tras la muerte de Jacob Isaac (véase nota siguiente) fue uno de los principales dirigentes del movimiento religioso hasídico en Galitzia.
[21] Jacob Isaac (1745-1815), llamado el vidente de Lublín y tenido por santo y milagrero, fue uno de los fundadores en Polonia y Galitzia del movimiento místico judío denominado hasidismo, cuyo iniciador fue rabí Israel ben Eliézer Báal Šem-Tob (*ca.* 1700-1760); llevó a cabo la mayor parte de su actividad en la ciudad de Lublín, donde recibió duros ataques por parte de los contradictores (hb. *mitnaguedim*) del hasidismo.

difícil pasaje de Maimónides; desde hacía tiempo le preocupaba un grave problema de aquel pasaje, ya que se le había suscitado una contradicción textual que no sabía cómo conciliar. Había enviado cartas consultando el problema a muchos centros de estudios rabínicos de toda Polonia y a los más ilustres sabios del país, pero no había recibido ninguna respuesta satisfactoria.

Cuando oyó Moshka la misión y propósito de Rabí Salomón Zalman, le dijo:

—Si eres capaz de resolverme la dificultad que hay en este pasaje de Maimónides, iré contigo a ver al vidente.

Escuchó rabí Salomón el problema, se quedó pensando unos segundos y después soltó su explicación.

Quedó sorprendido Moshka: ciertamente ahora le quedaba muy claro que ésa era la explicación correcta y que no había otra. El problema quedaba perfectamente resuelto.

—¿Cómo has dado con la solución? —exclamó Moshka, presa de entusiasmo.

—Es que Maimónides estaba detrás de mí —le respondió Salomón—; ha sido él quien me ha soplado la respuesta.

No hace falta decir que Moshka fue con rabí Salomón Zalman adonde estaba el vidente y que todos juntos oyeron las palabras de bendición que salían de boca del santo.

99. EL RABINO SOMETIDO A PRUEBA

Cuando rabí Ezequiel Landau [22], autor del libro *Divulgado en Judá* [23], presentó su candidatura al rabinazgo de la ciudad de Praga, tuvo cierto sábado, según es costumbre entre las comunidades judías de la diáspora, que pronunciar un sermón y tomar la palabra ante la grey judía de la ciudad.

Se alojó el rabino en casa de uno de los ricos de Praga, hombre entendido y estudioso de la Ley, encontrando los dirigentes de la comunidad que él y su casa eran los más apropiados para hospedar a quien en el futuro sería su gran rabino.

El viernes se hizo pública una proclama especial por todas las sina-

---

[22] Se trata de una de las más destacadas personalidades rabínicas de su tiempo (1713, Opatow, Polonia-1793); en 1754 fue nombrado rabino de Praga y de toda Bohemia, cargo que era por entonces uno de los de mayor responsabilidad e importancia del judaísmo centroeuropeo.

[23] Libro de *responsa* que contiene unas 860 consultas y respuestas jurídico-religiosas; se editó en dos partes en Praga 1776 y 1881.

gogas y escuelas religiosas de la ciudad acerca del sermón del famoso candidato, señalando el tema y su apoyatura textual. Los estudiosos de la ciudad estuvieron repasando los diversos pasajes del Talmud [24] y de los codificadores señalados en el aviso para así poder moverse con soltura en el tema del sermón, y a la hora fijada se dio cita tal cantidad de público que la sinagoga Al-Tenay resultaba pequeña para acoger a cuantos habían venido a escuchar las palabras del rabino.

Empezó éste su prédica con algunas parábolas y pasó después a exponer unas cuantas normas preceptivas relacionadas con el tema anunciado: expuso una cuestión compleja y la explicó a la luz de una fuente determinada; volvió sobre ella, encontrando los fallos de su argumentación y echándola por tierra; añadió una nueva dificultad a la primera y volvió a hacer lo mismo...

En la sinagoga reinaba un santo silencio. Con las caras arreboladas de entusiasmo, el público entendido veía en rabí Ezequiel el sabio adecuado para ocupar el sitial de gran rabino de la ciudad.

Pero de pronto subió a la tarima uno de los que frecuentaban la casa de estudios rabínicos: un joven de gran futuro, experto en el mar del Talmud y en sus comentaristas, quien rompió el silencio golpeando sobre la mesa.

Los ojos de la concurrencia se volvieron hacia el joven, pues conocían sus saberes y sus aspiraciones a ocupar el sitial del rabinato de Praga. A la hora de pronunciar su prédica más de un rabino había tropezado por su culpa y entre las gentes reunidas en la sinagoga cundió el temor de que también sufriera este rabino algún tropiezo a causa del joven que ardía en celos, encontrando siempre pegas en todos y cada uno de los candidatos.

Con el semblante reposado e indiferente subió el joven a la tarima y prorrumpió en loas y alabanzas al candidato, a su profundo método deductivo y al experto conocimiento que mostraba del Talmud y de las palabras de los codificadores. Sin embargo, continuó el alegante, se le ha escapado al honorable rabino una norma explícita de Maimónides, tratado tal, capítulo cual, regla tal, en donde se dice justamente lo contrario de lo que ha expuesto el rabino al principio de su prédica. Según ese pasaje, no hay lugar a la dificultad expuesta y, por tanto, nada hay que pueda asombrar al rabino en la segunda fuente aducida ni hay tampoco por qué recurrir a la explicación de la tercera. Y así paso a paso fue derribando el edificio que sobre tan inestables cimientos había levantado rabí Ezequiel, puesto que la norma por él mencionada estaba en contraposición con lo explícitamente fijado por Maimónides.

[24] Véase al respecto núm. 16, nota 1.

Palideció rabí Ezequiel, pero siendo hombre de temperamento reposado, aplazó con tranquilidad su respuesta para después de finalizado el sábado.

Al regresar rabí Ezequiel a la casa en donde se hospedaba, su primer movimiento fue hacia la estantería de los libros; sacó *La segunda ley*, buscó la norma que había mencionado el joven en su réplica y no la encontró. Hurgó en otras normas parecidas por si encontraba las palabras aducidas, pero todo su esfuerzo fue en vano.

Al terminar el sábado, cuando se reunieron los principales y los estudiosos de la ciudad para oír la respuesta del rabino, fue invitado el joven que estaba presente en la reunión a mostrar dónde estaba en *La segunda ley* aquella norma que había señalado en la sinagoga.

Se levantó el joven de su asiento y, triunfante, se volvió hacia rabí Ezequiel, diciéndole:

—¿Cómo tiene un rabino la osadía de presentar su candidatura al rabinazgo de Praga, metrópoli del pueblo judío, lugar en el que ejerció su ministerio nuestro maestro y rabino Yehudá Loew [25] el santo, si no recuerda en relación con una determinada norma jurídica si está o no en Maimónides? Un rabino que no conoce a Maimónides como cualquier judío conoce el «Felices» [26] no puede ser candidato al rabinato de la ciudad de Praga.

Resplandecieron los rostros de los reunidos, pues les quedó claro que el sermón del rabino había estado basado y construido sobre un firme fundamento que no iba a desmoronarse. Y en seguida, sobre la marcha, le otorgaron el nombramiento de rabino de Praga.

100. EL ESPIRITU PROTECTOR

Rabí Nisim Ananí servía como vicetesorero de la sinagoga de El Cairo, dedicada a Maimónides, su recuerdo sea bendito.

Hacía rabí Nisim su trabajo con absoluta entrega y sin recibir ningún tipo de paga, comportándose con gran misericordia con los muchos peregrinos que acudían a pernoctar en la sinagoga esperanzados en recibir durante el sueño la clemencia del santo Maimónides.

Cuando sintió rabí Nisim deseos de abandonar El Cairo y dejar su

[25] Famoso rabino del siglo XVI, quien según la leyenda fabricó el gólem; todavía hoy se puede contemplar su asiento en la antigua sinagoga de Praga, así como su tumba en el cementerio judío de dicha ciudad.

[26] Hb. *Ašré*, nombre de la oración que se inicia con las palabras «Felices los que se asientan en tu morada» (Sal 84,5) y que se repite tres veces al día en el servicio sinagogal.

servicio en la sinagoga para emigrar a Tierra Santa, se preparó para hacer una consulta onírica a Maimónides, el cual, apareciéndosele en sueños esa misma noche, le dijo:

—Vete al país de Israel como deseas. Yo permaneceré aquí, pues mi alma habita en medio de mi pueblo en esta sinagoga construida bajo mi advocación para ayudar a todas las comunidades de hijos de Israel en esta ciudad hasta que el último de los judíos abandone Egipto.

Escuchó rabí Nisim el consejo de Maimónides y se fue al país de sus antepasados. Su mérito nos proteja, amén y amén.

101. LA CURACION MILAGROSA

A la sinagoga de Maimónides, situada en la calle de los judíos de El Cairo, acuden numerosas personas no sólo para rezar, sino también en busca de curación, pues el espíritu del divino médico se aparece allí a los que padecen dolores y a los enfermos crónicos que vienen a pedirle remedio y cura.

Está enterrado Maimónides en la ciudad santa de Tiberíades, pero su espíritu y su fuerza curativa se ciernen sobre la faz de ese lugar santo de El Cairo. No es, pues, de asombrar que muchas personas, judíos y no judíos, afluyan a esa sinagoga en busca de ayuda y de que sus ruegos sean atendidos.

En la sala del recinto se ven siempre enfermos, ricos y pobres juntamente, y cada uno, en la medida de su voluntad o de sus posibles, da una limosna a la sinagoga: quién para la adquisición del aceite de la lámpara, quién para el mantenimiento de los servidores de lo sagrado. Y nadie dice que el lugar le resulta estrecho; pues una vez que se ha recibido la oración de un enfermo y éste merece una curación completa, abandona la sinagoga y su lugar es ocupado por otro que también esté necesitado de una bendición misericordiosa.

El asunto sucedió en tiempos del juez Levitán Alhamí. El carnicero Jacob Zucker, propietario de una carnicería, era un hombre alto y recio, a quien todo el mundo conocía por Abu Rahma. Pero he aquí que enfermó gravemente el hombre: su intestino ciego estaba cubierto de pus y los médicos que lo trataban coincidieron en afirmar que tenía que ser operado. Ya había recibido el encargo de llevar a cabo la operación el famoso médico Ibrahim Fahmí Bey y un anestesista.

Al acercarse la fecha prevista empezó a sentir Abu Rahma un miedo atroz. Su abuela, que era la más anciana de la familia, intentó convencerle de que, como hacían muchos otros judíos, se acogiera durante un tiempo al recinto de Maimónides:

225

—Pues he aquí que todos reciben ayuda —arguyó la abuela.

No quiso Abu Rahma ni oír las palabras de la anciana y prefirió seguir cómodamente acostado en la espaciosa cama de su mansión. Pero la fecha de la operación iba acercándose y ya faltaban sólo tres días...

Por la noche tuvo Abu Rahma un sueño: los médicos cortaban su carne viva con cuchillos y bisturíes de igual manera que él mismo acostumbraba a hacer en su carnicería con el vientre de los animales. No sabía Abu Rahma qué decidir, hasta que finalmente cedió a los ruegos de la abuela de pasar una sola noche, la anterior a la operación, en la sinagoga de Maimónides.

Al atardecer lo subieron en un coche de caballos, y sosteniéndolo su anciana abuela por un lado y su tía por el otro, lo trasladaron al lugar santo.

Metieron a Abu Rahma en la gran sala en la que estaban acostados todos los enfermos que esperaban salvación, prometiéndole volver por la mañana para llevarlo a su casa a tiempo para la operación.

A medianoche soñó Abu Rahma que un anciano con una blanca y luenga barba se acercaba a él y le decía:

—¿Es ésta tu enfermedad? Ponte en pie y vete de aquí.

Se despertó el carnicero sobresaltado y sin pensarlo dos veces trepó los diez escalones que le separaban de la galería superior de la sinagoga para despertar a las personas que le habían acompañado y que estaban allí durmiendo.

Eran las dos de la noche y en la sinagoga no había más que oscuridad y tinieblas. Quisieron las mujeres esperar hasta que amaneciera, pero Abu Rahma se negó en redondo, y apoyado en los hombros de la abuela y de la tía, así llegaron los tres de vuelta a casa, donde le prepararon la cama y se quedó dormido.

Por la mañana llegó el doctor Ibrahim Fahmí Bey con su ayudante para llevar a cabo la operación, pero Abu Rahma no quiso hablar con ellos. Su mujer refirió a los médicos los sucesos de la noche anterior y el asunto del sueño, mientras que a Elías, su hijo mayor, le tranquilizó diciéndole:

—No te preocupes, hijo mío, que tu padre ya ha estado con el médico.

El doctor Fahmí Bey se dirigió a los miembros de la familia, advirtiéndoles:

—Sabed que Abu Rahma se encuentra en gran peligro y puede morir si no se le opera.

—¡Que va!; el peligro ha desaparecido completamente. El rabino ha curado a mi marido —respondió la mujer; y al oír aquello el médico árabe abandonó la casa hecho un basilisco.

Al día siguiente acertó el médico a pasar por la calle donde se encontraba la carnicería de Abu Rahma, ¿y qué es lo que ven sus ojos?: al carnicero que sale a su encuentro con la sonrisa en los labios y se dirige al perplejo médico, diciéndole:

—Señor doctor, estoy en deuda contigo. La operación no se llevó a cabo por mi culpa; tú has perdido un tiempo precioso y quiero indemnizarte por ello.

—Ahora me creo —respondió atónito— que la fuerza del más grande de los médicos, rabí Moisés ben Maimón, su recuerdo sea bendito, es mayor que la de un médico vivo y que tiene más poder para curar enfermos que yo. Así que renuncio al dinero que me corresponde.

Los dos se separaron en paz, y Jacob Zucker, apodado Abu Rahma, vivió aún muchos años y toda su vida estuvo bueno y sano.

102. EL POZO MILAGROSO

En la plaza Zacchini de la ciudad de El Cairo moraba la familia de Elías Mizrahi. La vida de Elías y de su mujer, Raquel, transcurría en paz y tranquilidad. Pasado el tiempo, quedóse ella preñada y le parió dos niños a su marido, que era abogado; pero después del parto enfermó la mujer de reumatismo y sufría de dolores por todo el cuerpo. Estuvo durante largo tiempo internada en el hospital italiano, que era uno de los más famosos de la ciudad; pero los médicos no encontraban cura para la esposa de don Elías, hombre de grandes empresas y descendiente de famosos dirigentes de la comunidad y de rabinos de renombre.

La enfermedad se extendió por todo el cuerpo de la mujer y estaba invadida de fuertes dolores. La inflamación iba en aumento y llegó a tener Raquel el aspecto de una bola que caminaba sobre dos cortas piernas. Los familiares probaron de todo: se dirigieron a varios médicos, pusieron velas en las sinagogas y en las casas de estudio y buscaron el consejo a los grandes de la Ley. Pero todo fue en vano.

En el barrio judío de El Cairo se encuentra la sinagoga del santo Maimónides y en el patinillo de la sinagoga brotan las aguas de un antiguo pozo bendecido por Maimónides, el recuerdo del santo sea bendito. Las aguas del pozo son salobres y tienen propiedades milagrosas: todas las personas de fe que sufren de cualquier enfermedad y se bañan en ellas un cierto tiempo, se curan. Permanecen las gentes en habitaciones individuales durante días y semanas, bañan sus cuerpos en las aguas del pozo y rezan; y cuando llega el momento, los enfermos reciben ayuda y su mal les abandona para siempre.

No sólo la gente de religión judía encuentra remedio a sus enfermedades: también los musulmanes vecinos de los judíos acuden a aquel lugar poniendo sus esperanzas en aquel santo varón que, gracias a su gran merecimiento, cura todos los males aun después de muerto. Y también allí, en la sinagoga, permanecen los árabes que sufren de algo y el agua del pozo les reporta la cura de sus padecimientos.

La noticia de la enfermedad de la mujer de rabí Elías llegó a oídos del anciano sacristán de la sinagoga de Maimónides, pues Raquel era hija de Sifrá, la famosa comadrona para quien toda la ciudad de El Cairo no tenía más que elogios. Y no se quedó tranquilo el anciano hasta que fue a la casa de don Elías y le habló del pozo de Maimónides y de sus propiedades curativas.

De inmediato tomó don Elías a su mujer Raquel y la llevó a una de las habitaciones de la sinagoga bendita. Tres veces al día bañaba la mujer su cuerpo en las aguas del pozo; y en la vigilia del primer día del mes de *nisán* [27] oyó Raquel una voz que se dirigía a ella diciéndole:

—Mujer, levántate sobre tus pies y vete a casa de tu marido, pues ha llegado la curación a tus huesos.

Se levantó Raquel, y sintiéndose sana y con el cuerpo restablecido, regresó a casa con su marido y con sus hijos. Como muestra de agradecimiento por haber vuelto a la normalidad, acostumbraba doña Raquel a enviar a la sinagoga de Maimónides, y también a otras casas de estudio de la ciudad, velas para poner delante del púlpito durante las oraciones penitenciales del mes de *elul* [28].

El hijo menor del pachá Hab-al-Rumn se había ido a la ciudad de París, en Francia, para estudiar economía. Al llegar el muchacho a la capital de Francia enfermó de inflamación en las articulaciones, y en toda la gran urbe no se encontró un solo médico que lograra curar al hijo del pachá. La enfermedad le había atacado las piernas y los brazos y el muchacho tenía que permanecer en su alojamiento sin moverse.

En seguida de ocurrirle aquello escribió a sus padres contándoles su grave situación. Los padres, que pertenecían a uno de los más nobles linajes del pueblo egipcio, vivían en el mismo barrio de la familia Mizrahi y conocían la extraordinaria recuperación que se le había otorgado a la mujer de su amigo judío gracias a las propiedades maravillosas del agua del pozo de Maimónides. Así que escribieron a su hijo toda la historia.

Envió el muchacho sus vestidos a El Cairo y le pidió a su padre que los llevara a la sinagoga para bañarlos en el agua del pozo santo, y el padre así lo hizo; pero cuando recibió de vuelta las ropas y se las puso

---

[27] Véase al respecto núm. 58, nota 18.
[28] Véase al respecto núm. 58, nota 21.

no sintió el joven alivio alguno. Preguntaron Rumn y su mujer, la cual era también persona conocida, pues actuaba como primera secretaria del partido Wafad, la explicación del asunto al sacristán de la sinagoga de Maimónides y éste les respondió:

—A medianoche escuché un murmullo, así que hice ayuno para propiciar una consulta onírica, y entonces me descubrieron que las aguas del pozo no tienen ninguna influencia sobre las ropas. Lo que tu hijo tiene que hacer es venir en persona a dormir aquí, en este lugar, y entonces vendrá la salvación y las aguas del pozo lo curarán totalmente.

Nada más enterarse el joven Rumn Pachá de las palabras del sacristán abandonó de inmediato la Universidad de París, la metrópoli. Tras varias jornadas de viaje llegó a su ciudad natal y al día siguiente se instaló sin más tardanza en la sinagoga de Maimónides. No pasó mucho tiempo hasta que el hijo del pachá se sintió fuerte y sano: por haber escuchado las palabras del sacristán y haber seguido sus indicaciones aquella enfermedad incurable se había apartado de él.

Desde entonces se hicieron el pachá y su familia muy amantes de los judíos. En cada momento de angustia o de opresión, cuando se alzaban sus enemigos para cobrarse en ellos venganza por alguna victoria del ejército israelí, la gente de la familia de Hab Rumn Pachá ayudaba a la comunidad judía de El Cairo; y también en otras muchas ocasiones se aprestaron gustosos a socorrer a los hijos de la religión de Moisés, viniendo por medio de ellos una gran salvación.

103. EL MEDICO IMPROVISADO (2)

En una pequeña aldea vivía un pobre zapatero. ¿Qué quiere decir un pobre zapatero? Pues que siempre andaba falto de las cosas más imprescindibles.

Cuando llegaron los días de Primero de año y de la Expiación [29], fue la mujer de aquel zapatero a rezar a la sinagoga. Los pobres acuden siempre a rezar más temprano que los ricos; así que cuando llegó la mujer, se sentó en uno de los muchos lugares vacíos. Poco a poco todo el mundo fue haciendo aparición y empezaron a ocupar los asientos. Entre aquéllos entró también una mujer de las principales de la aldea, y

---

[29] Festividades solemnes del calendario judío. La primera (hb. *Roš hašaná*) marca el inicio del año (1 y 2 del mes de *tišrí*, cuyo comienzo oscila entre septiembre y octubre); con ella se inician los diez días de arrepentimiento y perdón que culminan en el Día de la Expiación (hb. *Yom kipur*), de ayuno y oración para pedir a Dios perdón por los pecados cometidos.

229

viendo el sacristán que la mujer del zapatero se había sentado en el lugar de la rica, se acercó a ella y le dijo:

—Mira, este asiento no es tuyo; es de la esposa del honorable rico Fulanez.

Sin replicar se levantó la mujer y fue a sentarse en otro lugar. Pasado un rato apareció otra señora y el sacristán salió presuroso a su encuentro para mostrarle dónde sentarse. Era también ésta la esposa de un hombre importante y respetado, y de nuevo tuvo que levantarse la del zapatero y cambiar de sitio. Llegó después una tercera mujer, que también tenía su lugar reservado y otra vez le dijo el sacristán a la pobre:

—Mira, ya te he dicho que estos asientos son de las señoras que han comprado sus sitios por adelantado; no son para ti.

Se levantó la mujer del zapatero y volvió a cambiar de lugar. Un poco más tarde entró aún otra señora de las principales del lugar, y el sacristán se dirigió de nuevo a la pobre diciéndole:

—Oye, ¿cuántas veces tengo que decirte que estos asientos están vendidos a otras?

Enojada de tanto zarandeo, exclamó la mujer:

—¿Qué pasa aquí? ¿Es esto un teatro o un sitio parecido en donde hay que comprar los asientos? ¿Qué? ¿No estamos en una sinagoga adonde se viene a rezar? ¡Donde uno se sienta, se sienta y reza a Dios!

—Sí, tienes razón —respondió apaciguador el sacristán—. Pero tú no has pagado y bien puedes rezarle a Dios desde otro lugar, ya que él en cualquier caso va a oír tus súplicas.

— ¡Pues si no me dejas sentarme en los asientos delanteros —replicó, furiosa, la mujer— me largo ahora mismo de aquí y no me quedo ni un segundo más! —se fue corriendo al encuentro de su marido y le gritó—: Vámonos en seguida a casa.

—¿Por qué estás formando esta escandalera? —le preguntó el marido.

— ¡No quiero quedarme ni un momento más en la sinagoga!

—Esto es una sinagoga y no un mercado —la reprendió el zapatero.

— ¡Se ha reído a mi costa y me ha humillado! —continuó ella gritando fuera de sí.

—Cállate, mujer —intentó calmarla su marido—; no está bien armar un escándalo; la gente va a creerse que nos estamos peleando. Hoy es día de fiesta, así que te quedarás a rezar y después nos iremos a casa. Es una vergüenza marcharse ahora; pensarán que nos estamos tirando los trastos a la cabeza en plena festividad.

Sin atender a razones seguía la mujer con su griterío y la gente empezaba a apiñarse a su alrededor. En vano intentó el marido apaciguarla; ella no daba su brazo a torcer, hasta que finalmente se fueron a

230

casa. Por el camino se enzarzaron en una zaragata y de pronto la mujer le espetó:

—De ahora en adelante se acabó eso de zapatero. Tú vas a ser médico y a predecir el futuro, que ya me he cansado de ser la mujer de un remendón.

—Pero ¿qué estás diciendo, mujer? ¿Médico yo? ¿Te has vuelto loca? ¡Con dificultades consigo arreglar los zapatos como es debido y a ti se te ocurre que me haga médico!

Pasaban los días y el matrimonio andaba a la greña en permanente trifulca, mientras ella no paraba de gritar:

—¡Tienes que cambiar de oficio!

Llegaban gentes a llevarle trabajo y la mujer los despachaba con cajas destempladas gritando:

—¡Fuera de aquí! ¡Ni esto es ya una zapatería ni mi marido es zapatero!

Un día corrió a la ciudad, se llegó a uno que hacía carteles y encargó un letrero en el que se leía: «Médico y adivinador del porvenir». De regreso se lo entregó a su marido y le dijo:

—Toma, mira lo que te he traído. Cógelo y pégalo en la fachada de la casa.

—¡Pero bueno!, ¿estás loca? —exclamó espantado el buen hombre—. ¿Cómo me voy a hacer pasar por médico? La gente vendrá a preguntarme y no sabré por dónde salir. ¡No pienso colgar ese cartel!

—Si no lo haces tú, lo haré yo —zanjó la mujer y tomando el cartel lo pegó encima de la puerta.

Los que pasaban se paraban a leer y pensaban: «¿Qué? ¿De zapatero a médico? ¿Cómo es posible?»

La pareja tuvo una pelotera sonada y las gentes que se tropezaban con el zapatero le preguntaban con cierta sorna:

—¿Qué, ahora te has hecho médico?

—¡Qué remedio me queda! —les contestaba el pobre hombre.

A todas éstas, en la casa no entraba un céntimo y ellos venga de peleas y de gritos. Así transcurrieron varios días.

Por entonces llegó a la aldea un oficial seguido de su ayudante, ambos montados a caballo. Volvían de lejanos lugares y estaban cansados y con la tripa vacía. El hambriento oficial se dijo: «Buscaré un lugar donde tomar algo»; así que se detuvieron junto a la posada y descabalgaron. Entró el oficial a comer y el ayudante se quedó fuera amarrando los caballos. Estuvieron un tiempo reponiendo sus fuerzas en la hostería, y cuando el soldado salió a por las cabalgaduras para seguir viaje, he aquí que se encontró con que su caballo estaba allí, pero el del oficial había desaparecido.

Se quedó el soldado clavado del estupor y presa de pánico: en todo el entorno no habría forma de encontrar ni caballo ni carreta y además temía el castigo que recibiría del oficial. En aquella pequeña aldea sería imposible encontrar otra cabalgadura para su jefe. Sin saber qué hacer y a pesar de su miedo, decidió de todas formas informar al oficial, quien al enterarse de lo sucedido se llenó de cólera, y soltándole a su ayudante una sonora bofetada, le ordenó:

—Ya puedes ir buscando el caballo, no me importa en dónde; porque lo que es aquí, en este poblacho, no hay más que jamelgos de labor que no sirven para monta.

Y allí se fue el soldado a buscar. Iba cabizbajo dando vueltas de un sitio para otro cuando de pronto, en una calleja, le saltó a los ojos un letrero: «Médico y adivino». Pensó para sus adentros: «¿Y si voy y pregunto? La verdad es que no tengo nada que perder y a lo mejor me da alguna pista.» Así que entró en la casa.

—Buenas, doctor —saludó—. Vengo a pedirte un favor y quiero aconsejarme contigo. Soy un pobre soldado y estoy en un grave aprieto: el caballo de mi oficial se ha escapado y no sé dónde está; mi jefe es capaz de matarme si no se lo llevo de vuelta. Te suplico que me ayudes; ten compasión de mí, que soy padre de varios hijos, y muéstrame la forma de encontrar el caballo.

Al «doctor» se le demudó la color al oír aquello. ¿Y qué diablos sabía él? ¿Qué responder? Pensaba y pensaba sin encontrar por dónde salir. Viendo el soldado que el otro estaba sumido en hondas reflexiones, le preguntó:

— ¡Eh, doctor!, ¿qué estás pensando tanto?

El «doctor» se metió para adentro en busca de su mujer y le dijo:

— ¡Eh! ¿Te fijas? Me has metido en un buen lío. ¡Adivino yo! ¿Y ahora qué voy a decirle a este hombre que ha venido a pedirme consejo?

— ¡Pedazo de tonto! —le respondió la mujer—, ¿por qué te calientas la cabeza? Dale aceite de ricino.

—Pero ¿de qué va a servirle el aceite de ricino? —exclamó atónito el hombre.

—Déjate de preguntas y dale al soldado aceite de ricino —zanjó la mujer.

¿Qué hizo el «doctor»? Fue y le prescribió al soldado aceite de ricino, diciéndole:

—Compra esto, bébetelo y después encontrarás el caballo.

—¿Y voy a encontrar el caballo bebiéndome eso? —indagó dubitativo el soldado.

—Sí —afirmó el otro.

Pagó el soldado al adivino y se fue a la botica a por el aceite. El boticario le preguntó:

—¿Con qué te lo vas a tomar?

—No tengo nada con qué acompañarlo —le contestó—. Dámelo que me lo beba aquí mismo sobre la marcha. Estoy sólo de paso.

Pidió un poco de agua porque aquello tenía un sabor muy desagradable, pagó y se fue a seguir buscando el caballo. Mientras andaba en su tarea, el aceite de ricino fue haciendo su efecto y al soldado le vinieron ganas de hacer «algo». Buscó precipitadamente un lugar en donde desocupar y desde allí prosiguió su camino en pos del caballo. En ésas estaba cuando de nuevo y ya por tercera vez le acometieron retortijones, y he aquí que mientras estaba en cuclillas evacuando oyó un ruido que parecía de cascos de caballo, así como un relincho lejano. Trató de distinguir con oídos atentos de dónde venía el relincho, y apresurándose a terminar con lo suyo, corrió a toda prisa hacia el lugar de donde procedía el sonido. Siguiendo la voz encontró el caballo, que estaba pastando tan tranquilo por aquellos alrededores.

Lleno de alegría por haber recuperado el caballo, se acercó a él, lo tomó firmemente de las riendas y regresó a encontrarse con el oficial, que le esperaba en la posada. Cuando éste lo vio llegar, quiso saber cómo y de qué manera había logrado dar con el caballo, refiriéndole el soldado todo lo sucedido. Tras escuchar el relato, montaron en los caballos y reemprendieron su camino.

En la ciudad donde vivía el oficial había un palacio en el que moraba un rey, y nada más llegar oyó de boca de la gente que estaba el monarca sumido en profunda angustia porque su hija había enfermado sin que nadie supiera cómo curarla. El oficial regresó a su casa, se lavó y se fue a descansar, y entonces su mujer le puso al corriente de las noticias sobre la enfermedad de la princesa y de que el rey había prometido la mitad de su reino a quien lograra sanarla.

En la ciudad todos los ánimos estaban conmocionados porque la joven fuera a morir sin que nadie pudiera hacer nada por evitarlo. Cierto día vino el soldado a ver a su jefe, y le dijo:

—Mi señor oficial, ¿qué pasaría si hiciéramos venir a aquel hombre de la aldea? ¿No es que además de adivino era también médico? A lo mejor él consigue curar a la hija del rey.

—Voy a ir al palacio —contestó el oficial—, y si el rey me autoriza a hablarle le contaré lo que me sucedió. Quizá crea mis palabras y quiera hacerle venir. Si es así, entonces iremos a buscarlo. ¿Pues acaso no han ido a ver a la hija del rey los mejores médicos del país sin que hayan logrado curarla?

Se fue el oficial al palacio y pidió audiencia, pero no le permitieron entrevistarse con el rey. Explicó entonces que tenía algo especial que notificarle, y finalmente, cuando oyeron que el asunto tenía relación con la enfermedad de la princesa, fue invitado a pasar a presencia del monarca. Ya ante él, hizo una reverencia y le dijo:

—Mi señor rey, perdóname. No sé si hago bien, pero todos te tenemos en gran estima a ti y a tu hija y todos hacemos cuanto está en nuestras manos para salvar a la princesa de su enfermedad. —Contó luego al rey el asunto del caballo y de su hallazgo gracias a la ayuda de aquel adivino que era también médico en una pequeña aldea; y concluyó el oficial—: Yo quisiera ser tu heraldo de la buena suerte. Si quieres puedes probar; y si no, yo ya hice mi parte.

—Mucho te lo agradezco —le contestó el rey—, y me complace saber que el pueblo me ama. La verdad es que he hecho venir a los mejores médicos del país y del extranjero, sin que hayan podido hacer nada; pero según tus palabras puede ser que aún quede un resto de esperanza; así que probaremos con ese médico.

Tomó el oficial a su ayudante, y, junto con una escolta de alféreces reales que le fue proporcionada, se pusieron en camino para hacer venir al médico desde la aldea.

Llegó el oficial con los jinetes reales al pueblecito y se detuvo ante la casa del «médico», quien al ver semejante tropel de gente y aun antes de saber qué era lo que ocurría, palideció y casi se muere del susto. Al enterarse de lo que pretendían de él corrió aterrado al encuentro de su mujer y le dijo:

—¿Eh? ¿Y ahora qué hago? Dentro de poco mi cabeza estará a la mismísima altura de mis pies, pues a ver quién es el valiente que le discute a su majestad.

—¡Pero qué cabeza de chorlito tienes! —le contestó imperturbable la mujer—. ¿Es que no tienes nada en la sesera? Coge tu taled [30] y tus filacterias [31], no olvides tampoco ponerte el taled pequeño [32], y Dios estará contigo. Adopta una apariencia distinguida, pisa con arrogancia y verás cómo Dios te ayuda.

Tomando el hombre su pequeña alforja, salió al encuentro de la

---

[30] Hb. *talit*, especie de manto con flecos en las cuatro esquinas y generalmente adornado con franjas azules o negras en sus extremos con el que se cubre el varón judío en determinadas ocasiones de la oración sinagogal.

[31] Hb. *tefilín*, pareja de estuchitos de cuero prolongados por correíllas mediante las que el varón judío se los sujeta al brazo izquierdo y en la frente para la oración de la mañana. Dentro de los estuches hay sendos pergaminos en los que están escritos unos pasajes bíblicos (dos de Ex 13 y dos de Dt 6 y 11).

[32] Especie de jubón con flecos en las cuatro esquinas que visten los judíos religiosos bajo las ropas exteriores.

guardia del rey, que le esperaba afuera con la carroza real, y dijo a los valientes oficiales que habían venido a buscarle:

—¡En marcha! Heme aquí dispuesto a acudir en ayuda de la princesa.

Partieron de inmediato y en cuanto llegaron al palacio lo condujeron a presencia del rey. Les dijo el médico:

—Quiero ver a la enferma princesa y quedarme a solas con ella en su habitación.

—Bien —contestaron.

—Voy a hacer todos los esfuerzos posibles —aseguró— y recurriré a cuanto esté a mi alcance para curarla. Espero que Dios me ayude.

Pero mientras sucedía todo esto no paraba el pobre hombre de temblar de miedo, pues no sabía ni cómo empezar ni qué hacer, temiendo que lo mataran por su fracaso.

De cuando era pequeño le sonaba que los médicos acostumbraban a pedir una muestra de la orina del enfermo, así que también él hizo lo propio, ordenando que le trajeran orina de la paciente; se la llevaron en una copita, que depositó en el alféizar de la ventana.

Se fue luego a dormir y por la mañana se levantó muy temprano, se envolvió en el taled, se puso las filacterias y empezó a rezar con todo fervor, rogando que Dios le ayudara y le sacara del embrollo en el que estaba metido. Acabó de rezar y estuvo todo el día yendo y viniendo por la habitación presa de miedo.

Llegó la noche, que era víspera de sábado [33], y de nuevo se puso a rezar con gran recogimiento. Tras la oración llenó de vino una copa para decir la bendición y la apoyó en el alféizar de la ventana.

A todas estas, la enferma princesa no había dejado de observar durante todo el día a aquel hombre tan raro que no paraba de moverse. Por la mañana se había levantado muy temprano, se había puesto una especie de cosa sobre el brazo desnudo y también algo le sobresalía en la cabeza; se había envuelto en una especie de paño de colores y rayas y alzaba la voz clamando en una extraña lengua. Ahora iba y ponía una copa de vino en la ventana al tiempo que rezaba y leía con singulares voces y se iba enardeciendo; y en medio del mucho ardor de su extraña oración, extendía su mano hacia la ventana... Y la hija del rey pudo ver cómo en lugar de coger la copa de vino empuñaba el vaso que contenía la orina y llevándosela a los labios se la bebía.

La princesa, que no salía de su asombro, quiso advertírselo a tiem-

---

[33] Según el calendario judío, los días se cuentan de puesta a puesta de sol. Así, la celebración sabática se inicia al anochecer del viernes y dura hasta el siguiente crepúsculo vespertino.

po e hizo violentos esfuerzos para hablar, hasta que finalmente logró estallar en una especie de risa a grandes carcajadas. Durante su enfermedad no había podido abrir la boca ni pronunciar palabra, pero he aquí que al desternillarse ahora en risotadas se le desprendió de la garganta una bolsa de pus, que cayó al suelo.

El médico informó en seguida a los sirvientes de lo sucedido y corrieron a avisar al rey y a la reina, quienes se alegraron en gran manera de que su hija hubiera recuperado el habla y estuviera curada.

Los reyes no daban crédito a sus ojos: todos aquellos médicos famosos que habían acudido trayendo consigo toda suerte de medicinas y que habían estado probando y probando, sus esfuerzos habían sido en vano. Y, sin embargo, llega éste y cura a su hija sin un solo medicamento. ¡Era algo prodigioso! ¡Un milagro de los cielos! Por su parte, también los restantes médicos estaban atónitos, sin comprender nada. ¿Cómo había sabido aquel sujeto curar a la princesa mejor que todos ellos, que eran personajes famosos en el mundo entero?

Decidieron entre ellos organizar un fastuoso banquete en su honor. Que era un gran médico, sus hechos lo probaban; pero ahora querían averiguar si era también un buen adivino. Así que prepararon un gran ágape y se confabularon para poner a prueba a aquel hombre y ver si era capaz de adivinar. ¿Qué hicieron? Siendo el «médico» el invitado de honor, habría de sentarse a la cabecera de la mesa; así que fueron y enterraron un perro justo debajo del sillón que había de ocupar por la noche durante el banquete.

A la hora de la cena, estaba el «médico» presidiendo la mesa, mientras todos los invitados comían y se divertían de lo lindo. En un momento determinado del banquete se volvieron hacia él y le dijeron:

—Hemos visto que en verdad eres un gran médico de fama y de éxito. Dinos, por favor, dónde has aprendido todo lo que sabes. Nosotros hemos estudiado en toda suerte de lugares, pero a ti, ¿quién te ha enseñado?

—Yo no he estudiado en ninguna universidad —les respondió—, y el médico que fue mi maestro ya ha muerto. Fue muy famoso y se llamaba Maimónides, siendo el médico más conocido de su tiempo.

—Nada hemos oído acerca de él —contestaron—; sin embargo, nos prosternamos ante tus muchos saberes y tu éxito al haber curado a la hija del rey. Ahora queremos saber si también eres capaz de adivinar igual de bien; así que dinos qué hay debajo de tu asiento.

Perdida toda esperanza, se levantó el hombre del sillón poniéndose de pie; y alzando sus manos a los cielos en ademán de súplica, exclamó en voz alta refiriéndose a sí mismo:

—Hasta el momento, bueno, pasó lo que pasó; pero ahora sí que aquí yace el perro.

Al oír aquellas palabras todos le colmaron de alabanzas y elogios por haber descubierto el enigma y haber sido capaz de adivinar correctamente. Por su parte, el rey le cubrió de cuantiosos y ricos obsequios y regresó a su casa viajando hasta la aldea en la carroza real y rodeado de gran pompa. En el pueblo le recibieron con grandes honores y su mujer le dijo:

—¿Eh? ¿Te das cuenta cómo sí que puedes ser médico y adivino? Desde ahora seré la mujer de un famoso médico y mi asiento en la sinagoga estará en la pared oriental [34], y no en el último rincón, como correspondía a la mujer de un simple zapatero.

104. LOS LIBROS DE LA SUERTE

En Rusia se ponían de pronto a matar judíos, había pogromes. Así que un hombre y su mujer huyeron a Persia, donde se establecieron en la ciudad de Kazán, que era entonces la capital del reino y lugar de residencia del rey —ahora vive en Teherán—. Pasado el tiempo, la pareja tuvo un hijo, un guapo pelirrojo.

Un día dijeron las gentes: «Hoy va a pasar el rey por la ciudad.» Extendieron alfombras por doquier y todo el mundo se echó a la calle para recibir al monarca, que una vez al año visitaba la villa. Lo mismo hicieron aquel hombre y su mujer, llevando al niño de la mano.

Cuando pasó el rey, vio de pronto al niño, y quedándose prendado de él, preguntó:

—¿De dónde es ese niño?

—Son extranjeros —le contestaron—; vinieron aquí hace dos años.

—Sin que se asusten, decidle al padre que quiero hablarle —dijo el rey.

Fueron los vecinos a decirle:

—El rey te reclama.

El pobre casi se muere del susto. Se dijo: «Seguro que ha visto que soy extranjero y quiere echarnos.» Cuando llegó junto al rey, éste le dijo:

—Siéntate, no temas. ¿De dónde eres, querido?

—Somos de Rusia, pero allí había toda clase de disturbios y hace ya dos años que hemos llegado.

—Muy bien, te felicito —contestó el monarca, y añadió—: ¿Quieres venderme a ese niño?

[34] Lugar de honor de la sinagoga, que está orientado hacia Jerusalén.

—¡Es mi primogénito! —exclamó el padre—, ¿cómo voy a vendértelo?

—No, si no pienso llevármelo conmigo; sólo quiero que se le llame «hijo del rey». Se quedará contigo y yo te enviaré cada mes cien liras (y antes cien liras era toda una fortuna). Pero una vez al año quiero verlo.

¿Qué podían decir los padres? Eran pobres y Dios les enviaba un medio de subsistencia.

—De acuerdo —aceptaron.

Cogió el padre a su hijo y se fue, después de que el rey le diera un buen regalo ya en aquel momento. Más tarde hizo el monarca que le construyeran un palacio real. Lo mismo que el rey vive en un palacio, así también le hizo construir uno al niño. Alfombras persas en cada habitación, y cada alfombra que se hundía el pie en ella diez centímetros.

Se hicieron ricos. ¿Para qué hacer salir al niño del palacio? Llamaron a un rabino para que le enseñara la Ley.

El muchacho se casó y sus hijos fueron rabinos, todos salieron rabinos. El dinero les venía sin tener que trabajar, así que todo el día lo pasaban estudiando y leyendo. Se hicieron tan ricos que tenían en el sótano odres llenos de monedas de oro. Así hasta que vino al mundo mi padre, en la novena generación.

Decía que aquel niño llegó a ser un gran sabio; salió divino el muchacho y el rey estaba loco por él. ¡Qué gran sabio salió! Los padres le decían al monarca:

—Es digno de ti, nuestro señor rey.

Una vez al año iba el chico a ver al monarca, quien lo besaba y lo abrazaba, dejándole luego que se marchara.

Todos sus hijos salieron rabinos, y cuando nació mi padre todavía existían el palacio y las alfombras y todo. Lo que pasó es que en tiempos de mi padre vino la sequía. Aunque había mucho dinero, no había qué comer y murieron, ¡pobres!, muchas personas y también toda la familia de mi padre. Sólo quedaron él y su hermano, y le dijo mi padre:

—Hermano, vamos a morir. Salgamos de aquí, huyamos.

Cogió mi padre los libros de Maimónides y su hermano un saco de oro, de dinero, que pesaba mucho. Mi padre tenía entonces catorce años y su hermano doce.

Salieron de Persia sin saber adónde iban y cayeron en Irak. Ambos eran pelirrojos como aquel rabino, el sabio. Cuando llegaron a Irak le preguntaron a mi padre:

—¿Cuál es tu oficio?

—Soy médico —les contestó.

¿De dónde sacaba lo de «médico»? De que se dijo: «¿Tengo libros?, pues soy médico.»

El primer sábado, en la sinagoga, subió al púlpito y pronunció un sermón, ya a los catorce años. Era un chico muy alto y parecía como si tuviera veinte.

A partir del momento en que le preguntaron: «¿Cuál es tu oficio?» y contestó: «Soy médico», desde entonces empezó a adivinar el porvenir con los libros de Maimónides.

Si tuviéramos ahora aquellos libros de mi padre, tendríamos mucho dinero; pero mis hermanos fueron y los vendieron. Un médico los compró por diez liras. Los vendieron todos. ¡Me da una pena cuando me acuerdo de ellos!

105. ¿REALIDAD O FANTASIA?

Mi trabajo en relación con el presente libro me ha llevado a caminar tras las huellas de Maimónides: Córdoba, Tiberíades y también El Cairo.

Lo primero que hice cuando llegué a esta última ciudad fue preguntarle al director del Centro Académico Egipcio-Israelí dónde estaba la sinagoga de Maimónides.

—En el zoco —me contestó—. Pregunta allí y te lo dirán, porque desde aquí es difícil de explicar: una vez en la calle central del zoco hay que tirar a la izquierda por la callejuela donde están las tiendas de los joyeros; luego otra vez a la izquierda y en seguida la encuentras. Pregunta allí.

Así fue como comenzó nuestra aventura. Llegamos a la calleja de las joyerías y preguntamos, pero nadie había oído hablar ni de la sinagoga ni de Maimónides; ninguno sabía nada. Estuvimos un buen rato preguntando de aquí para allá; en vano.

Estábamos allí plantados sin saber hacia dónde dirigirnos ni por dónde empezar a buscar, cuando de pronto vimos a un árabe, un señor mayor cubierto con un típico bonete egipcio de color blanco. Sin dudar nos dirigimos a él, y, ¡oh maravilla!, sí sabía dónde estaba la sinagoga.

Empezó el hombre a darnos toda suerte de explicaciones sobre cómo llegar, pero el asunto era tan complicado y tan prolijo que optamos por rogarle que viniera con nosotros y nos mostrara el camino.

Así empezamos a caminar en fila india: el anciano delante, yo en medio con los ojos puestos en el suelo siguiendo sus pasos y mi amigo cerrando filas.

Nos estábamos introduciendo en el mismísimo corazón del zoco, cruzando con rapidez de una callejuela a otra. Empezaba a oscurecer y por aquellos andurriales no había rastro de turistas ni de forasteros. Sólo gentes del lugar que nos miraban y empezaban a seguirnos. Saltaba a la vista que éramos extranjeros.

Las callejas se hacían cada vez más estrechas y de pronto vimos que delante de nosotros se había quedado encajado un camión cargado de hierros. Aprisionado entre los dos muros de la calle, el coche no podía avanzar ni retroceder, y tampoco dejaba ni a derecha ni a izquierda resquicio alguno por el que pudiéramos colarnos y seguir nuestro camino. A nuestras espaldas se iba apiñando un gran gentío que gritaba dándole consejos al conductor, así que henos allí en medio de una multitud que, rugiendo en árabe, se nos iba aproximando.

—¡Heil Hitler! —oímos gritar a uno.

—¡Viva Palestina! —exclamó otro.

—¿Estás segura de que quieres continuar? —me preguntó inquieto mi amigo.

—Sí —le contesté.

—Mi opinión es que sería mejor que regresáramos —me sugirió.

—A pesar de todo prefiero continuar —contesté—. Quiero llegar a la sinagoga, para mí tiene mucha importancia.

Como por arte de magia, el camión pudo salir del atolladero y nos dejó el paso franco. Llevábamos ya una buena hora de caminata con el corazón que se nos salía de la boca. Y por fin, cuando estábamos dándole vueltas a si habíamos hecho bien confiando en aquel hombre al que habíamos encontrado sin más ni más en el zoco y que ya hacía siglos que nos llevaba arrastrando de calleja en calleja, entonces de pronto llegamos. La sinagoga se alzaba en medio del torrente de una alcantarilla y no había forma de acercarse. Pusimos en el suelo cajas de cartón que estaban tiradas por allí, y así, avanzando de una hoja de cartón en otra, logramos llegar a la entrada.

El portón, naturalmente, estaba cerrado; habíamos llegado demasiado tarde. Así que nos limitamos a hacer algunas fotografías del exterior de la sinagoga y a toda velocidad iniciamos el regreso para salir del zoco antes de que cayera definitivamente la noche.

Doblaba yo corriendo la esquina de una calleja, cuando en aquel mismo momento vi que, a galope tendido, se me echaba encima un caballo uncido a una carreta. Estaba claro que el animal no podría frenar a tiempo. Durante una fracción de segundo vi los ojos del caballo como enormes murallas dentro de los míos, el bocado entre sus dientes desnudos...

De pronto sentí que el anciano pegaba un fuerte tirón de mí hacia atrás, lanzándome dentro de un nicho que había en la pared. El caballo pasó delante de mí sin rozarme y sólo entonces comprendí lo que podía haber sucedido: «Me he salvado —pensé— gracias a la intervención de Maimónides.»

—Me gustan los judíos —comentó el anciano árabe—. Durante muchos años estuve trabajando con ellos. Es bueno hacer negocios con judíos. ¡Lástima que se hayan ido todos! Una sinagoga es algo importante —siguió diciendo—. Hay que guardar las normas religiosas y ser temeroso de Dios...

—Quisiéramos ofrecerte algo como pago de habernos servido de guía y por el tiempo que has perdido —le dijimos.

—¡Dios me libre! Sois mis huéspedes; las puertas de mi casa están siempre abiertas para vosotros.

Y después de decir aquello desapareció tras la puerta de su tienda, en tinieblas.

241

TIPOLOGIA
Y NOTAS BIBLIOGRAFICAS

1. LA ESPOSA PREDESTINADA

Versión oral de Habbán (Yemen) (IFA 748). N: Zekharia Ben Yihya Al-Kahra; C: Shimeon Ernst.
Tipo narrativo: Jason (I-II) y Noy-Schnitzler *1967* → (AT) 930A, *The Predestined Wife*. Motivos: D1812.3.3.9 *Future husband (wife) revealed in dream*, y M359.2 *Prophecy: prince's marriage to common woman*. Véase bibliografía en núm. 2.

2. LA ESPOSA PREDESTINADA + LA CIENCIA INFUSA

Sal. Cab., h. 21*b*.
Motivos narrativos de (b) *La ciencia infusa:* D1810.5 *Magic knowledge from angel* y F660.2 *Unskilled man made skillful by saint's blessing*.
El texto del *Sal. Cab.* se recoge en el *Sed. Dor.*, h. 103*c-d*. Lo reproduce (ed. Zolkiev, 1802) Berdichevsky *Mimecor*, núm. 407 (p. 255*b;* cfr. también su nota bibliográfica en p. 512*a*); y lo resume (1.ª ed., Venecia, 1587, hs. 45*b*-46*a*) Berger «HaRambam» (p. 219 y nota 4), refiriéndose a versiones derivadas.

3. LA ESPOSA PREDESTINADA + EL CARNICERO GENEROSO + LA CIENCIA INFUSA

*Ms. del Yemen *Séfer hamusar* (s. XVI), de Zacarías el-Dahri (macama 43) *apud* Fischel «Maqama», ps. 178-180.
Tipo narrativo de (b) *El carnicero generoso:* Noy-Schnitzler *1970* → (AT) 809*- *A The Companion in Paradise*.
Se trata este segmento *b* de un relato bastante difundido en la tradición judía, del cual se conocen versiones literarias antiguas. A título de ejemplo, mencionemos dos: la del midrás *Berešit Rabati*. que a partir de un manuscrito de Praga reproduce Berdichevsky *Mimecor*, núm. 306 (ps. 312*b*-313*a;* cfr. también su nota bibliográfica en p. 509*b*); y la que a partir de un manuscrito de Oxford edita S. Buber en su *Midráš Tanhuma hacadum: Introducción*, h. 68*a-b* (núm. 41). Sobre el cuento y su difusión, véanse los artículos de B. Heller, «La Légende Judéo-Chrétienne du Compagnon au Paradis», en *Revue des Études Juives* (París) LVI (1908) ps. 198-221, y de T. Alexander, «"Neighbour in Paradise" in the *Book of the Pious*: A Traditional Folktale in a Ideological Context», en *Jerusalem Studies in Jewish Folklore*

(Jerusalén) I (1981) ps. 61-81, donde, en nota 15 de p. 65, se mencionan otras versiones literarias y orales del relato.

Por lo que se refiere a la práctica de la consulta onírica y las técnicas utilizadas para propiciar la aparición en sueños de aquel a quien se quiere consultar, puede verse Trachtenberg *Jewish Magic*, ps. 117 y 241-243; el mismo motivo aparece también en núms. 100 y 102.

El manuscrito de Zacarías ben Saadiá ben Jacob el-Dahri que nos sirve de fuente lo describen D. S. Sassoon en su catálogo *Ohel David* II, núm. 995 (ps. 1021-1033; sobre la macama 43, véanse sus ps. 1032b-1033a), y A. Neubauer en su catálogo de manuscritos de la Biblioteca Bodleiana de Oxford, núm. 2397 (ps. 841-842). Por su parte, Fischel «Maqama» (ps. 177-178) describe las copias del manuscrito que ha podido examinar, indicando que para su edición se sirve del ejemplar propiedad de M. Kehati, de Jerusalén. Sobre este manuscrito y sobre la vida de su autor puede verse el artículo del propio M. Kehati «Mimasa'ó šel R. Zejariá ben Sa'adiá ben Ya'acob beEreš Yisrael», en *Sion* (Jerusalén) III (1929) ps. 43-53.

4. LA ESPOSA PREDESTINADA + LA CIENCIA INFUSA + EL BARCO SALVADOR

*Manuscrito (The Jews' College de Londres, núm. 1767, fol. 80) *apud* Neubauer «Biogr.» (I) ps. 14-17.

Motivo narrativo de (c) *El barco salvador:* D2072.0.3 *Ship held back by magic.*

El manuscrito lo describe Ad. Neubauer en su *Catalogue of the Hebrew Manuscripts in The Jews' College, London* (Oxford, 1886) núm. 28/7 (ps. 9-12: p. 11). El cuento lo resume Berger «HaRambam» (ps. 219-220 y nota 5) y Atiel «Moroccan» (nota de asterisco de p. 199a-b).

5. EL NIÑO PERDIDO

Versión oral de Sana (Yemen) (IFA 199). N: Yihya Zarka; C: Shimeon Ernst. Motivos narrativos: F883.1 *Extraordinary book* y R131.11.2 *King rescues abandoned child.*

6. EL ARROYO DE LA SABIDURIA

Versión oral de Afganistán (IFA 754). N: Gedalya Sabachi; C: Shimeon Ernst. Motivos narrativos: D1810.6 *Magic knowledge from bathing in holy water* y D1810.5 *Magic knowledge from angel.*

7. EL SUEÑO DEL REY

Manuscrito ss. XVII-XVIII (The John Rylands Libr. de Manchester, Col. M. Gaster, núm. 66) fols. 185a-187b.

Tipo narrativo: Noy-Schnitzler 1970 → (AT) *730C Jewish saint causes Jewbaiters to cancel their evil decrees.* Motivos: D1810.8.2 *Information received through dream,* D1819.7 *Man is able to tell king dream which king himself does not remember* y H617 *Symbolic interpretations of dreams.*

Gaster *Exempla*, núm. 354 (p. 131), resume en inglés el cuento y recoge (p. 248) bibliografía de versiones literarias.

244

8. LA HIERBA DE LA SABIDURIA

*Manuscrito s. XVI, *apud* Brüll «Beiträge», ps. 44-45, nota 2.
Motivo narrativo: F851 *Extraordinary food.*
El relato lo recoge Berger «HaRambam» (p. 220 y nota 7).

9. UNA AGUDA RESPUESTA

Dib. Yos., ps. 117-118.
Tipo narrativo: Noy-Schnitzler *1970* → (AT) 839*C *Miraculous rescue of a persecuted individual.*
Berger «HaRambam» (p. 222 y nota 10) resume esta versión, al igual que Atiel «Moroccan» (nota de asterisco de p. 199b), quien recoge bibliografía.

10. LA CONSULTA RABINICA + LA HUIDA PRODIGIOSA

Versión oral de Marruecos (IFA 5720). N: Abraham Ben-Hammou; C: Zalman Baharav.
Motivo narrativo de (a) *La consulta rabínica:* J1170 *Clever judicial decisions.*
Tipos de (b) *La huida prodigiosa:* AT 313, 314 *The Magic Flight,* Noy-Schnitzler *1970* → (AT) 839*C *Miraculous rescue of a persecuted individual;* motivo: F776 *Extraordinary gate.*
Esta misma versión del IFA la publicó Baharav *Dor,* núm. 31 (ps. 91-92), con algunos pequeños cambios. Conocemos además una versión oral de Marrakex (Marruecos) (IFA 742) y otra también de Marruecos (IFA 5990), a la que nos referimos en núm. 93. Véanse además núms. 11-14, 58 y 61.

11. LA CONSULTA RABINICA + LA HUIDA PRODIGIOSA + EL CONTENIDO DE LA BOLSA

Versión oral de Túnez (IFA 1275). N: Benjamin Mazuz; C: Yehuda Mazuz.
A los tipos narrativos de (b) *La huida prodigiosa,* anotados en núm. 10, añádase ahora el motivo B557.5 *Person carried by lion.* Motivo de (c) *El contenido de la bolsa:* V223 *Saints have miraculous knowledge.*
La noticia de que Maimónides estuvo a punto de ser quemado en Fez a causa de una sentencia que resultaba ofensiva para los musulmanes se recoge en *Guedolim,* M150 (h. 75c), donde Azulay añade que la historia debe atribuirse a un denominado HaRambam de Fez (s. XV) y no a HaRambam «el sefardí», que es nuestro Maimónides. Por su parte, Toledano *Ner* identifica a este HaRambam de Fez con rabí Moisés bar Maimón ibn Danán (p. 46 y nota 20) y recoge la siguiente versión de la historia (p. 45):

«En cierta ocasión tuvo rabí Moisés ben Maimón la oportunidad de ver a un musulmán que después de haber hecho sus abluciones matinales, en su camino al lugar de oración, tropezó con un judío y tuvo que ir a preguntar a un cadí si estaba obligado a repetir las abluciones o no. El cadí le respondió que tenía que repetirlas, pues su oración no le serviría de nada después de haber tocado a un judío.

»Al oír aquello rabí Moisés se llenó de cólera, y no pudiendo soportar el oprobio que aquel cadí había hecho caer sobre los judíos al considerar impuro incluso su contacto, se fue y convenció a un judío para que cuando

245

él, rabí Moisés, estuviera reunido con algunos ancianos musulmanes, viniera a hacerle las siguientes consultas: el vino en el que ha caído un ratón, ¿está prohibido utilizarlo o no?; y si el vino que ha sido tocado por un gentil está prohibido beberlo.

»Naturalmente, la respuesta de rabí Moisés a la primera pregunta fue que el vino podía usarse, y en cuanto a la segunda cuestión, contestó negativamente, diciendo que estaba prohibido.

»Aquello suscitó contra él la cólera de las celosas gentes de Fez, quienes salieron en su busca para prenderlo y quemarlo; pero logró ponerse a salvo gracias a un milagro.»

Menciona Toledano (p. 45, nota 16) otras versiones del mismo cuento. En el *Séfer Ma'asé Sa'asu'im*, de Eliyahu Guich (?) (Liorna, 1868) vol. I, aparecen sendas versiones en árabe, una sobre HaRambam «el sefardí» (hs. 8b-11b) y otra sobre HaRambam «de Fez» (hs. 11b-13b). Véanse además núms. 10, 12-14, 58 y 61.

La apropiación de cosas ajenas mediante la adivinación de su contenido o características aparece también en los cuentos 78 y 79.

<h4 style="text-align:center">12. LA CONSULTA RABINICA + LA HUIDA PRODIGIOSA +
EL DOCUMENTO JUSTIFICATIVO + EL PERRO INCENDIARIO</h4>

Meoraot, hs. 27a-28a.

A los tipos narrativos de (b) *La huida prodigiosa*, anotados en núms. 10 y 11, añádanse ahora los motivos: D2122 *Journey with magic speed*, F931 *Extraordinary ocurrence connected with sea* y D2125 *Magic journey over water*. Motivo de (c) *El documento justificativo: K1881 Absent person seems to be present.* Motivo de (d) *El perro incendiario: B15.5.1 Horse with fire-breathing nostrils*, *B15.4.2.1 Dog with fire in eyes* y B141.4 *Dog with magic sight*.

La primera parte del cuento, hasta la llegada de Maimónides a Egipto (ed. Varsovia, s. a.), la publica Noy «Architect», p. 5a-b y nota 22, señalando (notas 14-18 y 20-21) los motivos folklóricos del fragmento; asimismo la recoge (ed. s. l., 1838) Berdichevsky *Mimecor*, núm. 191 (1.º) (p. 154b; cfr. también su nota bibliográfica en p. 506b). Berger «HaRambam» (ps. 223-224 y nota 16) resume una versión completa del relato del *Meoraot* (ed. s. l., 1835, hs. 33a-34b), reseña un buen número de versiones paralelas procedentes de la tradición en yídico y comenta los motivos del «saltacaminos» y de la sentencia jurídico-religiosa en otros cuentos judíos. Por su parte, Atiel «Moroccan» (nota de asterisco de p. 199a) recoge el resumen de Berger. Véanse además núms. 10-11, 13-14, 58 y 61.

El prodigioso viaje en barco de Maimónides a Alejandría figura también en el Ms. Heb. 24 de la Biblioteca Universitaria de Yale (New Haven) fol. 11a, que publica Dan «HaRambam», núm. 2 (p. 116); aquí el relato constituye un cuento independiente que sigue a una versión de *La consulta rabínica + El león vengador*, muy próxima a la que traducimos en núm. 61.

De la utilización del nombre de Dios para eliminar distancias se ocupa Trachtenberg *Jewish Magic*, p. 97; este conjuro del «saltacaminos» figura también en los cuentos 13-14, 58-59 y 82.

<h4 style="text-align:center">13. LA CONSULTA RABINICA + LA HUIDA PRODIGIOSA +
EL DOCUMENTO JUSTIFICATIVO (1)</h4>

Versión oral de Marruecos (IFA 13951). N: Shelomo Ben-Haim; C: Israel Gitelman.

Conocemos otra versión oral de Casablanca (Marruecos) (IFA 5251), bastante más breve. Atiel «Moroccan», núm. 2 (ps. 198a-199a), publica una versión similar a la que traducimos —no desarrolla el tema de *El documento justificativo*—, procedente de la tradición oral de Marruecos, y resume (nota de asterisco de p. 199a-b) otras cuatro versiones más o menos paralelas, de las que dejamos constancia en núms. 4, 9, 12 y 61. Véanse además núms. 10, 14 y 58. Sobre el conjuro del «saltacaminos» véase núm. 12.

14. LA CONSULTA RABINICA + LA HUIDA PRODIGIOSA + EL DOCUMENTO JUSTIFICATIVO (2)

Versión oral de Marruecos (IFA 9198). N: Shukrun Aharon Amur; C: Jacob Siboni.

Conocemos además una versión oral de Tánger (Marruecos) (IFA 9333) y otra de Marruecos (IFA 11266) con algunos motivos comunes. Véanse además números 10-13, 58 y 61.

Sobre los cuencos sonoros véase núm. 93; y sobre el conjuro del «saltacaminos» véase núm. 12.

15. EL NAVIO MAGICO

Versión oral de Egipto (IFA 5463). N: Sra. Levi; C: Dafna Dekel.

Tipo narrativo: Noy-Schnitzler *1970* → (AT) 839*C *Miraculous rescue of a persecuted individual.* Motivos: R121 *Means of rescue from prison* y R122 *Miraculous rescue.*

En la tradición judía la historia aparece atribuida a diversos rabinos, generalmente expertos en Cábala; véase, por ejemplo, la versión recogida por Grunwald *Tales*, núm. 28 (p. 52 de la parte hebrea, con resumen en inglés en p. xxv, y tipología en xxxvii).

16. EL MEDICO Y SU AYUDANTE + LA OPERACION INTERRUMPIDA

Versión oral de Bagdad (Irak) (IFA 4962). N: Morris Eyni; C: Zvi Moshe Haimovitz.

Motivo narrativo de (a) *El médico y su ayudante*: K1981 *Deception by playing deaf and dumb.* Tipo narrativo de (b) *La operación interrumpida*: AT 285B* *Snake Enticed out of Man's Stomach*; motivos: B784.2.4 *Physician removes animal from stomach of patient*, F668 *Skillful surgeon*, P342 *Student enters competition with his master* y L142 *Pupil surpasses master.*

Conocemos otras versiones orales de Europa (IFA 282), Europa oriental (IFA 2940 y 4454) y Bielorrusia (URSS) (IFA 9134), próximas a la que traducimos, así como otra del Yemen (IFA 2926), bastante distinta. Berger «HaRambam» (p. 230 y nota 29) resume varias versiones paralelas y recoge bibliografía, y Atiel «Moroccan», núm. 1 (ps. 197a-198a), publica una versión oral de Marrakex, reproduce (nota de asterisco de p. 198b) el resumen de Berger y su bibliografía y resume otras dos versiones, a las que nos referimos en núm. 19. Véanse además núms. 17-18.

17. EL MEDICO Y SU AYUDANTE + LA OPERACION INTERRUMPIDA + LA CONTIENDA DE LOS VENENOS

Versión oral de Melilla (España) (IFA 4905). N: Jacob Ashraf; C: Menahem Ben-Aryeh.

Tipo narrativo de (c) *La contienda de los venenos:* Jason (I-II) → (AT) 922*D *The Poisoning Contest.*

Conocemos además una versión oral similar de Túnez (IFA 11470) y otra muy diferente del Yemen (IFA 12084), así como otra sefardí (IFA 10356) que sólo contiene el relato de *La contienda de los venenos,* narrado de forma muy parecida a la que aquí traducimos. Véanse además núms. 16, 18-19 y 40-42.

18. LA OPERACION INTERRUMPIDA + LA CONTIENDA DE LOS VENENOS (1)

Versión oral de Tánger (Marruecos) (IFA 6829) *apud* Haviv *Never,* ps. 31-34. N: Aliza Anidjar; C: Yifrah Haviv.

En la nota bibliográfica de ps. 57-59 reseña Haviv numerosas versiones orales, señalando los varios elementos del relato de *La contienda de los venenos* en las diferentes versiones. Véanse además núms. 16-17, 19 y 40-42.

19. LA OPERACION INTERRUMPIDA + LA CONTIENDA DE LOS VENENOS (2)

Versión oral de Irak (IFA 6758). N: Shalom Eyni; C: David Eyni.

Berger «HaRambam» (ps. 229-230 y nota 29) resume una versión paralela en yídico, que sólo contiene *La operación interrumpida,* y recoge bibliografía (nota 29); Atiel «Moroccan» (nota de asterisco de p. 198*a-b*) reproduce el resumen de Berger y su bibliografía y resume otras dos versiones *(ibíd.,* p. 198*a*), que parecen proceder ambas de la tradición centroeuropea. En traducción española puede verse la versión recogida en Schlesinger *Zarza,* ps. 197-199, sin indicar la fuente. Véanse además núms. 16-18 y 40-42.

20. EL VENENO SALVADOR (1)

Versión oral de Amadiya (Kurdistán iraquí) (IFA 13363). N y C: Alouan Shimeon Avidani.

Tipo narrativo: Haboucha → (AT) **615 *The Marvelous Remedy.* Motivo: N646 *Man thinks to end life by drinking poisonous water, but it cures him.*

El propio Avidani publicó esta misma versión, con cambios menores, en su libro *Séfer Ma'asé haguedolim, 3.ª* parte: *Séfer Vayicrá* (Jerusalén, 1974) ps. 220-221.

Conocemos además una versión oral de Irak (IFA 6706); otra procedente de Tetuán la publicó Larrea *Cuentos* II, núm. 144 (ps. 218-220) (cfr. en Haboucha, núm. cit., la especificación de sus motivos narrativos). Berger «HaRambam» (ps. 230-231 y nota 31) resume una versión en yídico en donde el enfermo es un judío de Praga; y Atiel «Moroccan», núm. 5 (p. 200*a-b*), publica una versión oral de Marruecos y resume (en nota de asterisco de p. 200*b*) la misma historia en yídico que aduce Berger. Véase además núm. 21.

21. EL VENENO SALVADOR (2)

Versión oral de Irak (IFA 736). N: Menashe, el predicador; C: Sima Gabay.

A los motivos narrativos anotados en núm. 20 añádanse ahora: F956 *Extraordinary diagnosis* y D1500.1.16 *Magic healing bottle.*

Conocemos otra versión oral de Irak (IFA 4397) algo diferente. Otra versión también de Irak (IFA 666) la publicó en inglés Noy *Folktales,* núm. 64 (ps. 175-

176), donde precediendo al texto se especifican los motivos narrativos de la historia y se recoge bibliografía. Véase además núm. 20.

Los tarros que se mueven solos es lo esencial del relato en una versión de Irak (IFA 4394).

22. EL FIGON MACABRO

Versión oral de Marruecos *apud* Atiel «Moroccan», núm. 4 (p. 200*a*).
Motivos narrativos: K961.2 *Flesh (vital organs) of certain person alleged to be only cure for disease* y D2161.4.13 *Eating of human hearts as cure for insomnia.*

23. UNA DIETA EQUILIBRADA

Versión oral de Tánger (Marruecos) (IFA 13419). N: Abraham Benisti; C: Moshe Bort.
Tipo narrativo: Noy-Schnitzler *1967* → (AT) 610 *The Healing Fruits.* Motivos: J2412.1 *Hot onion to the eye,* K1014 *Pepper given as ointment for burns* y K1955.2.1 *Pepper as universal remedy of sham doctor: accidentally works.*

24. EL EXORCISMO INNECESARIO

Min. Yeh. I.1, ps. 48*b*-49*a*.
Motivos narrativos: F455.6.10 *People possessed by trolls* y D2176.3 *Evil spirit exorcised.*
Avida «Two Tales» (ps. 105*b*-106*b*) publica esta misma versión, con numerosos cambios y modificaciones.

25. REVIVIR A LOS MUERTOS (1)

Versión oral de Galitzia (Polonia) (IFA 1007). N y C: Dov Noy.
Tipos narrativos: Noy-Schnitzler *1970* → (AT) 612 *The Three Snake-Leaves:* II *Resuscitation;* (AT) 753 *Christ and the Smith* y (AT) 753A *Unsuccessful Resuscitation.*
Véanse otras versiones y bibliografía en núm. 26.

26. REVIVIR A LOS MUERTOS (2)

Versión oral *apud* «Perpetual», p. 201*a* (ver. 1). C: J. Urbach.
Conocemos otra versión oral de Hungría (IFA 5268). En «Perpetual» se publica (p. 201*a-b*, ver. 2) además otra versión de tradición oral recogida por J. Ben-Haim, se resume el contenido de una versión en yídico y se repite (nota de asterisco de p. 201*b*) la bibliografía aducida por Berger. Otra muy similar a la recogida por Ben-Haim, procedente de la tradición oral de Safed y narrada por un descendiente de Isaac Luria (IFA 4549), la publicó en *Omer* (Tel-Aviv) 26 oct. 1962. Por su parte, Berger «HaRambam» (ps. 228-229 y nota 28), resume dos versiones en yídico, y poniendo la historia en relación con una de las leyendas medievales atribuidas a Virgilio, recoge abundante bibliografía sobre el tema.

27. EL ANALISIS DE ORINA + EL ENFERMO FINGIDO

Versión oral de Turquía *apud* «Perpetual», p. 202b. C: Shelomo Haviv.
Tipo narrativo de (a) *El análisis de orina:* (AT) 1641A *Sham Physician Pretends to Diagnose Entirely from Urinanalysis.* Tipo de (b) *El enfermo fingido:* AT 3 *Sham Blood and Brains;* motivo: K1818 *Disguise as sick man.*
Véanse otras versiones y bibliografía en núm. 37.

28. EL MEDICO IMPROVISADO (1)

Versión oral de Bulgaria (IFA 5503). N: Moti Alboher; C: Penina Moskowitz.
Tipo narrativo: Jason (I-II) y Noy-Schnitzler *1967* → (AT) 1641B *Physician in Spite of Himself.* Motivo: N641 *Patient laughs so at foolish diagnosis of sham physician that his abscess breaks and he gets well.*
Véanse otras versiones y bibliografía en núm. 29.

29. EL ENFERMO FINGIDO + EL MEDICO IMPROVISADO

Versión oral de Irak (IFA 800) *apud* Noy *Irak,* núm. 104 (ps. 198-200). N: Joseph Shmuli; C: Zvi Moshe Haimovitz.
A los tipo y motivo narrativos de (a) *El enfermo fingido,* anotados en núm. 27, añádase ahora el motivo F956 *Extraordinary diagnosis.* Al tipo anotado en núm. 28 para (b) *El médico improvisado,* añádase ahora: Jason (I) → AT 1641 *Doctor Know-All: IV The Stolen Horse* (a) By giving a purgative ...
Esta misma versión del IFA se publicó en *Omer* (Tel-Aviv), 23 dic. 1960.
Conocemos una versión oral de Kurdistán (IFA 4399), en parte similar, y otra más breve procedente de Persia (IFA 7115). Schwarzbaum *Studies,* menciona (p. 297) la misma versión del IFA que aquí traducimos y recoge (ps. 296-297) numerosos paralelos y una amplia bibliografía sobre el tema.

30. LA OPERACION INTERRUMPIDA

Versión oral sefardí de Israel (IFA 2266). N: Moshe Oron Pinto; C: Nehama Zion.
Véanse otras versiones y bibliografía en núms. 16-19.

31. LA COMEDORA DE VENENO

*Ms. del Yemen (Jewish National and Univ. Libr. de Jerusalén, núm. 376) *apud* Rassabi «Yemenite», núm. 2 (ps. 193b-194a).
Motivo narrativo: F582 *Poison damsel.*
Rassabi describe sucintamente el manuscrito que le sirve de fuente (p. 192a), adjetivándolo de 'tardío'. Su descripción no se corresponde con el núm. 376 del *Catalogue of Hebrew Manuscripts in The Jewish National and University Library, Jerusalem* (Jerusalén: Univ. Press, 1934), de B. I. Joel, ni tampoco con el manuscrito núm. 376 de la Biblioteca (núm. 173 del citado catálogo). Posiblemente se trate del manuscrito yemenita (s. XIX) descrito por Joel en núm. 326, del que dice que contiene una 'Historia de Moisés ben Maimón'.

250

32. LA CURA DE LA DEPRESION

Versión oral de Irak (IFA 5023) *apud* Noy *Irak*, núm. 47 (p. 100). N: Yehezkel Danus; C: Ezra Mukhtar.
Tipos narrativos: Jason (I-II) → AT 1543C* *The Clever Doctor;* Jason (I-II) → (AT) 1543C*-*A *Healing by Distracting Attention.*

33. UNA OPERACION SIN BISTURI

Versión oral de Londres (Inglaterra) (IFA 4369). N: Joseph Winitzki; C: Benjamin Dat.
Tipo narrativo: Jason (II) → (AT) 910*S *The Change of Tongue.*

34. UN REMEDIO CONTRA LA POBREZA

Versión oral de Marruecos (IFA 3250). N: Haim Eden; C: Pinhas Guterman.
Tipos narrativos: AT 610 *The Healing Fruits;* Jason (I) → (AT) 1862*D *Doctor Heals Poverty.*
Conocemos otra versión oral de Túnez (IFA 6913). Véase además núm. 35.

35. EL ANALISIS DE ORINA + EL ENFERMO FINGIDO + UN REMEDIO CONTRA LA POBREZA

*Ms. del Yemen (Jewish National and Univ. Libr. de Jerusalén, núm. 376) *apud* Rassabi «Yemenite», núm. 1 (p. 193*a-b*).
A los tipos narrativos anotados en núm. 34 para (c) *Un remedio contra la pobreza*, añádase ahora el motivo J2317 *Well man made to believe that he is sick.*
Conocemos una versión oral de Túnez (IFA 11473), muy parecida, y otra de Irak (IFA 9042), bastante diferente, en la que el consejo de Maimónides al pobre, allí gentil, es que robe un banco. Describe Rassabi escuetamente el manuscrito que le sirve de fuente (p. 192a); véase al respecto nuestro comentario en núm. 31. Se refiere también Rassabi (p. 192, nota 5) a otra versión que no hemos podido consultar: la macama 13 del manuscrito yemenita del siglo XVI, *Séfer hamusar,* de Zacarías el-Dahri, que describimos en núm. 3. Leyendo erróneamente a Berger «HaRambam» (p. 235 y notas 45-46), resume después Rassabi *(ibíd.)* el relato que traducimos en núm. 80, el cual le parece una versión 'con muy pocos cambios' de la presente historia, y dice ser su fuente Gaster *Exempla,* núm. 346; pero éste es el cuento de Ibn Ezra y las perlas maravillosas, que traducimos en núm. 78, en tanto que el relato en discusión se publicó en Fleisher «Agadot Ibn Ezra». Véase además número 43.

36. EL ENFERMO FINGIDO (1)

Versión oral de Rusia (URSS) (IFA 10506). N: Jacob Lyubitz; C: Shelomo Laba.
Al motivo narrativo anotado en núm. 27 para *El enfermo fingido,* añádanse ahora los tipos: AT 1313 *The Man who Thought Himself Dead,* AT 1349N* *Leeches Prescribed by Doctor Eaten by Patient.* Motivo: J2317 *Well man made to believe that he is sick.*
Véanse otras versiones y bibliografía en núm. 37.

37. EL ENFERMO FINGIDO (2)

Versión oral de Galitzia (Polonia) (IFA 1717). N y C: Haim Dov Armon. Conocemos otra versión oral de Hungría (IFA 5269), bastante similar. Berger «HaRambam» (p. 228 y nota 27) resume una versión en yídico muy semejante a ésta, que supone también procedente de tradición oral, y aduce bibliografía; en «Perpetual» (ps. 201b-202a) se publica otra procedente de la tradición de Europa central, recogiéndose (en nota de asterisco de p. 202a) la misma bibliografía mencionada por Berger.

38. LA ULCERA OCULTA

Versión oral apud «Perpetual», p. 202a-b. C: J. Ben-Haim.
Motivo narrativo: J585 Caution in eating.

39. UNA ENFERMEDAD INCURABLE

Versión oral de Europa oriental (IFA 2698). N: Serl Rochfeld; C: Zvi Moshe Haimovitz.
Tipo narrativo: Jason (I-II) → AT 922 The Shepherd Substituting for the Priest Answers the King's Questions: I *(b₂) A Jew answers or helps to answer questions (perform tasks) put by the king to the Jew-baiting minister; the minister is ridiculed.

40. LA CONTIENDA DE LOS VENENOS (1)

Sal. Cab., h. 20a-b.
Al tipo narrativo anotado en núm. 17, añádase ahora AT 922A Achikar: Falsely accused minister reinstates himself by his cleverness.
En el Sed. Dor. I, h. 103a, se recoge la historia del Sal. Cab. con algunas variantes. Berger «HaRambam» (ps. 225 y 226 y nota 23) resume la versión del Sal. Cab. y alude a otra a la que nos referimos en núm. 42; y Berdichevsky Mimecor, núm. 190 (1.°) (ps. 153b-154a; cfr. también su nota bibliográfica en p. 506b) recoge la versión del Séfer hamd'asiyot, de Elazar Irakí (Bagdad, 1892) 16 (ps. 41-42), que deriva de la que traducimos. Puede verse también el relato en español y desglosado en dos que recoge Schlesinger Zarza, ps. 199 y 199-200, sin mención de fuente.
Una versión en judeoespañol del cuento, procedente de tradición oral, la incluyó el rabino sefardí Jacob Julí en su magna obra de comentarística rabínica Me'am lo'ez de Génesis, al comentar el cap. 14, perícopa «Lej lejá», cap. 3 (ed. princeps Constantinopla, 1730, hs. 81a-b). Puede consultarse en la transliteración de D. Gonzalo Maeso y P. Pascual Recuero, Me'am lo'ez... Génesis... (Madrid: Gredos, 1969-1970, 2 vols.) I, ps. 452-454; desgajada de su contexto esta misma versión figura también en Pascual Antología, núm. 5 (ps. 29-31). De esta versión judeoespañola de Julí y su comparación con otras paralelas se ocupa T. Alexander en su ponencia «La figura de Maimónides en la narrativa popular sefardí: La contienda de los venenos», presentada al Congreso sobre la Vida y Obra de Maimónides (Córdoba, sep. 1985) y en prensa para las Actas. Véanse además núms. 17-19 y 41-42.

41. LA CONTIENDA DE LOS VENENOS (2)

*Ms. del Kurdistán (s. xvII) de Mordejay bar Samuel (Ben Zvi Institute de Jerusalén) *apud* Avida «Two Tales», núm. 2 (ps. 103b-104b).
Conocemos versiones orales similares del Kurdistán (IFA 13364), del Yemen (IFA 231) y de Marruecos (IFA 13954). Véanse además núms. 17-19, 40 y 42.

42. LA CONTIENDA DE LOS VENENOS (3)

Samah libí, hs. 90b-91a.
Esta misma versión, con algunas supresiones y cambios, la reedita Avida «Two Tales», p. 105a-b. Conocemos además una versión oral de Irak (IFA 11877) y otra que resume Berger «HaRambam» (ps. 226-227), también procedente de tradición oral, emparentadas con la que aquí traducimos. Véanse además núms. 17-19 y 40-41.

43. EL CIEGO DE NACIMIENTO

Versión oral de Irak (IFA 4393). N: Yitzhak Zerubabel; C: Yitzhak Wechsler.
Tipo narrativo: Haboucha → (AT) **922A* *Maimonides;* AT 922A *Achikar: Falsely accused minister reinstates himself by his cleverness.*
Conocemos otras versiones orales de Polonia (IFA 538) y de Túnez (IFA 11486); una versión oral procedente de Tetuán la publicó Larrea *Cuentos* II, núm. 149 (ps. 237-239) (cfr. en Haboucha, núm. cit., la especificación de sus motivos narrativos).

44. MAS DIFICIL TODAVIA

Versión oral de Lituania (URSS) (IFA 4391). N y C: Yitzhak Wechsler.
Tipo narrativo: AT 791* *The Saint Restored.*

45. Y LOS GATOS GATOS SON

Versión oral de Polonia (IFA 3073). N: Moshe Astman; C: Fishl Sider.
Tipo narrativo: Jason (I-II) y Noy *Animal* → AT 217 *The Cat and the Candle* (Jason I anota erróneamente que la versión que traducimos procede de Irak).
Conocemos otra versión oral de Polonia (IFA 6355). Noy *Animal*, núm. 48 (ps. 122-123), publica una versión oral de Marruecos (IFA 9028), en cuya nota de ps. 177-180 se estudian los motivos narrativos de esta versión y de las otras del IFA.

46. EL JUICIO DEL NIÑO + EL TESTIMONIO DEL FETO + EL RESCATE DE LOS CANTAROS

Versión oral del Yemen (IFA 2994). N: Shoshana Perwi; C: Sarah Bashari.
Tipo narrativo de (a) *El juicio del niño:* Jason (I-II) → (AT) 920*E *Children's Judgement;* Jason (I-II) → (AT) 926*E-H *Testing Requisites:* (b) Casks of old oil are deposited with merchant who changes it; oil is weighed and truth proved; cfr. Jason I → AT 926A *The Clever Judge and the Demon in the Pot:* I *Dispute* (a) A boy (shepherd) who is playing that is a king or a judge makes wise decisions and is appealed to; motivo: J123 *Wisdom of child decides lawsuit.* Tipo narrativo

de (b) *El testimonio del feto:* AT 922A *Achikar:* Falsely accused minister reinstates himself by his cleverness; motivos: K2100 *False accusation,* K2121 *Man slandered as having deflowered princess,* T575.1 *Child speaks in mother's womb* y T575.1.1 *Child in mother's womb reveals crime.* Motivos de (c) *El rescate de los cántaros:* F124 *Journey to land of demons,* D1552 *Mountains or rocks open and close,* D2177.1 *Demon enclosed in bottle* y D2065.1 *Madness from demonic possession.*

Conocemos una versión oral del Yemen (IFA 230), con los segmentos *a* y *b,* y el resumen de otra también del Yemen (IFA 7072), con los tres segmentos y más amplia que la traducimos, tipificada por Noy-Schnitzler *1966* como AT 554 *The Grateful Animals* (grateful ghosts) + (AT) 839*C *Miraculous rescue of a persecuted individual* (AT) 920*E y (AT) 926*E-H (véase *supra*).

Gaster *Exempla,* núm. 403, resume (p. 155) la versión de *El juicio del niño,* incluida en los *Mešalim šel Šelomó hamélej* (1.ª ed., Constantinopla, 1516), y menciona (p. 259) otras versiones impresas del popular relato.

47. EL TESTIMONIO DEL FETO

Versión oral del Yemen (IFA 12080). N: Miriam Salem; C: Rivka Givoni. Véanse otras versiones en núm. 46.

48. EL PROVECHO DE LA PIEDAD

Manuscrito ss. XVII-XVIII (The John Rylands Univ. Libr. de Manchester, Col. Gaster, núm. 66) fols. 42*b*-44*b*.

Tipos narrativos: Jason (I-II) → (AT) 910*L *Advice:* «*Never Miss a Public Prayer*»*:* II King sends accused Jew with letter to be ... boiled in oil, having told the executioner to kill the first man who came to him; the Jew is detained (a) attending circumcision ceremony, (b) praying ...; Jason (I-II) y Noy-Schnitzler *1967* y *1970* → AT 930 *The Prophecy:* III *Uriah Letter* y IV *Sequel;* AT 910K *The Precepts and the Uriah Letter.*

Gaster *Exempla,* núm. 345 (p. 126), resume en inglés esta misma versión y recoge (ps. 246-247) una larga lista de versiones impresas. Por su parte, Berger «HaRambam» (ps. 227-228 y nota 26) recoge el resumen de Gaster y anota bibliografía sobre el tema. Una versión más breve la publica Dan «HaRambam», núm. 4 (ps. 116-117), procedente del Ms. Heb. 24 de la Biblioteca Universitaria de Yale (New Haven) fol. 11*b*.

49. INJURIAS EN EL CALZADO + EL PROVECHO DE LA PIEDAD

Versión oral de Túnez (IFA 1211). N: Benjamin Mazuz; C: Yehuda Mazuz.

Tipo narrativo de (a) *Injurias en el calzado:* Jason (I-II) → (AT) 910*L *Advice:* «*Never Miss a Public Prayer*»*:* I Competition between Jewish and non-Jewish ministers ... (c) A slip with the name of Mohammed on it is put ... into the Jewish minister's shoes.

Véase bibliografía en núm. 48.

50. LA FUERZA DE LA COSTUMBRE

Versión oral de Egipto (IFA 1614). N: no consta el nombre; C: Pinhas Guterman.

Tipos narrativos: Jason (I) → AT 922A *Achikar:* Falsely accused minister reinstates himself by his cleverness; Jason (I-II) y Noy-Schnitzler *1967* → AT 759 *God's Justice Vindicated.* Noy *1970,* núm. 12 (ps. 82-83), publica una versión de Túnez (IFA 8971), que A. Shenhar, en su amplio comentario (ps. 118-120), tipifica como (AT) 1528*D *Contest in cleverness between Jew and gentile; Jew wins,* y recoge bibliografía (resumen en inglés en p. 190).

51. EL MAL ALIENTO

Versión oral de Hungría (IFA 5270). N: Sr. Epstein; C: Sarah Epstein.

Tipos narrativos: Jason (I-II) → AT 910*L *Advice:* «*Never Miss a Public Prayer*»: I Competition between Jewish and non-Jewish ministers: (a) King told by non-Jewish minister that his Jewish rival ... complained of the king's bad smell ...; AT 1698C *Two Persons Believe Each Other Deaf.* Motivo: K2135 *The complaint about bad breath.*

52. LAS PAPELETAS AMAÑADAS

Versión oral de Rumanía (IFA 5480). N: Israel Tirer; C: Zvi Moshe Haimovitz.

Tipo narrativo: AT 922A *Achikar:* Falsely accused minister reinstates himself by his cleverness.

Conocemos otra versión oral de Túnez (IFA 11471).

53. EL REY DESAGRADECIDO + EL ANALISIS DE ORINA

Holej, letra '*áyin* ('*áyin harä*) ps. 112-113.

Tipos narrativos de (a) *El rey desagradecido:* Jason (I-II) y Noy-Schnitzler *1967* → AT 613 *The Two Travelers:* III *Use of the Secrets:* (b) Cures a sick king ...; AT 1339 *Strange Foods;* AT 922A *Achikar:* Falsely accused minister reinstates himself by his cleverness.

La misma versión que traducimos figura en el *Séfer Ma'asim tobim,* de Salomón Bejor Husin (Bagdad, 1890) núm. 8 (hs. 13*a*-14*a*). Berger «HaRambam» (p. 227 y nota 25) resume la última parte del cuento.

54. LA ARTERIA IGNORADA (1)

Sal. Cab., h. 20*b-c.*

Tipo narrativo: AT 922A *Achikar:* Falsely accused minister reinstates himself by his cleverness. Motivo: R315 *Cave as refuge.*

En el *Sed. Dor.* I, h. 103*a-b,* se recoge la versión del *Sal. Cab.* con algunas variantes. Berger «HaRambam» (p. 227 y nota 24) resume la versión que traducimos; v Berdichevsky *Mimecor,* núm. 190 (2.°) (p. 154*a-b;* cfr. también su nota bibliográfica en p. 506*b*) recoge la versión del *Séfer hama'asiyot,* de Elazar Irakí (Bagdad, 1892) 16 (p. 42), que deriva igualmente del texto del *Sal. Cab.*

255

Versión oral de Habbán (Yemen) (IFA 198). N: Said Tsefira; C: Shimeon Ernst.
Véase bibliografía en núm. 54.

56. DE LA CUEVA A LA CUMBRE

*Manuscrito (Bodleian Libr. de Oxford, Opp. Add. 8.°, 36, fols. 63*b* y sigs.)
apud Neubauer «Biogr.» (II) ps. 174 y 177-178.
Tipo narrativo: Jason (I-II) y Noy-Schnitzler *1970* → AT 725 *The Dream.*
Motivos: R315 *Cave as a refuge*, H617 *Symbolic interpretations of dreams* y
D1812.3.3 *Future revealed in dream.*
El fragmento que traducimos pertenece a una biografía de Maimónides editada
por A. Neubauer a partir del citado manuscrito, descrito por el propio Neubauer en
su *Catalogue of the Hebrew Manuscripts in the Bodleian Library* (Oxford, 1886)
núm. 2425,11 (p. 857*a*). Tras el texto hebreo ofrece el editor una traducción al
francés, un tanto libre y abreviada.
Acerca de esta biografía, recoge Scholem «Philosopher» (p. 91, nota 3) la idea
de que fue escrita aún en vida de Maimónides, que había sido expuesta por F. Baer
en su artículo «Eine jüdische Messiasprophetie auf das Jahr 1186 und der dritte
Kreuzzug», en *Monatsschrift für Geschichte und Wissenschaft des Judentums* (Frank-
furt a. M.) vol. 70 (1926) núms. 3-4 (mar.-abr.) ps. 113-122, y 5-6 (mayo-junio)
ps. 155-165. El biógrafo dice de sí mismo (p. 174) que, siendo natural de Al-Andalus,
tuvo que huir a causa del almohade Ibn Tumart, avecindándose en Toledo, de
donde salió en 1186 para emigrar a Fez catorce meses después. Berger «HaRambam»
(p. 226 y nota 22) resume la historia.

57. EL ARQUITECTO Y EL PERVERSO PINTOR

Versión oral de Irak (IFA 207) *apud* Noy «Architect», ps. 6-8. N: Amram Benjamin Aharon; C. Sasson Benjamin Aharon.
Tipo narrativo: Jason (I-II) → (AT) 980*-*A *The Mason and the Painter.*
Esta misma versión del IFA la publicó también A. Shenhar en *The Israel
Seaman* (Organ of Israel Seaman's Union) 70 (ag. 1965) ps. 27-29, mencionando a
continuación otras versiones paralelas. El mismo Noy publicó otras varias versiones
orales, en dos de las cuales es también Maimónides el protagonista del relato: una
de Irak (IFA 3478) en *Irak* núm. 111 (p. 211) (cfr. también su nota bibliográfica
de p. 265) y otra de Túnez (IFA 6502) en *1965*, núm. 1 (ps. 18-21) (cfr. su nota
de p. 106, donde se mencionan otras versiones del IFA y se recoge bibliografía).
Asimismo, en «Architect» (p. 13) se refiere Noy a varias versiones judías y analiza
sus motivos narrativos, comparándolos con versiones no judías. Véase además número 65.

58. LA CONSULTA RABINICA + EL DOCUMENTO JUSTIFICATIVO

*Ms. del Yemen *Coré hadorot*, de Abraham Arusi *apud* Rassabi «Yemenite»
núm. 5 (ps. 195*b*-197*b*).
Indica Rassabi (p. 192*a*) que en su edición ha llevado a cabo algunos pequeños
cambios de estilo; menciona asimismo (p. 192*b*, nota 7) otras cuatro versiones, de

las que ya nos hemos ocupado: las recogidas por H. Azulay, Y. M. Toledano y E. Guich, a las que nos referimos en núm. 11, y la del manuscrito Gaster, que traducimos en el cuento 61. Véanse además núms. 10 y 12-14. Sobre el conjuro del «saltacaminos» véase núm. 12.

59. EL TESTIMONIO DEL MUERTO

Versión oral del Yemen *apud* Rassabi «Yemenite», núm. 4 (ps. 194*b*-195*b*). N: Shalom Alshekh; C: Yehuda Rassabi.
Tipo narrativo: Noy-Schnitzler 1970 → (AT) *730D *Revived child points out his murderer.*
Sobre las leyendas acerca del asesinato de niños por motivos rituales pueden verse los artículos de D. Noy, «ʿAlilot dam besipuré haʿedot», en *Machanayim* (Haifa) 110 (1967) ps. 32-51, y de T. Alexander, «The Judeo-Spanish Legend about Rabbi Kalonimus in Jerusalem ...» (en hebreo), en *Jerusalem Studies in Jewish Folklore* (Jerusalén) V-VI (1984) ps. 85-122.
Sobre el conjuro del «saltacaminos» véase núm. 12.

60. PROHIBIDO RASCARSE

Versión oral de Polonia (IFA 9460). N: Menahem Karpel; C: Zvi Karpel.
Tipos narrativos: Jason (I) y Noy-Schnitzler 1978 → AT 1565 *Agreement Not to Scratch;* Jason (I-II) → AT 332 *Godfather Death:* III *Death Tricked.*

61. LA CONSULTA RABINICA + EL LEON VENGADOR (1)

Manuscrito ss. XVII-XVIII (The John Rylands Univ. Libr. de Manchester, Col. Gaster núm. 66) fols. 40*a*-42*b*.
Motivo narrativo de (b) *El león vengador:* D112.1 *Transformation: man to lion.* Gaster *Exempla,* núm. 344 (ps. 125-126), resume en inglés la historia, declarando (p. 246) no conocer paralelos. Dan «HaRambam», núm. 1 (ps. 115-116) publica una versión muy parecida procedente del Ms. Heb. 24 de la Biblioteca Universitaria de Yale (New Haven) fol. 10*b*; y por su parte, Atiel «Moroccan» (nota de asterisco de p. 199*a*) resume una historia similar. Berger «HaRambam» recoge (p. 223 y nota 13) el resumen de Gaster y ofrece (nota 14) bibliografía de cuentos en los que aparece el motivo de una sentencia jurídico-religiosa, mencionando (nota 15) la historia paralela atribuida a HaRambam de Fez que traducimos en la nota de núm. 11. Véanse además núms. 10-12, 14 y 58.

62. LA CONSULTA RABINICA + EL LEON VENGADOR (2)

Versión oral de Persia (IFA 6128) *apud* Baharav Dor, núm. 50 (ps. 137-138). N: Elijah Pritan; C: Zalman Baharav.
Véanse otras versiones y bibliografía en núms. 10-14, 58 y 61.

63. LA CONSULTA RABINICA

Versión oral de Irak (IFA 991). N: Menashe, el predicador; C: Sima Gabay.
Véanse otras versiones y bibliografía en núms. 10-14, 58 y 61.

64. LA VACA CONVERTIDA EN MUJER

Versión oral de Marruecos (IFA 13953). N: Shelomo y Kokhava Ben-Haim; C: Israel Gitelman.

Tipos narrativos: Noy-Schnitzler *1970* → (AT) *771 *Desecration punished;* AT 780C *The Tell-tale Calf's Head.*

En Grunwald *Tales,* núm. 42 (p. 64 de la parte hebrea, con resumen en inglés en p. xxix, y tipología en p. xxxvi) se recoge una versión cuyo protagonista es un rabino de Túnez.

65. EL ARQUITECTO Y EL PERVERSO PINTOR + INJURIAS EN EL CALZADO

Versión oral de Constantinopla (Turquía) (IFA 3977) *apud* Noy *1962,* núm. 10 (ps. 64-75). N y C: Abraham Daniel Farhi.

En el citado libro de Noy (nota de p. 113) se reseñan otras varias versiones del IFA, entre ellas la que traducimos en el cuento 57; véanse en su nota otras versiones y bibliografía.

66. LA PARTIDA DE AJEDREZ (1)

Versión oral de Marruecos (IFA 3600) *apud Omer* (Tel-Aviv), 23 feb. 1962, p. 6. N: Yehiel Ruash; C: Elisheva Schoenfeld.

Tipo narrativo: Noy-Schnitzler *1970* → (AT) 1528*D *Contest in cleverness between Jew and gentil; Jew wins.* Motivos: B291.1.9 *Eagle as messenger* y B565 *Parrot gives advice to queen playing chess.*

Puede verse otra traducción española de esta misma versión del IFA en D. Noy, *Setenta y un cuentos populares narrados por judíos marroquíes ...,* en *Bitfutzot Hagola* (Jerusalén) 5 (1965) núm. 68 (p. 173), con anotación de sus motivos narrativos (p. 203).

67. EL BENEPLÁCITO DEL MAESTRO

Sed. Dor. I, h. 103c.

Motivos narrativos: V513 *Saints have miraculous visions* y V513.1 *Saint incited (instructed) through vision.*

Del *Sed. Dor.* deriva la versión de *Guedolim* M 150, h. 75a; esta última (ed. de Y. Ben Yaacob, Viena 1860) la recoge Berdichevsky *Mimecor,* núm. 408 (7.°) (p. 255b; cfr. también su nota bibliográfica en p. 512a). Berger «HaRambam» resume (p. 231 y nota 32) la versión del *Sed. Dor.* y anota bibliografía sobre el tema (p. 231, nota 33).

68. EL HUÉSPED CONSOLADO

Versión oral de Riga (Letonia, URSS) (IFA 4366). N: Moshe Pinhas Dat; C: Benjamin Dat.

Tipo narrativo: AT 750* *Hospitality Blessed.* Motivo: P320 *Hospitality: Relation of host and guest.*

69. LA CONSTRUCCION PRODIGIOSA

Dib. Yos., p. 118.
Motivo narrativo: H1104 *Task: building castle in one night*.
Este mismo relato (ed. de Berlín 1896, ps. 5-6) lo recoge Berdichevsky *Mimecor*, núm. 408 (2.°) (p. 255b; cfr. también su nota bibliográfica en p. 512a). Berger «HaRambam» (p. 225 y nota 19) resume esa versión y se refiere a otros relatos paralelos, recogiendo también (nota 20) bibliografía sobre descripciones de la sinagoga de Maimónides por parte de viajeros y escritores judíos.

70. FIRMEZA EN LA FE

Versión oral de Riga (Letonia, URSS) (IFA 4368). N: Bat-Sheva Dat; C: Benjamin Dat.
Tipo narrativo: Jason (I)→(AT) *1871 *Religious dispute (contest) between Jew and non-Jew (Muslim, Christian), which faith, dogma, etc., is the better* ...

71. LIBRE ALBEDRIO Y PREDESTINACION

Versión oral de Europa oriental (IFA 2096). N: Adar Friedman; C: Haim Dov Armon.
Tipo narrativo: Jason (I-II)→AT 841 *One Beggar Trusts God, the Other the King*.

72. LA VALIA DEL REY

Om. Sij., h. 88c.
Tipos narrativos: Jason (I-II)→(AT) 922*C *King Sets Tasks to Jew:* I Jews ... are requested (by king) to answer questions ... on pain of death + IA The questions ...; Jason (I-II) y Noy-Schnitzler 1967→AT 922 *The Shepherd Substituting for the Priest Answers the King's Questions:* II *The Questions* (h) «How much is the king worth?» Motivo: H711.1 *Riddle: how much am I (the king) worth?*
Berger «HaRambam» resume (p. 226, nota 21) la historia; corríjase allí (nota 21) la grafía del apellido del autor del ʿOmer hašijḥá, que no es *Guerson*, sino el nada infrecuente entre los sefardíes de *Gabizón*.

73. POR LA BOCA MUERE EL PEZ

Versión oral del Yemen (IFA 2929). N: Dan Yehiel; C: Moshe Wigiser.
Tipo narrativo: Jason (I-II)→(AT) 922*C *King Sets Tasks to Jew:* IC *Religious dispute* (c) Jews and non-Jews (... Karaites ...) discuss *whose religion is older* ... Motivo: H659.5 *Riddle: what is best religion — Christian or Mohammedan?*
Conocemos otra versión del Yemen (IFA 4383) y Dan «HaRambam», núm. 5 (p. 117) publica un relato similar, procedente del Ms. Heb. 24 de la Biblioteca Universitaria de Yale (New Haven) fols. 11b-12a.

74. EL QUE NACE SIN ESTRELLA (1)

Versión oral de Irak (IFA 541) *apud Omer* (Tel-Aviv), 23 mar. 1962, p. 7 (parte superior). N: Shaul Djudja; C: Sima Gabay.

259

Tipo narrativo: Jason (I) → AT 947A *Bad Luck Cannot be Arrested*. Motivo: N251 *Person pursued by misfortune*.

Puede verse una traducción al inglés de esta misma versión del IFA en Noy *Folktales*, núm. 10 (ps. 20-22); Schwarzbaum *Studies* menciona (p. 267) otra versión oral del Yemen (IFA 1342) y aduce bibliografía.

75. EL COLMO DE LA MALA SUERTE

Versión oral de Irak (IFA 975). N: Elijah Shaashua; C: Ezra Mukhtar.
Tipo narrativo: Jason (I-II) → AT 947A* *Bad Luck Refuses to Desert a Man*.

76. EL AMIGO INASEQUIBLE

Versión oral de Irak (IFA 973). N: Yehezkel Danus; C: Ezra Mukhtar.
Tipo narrativo: Jason (I-II) → AT 947A* *Bad Luck Refuses to Desert a Man*.
Una versión oral muy parecida la recoge Fleischer «Agadot Ibn Ezra», núm. 1 (p. 29b), sin indicar su origen; este texto lo resume Berger «HaRambam» (p. 235 y nota 44) y a él alude Rassabi «Yemenite» (p. 192b, nota 6).
Las diferencias entre Ibn Ezra y la mujer de Maimónides y los mensajes escritos por el rabino en la puerta de su amigo aparecen también en los cuentos 79-80.

77. IGUAL HOROSCOPO Y DISTINTA SUERTE

Versión oral de Yezd (Persia) (IFA 10989). N y C: Shemuel Cohen.
Tipos narrativos: Jason (I-II) → AT 947A* *Bad Luck Refuses to Desert a Man;* Jason (I-II) → AT 1533 *The Wise Carving of the Fowl*.

78. LAS PERLAS PRODIGIOSAS

Manuscrito ss. XVII-XVIII (The John Rylands Univ. Libr. de Manchester, Col. Gaster, núm. 66) fols. 44b-46a.
Motivos narrativos: V223 *Saints have miraculous knowledge*, D1338 *Magic object rejuvenates* y D1400.1.5 *Magic jewel conquers enemies*.
Gaster *Exempla*, núm. 346 (ps. 126-127) resume en inglés el cuento, indicando (p. 247) no conocer paralelos; y Berger «HaRambam» recoge (ps. 235-236 y nota 46) dicho resumen de Gaster.
Sobre la apropiación de objetos ajenos mediante la adivinación de su contenido y características véase núm. 11.

79. EL HUESPED DESPECHADO + LA DEUDA SALDADA

*Ms. del Yemen (Mosad Harav Kook de Jerusalén) *apud* Rassabi «Yemenite», núm. 3 (p. 194a-b).
Tipo narrativo de (a) *El huésped despechado:* Jason (I-II) → AT 1558 *Welcome to the Clothes;* motivos: W158 *Inhospitality* y Q556.7 *Curse for inhospitality*.
Tipo narrativo de (b) *La deuda saldada:* AT 940* *The Forgiven Debt;* motivos: P320 *Hospitality: Relation of host and guest*, J1561 *Inhospitality repaid* y V223 *Saints have miraculous knowledge*.

Conocemos además una versión oral de Irak (IFA 999), mucho más breve. Rassabi describe sucintamente el manuscrito que le sirve de fuente en p. 192a.

Sobre las diferencias entre Ibn Ezra y la mujer de Maimónides y los mensajes dejados por el rabino en la puerta de su casa véase núm. 76; y sobre la apropiación de cosas ajenas mediante la adivinación de su contenido véase núm. 11.

80. EL ENFERMO FINGIDO + EL HUESPED DESPECHADO

Versión oral *apud* Fleischer «Agadot Ibn Ezra», núm. 2 (ps. 29b-30a).
A los motivos y tipos narrativos anotados para (a) *El enfermo fingido* en números 27 y 29, añádase ahora el tipo Jason (I) → (AT) 1862*D *Doctor heals poverty*.
Rassabi «Yemenite» (p. 192, nota 5) resume el relato; véase lo que comentamos al respecto en núm. 35. Véase además núm. 37.
Sobre las diferencias entre Ibn Ezra y la mujer de Maimónides y los mensajes dejados por el rabino en la puerta de la casa de su amigo véase núm. 76.

81. LA TUMBA DEL SANTON (1)

Versión oral de Marruecos (IFA 3185) *apud* Noy *Morocco*, núm. 58 (ps. 110-112). N: David Cohen; C: Menahem Hadad.
Tipos narrativos: Jason (I-II) → (AT) 1842*D *The Holy Tomb of the Ass;* Noy-Schnitzler 1967 y 1970 → (AT) *730A *Jewish community saved from mob's attack:* IIIb Jewish sage saves Jews from being slain for desecration of Muslim saint's grave by proving it to be the burial-place of an ass, (AT) *771 *Desecration punished* y (AT) 1842*D *Ass's grave regarded as a holy one.*
En su nota bibliográfica de p. 164 se refiere Noy a otras versiones del relato; por su parte, Schwarzbaum *Studies* (p. 465) alude a la versión del IFA que traducimos y recoge bibliografía.
En la versión española de Noy *Morocco* titulada *Setenta y un cuentos populares narrados por judíos marroquíes* ..., en *Bitfutzot Hagola* (Jerusalén) 5 (1965), el relato ocupa las páginas 141-143 (tipología en p. 202). Véase además núm. 82.

82. LA TUMBA DEL SANTON (2)

Versión oral de Marruecos (IFA 15859). N: Abraham Ben-Haim; C: Tamar Alexander.
A los tipos narrativos anotados en núm. 81, añádase ahora el motivo P322.2 *Guest in disguise or under false name.*
Conocemos otra versión oral de Marruecos (IFA 7864), muy parecida a ésta. Véase además núm. 81.
Sobre el conjuro del «saltacaminos» véase núm. 12.

83. LA PARTIDA DE AJEDREZ (2)

Versión oral de Marruecos (IFA 15858). N: Abraham Ben-Haim; C: Tamar Alexander.
Véase bibliografía en núm. 66.

261

84. EL EXPERTO ASTRONOMO

Versión oral de Yezd (Persia) (IFA 10994). N y C: Shemuel Cohen.
Tipos narrativos: Noy-Schnitzler *1970* → (AT) 1528*D *Contest in cleverness between Jew and gentile; Jew wins;* AT 922 *The Shepherd Substituting for the Priest Answers the King's Questions:* II *The Questions* (b) «How high is heaven?».
Motivo: H682.1 *Riddle: how far is it from earth to heaven?*

85. EL QUE NACE SIN ESTRELLA (2)

Versión oral de Bujara (URSS) (IFA 4134). N: Sr. Levi; C: Yitzhak Wechsler.
Véanse otras versiones y bibliografía en núm. 74.

86. LA CURACION POR EL LLANTO

Versión oral de Polonia (IFA 5146) *apud Omer* (Tel-Aviv), 28 abr. 1963, p. 5.
N y C: Haim Dov Armon.
Tipos narrativos: Jason (I-II) → AT 1543C* *The Clever Doctor;* Jason (I-II) → (AT) 1543*-A* *Healing by Distracting Attention.*

87. EL RABINO ACUSADO DE ROBO

Versión oral de Polonia (IFA 13499). N: Yehuda Herman; C: Yifrah Haviv.
Tipo narrativo: Jason (I-II) → AT 1558 *Welcome to the Clothes.* Motivo: K2127 *False accusation of theft.*

88. EL ENFERMO FINGIDO

Versión oral de Polonia (IFA 2939). N: Melekh Mintz; C: Fishl Sider.
Véanse otras versiones y bibliografía en núm. 37.

89. EL FERETRO Y LOS BANDOLEROS (1)

Sébet, p. 147.
Tipo narrativo: Noy-Schnitzler *1970* → (AT) *771 *Desecration punished.* Motivos: F852 *Extraordinary coffin* y D1654.9.1 *Corpse cannot be moved.*
En la edición de A. Shohet que manejamos (Jerusalén 1947) se aducen (en notas de p. 222) las variantes del pasaje en otras versiones impresas. Puede verse una traducción española en F. Cantera Burgos, *Chébet Jehudá (La vara de Judá) de Salomón ben Verga* ... (Granada, 1927) p. 248. Véase además núm. 90.

90. EL FERETRO Y LOS BANDOLEROS (2)

Yuhasín V, p. 220.
El relato es una glosa de Samuel Sulam, editor de la edición *princeps* del *Séfer yuhasín* (Constantinopla, 1566), y no palabras de su autor, el astrónomo e historia-

262

dor hispanojudío Abraham Zacuto (1452-*ca.* 1515). La narración del *Yuhasín* la recogen el *Sal. Cab.*, h. 20c, en versión más abreviada, y el *Sed. Dor.*, h. 103c. Asimismo la recoge Berdichevsky *Mimecor*, núm. 244 (p. 184a; cfr. también su nota bibliográfica en p. 507a); y Berger «HaRambam» (p. 237 y notas 51-52) reproduce el texto, menciona otras versiones y aduce bibliografía sobre el tema. Véase además núm. 89.

91. ELECCION DEL LUGAR DE ENTERRAMIENTO

Versión oral sefardí de Israel (IFA 549). N: no consta el nombre; C: Dov Noy. Motivo narrativo: B155.3 *Animal determines burial place of saint.* Berger «HaRambam» (p. 238 y nota 53) señala que en el *Sal. Cab.* la historia se atribuye al profeta Oseas, resume una versión de la tradición oral israelí en la que el protagonista es también Maimónides y aduce bibliografía.

92. EL DEDO PERDIDO

Dib. Yos., p. 134.
Motivos narrativos: E780 *Vital bodily members* y D1814.2 *Advice from dream.* El texto del *Dib. Yos.* (ed. Berlín 1896, ps. 34-35) lo recoge Berdichevsky *Mimecor*, núm. 408 (4.°) (p. 256a; cfr. también su nota bibliográfica en p. 512a). Berger «HaRambam» (p. 237) publica esta misma versión y aduce (p. 237 y notas 49-50) diversos relatos sobre el lugar de enterramiento de Maimónides.

93. LAS BANDEJAS SONORAS

Versión oral de Fez (Marruecos) (IFA 3003). N: Salim Nadri; C: Moshe Wigiser. Motivo narrativo: E766.1 *Clock stops at moment of owner's death.* Conocemos una versión oral de Marruecos (IFA 13956) parecida a ésta. Las bandejas o cuencos sonoros figuran también en el cuento 14 y asimismo en una versión oral de Marruecos del relato denominado *La consulta rabínica + La huida prodigiosa* (IFA 5990), en el que las bandejas dejan de sonar en el momento en que Maimónides huye de la ciudad. La leyenda de las bandejas sonoras la recoge también Toledano *Ner*, p. 34, nota 4, señalando que se ha mantenido viva entre los judíos de Fez hasta épocas recientes.

94. EL ENCANTAMIENTO DESCUBIERTO + LA CALUMNIA DEL ESTUPRO

*Ms. del Kurdistán (s. xvii) de Mordejay bar Samuel (Ben Zvi Institute de Jerusalén) *apud* Avida «Two Tales», núm. 1 (ps. 102a-103b).
Motivos narrativos de (a) *El encantamiento descubierto:* D1814.2 *Advice from dream,* D422.1 *Transformation: horse to object,* D475.1 *Transformation: objects to gold* y D2102 *Gold magically produced.* Tipo de (b) *La calumnia del estupro:* AT 922A *Achikar:* Falsely accused minister reinstates himself by his cleverness; motivos: K2100 *False accusation* y K2121 *Man slandered as having deflowered princess.*

95. EL RABINO ARREPENTIDO

Versión oral de Marruecos (IFA 7881) *apud* Rabi *Abotenu,* núm. 33 (ps. 54-55).
N: Joseph Mashash; C: Moshe Rabi.
Tipo narrativo: cfr. Noy-Schnitzler *1967,* p. 147, donde de forma general remiten a AT 750-849 (corríjase el error: IFA 7781 debe ser 7881). Motivos: J157 *Wisdom (knowledge) from dream,* H24 *Recognition from dream* y V315.1 *Power of repentance.*

96. EL LIBRO ENTERRADO (1)

Versión oral de Polonia (IFA 2963). N: Nathan Eisenberg; C: Nehama Zion.
Motivos narrativos: F883.1 *Extraordinary book* y D2167.2 *Book magically saved from decay.*
Véase bibliografía en núm. 97.

97. EL LIBRO ENTERRADO (2)

Nisim, núm. 4 (hs. 4b-5a).
Berger «HaRambam» se refiere (p. 232 y nota 35) a una versión paralela del relato. Por su parte, Samuel Y. Agnon reelabora la historia en su libro *Bilbab yamim,* cap. 10, del cual hay versión española bajo el título *En el corazón de los mares* (Barcelona: Plaza y Janés, 1967), donde la leyenda ocupa las ps. 73-74.

98. UN PROBLEMA RESUELTO

Versión oral de Polonia (IFA 13911). N: Jack Tantzer; C: Stenley Batkin.
Motivos narrativos: D1810.13 *Magic knowledge from the dead* y V202 *Sacred spirits.*

99. EL RABINO SOMETIDO A PRUEBA

Versión oral *apud* Todar «Landau», ps. 202a-203b.
Motivos narrativos: H501.2 *Wise man answers questions of many with single speech,* H508 *Test: finding answer to certain question,* H501 *Test of wisdom* y Q301 *Jealousy punished.*

100. EL ESPIRITU PROTECTOR

Versión oral de Egipto (IFA 4102) *apud* Baharav *Sixty,* núm. 30 (p. 144).
N: Elijah Mizrahi; C: Zalman Baharav.
Motivos narrativos: D1814.2 *Advice from dream* y D1810.8.4 *Solution to problem is discovered in dream.*
En la nota de D. Noy a este relato en el libro de Baharav (p. 257) se recoge bibliografía.
Sobre la consulta onírica véase núm. 3.

101. LA CURACION MILAGROSA

Versión oral de El Cairo (Egipto) (IFA 4101) *apud* Baharav *Sixty*, núm. 29 (ps. 141-143). N: Elijah Mizrahi; C: Zalman Baharav.
Motivos narrativos: V221 *Miraculous healing by saints*, D2161.4.0.1 *Cure after following instructions received from saint in dream* y D2161.4.12 *Magic cure during sleep*.
En la nota de D. Noy a este cuento en el libro de Baharav (p. 257) se recoge bibliografía. Esta misma versión del IFA la publicó nuevamente Baharav *Dor*, número 14 (ps. 45-47), con algunos cambios.

102. EL POZO MILAGROSO

Versión oral de El Cairo (Egipto) (IFA 4097). N: Yitzhak Mizrahi; C: Zalman Baharav.
Motivos narrativos: D1500.1.1.2 *The water of spring which a saint caused to flow has curative powers* y D1500.1.1.1 *Magic (healing) well dug by saint*.
Baharav *Dor*, núm. 13 (ps. 43-44), publica esta misma versión del IFA, con numerosos cambios en las formulaciones.
Sobre la consulta onírica véase núm. 3.

103. EL MEDICO IMPROVISADO (2)

Versión oral de Rumania (IFA 7902). N: Melvina Josefsohn; C: Jacob Avitsuk.
A los tipos y motivos narrativos anotados en núms. 28 y 29 (b), añádase ahora Jason (I-II) → (AT) 1641*D «*Dayenu*».

104. LOS LIBROS DE LA SUERTE

Versión oral sefardí de Israel (IFA 9103). N: Naomi Levi; C: Beracha Dalmatzki.
Motivos narrativos: F575.3 *Remarkably beautiful child*, F555 *Remarkable hair*, N836.1 *King adopts hero (heroine)*, D1500.1.22 *Magic healing book*, D1469.6 *Magic book furnishes wealth* y D1311.14 *Divination from chance reading of sacrea (magic) books*.

105. ¿REALIDAD O FANTASIA?

Versión oral de Israel. N: Tamar Alexander; C: Elena Romero.

INDICES

267

El médico improvisado: 28, +29, 103.
El médico y su ayudante: 16+, 17+.

El navío mágico: 15.
El niño perdido: 5.

La operación interrumpida: +16, +17+,
18+, 19+, 30.

Las papeletas amañadas: 52.
La partida de ajedrez: 66, 83.
Las perlas prodigiosas: 78.
El perro incendiario: +12.
Por la boca muere el pez: 73.
El pozo milagroso: 102.
El problema resuelto: 98.
Prohibido rascarse: 60.
El provecho de la piedad: 48, +49.

El que nace sin estrella: 74, 85.

El rabino acusado de robo: 87.
El rabino arrepentido: 95.
El rabino sometido a prueba: 99.

¿Realidad o fantasía?: 105.
El rescate de los cántaros: +46.
Revivir a los muertos: 25, 26.
El rey desagradecido: 53+.

El sueño del rey: 7.

El testimonio del feto: +46+, 47.
El testimonio del muerto: 59.
La tumba del santón: 81, 82.

La úlcera oculta: 38.
Un remedio contra la pobreza: 34,
+35.
Una aguda respuesta: 9.
Una dieta equilibrada: 23.
Una enfermedad incurable: 39.
Una operación sin bisturí: 33.

La vaca convertida en mujer: 64.
La valía del rey: 72.
El veneno salvador: 20, 21.

Y los gatos gatos son: 45.

FUENTES TEXTUALES

1. Librescas

Dibré Yosef (1672), de Yosef Sambari: 9, 69, 92.
Holej tamim ufo'el śédec (1850), de Abraham HaDayán: 53.
Meora'ot Śebi (1804): 12.
Minḥat Yehudá (1927), de Yehudá Streizower: 24.
Ma'asé nisim (1890), de Salomón Bejor Husin: 97.
'Omer hašijbá (1748), de Abraham Gabizón: 72.
Salśélet hacabalá (1587), de Guedaliá ibn Yahia: 2, 40, 54.
Samaḥ libí (1884), de Salom Gagin: 42.
Śébet Yehudá (ca. 1550), de Yehudá ben Verga: 89.
Séder hadorot (1769), de Yehiel Heilperin: 67.
Séfer yuḥasín (1556), de Abraham Zacuto: 90.

2. Manuscritas

(Con asteriscos señalamos las editadas)

*Ms. (The Jews' College de Londres, núm. 1767); ed. Neubauer «Biogr.» I: 4.
*Ms. ¿s. XIII? (Bodleian Libr. de Oxford, Opp. Add. 8.º 36); ed. Neubauer «Biogr.»
II: 56.
*Ms. s. XVI; ed. Brüll «Beiträge»: 8.
*Ms. del Kurdistán de Mordejay bar Samuel, s. XVII (Ben Zvi Institute de Jerusa-
lén); ed. Avida «Two Tales»: 41, 94.

Ms. ss. xvii-xviii (The John Rylands Libr. de Manchester, Col. M. Gaster, núm. 66): 7, 48, 61, 78.
*Ms. del Yemen ¿s. xix? (Jewish National and Univ. Libr. de Jerusalén, núm. 376 [o 326]); ed. Rassabi «Yemenite»: 31, 35.
*Ms. del Yemen (Mosad Harav Kook de Jerusalén); ed. Rassabi «Yemenite»: 79.
*Ms. del Yemen Coré hadorot de Abraham Arusi; ed. Rassabi «Yemenite»: 58.
*Ms. del Yemen Séfer hamusar de Zacarías el-Dahri, s. xvi; ed. Fischel «Maqama»: 3.

3. Orales inéditas

IFA 198: 55.	IFA 4369: 33.
IFA 199: 5.	IFA 4391: 44.
IFA 549: 91.	IFA 4393: 43.
IFA 736: 21.	IFA 4905: 17.
IFA 748: 1.	IFA 4962: 16.
IFA 754: 6.	IFA 5270: 51.
IFA 973: 76.	IFA 5463: 15.
IFA 975: 75.	IFA 5480: 52.
IFA 991: 63.	IFA 5503: 28.
IFA 1007: 25.	IFA 5720: 10.
IFA 1211: 49.	IFA 6758: 19.
IFA 1275: 11.	IFA 7902: 103.
IFA 1614: 50.	IFA 9103: 104.
IFA 1717: 37.	IFA 9198: 14.
IFA 2096: 71.	IFA 9460: 60.
IFA 2266: 30.	IFA 10506: 36.
IFA 2698: 39.	IFA 10989: 77.
IFA 2929: 73.	IFA 10994: 84.
IFA 2939: 88.	IFA 12080: 47.
IFA 2963: 96.	IFA 13363: 20.
IFA 2994: 46.	IFA 13419: 23.
IFA 3003: 93.	IFA 13499: 87.
IFA 3073: 45.	IFA 13951: 98.
IFA 3250: 34.	IFA 13951: 13.
IFA 4097: 102.	IFA 13953: 64.
IFA 4134: 85.	IFA 15859: 82.
IFA 4366: 68.	IFA 15858: 83.
IFA 4368: 70.	

Véanse otros trece números del IFA en la lista 4 s. v. Baharav Dor y Sixty; Haviv Never; Noy «Architect», Irak, 1962 y Morocco; Omer; y Rabi Abotenu.

4. Orales publicadas

Atiel «Moroccan»: 22.
Baharav Dor (IFA 6128): 62.
Baharav Sixty (IFA 4101): 101.
Baharav Sixty (IFA 4102): 100.
Fleischer «Agadot Ibn Ezra»: 80.
Haviv Never (IFA 6829): 18.

Noy «Architect» (IFA 207): 57.
Noy Irak (IFA 800): 29.
Noy Irak (IFA 5023): 32.
Noy 1962 (IFA 3977): 65.
Noy Morocco (IFA 3185): 81.
Omer, 23 feb. 1962 (IFA 3600): 66.

269

Omer, 23 marzo 1962 (IFA 541): 74.
Omer, 28 abril 1963 (IFA 5146): 86.
«Perpetual»: 26-27, 38.

Rabi *Abotenu* (IFA 7881): 95.
Rassabi «Yemenite»: 59.
Todar «Landau»: 99.

ORIGEN GEOGRAFICO DE NARRADORES Y MANUSCRITOS

(Los números en cursiva corresponden a relatos procedentes de manuscritos)

Afganistán: 6.
Amadiya (Kurdistán irakí): 20.

Bagdad (Irak): 16.
Bujara (URSS): 85.
Bulgaria: 28.

Constantinopla (Turquía): 65.

Egipto: 15, 50, 100; véase también El Cairo.
El Cairo (Egipto): 101-102.
España: véase Melilla.
Europa oriental: 39, 71.

Fez (Marruecos): 93.

Galitzia (Polonia): 25, 37.

Habbán (Yemen): 1, 55.
Hungría: 51.

Inglaterra: véase Londres.
Irak: 19, 21, 29, 32, 43, 57, 63, 74-76; véase también Bagdad.
Israel: 30, 91, 104-105.

Kurdistán: *41, 94;* véase también Amadiya.

Letonia (URSS): véase Riga.
Lituania (URSS): 44.
Londres (Inglaterra): 33.

Marruecos: 10, 13-14, 22, 34, 64, 66, 81-83, 95; véase también Tánger y Fez.
Melilla (España): 17.

Persia: 62; véase también Yezd.
Polonia: 45, 60, 86-88, 96, 98; véase también Galitzia.

Riga (Letonia, URSS): 68, 70.
Rumanía: 52, 103.
Rusia (URSS): 36.

Sana (Yemen): 5.

Tánger (Marruecos): 18, 23.
Túnez: 11, 49.
Turquía: 27; véase también Constantinopla.

URSS: véase Bujara, Letonia, Lituania y Rusia.

Yemen: *3, 31, 35,* 46-47, *59,* 73, *79;* véase también Habbán y Sana.
Yezd (Persia): 77, 84.

INDICE ONOMASTICO

1. De narradores

Alboher, Moti: 28.
Alexander, Tamar: 105.
Al-Kahra, Zekharia Ben Yihya: 1.
Alshekh, Shalom: 59.
Amur, Shukrun Aharon: 14.
Anidjar, Aliza: 18.
Armon, Haim Dov: 37, 86.

Ashraf, Jacob: 17.
Astman, Moshe: 45.
Avidani, Alouan Shimeon: 20.

Ben-Haim, Abraham: 82-83.
Ben-Haim, Kokhava: 64.
Ben-Haim, Shelomo: 13, 64.

Ben-Hamou, Abraham: 10.
Benisti, Abraham: 23.
Benjamin Aharon, Amram: 57.

Cohen, David: 81.
Cohen, Shemuel: 77, 84.

Danus, Yehezkel: 32, 76.
Dat, Bat-Sheva: 70.
Dat, Moshe Pinhas: 68.
Djudja, Shaul: 74.

Eden, Haim: 34.
Eisenberg, Nathan: 96.
Epstein (Sr.): 51.
Eyni, Morris: 16.
Eyni, Shalom: 19.

Farhi, Abraham Daniel: 65.
Friedman, Adar: 71.

Herman, Yehuda: 87.

Josefsohn, Melvina: 103.

Karpel, Menahem: 60.

Levi (Sr.): 85.
Levi (Sra.): 15.
Levi, Naomi: 104.
Lyubitz, Jacob: 36.

Mashash, Joseph: 95.
Mazuz, Benjamin: 11, 49.

Menashe, el predicador: 21, 62.
Mintz, Melekh: 88.
Mizrahi, Elijah: 100-101.
Mizrahi, Yitzhak: 102.

Nadri, Salim: 93.
Noy, Dov: 25.

Oron, Pinto Moshe: 30.

Perwi, Shoshana: 46.
Pritan, Elijah: 62.

Rochfeld, Serl: 39.
Ruash, Yehiel: 66.

Sabachi, Gedalya: 6.
Salem, Miriam: 47.
Shaashua, Elijah: 75.
Shmuli, Joseph: 29.

Tantzer, Jack: 98.
Tirer, Israel: 52.
Tsefira, Said: 55.

Wechsler, Yitzhak: 44.
Winitzki, Joseph: 33.

Yehiel, Dan: 73.

Zarka, Yihya: 5.
Zerubabel, Yitzhak: 43.

2. De colectores

Alexander, Tamar: 82-83.
Armon, Haim Dov: 37, 71, 86.
Avidani, Alouan Shimeon: 20.
Avitsuk, Jacob: 103.

Baharav, Zalman: 10, 62, 100-102.
Bashari, Sarah: 46.
Batkin, Stenley: 98.
Ben-Aryeh, Menahem: 17.
Ben-Haim, J.: 38.
Benjamin Aharon, Sasson: 57.
Bort, Moshe: 23.

Cohen, Shemuel: 77, 84.

Dalmatzki, Beracha: 104.
Dat, Benjamin: 33, 68, 70.
Dekel, Dafna: 15.

Epstein, Sarah: 51.
Ernst, Shimeon: 1, 5-6, 55.
Eyni, David: 19.

Farhi, Abraham Daniel: 65.

Gabay, Sima: 21, 63, 74.
Gitelman, Israel: 13, 64.
Givoni, Rivka: 47.
Guterman, Pinhas: 34, 50.

TIPOS NARRATIVOS

Según Aarne-Thompson, *The Types of the Folktale*. Los números específicos de las clasificaciones de cuentos judíos (con la sigla AT entre paréntesis) llevan asterisco antepuesto al número o a la letra (Jason y Noy-Schnitzler) o dos asteriscos antepuestos al número (Haboucha).

MOTIVOS NARRATIVOS

Según S. Thompson, Motif-Index.

273

18

INDICE